KHÉPHREN ET DIDOUFRI
LE ROMAN DES PYRAMIDES T. 3.

Guy Rachet est né à Narbonne. Dès l'âge de dix-huit ans, il commence à voyager. Au cours d'un séjour de près de trois années au Sénégal et en Mauritanie, il se passionne pour l'archéologie, l'histoire, l'Orient, l'Antiquité, l'ethnologie... Rentré en France, il poursuit ses travaux de recherches puis repart pour de longs voyages d'où il rapporte de nombreuses photos et une riche documentation. Dès 1960, il commence à écrire des articles dans des revues spécialisées ou de vulgarisation comme *Archeologia*. À partir de 1968, il publie régulièrement des ouvrages de référence sur les civilisations anciennes, tels que *Archéologie de la Grèce préhistorique*, *La Tragédie grecque*, *La Grèce et Rome*, *L'Egypte mystique et légendaire*... Entre 1968 et 1972, il collabore aux *Nouvelles littéraires*, puis dirige la *Petite Encyclopédie* Larousse, de 1974 à 1976. Il est également l'auteur de romans historiques dont *Le Manuscrit secret du Nil*, *Les Vergers d'Osiris*, *Le Prêtre d'Amon*, *Khéops et la pyramide du Soleil*, *Le Rêve de pierre de Khéops*, *Khéphren et Didoufri*, *Le Livre des morts des anciens Egyptiens*.
Depuis 1984, Guy Rachet a ajouté à ses activités celle de conférencier, qu'il dispense au cours de voyages culturels en Egypte, en Grèce, dans le Proche-Orient.
Guy Rachet est membre, entre autres, de la Société des études grecques, de l'Oriental Institute de l'Université de Chicago...

GUY RACHET
Le Roman des Pyramides

***

Khéphren et Didoufri

La pyramide inachevée

ROMAN

ÉDITIONS DU ROCHER
JEAN-PAUL BERTRAND

LISTE DES PERSONNAGES
apparus dans les deux premiers tomes
et dans le tome III
(En gras les personnages historiques,
en italique les personnages inventés. Sont soulignés
les noms des rois.)

Abdini. Jeune garçon, serviteur de *Khiziru*.

Abishému. Roi de Byblos.

Ankhaf (2674-2596). Fils d'Imhotep et d'une fille de Djéser Téti. Il a vingt et un ans à la mort de son père. Architecte, constructeur de deux pyramides de Snéfrou, entreprend celle de Khéops.

Ankhi. Fils aîné d'Abedou.

Atet. Fille de Houni, épouse de Néfermaât I.

Ayinel. Fils de Reyen. Emmené en Egypte par Khéops.

Baoufrê (2619-2582). Fils de Khoufou et Mérititès. Nommé par son père gouverneur de la province d'Elephantine. Epouse une princesse nubienne.

Bénou. Grand voyant de Rê d'Héliopolis.

Bès, nain, serviteur de *Sabi*.

Chédi. Jeune garçon, ami d'Hénoutsen, fils de *Ptahmaaou*.

Chéry. Fille de Néterapéref, berceuse de Djedefhor.

<u>**Didoufri**</u> (2612-2592-2584). Règne huit ans. Fils de Khoufou et de Noubet. Il épouse Khentetenka, sa sœur aînée et Hétep-hérès II, dont il a Néferhétépès. Nom d'Horus : Kheper.

5

Djati. Fils cadet d'*Abedou*.

Djedefhor (né en 2620). Troisième fils de Khoufou et Mérititès. Joli nom : Hori.

Djedi. Sage connu par Djedefhor à Hermopolis.

Elibaal. Prince de Byblos, fils d'Abishému.

Gébi. Messager envoyé par la reine à Byblos.

Hémyounou (2629-2596). Fils de Kanéfer. Vizir de Khoufou.

Hénoutsen (née en 2637). Seconde épouse de Khoufou. Fille d'un noble, *Sétribi*. Mère de Khoufoukaf, de Khafrê, de Khamernebti et de Minkaf.

Hétep-hérès I (2656-2578). Fille de Houni et de l'épouse Royale *Nébesneith*. Epouse Snéfrou, son demi-frère. Mère de Khoufou, Mérititès (I), Rahotep.

Hétep-hérès II (née en 2611). Fille de Khoufou et de *Noubet*. Epouse Kawab dont elle a Méresankh III et, après sa mort, épouse Didoufri dont elle a Néferhétépès. Vit jusqu'à la fin du règne de Shepsekaf. Joli nom : *Tépi*.

Hétepni. Commandant du bateau de Djedefhor.

Houni. Dernier roi de la IIIᵉ dynastie (2654-2630). Règne vingt-quatre ans. De son épouse royale *Nébesneith* il a Hétep-hérès I ; de Méresankh (épouse secondaire) il a Snéfrou, Néfermaât I, Kanéfer. La pyramide de Meidoun semble avoir été commencée sous son règne, et finie par Snéfrou.

Iaset. Danseuse du temple d'Isis.

Ibdâdi. Interprète à Byblos. Emmené en Egypte par Khéops. Epouse Neferkaou.

Ibébi. Grand prêtre (Grand des Cinq) du temple de Thot à Hermopolis.

Igibar. Riche commerçant d'Ur. Père de Menlila.

Ilumiku. Propriétaire à qui est vendu Djedefhor.

Inéki. Commandant du bateau éclaireur de la flotte de Khéops. Tué par Khershet.

Inkaf. Jeune garçon, ami d'Hénoutsen, frère de Chédi, fils de Ptahmaaou.

Iou. Mère de Persenti.

Irty. Epouse d'Abedou.

Kahif. Chef des troupes de Memphis.

Kanéfer (2652-2600). Fils de Houni et de Méresankh (I). Frère de Snéfrou et son vizir. Père de Hémyonou. Enterré à Dahshour.

Kawab (2621-2587). Fils aîné de Khéops et de Mérititès. Epouse Hétephérès II (fille de Noubet) dont il a Méresankh III. Vizir de Khéops.

Khaesnofrou. Maître d'œuvre de la nécropole de Guizeh, père d'*Outa*.

Khamernebti I (2616-   ). Fille de Khoufou et Hénoutsen. Sœur de Khéphren, qu'elle épouse. Mère de Mykérinos et Khamernebti II.

Khamernebti II. Fille de Khafrê et de Khamernebti I. Epouse de Menkaourê. Mère de Shepseskaf, de Khentkawès et de Khounerê. Joli nom : *Nebty*.

Khenemou. Grand-père maternel de Persenti.

Khénou. Serviteur fidèle de Khoufou et son père nourricier.

Khentetenka (2614-   ). Fille de Khéops et Noubet. Epouse principale de Didoufri. Joli nom : *Khenti*.

Khentkawès. Fille de Menkaourê et Khamernebti.

Khéops (2640-2606-2583). Nom complet : Khnoumkhouef-oui (Khnoum me protège). Règne vingt-trois ans. Né du vivant de Houni. Fils de Snéfrou et Hétephérès (I). Frère de Rahotep, Mérititès, demi-frère de Néfermaât (II). Il épouse sa sœur Mérititès (en 2622). Epouses secondaires : Hénoutsen et *Noubet*.

Khéphren (2618-2584-2560). Règne vingt-cinq ans. Fils de Khoufou et de Hénoutsen. Il épouse Méresankh II dont Il a Nebemaket. A pour première épouse royale Khamernebti (I) qui lui donne un fils, Mykérinos et une fille Khamernebti II. Il règne sous le nom d'Horus Ouserib. Autres épouses : Hedjhekenou et Persenti.

Khiziru. Marchand de Sodome, père adoptif de Djedefhor.

Khoufoukaf. Fils de Khoufou et Hénoutsen. Vizir de Khoufou à la fin de son règne.

Khounérê. Fils de Khéphren et de Khamernebti.

Menlila. Jeune fille d'Ur, fille d'Ingibar. Suivante de la reine Puabi.

Méresankh I. Deuxième épouse de Houni. Mère de Snéfrou, Néfermaât et Kanéfer.

Méresankh II. Fille de Khoufou et de Méritités. Epouse Khéphren.

Méretptah. Fille cadette de Néfermaât I et de *Mériset.* Epouse de Néfermaât II/Néférou.

Mériset. Fille de Khaba et d'une épouse secondaire. Epouse de Néfermaât. Mère de *Néféret, Méretptah.*

Méritités I (née en 2638). Fille de Snéfrou. Epouse de Khéops. Mère de Kawab, Djedefhor, Baoufrê, Méresankh II.

Méresankh III (née en 2596). Fille de Kawab et Hétéphérès II.

Milkuru. Chef de bédouins trafiquants d'esclaves.

Minkaf (2613-   ) Fils de Khoufou (en réalité de *Sabi*) et Hénoutsen. Vizir de Didoufri et de Khéphren.

Mykérinos (né en 2597). Fils de Khéphren et de Khamernebti I.

Nébesneith. Fille cadette de Djéser. Epouse royale de Houni. Mère de Hétep-hérès I.

Néferet (née en 2634). Fille de Néfermaât I et de *Mériset.* Epouse Rahotep.

Néferhétépès. Fille de Didoufri et de Hétép-hérès II.

Néferkaou. Fille cadette de Snéfrou et de Hétep-hérès. Epouse Ibdâdi. Mère de Néfermaât III.

Néfermaât I (2658-2610) fils de Houni. Premier vizir de Snéfrou. Epoux de Mériset et père de Néféret, et Méretptah.

Néfermaât/Néférou (2640-2606). Fils de Snéfrou et de sa seconde épouse, Neithotep, fille de Djéser Téti. Epoux de *Méretptah,* fille cadette de Néfermaât I. Adversaire de son demi-frère Khoufou.

Néfermaât III. Fils de Néferkaou et d'Ibdâdi.

Neithotep. Fille de Djéser Téti et épouse secondaire de Snéfrou. Mère de Néfermaât/Néférou et de Méten.

Nekaourê. Fils de Djedehor et de Persenti.

Nekhébou. Capitaine du bateau d'Hénoutsen.

Nenki. Fille aînée de Djéser. Epouse royale de Djéser Téti et ensuite de Khaba.

Néterapéref. Prêtre de la pyramide de Snéfrou, père de *Chéry.*

Nikaânkh. Sœur de Persenti.

Nitéti. Epouse de Khénou. Première servante de Mérititès.

Noubet (2633-   , Khershet de son vrai nom). Nom égyptien de l'aimée de Khoufou. Mère de Khentetenka, Didoufri et de Hétep-hérès II.

Oudji. Chef des troupes de Bouto.

Oupéti. Garde du corps de Didoufri.

Outa. Fille de Khaesnéfrou, compagne d'Hénoutsen.

Persenti. Fille de Chédi. Epouse secondaire de Khafrê. Mère de Nékaourê.

Péséshet. Directrice des doctoresses.

Philitis. Berger établi sur le plateau de Gizeh.

Ptahmaaou. Père de Chédi et Inkaf. Artisan.

Ptahouser. Grand chef de l'art (Grand prêtre) du temple de Ptah.

Puabi. Reine d'Ur.

Rahertepi. Fils de Chédi. Joli nom : Iti.

Rahotep (2636-2606). Fils de Snéfrou et Hétep-hérès (I). Frère de Khoufou, et Mérititès, demi-frère de Néfermaât. Epouse Néféret, fille de Néfermaât I.

Raou. Chef des troupes d'Héliopolis.

Reyen. Père d'Ayinel, père adoptif de Khresher.

Sabi. Magicien.

Salmu. Jeune garçon, serviteur de *Khiziru.*

Sebekni. Maître de danse du temple d'Isis.

Sendjemib. Deuxième prophète du temple de Rê. Succède à Rahotep.

Sétribi. Noble de la cour de Snéfrou. Père d'Hénoutsen. Directeur des chants de la résidence royale.

Shabitu. Maître de la maison d'Arad.

Shinab. Caravanier du pays de Havilah.

Snéfrou. (2660/58-2615). Nom d'Horus : Nebmaât. Fils d'Houni et de son épouse secondaire Méresankh. Il épouse sa demi-sœur Hétep-hérès (I), fille de Houni et de son épouse royale *Nébesneith*. Il a plusieurs épouses secondaires dont la princesse Neithotep.

Tjazi. Serviteur nubien de Sabi.

Zézi. Chef des troupes de Hiérakonpolis.

Zimri. Cananéen, captif des bédouins.

Zouhor. Chef des Medjaï.

Zouhor. Premier prophète d'Osiris à Abydos.

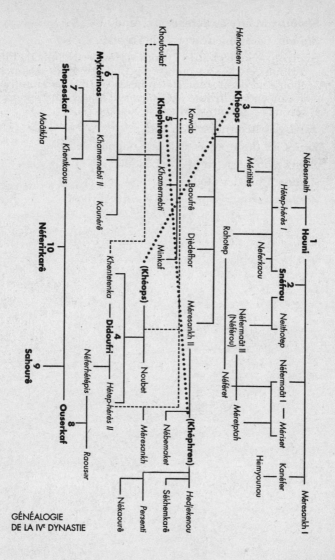

GÉNÉALOGIE
DE LA IVᵉ DYNASTIE

11

RÉSUMÉ DES ÉPISODES PRÉCÉDENTS

Il y a plus de quarante-cinq siècles, Snéfrou règne sur une Egypte pacifiée qui s'étend entre la première cataracte et la mer Méditerranée. Sa sœur et épouse Hétep-hérès lui a donné deux fils Khéops et Rahotep, et deux filles, Mérititès et Néferkaou ; d'une épouse secondaire, il a eu un fils, Néfermaât, appelé Néférou. Khéops, l'héritier légitime, a épousé à son tour sa sœur Mérititès, qui lui a donné trois fils, Kawab, Baoufrê et Djedefhor, appelé Hori, et une fille, Méresankh. Khéops, qui vit auprès du peuple et semble se désintéresser de la royauté, a Néférou pour rival. Ce dernier intrigue pour devenir l'héritier désigné du trône. Mais, dans le même temps, Snéfrou lui-même et Khéops sont les objets de tentatives d'assassinats par un personnage mystérieux qui agit dans l'ombre. Khéops, soutenu par sa mère qui veut le voir monter sur le trône des Deux Terres, est initié aux mystères divins dans les grands temples de l'Egypte, à Héliopolis et Hermopolis, tandis que les membres du clergé de Memphis, la capitale de l'Egypte, intriguent en faveur de Néférou. Entretemps, Khéops tombe amoureux de la fille d'un grand du royaume, Hénoutsen, dont il fait sa seconde épouse et qui, de son côté, lui donne aussi trois fils, Khoufoukaf, Khéphren, Minkaf et une fille Khamernebti. Cette Hénoutsen se révèle une femme amoureuse, active, qui se lance dans des enquêtes pour découvrir qui se cache sous le masque de l'homme qui réussit à assassiner plusieurs personnes de l'entourage royal, mais manque Khéops qu'il agresse lors de son séjour initiatique à Abydos.

Envoyé ensuite par son père, Snéfrou, chercher du bois en Phénicie pour la construction des pyramides, Khéops y rencontre celle qui va devenir sa troisième épouse, une femme blonde, d'une beauté troublante, qui va dominer sa vie, Noubet. Sa deuxième épouse, Hénoutsen, tente de son côté de découvrir l'auteur du complot qui a failli coûter la vie de son époux, ce qui l'entraîne dans d'étranges aventures. La mort inattendue de Snéfrou accélère la course pour le trône d'Horus, d'où sort vainqueur Khéops. Une fois devenu roi, il va consacrer tout son règne à la grande œuvre de sa vie, la construction d'une pyramide prodigieuse qui sera avant tout un temple initiatique consacré au dieu universel.

Les enfants qu'il a eus de ses diverses épouses ont grandi et se trouvent à leur tour en compétition pour la couronne de l'Egypte. En particulier contre un nouveau venu, Didoufri, le fils que l'étrangère, Noubet, a donné au roi, avec deux autres filles, Khentetenka et Hétep-hérès II, et qui intrigue pour qu'il soit nommé prince héritier. Mais Khéops ne parvient pas à se décider à choisir le futur roi, lequel devrait être Kawab, son fils aîné. Par une suite de hasards malheureux, à ce qu'il semble, les trois aînés, Kawab, Baoufrê et Khoufoukaf, nommés à des postes importants, meurent avant leur père qui se décide à désigner Didoufri. Des trois fils qui lui restent, seul Khéphren est un prétendant dangereux : Minkaf est le plus jeune et Djedefhor, resté célèbre dans la tradition égyptienne, est en quête de la sagesse. Ce qui ne l'empêche pas de tomber amoureux d'une jeune danseuse du temple d'Isis, voisin de la grande pyramide, Persenti. Cette dernière est fille d'un ébéniste, Chédi. Afin de la séduire par ses seules qualités et non par le prestige de sa naissance, Djedefhor s'est fait inscrire à l'école de danse du temple, comme le fils d'un jardinier et d'une servante. Hénoutsen, sa « belle-mère », qui lui porte une grande affection et aime les intrigues, accepte de se faire passer pour cette mère de petite origine. Mais Didoufri, qui, de son côté, est également tombé amoureux de Persenti, cherche par tous les moyens à séparer les amants, et y réussit. Tandis qu'Hénoutsen et Djedefhor se mettent à la recherche de la jeune fille qui a disparu, on retrouve un matin Khéops assis sur un siège dans son jardin, « immobile, les mains sur les genoux, les yeux ouverts, figé dans son éternité ».

CHAPITRE I

Etranges furent les cérémonies qui suivirent l'entrée de Khéops dans son éternité. Nul ne put dire s'il avait été réellement momifié. En tout cas, ce n'est en aucune manière une momie entourée de ses bandelettes qui fut conduite en procession vers la pyramide de l'Horizon de Khoufou. On aurait plutôt pensé à un nouveau couronnement. La dépouille royale avait été revêtue d'un manteau blanc, sa tête coiffée du pschent, la double couronne formée par la haute mitre blanche insérée dans le mortier rouge, et il serrait, dans ses mains croisées sur sa poitrine, le crochet et le fouet. Il se tenait droit, le roi défunt, assis sur son trône de bois de cèdre recouvert de feuilles d'or, élevé sur un palanquin porté par douze hommes robustes, chacun affublé de l'un des masques des grandes divinités de l'Egypte. Le cortège n'avait rien de grandiose, il ne rappelait en rien la magnifique procession qui avait accompagné le jubilé du roi, ni non plus celle qu'on avait pu voir lors des funérailles du dieu Snéfrou ou celles de la grande épouse royale, Hétep-hérès. En tête marchaient les premiers prêtres des temples d'Atoum-Rê à Héliopolis, de Thot à Hermopolis, d'Osiris à Abydos, d'Hathor à Dendérah, d'Horus de Béhédet. Devant le palanquin venaient les fils de Sa Majesté ; ils n'étaient plus que trois qui allaient côte à côte, Djedefhor, Minkaf et Didoufri. Les aînés avaient précédé leur père sur les chemins de l'Amenti tandis que Khéphren, installé dans sa province d'Eléphantine, ne risquait pas d'avoir été avisé du passage de son père d'un monde à un autre monde, la cérémonie ayant eu lieu deux jours à peine après que Sa Majesté eut été trouvée pétrifiée sur son siège, dans son jardin clos.

Les trois reines suivaient derrière, à pied, mais ne pleuraient pas, elles montraient, selon les prescriptions de Khéops lui-même, un visage joyeux, tandis qu'aucune pleureuse n'avait été convoquée.

Il ne s'agissait pas de funérailles mais d'une apothéose.

Derrière les reines venaient les serviteurs les plus proches du roi, et ses Amis. Le cortège était fermé par les musiciennes, munies de flûtes, de tambourins, de petites harpes et de cymbales, dont les airs et les chants rythmaient les sauts et les mouvements des danseuses, toutes fournies par l'école du temple d'Isis.

La cérémonie, aussi bien que ses suites avaient été réglées par Khéops lui-même, qui avait confié à Djedefhor le soin de procéder à la réalisation et à l'orchestration de ses royales volontés. Le prince avait prêté serment à son père de rester le garant et l'exécuteur de ses décrets d'outre-tombe. Quelques jours avant sa transfiguration, comme s'il avait prévu cette fin prochaine, Khéops avait ordonné la fermeture de l'entrée du canal souterrain. La bordure de la falaise qui surplombait sa jonction avec le lac d'accès avait été effondrée : là avaient été accumulées les terres et les roches retirées des souterrains et des canaux, afin que la masse de matériaux fût suffisante pour constituer un bouchon si gigantesque qu'il aurait fallu des milliers d'hommes pour y percer à nouveau une ouverture, de sorte que le canal souterrain avait été définitivement coupé de toute relation avec les eaux extérieures, de toute possibilité d'accès, excepté par la galerie profonde de la pyramide. Pareillement, il avait fait transporter dans les fosses qui leur étaient réservées, aménagées au pied de la pyramide, les deux grandes barques en bois destinées à assurer la navigation symbolique du roi divin dans les cieux, aux côtés de son père Rê.

C'est donc en direction du monument, en suivant la chaussée qui reliait le temple bas au temple d'accueil, que progressa le cortège serein. Une rampe de terre avait été aménagée pour faciliter l'accès à l'entrée des galeries de la pyramide, située en hauteur sur la face nord du monument. Le cortège s'arrêta au bas de la pente raide. Le palanquin fut déposé sur le sol, puis deux robustes gaillards soulevèrent le trône où se tenait Khéops, immobile, rigide, pour l'emporter dans la pyramide, à la suite des trois princes et des premiers prêtres de chacun des temples. Les reines suivirent, mais aucune autre personne qui avait participé au cortège ne fut admise à pénétrer dans la galerie. De sorte que l'on ne sut jamais ce qu'il était advenu du roi. Certains qui connaissaient l'existence du lac souterrain et du sanctuaire construit sur l'île secrète, prétendirent que c'est là que Sa Majesté avait été conduite et déposée dans la salle centrale, dans la cuve initiatique qui s'y trouvait. D'autres déclarèrent que, en réalité, c'est dans la salle médiane de la pyramide qu'avait été emporté le corps du dieu pour y être réellement momifié, avant d'être ensuite déposé dans le tombeau de pierre de la salle supérieure. Mais, en vérité, le profane ne sut jamais ce qu'il était réellement advenu, car les initiés, les membres de la famille royale et les prêtres qui avaient accompagné la dépouille royale jusque dans sa secrète demeure d'éternité, jamais ne révélèrent ce qu'il en avait été, jamais ne dévoilèrent le mystère de la fin du dieu vivant, de Khéops aimé de Khnoum.

Suivant encore les ordonnances royales auxquelles personne n'osa s'opposer, Didoufri fut intronisé sous le nom d'Horus Kheper, le troisième jour qui suivit la cérémonie d'apothéose du roi devenu un dieu immortel. Une intronisation qui se fit sans cérémonial, à la sauvette, comme si le nouveau prince héritier avait craint que, en s'attardant à préparer les cérémonies du couronnement et en déployant un trop grand faste, il n'ait, par cela même, suscité un dangereux compétiteur ou encore, n'ait donné aux grands du royaume le temps de réagir et de s'opposer à ce que d'aucuns considéraient comme une usurpation. Il redoutait plus particulièrement son frère Khéphren, car il ne pouvait se cacher que s'il lui prenait la fantaisie de revendiquer la double couronne, non seulement il serait soutenu par la majorité des grands du pays, mais qu'il avait, avec son armée, le moyen infaillible d'imposer sa volonté. Il convenait de le prendre de vitesse, raison pour laquelle il s'était gardé de déléguer des messagers pour lui apprendre la mort du roi. Djedefhor lui-même, plus occupé, il est vrai, de ses amours malheureuses que des actes de son frère, fut surpris d'apprendre que ce dernier avait entrepris la cérémonie du couronnement sans même l'en avertir, sans d'ailleurs inviter nombre d'anciens Amis du roi défunt, dont il craignait l'opposition. Seuls ceux dont il s'était assuré la fidélité furent présents lors de la double apparition du nouveau roi. Ainsi avait-il mis tout le pays devant le fait accompli et, dès lors qu'il avait ceint la double couronne, il savait que nul parmi les grands n'oserait se dresser contre le nouveau souverain des Deux Terres.

Hénoutsen elle-même avait aussi été prise de court : elle se trouvait dans son propre palais de Memphis lorsque son fils Minkaf vint l'aviser que la cérémonie du couronnement venait de se terminer et que, dans la foulée, il avait lui-même été officiellement intronisé vizir, geste par lequel Didoufri satisfaisait aux désirs de son demi-frère tout en se donnant, par sa présence, une nouvelle légitimité. Quant à Mérititès, le soir de l'introduction de Khéops dans sa demeure mystérieuse, elle avait été prise de malaises et elle s'était couchée, de sorte qu'elle était fiévreuse et clouée dans son lit, lors de la cérémonie d'intronisation qui dépouillait de ses droits légitimes d'aînesse son dernier fils, Djedefhor. Lequel, d'ailleurs, ne s'était pas soucié de revendiquer un trône dont son père l'avait exclu, d'autant qu'un autre souci, bien plus important à ses yeux qu'un trône, occupait son esprit et son cœur. Bien qu'il accordât la plus grande confiance à Hénoutsen, il était trop impatient de retrouver Persenti pour attendre des nouvelles venant de sa belle-mère. Il avait d'abord tenté sa chance auprès d'Inkaf, le frère de Chédi et son soi-disant père.

— Inkaf, lui avait-il dit, ne saurais-tu pas où ton frère pourrait avoir caché sa fille ? Ne vois-tu pas, dans son entourage, chez qui elle aurait pu trouver un refuge ?

— Seigneur, lui avait répondu Inkaf, je serais bien en peine de te répondre. La seule personne que je connaisse réellement, c'est notre père Ptahmaaou. Crois que je me suis hâté d'aller visiter sa demeure et de l'interroger, mais il m'a répondu qu'il ne pouvait rien m'apprendre. Je l'ai assuré de ta sincérité, de ta volonté de faire de sa petite-fille ton épouse, ce qui n'a pas manqué de le flatter et lui-même m'a paru désolé de ne pouvoir rien faire. Je suis aussi intervenu auprès de mon frère ou, plutôt, j'ai tenté d'intervenir, mais il m'a jeté à la porte, comme un miséreux, comme un mendiant, en me reprochant de m'être prêté à une pareille supercherie. J'ai bien tenté de lui dire qu'il n'avait pas de raison d'être mécontent, que tu étais bien décidé à épouser ma nièce, mais il ne m'a pas écouté. Seule Hénoutsen a suffisamment d'ascendant sur lui pour pouvoir le persuader de révéler l'endroit où se cache la jeune fille.

Or, lorsque Hénoutsen se rendit à la demeure de Chédi, le lendemain du couronnement de Didoufri, elle trouva la porte close. En vain frappa-t-elle, puis elle interrogea des voisins qui ne purent rien lui dire car, la veille au soir, le maître de maison se trouvait chez lui, on avait vu de la lumière.

— Ils ont dû partir à la première heure, sans que personne ait pu les voir, assura l'un des voisins.

Surprise par ce départ précipité, Hénoutsen se rendit aussitôt chez Ptahmaaou. Ce dernier s'inclina devant la reine en levant les bras, lui offrit un siège et de la bière.

— Ptahmaaou, lui dit-elle aussitôt, l'attitude de Persenti m'étonne et celle de Chédi m'intrigue tout en m'irritant. Quoi ! suivant la volonté du dieu, sa fille s'est éprise d'un jeune homme qui est dévoré pour elle de la grande flamme d'amour : or il se trouve que ce jeune homme n'est pas un simple scribe ou un danseur, mais le fils du roi, mon propre beau-fils, et même l'héritier légitime du trône d'Horus. Et que fait cette oie querelleuse de Persenti en découvrant que celui qu'elle aime est un prince royal ? Elle le fuit, elle est furieuse et son père épouse sa querelle, la soutient, refuse de dire à Hori où elle se cache. Je viens près de toi et je t'ordonne de m'apprendre où je peux retrouver cette fille stupide.

— Hénoutsen, divine maîtresse, ne te mets pas en colère, supplia Ptahmaaou. Si Persenti s'est enfuie, si elle n'a pas voulu revoir le prince, si elle s'est cachée comme une grenouille qui plonge dans le marais pour fuir le serpent aux aguets, c'est parce qu'elle a été blessée dans son cœur. Sache qu'une personne de son entourage lui a fait savoir non seulement qui était en réalité Hori, mais encore qu'il avait fait avec son frère, Sa Majesté qui est maintenant sur le trône des Deux Terres, le pari de la séduire, en se faisant passer pour un pauvre garçon. Voilà ce qu'elle a déclaré à son père Chédi, voilà aussi ce que Chédi m'a fait savoir. Il a même ajouté que Hori s'était joué de notre famille, que jamais, évidemment, un prince en qui coule le sang du dieu n'épouserait une pauvre fille comme Persenti, la fille d'un simple ébéniste.

— Ptahmaaou, s'insurgea Hénoutsen, tu aurais déjà dû comprendre que s'il en avait réellement été ainsi, jamais je ne me serais prêtée à ce jeu, jamais je n'aurais permis à Djedefhor d'agir ainsi. Il faut que tu me dises où je peux retrouver Persenti. Il est important que je la détrompe. Je veux savoir qui lui a parlé ainsi au mépris de Maât et de sa divine colère, car je suis suffisamment puissante pour faire punir cette fille de Seth qui a ainsi forgé ce mensonge. Sans doute par jalousie envers Persenti.

— De ceci, je ne peux rien dire. Je ne peux pas plus te révéler le lieu où se trouve mon fils et Persenti. Vois, tout à l'heure, un jeune garçon que je ne connais pas est venu m'apporter un message écrit de la main de Chédi, sur ce tesson de poterie.

Tout en parlant ainsi, il alla prendre un morceau d'argile cuite légèrement incurvée, sur laquelle étaient tracés quelques mots à l'encre rouge. Hénoutsen put y lire que Chédi, afin de ne pas être inquiété et de ne pas se voir obligé de trahir sa fille à qui il avait prêté serment de ne révéler à personne le lieu où elle s'était retirée, avait décidé de prendre quelques jours de repos, précisément auprès de Persenti qu'il prétendait défendre contre tous ceux qui voudraient l'enlever.

— Tu peux voir, commenta Ptahmaaou lorsque Hénoutsen lui rendit la missive, qu'il ne me dit rien de l'endroit où il s'est rendu. Pour moi, je ne sais que penser, car il est vrai que de tels agissements ne sont pas dans la manière de mon aîné. Je suis surpris qu'il soit si rapidement parti, qu'il ne m'ait averti de son absence que par ce mot qu'il a fait porter par un garçon que je ne connais pas, même pas par l'un de ses serviteurs. Comme s'il avait été obligé de fuir rapidement, sans avoir le temps de prendre son temps, de venir me voir avant de partir et me faire savoir où il se rendait.

Hénoutsen resta un instant silencieuse, intriguée de son côté par l'attitude de Chédi. Un comportement qu'on aurait pu imaginer chez Inkaf, mais certainement pas chez son frère aîné.

— Ptahmaaou, demanda-t-elle enfin, ne vois-tu pas où aurait pu se réfugier Persenti ? Sans doute chez une amie ou chez quelqu'un de sa famille ?

— J'imagine, mais de notre côté, tu connais sa famille. Il n'y a que moi et Inkaf, sans plus. Personnellement, je ne connais aucune amie à Persenti. Si elle en a une, c'est dans l'école du temple d'Isis. Il faut donc chercher de ce côté-là ou alors dans la famille de sa mère. Moi, je ne connais personne. Iou, ma belle-fille, la mère de Persenti, travaillait dans les ateliers royaux, mais elle les a quittés après son mariage. Qui sont ses parents ? Qui est son père ? Qui est sa mère ? Je ne l'ai jamais su, je ne les ai jamais vus. La seule chose que je peux te dire, c'est qu'ils n'habitent pas Memphis. D'après ce que j'ai cru comprendre, ils vivent dans une petite bourgade, dans la province de Sebennytos, dans la Basse-Egypte.

— Sais-tu si le père d'Iou est encore vivant ? Connais-tu son nom ? Sais-tu ce qu'il faisait ? Etait-il un artisan comme toi ou un paysan ?

— Je ne peux répondre à aucune de tes questions. Tu sais que j'ai été opposé à ce mariage. Aussi je n'ai rien voulu savoir de ce qui concernait la belle-famille de Chédi. C'est bien la raison pour laquelle mon fils est parti de son côté fonder son propre atelier : depuis ce temps, nous ne nous sommes vus que bien rarement, et jamais nous n'avons abordé le sujet de ce mariage.

— Je vais rendre visite à ma sœur Mérititès. C'est elle qui dirige les ateliers royaux, peut-être pourra-t-elle me dire où vivent ses parents.

— Peut-être, dit Ptahmaaou d'un ton sceptique en s'inclinant, si tu crois qu'une grande épouse royale peut connaître toutes les femmes qui travaillent dans les ateliers royaux et s'intéresser à leurs familles...

Tout en s'en retournant dans sa résidence voisine

de celle de sa belle-sœur, Hénoutsen médita les dernières paroles de Ptahmaaou et se dit que, en effet, il serait bien étonnant que Mérititès puisse connaître le lieu de résidence des parents d'Iou, la mère de Persenti, d'autant qu'elle avait quitté les ateliers depuis quelque temps déjà. Elle ne s'en rendit pas moins chez Mérititès, qu'elle trouva couchée dans sa chambre largement ouverte sur le jardin de sa résidence.

— Hénoutsen ! s'exclama la première épouse, quel plaisir de te voir. Ah ! Je me sens encore bien fatiguée. Cette maladie m'a abattue...

— Mérit, assura Hénoutsen en s'asseyant sur le bord de son lit, je me réjouis de te voir mieux, quoique encore couchée.

— Je me suis levée un moment aujourd'hui. Parlemoi un peu des affaires de notre famille. Ainsi c'est bien Didoufri qui s'est assis sur le trône d'Horus, comme l'a voulu notre frère, le dieu justifié ?

— Il a eu si peur de trébucher sur les marches du trône qu'il a abrégé tous les rites au point qu'on n'a même pas eu le temps de respirer qu'il avait déjà ceint la double couronne. Au détriment de ton fils Djedefhor.

— Bah ! Hori n'a-t-il pas toujours dit qu'il ne voulait pas du trône ? Et ce n'est pas moi qui l'aurais poussé à revendiquer la double couronne. Tu as pu te rendre compte par toi-même combien sont malheureuses les épouses d'un roi des Deux Terres. J'en parlais encore récemment avec Méretptah. Il ne se passe pas un jour qu'elle ne rende grâce aux dieux d'avoir fait échouer Néférou dans son dessein de monter sur le trône. Elle l'a toujours eu pour elle, car même lorsqu'il était gouverneur d'Eléphantine, il ne s'éloignait que rarement d'elle, il ne quittait leur résidence que pour aller chasser. Elle a passé sa vie à faire une belle fête avec cet époux qu'elle aime tant, et maintenant qu'il est rentré à Memphis et s'est éloigné de tout souci administratif, il ne se passe pas un jour qu'ils ne se réjouissent dans la résidence que leur a attribuée Khéops. Et il en aurait été de même pour sa sœur Néféret si elle n'était pas tombée sur un mari aussi ambitieux et fou que mon pauvre frère Rahotep, qui a si mal terminé sa courte existence de prétendant secret au trône d'Horus. Moi, je suis contente pour mon cher Hori, et comme je sais que tu l'aimes autant, sinon plus que ton propre fils Khéphren, tu devrais te réjouir avec moi que Didoufri se soit attribué tous les ennuis d'être dieu. C'est aussi le mieux de ce qui pouvait arriver pour ma chère petite Méresankh car, comme elle ne peut souffrir son époux, elle ne peut qu'être ravie de le voir établi dans le Grand Palais, ainsi il ne se souciera pas d'elle plus que d'une datte. Il va certainement se contenter de la garder comme première épouse puisque c'est par elle qu'il légitime ses prétentions à la double couronne. J'ai entendu dire qu'il voulait épouser ses deux sœurs en même temps, Khentetenka et Hétephérès, nos propres brus.

— Il en est question. Mais ce dont je suis certaine, c'est que Khentetenka le déteste. En réalité, elle est tombée amoureuse de Khéphren depuis longtemps. Tu sais bien qu'elle se retrouvait plus souvent dans la couche de mon cadet que dans celle de mon aîné... Ce qui peut se comprendre, car mon pauvre Khoufoukaf n'aimait guère notre sexe. Mais laissons ces questions. Tu n'ignores pas que ton fils Hori est tombé amoureux d'une fille charmante...

— Tu veux parler de cette petite danseuse ?

— C'est une merveilleuse danseuse...

— Est-ce suffisant pour le seul prince de la famille en qui coule directement le sang du dieu ?

— C'est suffisant pour qu'il s'en soit follement épris. Le reste importe peu. Il est si désolé, ton pauvre fils, qu'il faut absolument retrouver cette fille qui nous a faussé compagnie.

— Tiens ? Et pourquoi donc ? Un prince ne lui suffisait pas ? Elle veut peut-être un roi ?

— Mérit, tu ne connais pas cette fille, tu ne peux alors la juger. Ton fils l'aime, c'est ce qui devrait compter pour toi.

— Hénoutsen, je ne veux pas te vexer, mais si je comprends que ce soit pour toi le motif le plus valable, pour moi, n'ayant épousé mon frère que par nécessité...

— Mérit, tu ne me vexes pas mais je ne te crois pas quand tu parles ainsi. Car s'il est bien vrai que tu as été mariée à Khéops par ton père le dieu Snéfrou, tu étais bien éprise de lui, autant que je l'ai été moi-même. Tu es donc aussi apte que moi à reconnaître que, dans une union, quelle qu'elle soit, l'amour doit être sa première justification, sinon la seule. Dès lors, si tu aimes vraiment ton fils, tu dois l'aider à retrouver cette Persenti afin qu'il en fasse la maîtresse de sa maison, comme il en a le désir.

Mérititès soupira et se rendit sans plus discuter, soit par lassitude, soit par paresse.

— Je ne peux pas faire grand-chose. Je convoquerai ici le directeur des ateliers de tissage et je lui demanderai de se renseigner auprès des ouvrières si l'une d'entre elles a connu Iou et ses parents.

— Je t'en remercie, Mérit. Je ne t'en demande pas plus. D'ailleurs, je suis même étonnée que Hori ne soit pas déjà venu te demander de l'aider dans ses recherches.

— Tu sais bien que Hori est plus souvent auprès de toi que devant moi. Mais je n'en suis pas jalouse, rassure-toi. Vois, nos enfants nous délaissent et, bientôt, nous nous retrouverons toutes les deux, seules entre nous.

— Mais non, Mérit. Il faut apprendre à vivre loin de nos enfants, ce qui nous permettra de mieux nous réjouir de leur présence lorsqu'ils seront près de nous. Mais il faut surtout avoir le désir de faire de sa vie une belle fête. Justement, comme ton frère Néférou, il faut savoir y mordre comme dans une bonne galette, la boire comme un vin capiteux. Toi, tu restes trop enfermée dans ta résidence, trop refermée sur toi. Et encore, prescris-toi un autre idéal que de te gaver de dattes et de confiseries : tu te sentiras mieux dans ton corps. Cherche à jouir des plaisirs de la vie de diverses autres manières.

— Vraiment Hénoutsen, je t'admire ! Mais moi, je ne me sens plus capable de passer comme toi mon temps à intriguer, à jouer avec la vie. Je n'ai pas ton audace ni ton insouciance.

— Il faut t'éveiller, Mérit. Tu parles d'intrigues ? C'est précisément ce dont il doit être question maintenant que ce Didoufri a usurpé comme Seth la couronne d'Horus. Nous allons intriguer pour faire tomber l'usurpateur, pour rendre à nos fils la couronne des Deux Terres.

CHAPITRE II

Ce matin-là, après s'être rendu dans la pyramide de l'Horizon de Khéops pour diriger le culte quotidien du roi défunt son père, Djedefhor se hâta vers le temple d'Isis. Il avait rencontré, la veille au soir, Hénoutsen, qui, après lui avoir fait part de ses démarches de la journée, avait conclu :

— Va faire un tour vers l'école de danse. C'est certainement parmi les compagnes de Persenti que tu trouveras la perfide qui a fait croire à ta bien-aimée qu'elle était le simple objet de ce pari entre toi et ton frère Didoufri. Il n'est pas impossible que Persenti lui ait révélé l'endroit où elle avait décidé de se retirer. Parmi ces filles, n'y en aurait-il pas une qui aurait porté sur toi des regards aimables, ou encore qui t'ait laissé entendre qu'elle aurait bien aimé faire avec toi une maison de plaisir ?

Djedefhor était resté un moment silencieux avant de répondre :

— Hénoutsen, si l'une des danseuses de l'école de Sebekni a porté sur moi ses regards, je ne l'ai pas remarquée, ne serait-ce que parce que je n'avais d'yeux que pour Persenti. Mais tes paroles éveillent en moi un doute : j'ai appris de la bouche de Persenti elle-même qu'un homme puissant avait tenté par tous les moyens de la séduire, et cet homme n'est autre que Didoufri. Aussi, je le soupçonne d'avoir envoyé quelqu'un parler de la sorte à Persenti pour la détacher de moi.

— S'il en était vraiment ainsi, avait alors conclu Hénoutsen, il n'y aurait pas un instant à perdre car on peut craindre que, de son côté, Didoufri ne recherche Persenti pour la faire enlever. Il faut que dès demain tu te rendes au temple d'Isis et que tu essaies de découvrir ce qu'il en est réellement.

Djedefhor trouva Sebekni au milieu de ses élèves. Ces derniers avaient découvert la véritable identité de leur ancien compagnon en l'apercevant auprès de ses frères lors de l'apothéose du roi divin, leur père. Aussi ne furent-ils pas étonnés de voir leur maître venir au-devant du prince et le saluer avec de grandes marques de respect. Djedefhor lui rendit son salut et le pria de lui accorder un entretien privé. Sebekni l'emmena dans une salle close où Djedefhor lui fit part de ses soupçons relativement à l'une de ses élèves, ce qui scandalisa le maître des belles danses. Il se hâta de retourner dans la cour, où il réunit ses élèves et déclara sur un ton impérieux :

— Il y a parmi vous une personne en abomination à Maât. Par un mensonge dont elle devrait avoir honte, elle a laissé croire à notre fille aimée Persenti que Hori, avec qui elle s'apprêtait à s'unir, s'était joué d'elle et qu'elle était l'objet d'un simple pari. Ce fut la cause du départ précipité de Persenti et de sa disparition, car nul ne sait où elle s'est réfugiée pour cacher son chagrin et son dépit. Si celui ou, plutôt, celle qui a agi avec une telle perfidie ne vient pas devant moi se dénoncer et s'humilier pour obtenir le pardon de moi-même et du prince, qu'elle sache que je parviendrai de toute façon à la retrouver, ne serait-ce que lorsque Persenti sera de retour car elle pourra nous la désigner. Elle aura alors tout à craindre de moi car nous encourrions tous la colère d'Isis si la déesse voyait que vit dans son temple une fille de Seth, sans que nous en prenions le moindre souci. Maintenant, dispersez-vous et regagnez chacun votre cellule. Je veux que la coupable vienne devant moi, dans ma chambre, avant que le soleil n'ait atteint le zénith. Si elle vient et confesse sa perfidie, elle sera pardonnée et nul ne saura son nom. Dans le cas contraire, lorsque je la découvrirai, elle sera ignominieusement chassée du temple et abandonnée à la colère du dieu et à la vindicte publique.

Des murmures accueillirent ces menaces et l'une des danseuses sortit du rang et, se tournant vers ses compagnes, elle déclara :

— Si d'aventure l'une d'entre nous a pu parler ainsi, aveuglée par Seth, qu'elle aille devant notre maître, car c'est sur nous toutes que Maât pourrait faire peser sa vengeance. Mais nous voulons qu'elle soit chassée de toute façon, car nous avons toutes fait hommage à Isis et à Maât en entrant dans cette école, et nous ne pouvons accepter parmi nous un parjure. Le seul allégement de sa peine pour s'être dénoncée, ce sera d'éviter l'infamie, ne pas avoir à affronter sa honte sous nos regards. Son nom ne sera pas prononcé, nous oublierons qui elle est, ce qu'elle a fait.

L'ensemble des élèves ayant approuvé ces paroles, chacun regagna sa cellule. Mais c'est en vain que Dje-defhor attendit avec Sebekni l'apparition de la coupable, au point qu'il en conclut qu'il fallait chercher hors de l'école la personne qui avait parlé à Persenti.

— De cela, je ne suis pas persuadé, lui répondit Sebekni. Et je vais t'en donner la raison : Persenti a subitement quitté l'école, sans prévenir personne, alors qu'elle n'était pas sortie depuis plusieurs jours. Or, entre-temps, nulle personne de l'extérieur n'a pu la contacter. Et si elle avait appris ce qu'elle a cru être une tromperie de ta part alors qu'elle était à l'extérieur, pourquoi serait-elle retournée au temple et en serait-elle brusquement partie plusieurs jours plus tard ? Si je ne me trompe pas, si la perfide se trouve bien parmi nous, sois assuré, seigneur, que nous parviendrons à la démasquer.

Iaset profita que le lendemain, c'était la fête dite de « Frapper les Anou » pour laquelle on n'avait pas besoin des danseuses du temple d'Isis, pour, avant la fin du jour, quitter l'école avec plusieurs autres élèves, afin de passer en famille le jour de fête. Mais, au lieu de se rendre chez son père, qui demeurait dans un village voisin de Memphis, elle se hâta vers le palais après s'être assurée que personne ne la suivait. A la porte du palais se trouvait en permanence un officier chargé d'introduire auprès du nouveau souverain les personnes qui entretenaient avec lui des relations secrètes. Aussi la jeune danseuse fut-elle aussitôt conduite devant Didoufri installé dans l'ancien jardin privé de Khéops. Il goûtait la douceur du crépuscule en compagnie de musiciennes, mais, en retrait, se tenait dans la pénombre un homme de haute taille, remarquable par la puissance féline de son corps à peine voilé par un pagne étroit. Didoufri avait mis toute sa confiance en lui et en avait fait son garde du corps, lequel se tenait toujours à proximité de son maître et dormait dans une chambre voisine de la sienne.

— Seigneur, dit Iaset en s'agenouillant devant Didoufri, si je viens devant Ta Majesté à une heure si tardive, c'est parce que ta servante est menacée. Le prince Djedefhor est venu ce matin au temple et il a parlé à notre maître Sebekni. Le maître soupçonne que l'une d'entre nous a parlé à Persenti et qu'elle est la cause de son départ, de sa fuite devant Djedefhor, le frère de Ta Majesté. Je redoute que Sebekni ne parvienne à me démasquer, ne serait-ce que lorsque Persenti reviendra et me désignera à sa colère. Que pense faire Ta Majesté pour protéger sa servante, celle qui l'aime et qui lui est toute dévouée, celle qui est prête à donner sa vie pour elle ?

— Petite gazelle, lui répondit Didoufri en caressant ses cheveux, quelle crainte peux-tu avoir puisque tu es la protégée de Ma Majesté ? Cette Persenti ne pourra te dénoncer, car elle se trouvera bientôt auprès de moi, dans ce palais, qu'elle ne retournera jamais dans le temple d'Isis.

— Ta Majesté songe-t-elle à la prendre près d'elle ? Et que fera-t-elle de sa servante fidèle ?

— Tu seras aussi près de moi. Sache que Ma Majesté songe à ton avenir. Pour l'heure, rentre chez toi, dans la demeure de tes parents et chasse toute crainte loin de ton cœur.

— Maintenant que Ta Majesté est assise sur le trône d'Horus, va-t-elle tenir sa promesse ? Seigneur, n'est-il pas dans tes intentions de faire de ta servante ta seconde épouse, après la reine Méresankh, ainsi que tu me l'as promis un jour ?

— Il me semble que je viens de te dire que tu seras près de moi, que je songe à ton avenir, répliqua le roi. Cela ne te suffit-il pas ?

— Ces paroles suffisent au bonheur de la servante de Ta Majesté, car je crois comprendre que tu feras de moi ta seconde épouse, selon les promesses que tu m'as faites.

— C'est bien, c'est bien. Maintenant, rentre chez toi, et évite qu'on te voie sortir du palais.

Dès que Iaset se fut éloignée, Didoufri frappa dans ses mains. Le serviteur sortit de l'ombre, il vint devant le roi.

— Oupéti, lui dit à voix basse le roi, veille bien à la sécurité de la servante dc Ma Majesté, de cette Iaset qui commence à m'importuner.

Ce n'est que plusieurs jours plus tard que le corps de la danseuse fut retrouvé dans le Nil, pris dans des touffes de roseaux et de papyrus. On déclara qu'elle avait dû glisser dans le fleuve et se noyer. Personne ne remarqua le profond sillon autour de sa gorge qui aurait pu laisser penser qu'elle avait été étranglée avant d'être jetée dans les eaux profondes. Malgré l'horreur du drame, on se réjouit dans la famille de la jeune fille qu'elle n'ait pas été dévorée par des crocodiles ou des poissons carnivores et que son corps, retrouvé intact, ait pu être enseveli selon les rites. Nul parmi les élèves de Sebekni n'ayant songé un instant que Iaset ait pu être l'informatrice de Persenti, tous participèrent à la cérémonie funèbre et les filles dansèrent pour la morte tout en se lamentant sur un si triste sort.

Quant à Djedefhor, il ne sut rien du drame, car il avait alors quitté Memphis.

Le jour qui suivit la visite de Djedefhor au temple d'Isis, des envoyés du Grand Palais vinrent devant le prince, dans sa demeure. Djedefhor se trouvait dans son jardin, en compagnie de sa mère et d'Hénoutsen. Mérititès avait fait venir auprès d'elle la directrice des ateliers royaux et elle l'avait interrogée sur la mère de Persenti. « Je ne sais où demeurent ses parents, avait répondu la directrice, mais je crois pouvoir trouver quelqu'un qui me renseignera, une ancienne compagne d'Iou qui est parfois allée chez elle, dans le village de la Terre du Nord où elle est née. L'une de nos ouvrières la connaît, elle saura la retrouver et je la conduirai devant Ta Seigneurie pour qu'elle te donne le renseignement voulu. » Mérititès s'était alors rendue auprès de son fils, en compagnie d'Hénoutsen qui s'inquiétait de la disparition de Chédi et de sa famille, pour lui faire part de la bonne nouvelle.

Les envoyés du palais furent introduits auprès de

Djedefhor et des deux reines. Ils s'inclinèrent et leur chef parla :

— Seigneur, dit-il, je suis envoyé par Sa Majesté, car notre seigneur a manifesté sa volonté de voir son frère devant elle.

— Quand mon frère désire-t-il que je me rende au Grand Palais ? demanda Djedefhor.

— A l'instant même. Sa Majesté est assise sur son trône, elle donne ses audiences.

— Sais-tu ce que me veut mon frère ?

— Sa Majesté n'a pas mis son serviteur dans le secret de ses intentions.

— Vois, je suis en conférence avec la Grande Epouse royale, ma mère, et avec la reine Hénoutsen. Je viendrai au Grand Palais quand j'en aurai terminé.

— Seigneur, pardonne-moi, mais le roi nous a ordonné de revenir avec toi, sans plus tarder.

— Mon frère puîné, né d'une étrangère, n'a pas le pas sur les reines, premières épouses du dieu Khéops, mon père, répliqua Djedefhor.

— Seigneur, la seule chose que nous savons, c'est que le dieu qui siège sur le trône d'Horus est Sa Majesté l'Horus Kheper, et qu'il est au-dessus des reines.

— Comment oses-tu prétendre que ce fils d'une étrangère pourrait avoir la prééminence sur ma mère, la fille du dieu Snéfrou, celle par qui la légitimité est transmise de mère en fils ! se scandalisa Djedefhor en se levant de son siège.

Mais Mérititès calma sa colère :

— Mon fils, ne rejette pas, sous le coup de la colère, la sagesse dont tu as sucé le lait depuis ta naissance. Didoufri a été désigné par mon royal frère, il est le roi, pour l'instant.

— Mérititès a raison, intervint à son tour Hénoutsen. Va devant Didoufri en toute quiétude. Ne lui donne pas de raison de provoquer par sa sottise un incident qui pourrait être la cause de grands troubles dans le pays. Car s'il est vrai qu'il est monté sur le trône d'Horus comme un voleur, il n'en est pas moins vrai que tous les grands de ce pays qu'il n'a pas corrompus sont remplis d'animosité contre lui et que ton frère Khéphren, qui est le maître du sud de l'Egypte, est le seul à disposer d'une puissante armée entraînée et bien encadrée.

Ces paroles, lourdes de menaces, s'adressaient en réalité aux envoyés du roi et rappelaient à Djedefhor qu'il n'était pas un simple particulier isolé.

Le prince se résolut à suivre les messagers. Ils montèrent sur la grande barque royale qui les attendait, amarrée au quai royal du port de Per-nufer, pour rejoindre le port du Grand Palais. Pendant tout le voyage, Djedefhor resta silencieux, observant les envoyés de son frère. Il n'en connaissait aucun : il avait visiblement affaire à de nouvelles recrues, sans doute toutes dévouées au roi. Lorsqu'ils eurent débarqué, le chef des messagers partit en avant, pour aviser Sa Majesté de l'arrivée de son frère, déclara-t-il. Didoufri se tenait dans la grande salle d'audience, sur le trône qu'avait occupé Khéops. Il avait près de lui Minkaf, son vizir, tandis que les courtisans, ses Amis, se tenaient debout dans la salle. Le chef des messagers vint se prosterner devant le roi puis il s'avança tout près de lui pour lui faire part, à voix basse afin de n'être pas entendu par les courtisans, des paroles prononcées par le prince et aussi par Hénoutsen.

— En vérité, dit Didoufri à Minkaf, ta mère est pour nous une menace. Vois, elle n'hésite pas à se montrer arrogante à l'égard de Ma Majesté.

— Mon frère et seigneur, lui répondit Minkaf, il est vrai que ma mère est d'une nature peu malléable et elle jouit du plus grand prestige dans ce pays, d'autant que mon frère aîné demeure tout-puissant dans sa province.

— Je ne l'ignore pas, et c'est là l'un de mes soucis, reconnut Didoufri.

— Il revient à Ta Majesté de ne pas sembler te

froisser, d'ignorer les paroles agressives de ma mère. Je sais trop bien qu'une guerre ouverte entre toi et elle risquerait de tourner à ton désavantage. Tu dois agir avec une grande prudence car il n'est que trop exact que la majorité des grands des Deux Terres ne te sont pas favorables.

Didoufri se renfrogna en entendant ces conseils dont il ne pouvait ignorer la pertinence mais qui heurtaient son orgueil.

— Qu'on introduise le prince devant Ma Majesté, se décida à ordonner Didoufri.

Djedefhor entra dans la salle, la tête haute et vint saluer son frère. Mais ce dernier prit un air sévère et lui lança :

— Serviteur, ignorerais-tu qu'on doit se prosterner devant la majesté du dieu ?

Cette apostrophe jeta un froid dans l'assemblée, chacun attendant la réaction de Djedefhor.

— Didoufri, repartit le prince, je ne suis pas ton serviteur, je suis même ton aîné. Jamais notre père n'a exigé de ses fils qu'ils se prosternent devant Sa Majesté. Je ne vais pas commencer à m'abaisser en me prosternant devant toi.

Le visage du roi se crispa et s'empourpra de colère.

— Le dieu Khéops a agi comme il le jugeait bon. Et Ma Majesté a décidé de changer l'étiquette. Désormais j'exige que tous ceux qui viendront devant Ma Majesté se prosternent devant mon trône.

Djedefhor lui tourna le dos et s'éloigna sans daigner répondre tandis que Didoufri se levait en ordonnant aux gardes d'arrêter son frère et de le reconduire devant lui. Un mouvement d'hésitation fut marqué par les gardes indécis lorsque surgit Noubet. Elle était restée dissimulée derrière la porte par laquelle on accédait à la salle d'audience depuis les appartements royaux. Elle avança de son pas léger et ferme jusqu'au trône et, se tournant vers Didoufri, elle déclara :

— Mon fils, il ne t'appartient pas de changer l'étiquette. Ce qu'a voulu ton père, le dieu Khéops, était juste. Et toi, Djedefhor, je t'en prie, oublie les paroles de ton frère et reviens auprès de nous. Il est vrai qu'il fallait que l'un d'entre vous fût choisi pour succéder au dieu justifié sur le trône d'Horus. Le choix est tombé sur Didoufri, mais vous êtes tous princes royaux. N'est-ce pas vrai, Didoufri ?

— C'est vrai, concéda le roi en s'inclinant devant sa mère. Je... Ma Majesté a été sur le moment heurtée par l'assurance de... mon frère...

Noubet vint se placer debout derrière le trône de Didoufri, comme Isis derrière Horus, et elle reprit :

— Djedefhor, tu es le directeur des chantiers royaux et aussi celui que le dieu Khéops a chargé de la direction du clergé de sa pyramide. Je crois que c'est à ce propos que le roi a demandé que tu viennes devant lui. Didoufri, expose ce que tu as à dire au prince, ton frère.

Le roi paraissait subjugué par sa mère. Il resta un court instant silencieux avant d'ouvrir la bouche :

— Djedefhor, mon frère, se décida-t-il à articuler, c'est à toi qu'il revient de mener à leur achèvement les travaux autour de la pyramide de l'Horizon. Vois, il convient de terminer les trois pyramides des reines : celle de la Grande Epouse royale, Mérititès, celle de la reine Hénoutsen et celle de ma mère, la reine Noubet. Il convient également d'ériger ce Sphinx dont notre père a entrepris la construction, à la porte de l'enceinte sacrée. Or, il est venu à l'oreille de Ma Majesté qu'on manque de bois pour poursuivre ces travaux. La volonté de Ma Majesté est donc que tu ailles en chercher avec une flotte, comme l'a fait jadis notre père Khéops. Certes, j'aurais pu envoyer là-bas mon oncle Ayinel, mais il faut aussi aller quérir des pierres et du cuivre vers le Levant, vers le désert d'Atika. C'est lui qui connaît le mieux ces régions, il se chargera de diriger l'expédition que Ma Majesté a décidé d'y envoyer. Pour toi, mon frère, tu seras l'ambassadeur de Ma Majesté auprès du roi de Byblos. Nous savons qu'Abishému qui régnait sur la cité lorsque notre père y est venu, a été remplacé par son fils Elibaal. Tu lui apporteras le sceau d'alliance de Ma Majesté, tu lui apprendras qu'un nouveau roi est assis maintenant sur le trône de l'Egypte, tu lui apporteras le salut d'Ayinel et aussi de ma royale mère et d'Ibdâdi, devenu prince à la suite de son mariage avec notre tante Néferkaou.

— Seigneur, répondit Djedefhor, la confiance que tu mets en moi pour remplir une telle mission me flatte, mais ma fonction de directeur de la pyramide de l'Horizon et la charge d'entretenir le culte qui doit s'y dérouler, confiées par le roi justifié, notre père, se trouve en opposition avec ma volonté de répondre à ton désir de m'envoyer auprès du roi de Byblos.

— En quoi vois-tu là une impossibilité ? Le dieu Khéops était bien directeur du chantier des pyramides du nord et du sud lorsque le dieu Snéfrou l'envoya à Byblos ? Et ne dois-tu pas être reconnaissant à Ma Majesté de te donner par là une occasion de connaître enfin ces rives lointaines où, selon ce que m'ont rapporté Ayinel et Ibdâdi, tu rêves depuis si longtemps d'aller un jour ? Or, avec eux, tu es le seul à parler couramment la langue des gens du Kharou et même celle des gens du Sumer et aussi des bédouins de ces régions. En tout cas, si j'en crois les dires d'Ibdâdi qui t'a enseigné ces langues, et d'autres encore, à ce qu'il paraît.

— Je remercie Ta Majesté de la confiance qu'elle met en moi, répondit Djedefhor. Je vais songer à voir comment je pourrai satisfaire à la volonté de mon frère sans pour autant désobéir aux ordres sacrés de mon père et me dérober à la mission qu'il m'a confiée.

Sur cette réplique, par laquelle le prince laissait entendre qu'il restait maître de sa décision, il se retira sous le regard sombre de Didoufri, lequel se leva et se retira dans les appartements royaux. Sa mère l'y retrouva aussitôt, lui ayant emboîté le pas.

— Didoufri, l'attaqua-t-elle sans tergiverser, tu n'es qu'un sot, un taureau sauvage qui charge aveuglément sans même savoir quel est son adversaire. Ta vanité aurait tôt fait de te perdre si je n'étais pas toujours derrière toi. Désormais, cesse de prendre des décisions inconsidérées et laisse à ta mère le soin de gouverner.

— Ma mère, je t'admire et te respecte, mais n'oublie pas que je suis le roi de ce pays...

— Didoufri, mets-toi dans ta tête vide que tu n'es rien, que tu n'as été désigné par ton père que grâce à mon intervention, grâce au serment que j'ai un jour arraché à Khéops alors que tu n'étais même pas venu à l'existence, pas même conçu dans mon ventre. Tu n'existes que par moi, tu ne règnes que par ma volonté. Je ne serais pas intervenue tout à l'heure que tu te serais abandonné à ta stupide vindicte contre Djedefhor, au risque de provoquer un incident qui aurait pu vite tourner à ton désavantage. N'as-tu pas vu que tes gardes que tu crois prêts à t'obéir aveuglément ont hésité lorsque tu leur as commandé de ramener vers toi ton frère ? N'oublie pas que Djedefhor est ton aîné, qu'il est en réalité l'héritier légitime, qu'il est aimé de tous les hommes de ce royaume et même de ton oncle Ayinel et d'Ibdâdi. N'oublie pas que nombreux sont les grands et les gouverneurs de province qui voient d'un mauvais œil ton accession au trône au détriment de Djedefhor ou de Khéphren. Garde à l'esprit que ce dernier est le maître d'une armée suffisamment puissante pour te faire tomber de ton trône.

— Celui-là, je veux le rappeler, il rentrera à Memphis et il devra me rendre hommage.

— Combien de temps prétends-tu persister dans de si ridicules desseins ? Evite de provoquer Khéphren car il pourrait bien te rompre les reins. Tu ne disposes en réalité que des gardes du palais : tu serais bien en peine de briser une quelconque révolte.

— Pour ce qui concerne Khéphren, j'ai un moyen de le faire plier.

— Tiens donc ! Et quel est ce moyen ?

— Je puis, quand je le veux, me rendre maître de sa mère Hénoutsen.

— Que veux-tu dire ?

— Il me suffit de la faire arrêter. Nul n'ignore le respect que portent à cette femme aussi bien Djedefhor que son fils Khéphren. Le respect et l'amour. Si je la tiens à ma merci, jamais ils n'oseront s'opposer à moi.

— Mon fils, en vérité tu es aveuglé par Seth ! Touche à Hénoutsen et tout le pays se lève contre toi. On dirait que tu cherches par tous les moyens non seulement à te faire haïr par tous les gens de la Terre Noire, mais encore que tu fais tout ce qu'il faut pour être jeté au bas de ce trône que j'ai eu tant de mal à t'obtenir. Abandonne cette raideur, cette fatuité qui te perdront un jour. Vois, j'ai parlé à ta sœur aînée Khentetenka de ta volonté de l'épouser : elle en a ri, elle m'a dit que tu n'étais qu'une petite bête, qu'elle détestait ton comportement. J'ai eu le plus grand mal à la persuader de devenir ton épouse pour des raisons dynastiques.

— Si j'épouse Khentetenka, c'est uniquement pour obéir à ta volonté, ma mère. Je sais qu'elle me déteste, mais c'est une vraie catin. Nul n'ignore qu'à peine était-elle devenue l'épouse de Khoufoukaf qu'elle se précipitait dans la couche de Khéphren. Et maintenant qu'il est loin, Ma Majesté ne serait pas surprise d'apprendre qu'elle se donne à tous ceux qui la désirent. En revanche ma sœur Hétep-hérès ne s'est pas opposée à un mariage avec moi. Je sais qu'elle m'aime.

— C'est la seule femme qui ait de l'affection pour toi. Tu es son aîné, tu lui es apparu dans une auréole de gloire, bien que cette gloire commence à se ternir dans son esprit. Si tu continues de te comporter comme tu le fais, tu perdras même son attachement. Et n'oublie pas qu'elle a aimé Kawab et qu'il lui a donné cette si mignonne enfant, la petite Méret. Montre-toi à son égard suffisamment aimable et rempli d'attentions pour qu'elle ne puisse faire avec son premier époux une comparaison qui te serait défavorable. Quant à ta sœur aînée, je tiens à ce que tu l'épouses, ne serait-ce que pour ne pas lui donner l'occasion soit de rejoindre Khéphren à Eléphantine, soit de choisir ses amours vers où vont ses désirs.

— En fait, ma mère, pourquoi tiens-tu tellement à ce que j'épouse mes sœurs ? Alors que j'ai déjà une femme avec Méresankh ?

— Tu as su si parfaitement te faire détester par cette fille de Mérititès qu'il est mieux de n'en pas parler. Et ton attitude vis-à-vis de son frère Djedefhor ne risque pas de lui faire changer d'opinion à ton égard. Je veux que tu épouses tes sœurs afin de plus étroitement encore souder notre famille. Nous devons rester unis si nous voulons te conserver ce trône. Le dieu a voulu que tes deux sœurs, malgré leur jeune âge, soient veuves. Quels nouveaux époux pourrait-on leur donner ? Je n'ignore pas que Khentetenka a fait des maisons de plaisir avec Khéphren et l'on peut redouter, si nous ne la marions pas rapidement, qu'elle cherche à aller le rejoindre dans sa province ou, comme tu le crains, qu'elle ne se donne à qui lui plaît car elle est visiblement possédée par les feux d'Hathor. Quant à Hétep-hérès, à qui la marier ? Il ne reste plus que Minkaf et Djedefhor. Ce serait renforcer leur parti que de la donner à l'un d'entre eux.

— Je crois que Minkaf m'est dévoué.

— Minkaf est le fils d'Hénoutsen. Il t'est dévoué dans la mesure où tu es roi et où tu en as fait ton vizir. Didoufri, persuade-toi que tu n'as qu'un seul allié sur qui tu puisses compter, c'est ta mère. Dès lors, ne cherche jamais à prendre des initiatives qui me paraissent chaque fois malheureuses, sinon dangereuses pour ton trône. Contente-toi de t'y asseoir, de paraître régner aux yeux du peuple de la Terre Noire, et, pour le reste, laisse-moi agir.

CHAPITRE III

En quittant le Grand Palais, Djedefhor restait indécis. S'il n'avait été dominé par son désir de retrouver Persenti pour lui déclarer la sincérité de son amour et lui demander de devenir la maîtresse de ses biens, il aurait accepté avec enthousiasme la mission que prétendait lui confier Didoufri. Mais dans les circonstances actuelles, il ne pouvait se résigner à s'éloigner de Memphis. Néanmoins, il songeait qu'il lui était difficile de se dérober aux ordres de son frère, d'autant qu'il n'était que trop vrai qu'on manquait de bois pour terminer les travaux des pyramides des reines. Djedefhor passa tout le reste de cette journée dans l'expectative.

Le lendemain, dès la première heure, il reçut la visite d'Ibdâdi et d'Ayinel.

— Hori, lui dit d'attaque Ibdâdi, Didoufri désire que tu prennes la tête d'une flotte pour aller chercher du bois à Byblos, avons-nous appris hier. Il paraît que tu n'es pas disposé à lui obéir, selon ce qu'a cru comprendre le roi.

— Ibdâdi, lui répondit Djedefhor, en réalité, ce qui me retient ici, ce n'est pas une volonté de m'opposer aux ordres dc mon frère, c'est mon amour pour cette Persenti qui me fuit depuis déjà trop de jours. Si elle était auprès de moi, je n'hésiterais pas à m'embarquer sans plus tarder.

— Hori, dit à son tour Ayinel, nous avons été mis au courant de ta mésaventure. Nous en avons parlé hier avec Hénoutsen. Vois : on ne sait où se cache cette fille, mais fais confiance à la reine ; elle la retrouvera et elle saura bien la persuader de la sincérité de ton amour. Pour ce qui est de toi, nous venons devant toi afin de persuader d'accepter de te mettre à la tête de la flotte envoyée à Byblos. D'abord, c'est une bonne expérience qui va dans le sens de tes anciens désirs de mieux connaître les hommes et le monde. Par ailleurs, tu y prendras l'habitude de commander et il te revient de te faire aimer et respecter par ces hommes qui, par la suite, te seront fidèles. Mais il y a plus. Visiblement Didoufri tient à t'éloigner de Memphis car il redoute que tu te lèves contre lui, que tu revendiques la double couronne dont tu es à double titre l'héritier légitime, étant d'abord l'aîné de Didoufri et surtout étant le fils de la première reine Mérititès. Il est donc heureux, pour la paix du royaume, que tu acceptes de t'éloigner quelque temps et que tu ne sembles pas désireux de t'opposer à la volonté du roi justifié, ton père, de placer le fils de Noubet sur le trône d'Horus. Nous venons ainsi te demander de venir devant ton frère et lui dire que tu acceptes de te rendre à Byblos. Tu n'en reviendras que plus glorieux et plus riche encore en sagesse. La jalousie et les soupçons de Didoufri s'en trouveront apaisés et, on n'en peut douter, Hénoutsen aura, entre-temps, retrouvé Persenti qui sera d'autant plus impatiente de retomber dans tes bras qu'elle aura dû t'attendre.

— Ce que tu sembles ignorer, Ayinel et toi aussi, Ibdâdi, c'est que Didoufri est également amoureux de cette fille et je ne serais pas surpris que, de son côté, il ne cherche à l'enlever et à la séduire. Si je m'absente, il aura toute liberté d'agir sans que je puisse intervenir, sans que j'aie l'occasion de me justifier devant elle afin qu'elle ait un libre choix.

— Tu viens justement de parler de libre choix. Si cette fille t'aime, Didoufri ne pourra rien contre toi, elle persistera à te rester fidèle. Si elle ne t'aime pas, ou si elle ne t'aime plus, tu ne pourras la ramener vers toi et si elle décide de porter son choix sur Didoufri, que tu sois à Memphis ou à Byblos, tu ne pourras rien y changer.

— Ayinel vient de te parler avec une grande sagesse, renchérit Ibdâdi. Mets ta confiance en Hénoutsen qui sera pour toi la meilleure intermédiaire et qui saura sans doute mieux que toi plaider ta cause ; car si elle ne parvient pas à te la ramener, je doute que tu sois capable de réussir là où elle aura échoué.

— Crois-en notre expérience, reprit à son tour Ayinel. Pars pour Byblos, c'est le mieux que tu aies à faire. Nous savons que Didoufri a placé le commandement du vaisseau amiral sous les ordres d'Hétepni. C'est un très bon marin qui a longtemps navigué sous mes ordres. Je peux t'assurer que, bien que nommé par mon neveu, il te sera fidèle, tu pourras mettre en lui toute ta confiance.

Ainsi Djedefhor se laissa-t-il entraîner à accepter ce qu'il appelait l'offre de son frère, laquelle offre était considérée comme un ordre aux yeux du jeune roi.

Pendant les premiers jours de navigation, tout au long de la branche orientale du delta du Nil, Djedefhor ne put s'empêcher de penser à Persenti, à évoquer son image, à se remémorer les heureux jours passés en sa compagnie. Mais au fur et à mesure de l'écoulement du temps, il lui venait à l'esprit qu'elle ne l'avait pas aimé autant qu'il avait pu le penser, sans quoi l'aurait-elle aussi brusquement quitté, sans même chercher à avoir avec lui une explication, sans lui permettre de se justifier ? Et il en arrivait à songer que c'était une bonne chose que d'avoir quitté Memphis, que de retremper son esprit dans un autre monde, de chasser, en tout cas pour un temps, une image par trop obsédante, de s'abandonner à un chagrin qui outrageait sa volonté de sagesse et de domination de soi.

Lorsque le bateau amiral s'engagea dans cette mer qu'il ne faisait que découvrir, cette Grande Verte qui s'étendait à l'infini par-delà tous les horizons, il avait réussi à chasser les pensées qui l'avaient si vivement assailli comme un vent de tempête capable d'abattre un bel arbre, et son âme avait recouvré son ancienne sérénité. Il avait eu le temps de se lier avec le commandant du bateau, cet Hétepni, dont lui avait parlé

Ayinel. Il avait pris plaisir à l'entendre parler de ses voyages sur les mers bordières de l'Egypte, vers le nord et le pays de Qodem, vers le sud et le Pount. Et il s'était plus que jamais persuadé que cette vie de voyages et de découverte du monde, de son immensité, de sa variété, était infiniment plus belle et enrichissante que la vie du roi lui-même, sans cesse assailli des soucis du gouvernement de son peuple, toujours soupçonneux, toujours vivant dans la crainte de perdre son trône, ne voyageant qu'à travers son royaume et rarement par-delà ses frontières, toujours accompagné d'une armée, pour châtier, pour conquérir, jamais pour connaître.

Comme à l'accoutumée, le bateau, suivi de loin par six autres navires appelés *Kébénit* par les Egyptiens, d'après le nom qu'ils donnaient à Byblos, vaisseaux de charge au long cours, longeait les côtes sablonneuses du pays de Canaan. Or, ils ne se trouvaient plus qu'à un jour de navigation du premier grand port de cette côte basse sur laquelle on pouvait voir surgir parfois des groupes de nomades avec leurs ânes et leurs troupeaux de moutons, lorsque Hétepni vint trouver Djedefhor qui, vu son rang, logeait dans une étroite cabine vers la poupe du vaisseau. La nuit était sereine, baignée par cette clarté venue du ciel étoilé. Le prince s'était retiré dans sa carrée depuis un bref instant et restait étendu sur le dos, dans l'attente de la venue du sommeil. La visite inopinée de l'officier à une telle heure le surprit, l'inquiéta. Hétepni s'assit auprès de lui et lui parla à voix basse :

— Seigneur, chuchota-t-il, je viens devant toi l'âme attristée, l'esprit consterné. Mais je ne peux plus atermoyer.

— Hétepni, s'étonna Hori, que signifient ces paroles ? Que veux-tu dire ?

— Sache que le roi, ton frère, t'a envoyé non pas vers Byblos mais vers la mort. Tous les hommes qui manœuvrent ce bateau sont ses complices, et j'ai aussi dû me faire son suppôt afin de te venir en aide.

45

Nous avons ordre, avant d'avoir atteint le premier port de cette côte, de te tuer et de jeter ton corps à la mer. Nous rentrerons ensuite en Egypte en prétendant qu'un soir, alors que tu étais resté sur le pont, une vague t'a emporté dans la mer où tu t'es noyé. Chacun des hommes de l'équipage a reçu de l'or pour jurer qu'il en a été ainsi, mais moi j'ai reçu la mission d'être l'exécuteur des basses œuvres du roi. Je dois te poignarder dans la nuit, cette nuit même, et jeter ton corps dans la mer. Car si les hommes ont accepté le prix de leur trahison, aucun n'a osé se charger d'assassiner un prince, fils du dieu Khéops et de la Grande Epouse royale.

— Hétepni, veux-tu me signifier par-là que tu es résolu à m'assassiner ?

— Seigneur, si tel était mon dessein, je ne t'aurais pas parlé de la sorte. J'aurais attendu ton sommeil pour te frapper en toute tranquillité.

— Dis-moi alors quelles sont tes intentions. Car je vois que même si je me défendais, j'aurais tout l'équipage contre moi et mon destin n'en serait pas moins scellé.

— Seigneur, il nous faut prier Isis, mère des dieux et maîtresse des mers, de te protéger. Pour le reste, voilà ce que je peux faire pour toi, et ceci, au risque de ma vie, car si d'aventure le roi apprenait que j'ai failli à ma mission, il me ferait mettre à mort sans balancer. Vois, j'ai pris soin d'emporter une souris dans le sac que je tiens. Je vais l'égorger et répandre son sang sur ton pagne et ta couche. De ton côté, tu vas pousser des cris étouffés et, ensuite, tu simuleras la mort et tu te laisseras tirer par les pieds. Je te jetterai ensuite à la mer ; il faudra alors que tu t'abandonnes au flot car sans nul doute les hommes qui veillent aux rames de gouverne et d'autres encore vont un moment voir ton corps flotter entre deux eaux. Attends que le bateau se soit éloigné puis rejoins la rive à la nage. Ensuite, abandonne-toi à ton destin.

— Veux-tu dire que je vais me retrouver seul, nu, sans arme, sur cette terre étrangère, sur ces rivages hostiles, loin de la Terre chérie ?

— Pour aussi hostiles que pourront t'être ces rivages, ils te le seront moins que l'Egypte. Le roi veut ta mort, il n'aura de cesse que tu ne le sois. Au demeurant, je ne peux faire plus pour toi. Si je n'agis pas ainsi, si je parais flancher, mes officiers qui, eux, sont entièrement soumis à Didoufri, auront tôt fait d'exécuter à ma place ce que j'aurai craint de faire et ils me mettront aussi à mort ; car, malgré les scrupules qu'ils ont pu avoir de te frapper, ils ne pourront plus reculer. Ni toi ni moi n'avons le choix. Il est maintenant temps de jouer ce jeu, car ceux qui m'ont vu pénétrer dans ta cabine risquent de s'étonner de ne pas m'en voir ressortir et ils pourraient soupçonner quelque stratagème.

— Hétepni, une question encore...

— Dis, mais hâte-toi.

— Pourquoi ne m'as-tu pas averti de cette conspiration avant que je ne m'embarque ? J'aurais alors pu aviser, m'enfuir à Eléphantine auprès de mon frère.

— Sache que je n'ai appris ma mission que ce matin même. Le roi a confié à l'un de ses fidèles un ordre scellé que celui-ci vient de me remettre : j'y ai trouvé écrit que je dois te mettre à mort avant d'entrer dans le premier port de Canaan. Didoufri est habile ; il a ainsi évité à ses commensaux de commettre un tel crime, et il m'oblige à me compromettre et à me souiller de ce meurtre. Mais il a négligé de prendre en compte ma subtilité, ma probité et aussi ma fidélité à Ayinel, qui m'a recommandé de veiller à ta sécurité.

Ayant ainsi parlé, Hétepni sortit d'un sac une souris dont il trancha d'un seul coup la tête et il étala le sang sur le flanc gauche du prince et sur sa couche. Aussitôt après il lui prit les jambes et le tira hors de la cabine. Résigné à jouer un jeu qui lui sauvait la vie, au moins temporairement, Djedefhor s'abandonna comme si son âme avait quitté son corps. Et il s'en félicita lorsque, conservant les paupières closes, il entendit une voix qui s'adressait à son prétendu assassin :

— C'est fait ? Tu as mis bien du temps...

— Je reconnais avoir un moment hésité à frapper un homme endormi.

— Es-tu sûr qu'il est bien mort ?

— S'il ne l'est pas complètement, il le sera bientôt, une fois jeté à la mer... Hâtons-nous... Aide-moi à le soulever...

Djedefhor se sentit enlevé par les aisselles et les chevilles. Il retint sa respiration de crainte que le nouveau venu, en qui il avait reconnu l'un des officiers aux ordres d'Hétepni, ne perçût les mouvements de sa poitrine. Il fut soulevé, balancé et soudain il tomba dans un vide aussitôt suivi du choc de son corps contre la surface de l'eau. Il se laissa couler et ouvrit les yeux. Il aperçut la sombre masse allongée de la coque qui glissait sur l'eau et s'éloignait rapidement, la voile déployée gonflée par un vent favorable. Il attendit d'être sûr de ne pas risquer d'être vu pour nager en direction du rivage dont il apercevait la ligne sableuse dans le lointain.

La nécessité rend ingénieux. La vigueur de Djedefhor lui permit d'atteindre la plage sableuse sans difficulté, d'autant que la mer était calme. Il aurait eu toute raison de se lamenter en se retrouvant ainsi abandonné, nu, sans arme, sur un rivage barbare, loin de sa patrie. Il songea, au contraire, que le dieu lui envoyait cette épreuve afin, non seulement de lui donner une occasion d'exercer sa sagacité et de l'affermir, mais encore de le contraindre à s'engager dans la quête de cet ailleurs qui l'avait aussi bien fasciné que troublé, mais devant le mystère duquel il avait jusqu'à ce jour reculé, trouvant chaque fois une raison pour retarder son départ. Son amour pour Persenti lui avait été l'ultime et la meilleure raison pour éloigner encore de lui cette tentation : si elle l'avait si subitement quitté, si son frère Didoufri avait imaginé cette mission vers Byblos pour le faire disparaître, ce qui était finalement le meilleur moyen de se débarrasser d'un adversaire jalousé et détesté sans courir le risque d'être accusé de meurtre par les opposants à son trône, si, finalement, Hétepni s'était refusé à être le bras meurtrier du roi et l'avait aidé à fuir vers ces rivages inconnus, n'était-ce pas par la volonté du dieu qui, grâce à cet enchaînement de moyens, le contraignait finalement à s'impliquer dans une aventure dans laquelle il ne se serait peut-être jamais engagé sans cela ?

Cette pensée lui rendit toute sa confiance en lui-même et dans la divinité qui le dirigeait vers le but qu'il s'était pourtant fixé depuis longtemps, découvrir le grand livre secret de Thot, suivre les chemins qui mènent à cette mystérieuse porte d'Hebsbagaï à laquelle avait fait allusion le sage Djédi d'Hermopolis, enfin achever la quête au terme de laquelle n'avait pu parvenir son père Khéops, ainsi qu'il le lui avait confié un jour, œuvre d'une bien plus grande importance que celle qu'il aurait pu accomplir s'il avait pu s'asseoir sur le trône d'Horus. Dès lors Djedefhor fut persuadé que toutes les peines qu'il avait connues, les dangers qui l'avaient menacé, les périls auxquels il avait échappé, les adversités qu'il avait subies et celles qui allaient lui être imposées, entraient dans le cadre des épreuves imposées dans sa quête initiatique, étaient les obstacles voulus sur le chemin de la connaissance, les tribulations destinées à transformer son âme.

Un homme qui met le bonheur dans le plaisir, la puissance, la richesse, les biens matériels, ne peut devenir un sage, ne peut atteindre la perfection de l'âme, car un tel bonheur est l'ennemi de la Sagesse, s'était-il souvent dit, avant qu'il n'ait identifié son bonheur à son amour pour Persenti, ce qui lui avait été un aveuglement, un regrettable frein à sa quête de la vérité suprême. Au point qu'il en arrivait maintenant à remercier les dieux de l'avoir ainsi éloigné d'un amour qui aurait pu pervertir son cœur, bien qu'un goût d'amertume subsistât au fond de lui-même. Plongé dans ces pensées, il sombra bientôt dans un profond sommeil.

CHAPITRE IV

Les grands-parents de Persenti, chez qui Iou, la mère de la jeune fille, s'était réfugiée avec sa fille, vivaient dans une grande demeure construite sur une butte dominant la branche du Nil, dite de Sebenny-tos. Elle était située à peu de distance de cette dernière ville, chef-lieu d'une province, le douzième nome de la Vache. Le grand-père, Khenemou, avait fait des études de scribe, ce qui lui avait valu de devenir l'un des surveillants des troupeaux du temple d'Onouris, la divinité tutélaire de la ville. Il assumait la responsabilité de nombreux bouviers chargés de garder le troupeau qui paissait dans les environs de la demeure du surveillant, ce qui lui assurait un salaire suffisant pour faire vivre convenablement sa famille. Grâce à sa situation de scribe, il avait réussi à faire entrer sa fille Iou dans les ateliers de tissage royaux, à Memphis. Mais c'est également parce qu'elle était fille de scribe que Iou, lorsqu'elle avait enfanté Persenti, sans être mariée à Chédi, avait dû élever en secret sa fille avant de la confier au temple d'Isis avec la protection de la Grande Epouse royale de l'époque, Hétep-hérès, fille d'Houni.

Lorsque la jeune fille avait eu la fausse révélation du pari dont elle avait été l'objet entre les deux fils du roi, elle avait décidé de fuir son Hori. Sa volonté de ne plus le revoir était stimulée par la honte qu'elle ressentait d'avoir été sa dupe, par le chagrin que lui procurait cette rupture, et surtout par la crainte, si d'aventure elle se retrouvait en présence du jeune homme, de succomber à l'amour qu'elle lui portait toujours et de s'abandonner à toutes les concessions pour qu'il daigne la garder auprès de lui, jusqu'à accepter de se partager entre lui et son frère, comme Iaset prétendait le faire elle-même. C'est la raison pour laquelle elle avait supplié sa mère de l'emmener loin de Memphis et fait jurer à son père de ne révéler à personne le lieu de sa retraite.

Après un peu moins de trois jours de navigation, Iou était arrivée chez ses parents, avec Persenti et ses deux autres enfants. Elle avait trouvé dans l'aventure de sa fille, une occasion de rendre une visite à ses parents et de leur amener ses enfants, ce qui avait satisfait tout le monde. Cependant, Iou n'avait pas jugé utile de révéler à son père la véritable raison de sa visite. Elle avait préféré lui laisser imaginer que c'était pour le seul plaisir de se revoir après une assez longue séparation, car Khenemou et son épouse n'avaient pas revu leurs deux plus jeunes petits-enfants depuis déjà plusieurs années et ils ne connaissaient pas leur aînée, Persenti. Aussi, pendant les premiers jours, la jeune fille fut occupée à satisfaire la curiosité de ses grands-parents, qui avaient manifesté autant de curiosité que d'attentions à l'égard de cette petite-fille devenue la première danseuse du temple d'Isis et qui avait dansé lors du jubilé du roi justifié Khéops.

Persenti avait tenté de chasser loin de son esprit l'image de Djedefhor et oublier son chagrin. Mais la nostalgie des jours heureux, encore si récents, l'avait bientôt rejointe. Elle allait alors s'asseoir sur le bord de la falaise basse qui dominait le Nil et elle restait ainsi, immobile, à regarder passer les nombreuses embarcations qui descendaient ou remontaient le bras du fleuve. Ainsi avait-elle vu passer la flotte royale qui se rendait à Byblos sans soupçonner que son Hori se trouvait dans le bateau de tête ; et, de son côté, Djedefhor, qui se tenait la plus grande partie du temps retiré dans sa cabine, n'avait pas vu celle qu'il cherchait si désespérément, assise tristement sur la rive du fleuve. Dans ces moments, c'est en vain que son frère et sa sœur venaient la retrouver pour lui demander de jouer avec eux à la balle ou leur raconter de belles histoires. Elle les chassait sans ménagements.

Elle se tenait encore une fois sur la butte lorsque vint accoster l'une de ces élégantes et légères embarcations pourvues d'une petite voile carrée qui sillonnaient le Nil en permanence, dans laquelle Persenti reconnut son père. Il sauta à terre, glissa ses pieds dans les sandales qu'il portait attachées sur ses épaules, et gravit le sentier qui montait vers la demeure. Elle ne sut pourquoi elle sentit son cœur battre plus fort dans la poitrine, saisie d'une émotion irraisonnée. Elle supposa que c'était pour elle que son père avait fait le voyage depuis Memphis. Elle ne se trompait pas.

Elle se rendit au-devant de lui dans la demeure familiale, par respect pour son père et par curiosité. Pendant un moment, Persenti se demanda si Chédi était finalement venu pour lui parler car il consacra un long moment à s'entretenir avec son épouse et ses beaux-parents, après avoir caressé ses enfants, tout en buvant de la bière rafraîchie dans le vent. Enfin il se décida à s'adresser à Persenti, l'invitant à l'accompagner sur le bord du fleuve.

— Mon enfant, lui dit-il lorsqu'ils furent seuls, chasse loin de toi cette tristesse et ces larmes qui défigurent ton beau visage.

— Mon père, soupira-t-elle, comment le pourrais-je, mon cœur est si malade ! J'ai tant aimé cet Hori ! J'étais si heureuse à l'idée de l'épouser, au point que j'étais même prête à mettre un terme à ma carrière de danseuse pour lui donner des enfants.

— Voilà qui aurait été bien regrettable car on ne

verra pas de si tôt dans la divine Memphis une danseuse aussi gracieuse et habile que toi. Tu dois écouter ton père, qui te parle avec la voix de la sagesse et de l'expérience. Cet Hori, quoique fils royal, était indigne de toi. D'ailleurs, tu peux voir combien il avait peu de soucis de toi après avoir réussi à te séduire, puisque il paraît qu'il est parti vers Byblos à la tête d'une flotte rassemblée sur les ordres de Sa Majesté.

Cette nouvelle provoqua un choc violent dans la poitrine de la jeune fille, mais elle détourna la tête pour dissimuler à son père l'effet que produisait sur elle cet abandon. Car, malgré sa propre fuite, mouvement spontané causé par la surprise de ce qu'elle pensait être la trahison de celui qu'elle aimait, attitude dans laquelle elle avait persisté par fierté, elle avait espéré que Hori la rechercherait, parviendrait à savoir où elle se cachait et viendrait, suppliant, devant elle pour lui demander pardon. Un pardon qu'elle lui aurait finalement accordé avec une telle joie ! Mais voilà, non seulement il semblait ne pas avoir cherché après elle, mais il s'était hâté de s'éloigner de Memphis, de partir pour de longs mois vers des rivages lointains !

— En revanche, poursuivit Chédi, tu devrais te réjouir car je crois bien que Sa Majesté elle-même, que Didoufri est vraiment amoureux de toi.

— Père, ne me parle pas de cet homme. Je le déteste !

— Par la vie ! Cet homme est le roi d'Egypte, notre maître à tous, celui qui règne dans Memphis ! Comment peux-tu le haïr alors que tu devrais l'adorer et tomber à genoux en m'entendant dire qu'il est amoureux de toi.

— Pourquoi je le déteste ? Je ne le sais pas. Dès le premier moment, dès le jour où il est venu vers moi pour me dire brutalement qu'il me désirait, qu'il voulait s'unir à moi, je l'ai haï. Je n'aime pas son visage retors, son regard de serpent, son attitude hautaine, non, je le déteste, je le déteste...

— Calme-toi ma fille. Il faudra bien que tu révises ton jugement et que tu apprennes à l'aimer.

— Jamais...

— Ecoute ton père avant de te buter comme un âne. Vois, l'autre jour, les gardes du palais sont venus frapper à la porte de notre demeure, avant que ne se lève le soleil. Ils avaient ordre de Sa Majesté de m'emmener avec tous les gens se trouvant dans la maison. Ainsi ai-je dû les suivre, avec nos serviteurs. Et je dois t'avouer que je n'étais pas à mon aise, je craignais pour ma vie. Les gardes nous ont conduits dans le Grand Palais, ils nous y ont fait entrer par une petite porte qui donne directement dans un beau jardin. Mais nous ne nous y sommes pas attardés et j'ai été enfermé dans une cellule sombre où j'ai été laissé je ne sais combien de temps, un jour au moins, sans nourriture, sans eau. Je me désespérais, je croyais bien mourir. Un garde est enfin venu m'apporter une cruche d'eau et un morceau de pain. Je l'ai interrogé, je lui ai demandé ce que l'on me reprochait, pourquoi l'on m'avait arrêté et jeté dans ce cachot. Mais lui, soit qu'il ait été muet, soit qu'il ait eu reçu l'ordre de garder les lèvres closes, il ne m'a pas répondu et est reparti sans ouvrir la bouche. Ainsi suis-je resté trois jours, à ce qu'il me semble, dans cette pièce obscure, avec de l'eau et du pain pour toute nourriture. Et j'ai dû faire mes excréments dans un trou puant, tout près de l'endroit où je dormais sur la terre nue. Enfin est venu un officier accompagné du geôlier qui m'avait apporté la nourriture. Je tombai à genoux, je suppliai l'officier de me parler, de me dire ce dont on m'accusait, je demandai d'être conduit devant le vizir pour connaître le crime qui était la cause de mon arrestation. Mais l'officier se contenta de m'ordonner de le suivre, ce que je m'empressai de faire, trop heureux de quitter ce cachot immonde. Je craignais pourtant d'être conduit au supplice.

Tout en parlant, Chédi s'était arrêté de marcher, il s'était assis sur un tronc de bois et Persenti, effarée par son récit, s'était accroupie à ses pieds, où elle restait muette, consternée de l'aventure de son père.

Chédi lui caressa les cheveux avant de reprendre :

— Or, à ma stupéfaction, je fus conduit dans un beau jardin au centre duquel était aménagé une grand bassin rempli d'eau claire. Là se tenaient trois jeunes femmes, toutes trois belles et dépouillées de tout vêtement. Elles sont venues vers moi en riant et m'ont enlevé aux mains de l'officier qui s'est retiré. Moi, je restais silencieux, ne sachant que penser. Elles m'ont ôté mon pagne tout souillé et m'ont entraîné dans le bassin où elles m'ont soigneusement lavé. Elles m'en ont fait sortir, puis elles m'ont rasé, elles ont oint mon corps d'onguents et de parfums, elles m'ont fait revêtir un pagne neuf du lin le plus doux, le plus fin. Elles ont ensuite couvert ma tête d'une belle perruque, ont attaché à mon cou un splendide collier d'or et de lapis-lazuli, puis elles m'ont fait asseoir sur des coussins moelleux jetés sur un siège magnifique, devant une table qui fut bientôt chargée par de jeunes servantes de mets exquis et de vins de Maréotide. Tandis que je me délectais à me faire éclater la panse, des musiciennes sont venues devant moi et ont exécuté une belle musique tandis que mes trois belles servantes dansaient pour moi. Et moi, je ne savais plus que penser, je ne comprenais rien à ce qui m'arrivait. Lorsque le soir est venu, après une journée passée à faire une maison de bière, les trois servantes m'ont emmené dans une chambre fraîche et elles m'ont désigné un lit enfermé dans des rideaux légers qui tenaient éloignés les moustiques et tous les insectes dangereux. Alors la plus effrontée d'entre elles m'a demandé de choisir parmi elles celle avec qui il me plairait de partager ma couche, pour la nuit... ou encore, si je le désirais, je pouvais désigner deux d'entre elles, voire les garder toutes les trois avec moi. Je te prie de n'en rien dire à ta mère, mais, finalement, je les ai gardées toutes les trois pour qu'elles me tiennent une agréable compagnie après ces dernières nuits d'angoisse.

Le lendemain, ce fut de nouveau un beau jour, une nouvelle fête, une nouvelle maison de bière. Et encore le jour suivant, au point que je me demandais ce qu'on pouvait attendre de moi, car lorsque j'interrogeais les servantes pour savoir pourquoi j'étais traité ainsi, elles riaient, mais jamais elles ne me répondaient. Et voici que le jour suivant, Sa Majesté en personne, le roi Didoufri est venu dans le jardin. Les musiciennes, les danseuses, les jeunes filles, tout le monde s'est prosterné et j'ai fait de même. Mais le roi m'a dit de me redresser, il m'a fait asseoir auprès de lui et il a ouvert la bouche, il a pris la parole : « Dis-moi, Chédi, m'a-t-il demandé, que préfères-tu : vivre dans un trou obscur avec pour toute nourriture un morceau de pain et pour toute boisson un peu d'eau tiède, ou passer tous les derniers jours de ton existence dans un jardin comme celui-ci, avec autour de toi toutes ces belles filles prêtes à satisfaire tous tes caprices ? » « Comment Ta Majesté peut-elle poser une telle question à son serviteur ? me suis-je empressé de répondre. Existe-t-il sous la face du soleil un homme assez fou pour préférer terminer ses jours dans le trou obscur et puant où j'ai bien cru pourrir plutôt que dans ce jardin entouré de toutes ces jeunes beautés ? » « Je ne pense pas qu'il en existe, m'a confirmé le roi. Et pourtant, il ne tient qu'à toi de terminer tes jours dans le cachot de l'horreur ou dans le jardin des délices. »

« Tu comprends, ma chère enfant, que j'ai choisi le jardin. Or sache que le roi m'a alors parlé de toi. Il m'a dit qu'il te désirait, qu'il voulait faire de toi sa concubine. Il m'a demandé de te persuader de revenir à Memphis, il veut que je te conduise devant lui dans son palais. Alors il fera de toi sa concubine, et moi, je deviendrai un Ami de Sa Majesté, j'aurai un jardin et des servantes...

— Ainsi, mon père, soupira Persenti, tu es tout disposé à vendre ta fille, et même à abandonner ma mère, car je n'imagine pas que tu puisses aller t'installer avec elle dans le jardin que tu m'as décrit ? Je doute que ma mère accepte de te voir faire des maisons de bière sous ses yeux en compagnie de ces filles de plaisir.

— Comme tu y vas, mon enfant ! se récria Chédi. Comment peux-tu parler ainsi ? Tu devrais, au contraire, sauter de joie alors que je t'annonce que tu vas t'installer dans le Grand Palais et devenir la favorite de Sa Majesté !

— Je ne veux pas m'installer dans le Grand Palais, je ne veux pas devenir la favorite de ce Didoufri.

— Mon enfant, tu veux donc la mort de ton père !

— Nullement ! Que peut te reprocher le roi, puisque tu es venu vers moi et que tu m'as demandé de devenir sa concubine ? Tu n'y es pour rien si je m'y refuse.

— Et tu crois que Sa Majesté va voir les choses de cet œil, qu'elle va dire : Tant pis ! J'ai eu quelque espoir, mais puisque tu as échoué, je m'en fais une raison !

Ils restèrent un moment silencieux car Persenti n'imaginait pas que Didoufri puisse abandonner si facilement son dessein de s'unir à elle. Il avait pour lui la puissance, toutes les forces du pays : il lui était facile de la retrouver et de la mettre de force dans sa couche, et si elle s'enfuyait, il passerait sa colère sur son père, sur sa famille. Et puis, où fuir ? Il pouvait la traquer à travers toute la vallée dont il était le maître. Allait-elle devoir capituler, s'abandonner à cet homme qu'elle se mettait non plus à détester, mais à abominer et à mépriser ? Elle prit une telle conscience de sa faiblesse, de son impuissance, qu'elle éclata en pleurs.

— Que t'arrive-t-il mon enfant ? s'étonna Chédi en enlaçant ses épaules. Pourquoi éclates-tu si soudainement en sanglots ?

— Ce n'est rien, renifla-t-elle. Permets-moi de réfléchir un peu, de me retrouver moi-même. Ensuite, je rentrerai avec toi à Memphis, et tu me conduiras devant le roi.

— A la bonne heure ! Voilà qui est bien raisonné ! Mon cœur se réjouit de te voir en si bonnes dispositions. Viens, mon enfant, rentrons à la maison.

Persenti montra un visage gai pendant les jours qui suivirent son entretien avec son père. Elle se mit même à parler avec volubilité de sa vie dans le temple d'Isis, du plaisir qu'elle trouvait dans la danse, de mille choses dont ses grands-parents étaient curieux et dont elle ne les avait jusqu'alors pas entretenus. Chacun se réjouissait de cette métamorphose, de ne plus lui voir un visage triste, de l'entendre enfin parler. Lorsqu'il lui parut que sa fille avait finalement choisi la voie de la sagesse et se réjouissait de devenir la concubine du roi, Chédi se décida à annoncer la nouvelle à sa famille :

— Sachez, déclara-t-il à la stupeur de tous, sauf de Persenti qui restait muette, que Sa Majesté nous fait un grand honneur : votre serviteur qui vous parle va bientôt devenir un Ami du roi et sa chère fille, Persenti, va entrer dans le Grand Palais comme favorite de Sa Majesté.

— Que dis-tu là, mon époux ? s'étonna Iou. D'où sors-tu de telles incongruités ?

— Sache, ma femme, que je ne me vante pas. Je suis venu vers vous sur la demande de Sa Majesté. Elle m'a fait venir au Grand Palais, elle m'a parlé, et c'est la vérité de Maât qui maintenant sort de mes lèvres.

— Quoi, reprit Iou, tu nous annonces seulement aujourd'hui cette nouvelle ? Et toi, Persenti, es-tu d'accord, étais-tu au courant ?

— Oui, ma mère, père m'en a entretenue le jour de

son arrivée ici. Je lui ai finalement donné mon accord. C'est pourquoi il est joyeux... Et moi aussi.

— Dans ce cas, il est vrai que nous devons tous nous en réjouir. Quoique je reste étonnée par cette soudaine décision de Sa Majesté.

— En vérité, il y a déjà longtemps que le roi est tombé amoureux de moi, mais je n'ai alors pas répondu à son amour, reconnut Persenti.

— Par le nom d'Isis ! s'exclama la grand-mère. Heureusement que tu as répondu favorablement à l'amour de Sa Majesté. Car il n'est pas donné à tout le monde d'être aimé d'un roi. Moi, j'ai été bien contente d'être aimée d'un scribe et qu'il ait fait de moi la maîtresse de ses biens. Mais un roi, un dieu vivant !

— Grand-mère, rétorqua Persenti, il n'en est pas moins homme, et ce Didoufri s'est épris de moi alors qu'il n'était que prince.

— Tout cela est pour le mieux, déclara alors Chédi. Nous rentrons demain à Memphis.

Persenti attendit que le soleil commençât à baisser sur l'horizon du couchant pour descendre au bord du fleuve. Elle avait orné son cou d'un collier fait de fleurs de pourpier et de mélilot, et ceint sa tête d'une couronne de fleurs tressées de lotus et de clématites. Elle jeta de longs regards autour d'elle et, certaine de n'être vue de personne, elle s'avança dans l'onde paresseuse. Lorsqu'elle perdit pied, elle nagea jusqu'au milieu du fleuve puis elle se mit sur le dos et se laissa entraîner par le courant, sans plus faire de mouvements. Elle gardait les yeux ouverts vers le ciel, dont le bleu était brouillé lorsqu'une faible lame passait au-dessus de son visage et troublait sa vue. Elle savait que dans les environs de Sebennytos, vers où l'entraînait le fil de l'eau, on élevait des crocodiles sacrés qui s'ébattaient librement dans le fleuve. Si elle ne sombrait pas avant d'y parvenir, elle était sûre d'être repérée par l'un des sauriens du dieu Sobek qui l'entraînerait avec lui au sein des eaux pour lui ouvrir les portes d'un incertain au-delà. Avant de s'en aller ainsi vers la mort, elle avait laissé sur son lit un papyrus où elle avait demandé pardon à son père, lui déclarant que, Hori ne l'aimant plus, ainsi qu'il le lui avait laissé entendre et que, d'un autre côté, répugnant à entrer dans la couche de Didoufri, elle avait choisi la seule voie qui lui restait, celle du fleuve.

CHAPITRE V

Lorsque Djedefhor ouvrit les yeux, il vit au-dessus de lui un ciel bas dans lequel couraient des nuages sombres entraînés par un vent violent. Il se redressa, d'abord surpris de se retrouver sur cette plage solitaire. Le sable, soulevé par les tourbillons de vent, lui fouettait le corps et le visage ; il songea que c'étaient ces désagréables piqûres qui avaient dû le tirer de son sommeil. Il lui parut que le soleil, que masquaient les nuages, était levé depuis déjà un moment malgré la grisaille du jour. Il se réjouit de la tristesse du temps, en découvrant la mer qui déployait jusqu'à l'horizon son étendue grisâtre parcourue de vagues qui venaient se briser bruyamment sur le rivage et, tout autour de lui, la plage sablonneuse qui s'étendait à perte de vue. Il avait soif et il songea que l'absence de soleil lui permettrait de surmonter encore quelque temps le manque de puits, de rivière ou de source. L'air était chaud et moite. Il commença par aller se tremper dans la mer afin de laver son corps du sable qui adhérait à sa peau et se rafraîchir. Il scruta un moment l'horizon, mais il n'y découvrit aucune voile. Il se rappela que pendant plusieurs jours le bateau avait suivi des rives désertes : il aurait donc été fou de revenir vers le sud, car visiblement un immense désert le séparait du fertile delta du Nil. Il décida que le mieux était de s'éloigner du rivage, de s'enfoncer dans l'intérieur du pays : il ne pourrait manquer de rencontrer des paysans, de découvrir un village ou encore de parvenir dans un camp de bédouins. Il préféra éviter d'imaginer quelle pourrait être la réaction des gens de ce pays en voyant venir de la mer un homme nu : il espéra pouvoir comprendre leur langage afin de leur expliquer qu'il était un navigateur égyptien et que, au cours de la nuit, il était tombé du bateau qui l'emmenait vers Byblos.

Il n'eut pas longtemps à marcher à la recherche d'un point d'eau ou d'âmes susceptibles de lui venir en aide. Il avait quitté les sables de la plage pour s'avancer dans une steppe couverte d'herbe drue, dont la platitude était à peine rompue par de basses collines. C'est au sommet de l'une de ces hauteurs que lui apparut une ligne mouvante vers laquelle il se hâta. Comme il l'espérait, les points colorés grandirent jusqu'à devenir une caravane d'ânes conduits par des hommes et des femmes. Plusieurs de ces dernières, vêtues de robes étroites brodées de fleurs ou de dessins géométriques aux vives couleurs, portaient sur leur dos un enfant logé dans un panier profond fait de fibres tressées ; les hommes avaient les reins ceints de longs pagnes tombant sous les genoux et tenaient à la main soit une lance, soit une massue ; quelques-uns qui allaient en tête, tenaient une courte harpe sur laquelle ils accompagnaient leurs chants destinés à rythmer la marche. Sur les dos des ânes étaient attachés des armes, des sacs rebondis et des outres humides remplies de liquides. En queue suivaient une vingtaine d'hommes et de femmes qui, eux, allaient entièrement nus, les bras liés par les coudes dans leur dos, de la même manière que le faisaient les Egyptiens pour leurs prisonniers de guerre, tous unis par une longue corde nouée autour de leur cou. Ces captifs étaient encadrés par quelques hommes armés de javelines et de souples roseaux qui servaient visiblement à frapper les esclaves rebelles.

Le spectacle de ces derniers aurait dû rendre méfiant Djedefhor et l'inciter à se tenir prudemment à distance. Mais comme il pensa que ces captifs devaient être des prisonniers de guerre, il n'imagina à aucun moment qu'il pourrait être reçu en ennemi par les hommes de la caravane, lesquels lui parurent être des bédouins. Aussi, au lieu de se dissimuler ou de prendre la fuite, il s'avança à la rencontre de la caravane qui progressait perpendiculairement à son chemin. Les hommes en tête de la caravane s'arrêtèrent soudain, ayant aperçu Djedefhor qui se hâtait dans leur direction. Lorsqu'il fut près d'eux, Djedefhor leva les bras pour saluer à la manière égyptienne et il s'arrêta devant l'un des caravaniers qui avait fait quelques pas vers lui. C'était un homme robuste de haute taille, au visage buriné par le soleil et le vent du désert. Les poils sombres de sa barbe épaisse et de sa moustache étaient marbrés de fils blancs qui conféraient à son visage un air de noblesse, malgré la fermeté de ses traits.

Dans un élan naturel, Djedefhor commença à s'adresser à lui dans sa langue natale. Mais l'homme le regarda sans répondre. Il entreprit alors de passer en revue les langues qu'il connaissait : celle des gens de Byblos et des cités de la côte de Qedem, celle des Cananéens de l'intérieur des terres, fort proche d'ailleurs de celle des Byblites, celle des habitants des cités du Sumer, d'autres encore dont il ne savait précisément par qui elles étaient parlées mais qu'Ibdâdi lui avait enseignées tout en lui disant que c'était celle de peuples qu'il ne savait situer dans l'espace. Mais le chef des bédouins l'écoutait en hochant la tête, sans répondre : il ne parlait visiblement aucune des langues utilisées par Djedefhor. De guerre lasse, il se décida à ouvrir la bouche en levant la tête et en pointant le pouce vers les lèvres pour faire comprendre qu'il avait soif. Ce message lancé dans la langue universelle des gestes fut reçu, car le bédouin se tourna vers l'un des hommes de la caravane qui, avec ses compagnons, s'était approché de l'étranger, et lui parla dans une langue totalement incompréhensible pour Djedefhor. L'homme se dirigea vers l'un des ânes, détacha l'une des gourdes puis vint la présenter à Djedefhor qui but longuement avant de la lui rendre en le remerciant. Ce don de l'eau mit Djedefhor en confiance. Il désigna la direction de la mer en essayant de faire comprendre qu'il venait de là-bas, et il expliqua qu'il était un Egyptien de noble origine et qu'il demandait l'hospitalité.

Le chef des bédouins écouta son discours avec une louable patience puis il se tourna vers les siens et leur parla à nouveau. Djedefhor se réjouit en imaginant qu'il avait plus ou moins bien compris son discours et qu'il ordonnait à l'un de ses suivants de lui venir en aide. Ce ne fut pas un mais trois hommes qui s'approchèrent de Djedefhor et, avant même qu'il ait compris ce qu'ils lui voulaient, ils se saisirent de lui, lièrent ses bras dans son dos comme l'étaient les autres captifs à l'aide d'un lien solide, puis ils nouèrent autour de ses chevilles une épaisse corde courte qui l'obligea à ne faire que de petites enjambées et lui interdisait toute fuite à la course. Il protesta, cria, injuria ses assaillants en tentant de se défendre, et enfin il se tut en découvrant l'inutilité de ses efforts. Il se laissa emmener en queue de la caravane, auprès des autres captifs, et l'extrémité du lien qui les unissait fut nouée autour de son propre cou. L'un des bédouins vint se placer derrière lui et le frappa de trois coups de son souple roseau, sans doute pour lui rappeler sa condition nouvelle et ce qui le menaçait dans le cas où il se montrerait réticent. Aussitôt après la caravane reprit sa route et il fut bien contraint de suivre le train.

Tout en marchant, Djedefhor s'interrogeait sur le sort que lui réservaient ces hommes du désert qui s'étaient institués ses maîtres. L'esclavage, c'est-à-dire le commerce d'hommes et de femmes destinés à être asservis au profit de leurs acheteurs, n'existait pas dans la vallée du Nil. Car lors des campagnes militaires, au demeurant bien rares au cours d'un règne, on ne capturait ni les femmes ni les enfants et souvent on rendait leur liberté aux guerriers faits prisonniers. Les autres, ceux qui s'étaient montrés particulièrement combatifs, ou encore les chefs, si on ne les mettait à mort pour ce qui concernait ces derniers, étaient intégrés dans le corps des Medjaï. Néanmoins, Djedefhor savait, grâce aux enseignements d'Ibdâdi, que cette traite des humains était largement pratiquée dans les pays asiatiques. Il ne pouvait douter qu'à peine avait-il mis le pied sur ces rivages, qu'il était tombé dans la plus pénible des conditions. Il commença par se dire qu'il venait de tirer sa première leçon d'un pays étranger : ne pas accorder la moindre confiance aux gens qu'il rencontrait.

Au lieu de se désespérer des malheurs qui venaient de le frapper depuis un jour, il songea à s'en réjouir : d'une part grâce à la complicité et à la fidélité d'Hétepni, il avait évité la sombre couleur et il avait été projeté malgré lui dans cette aventure dans laquelle il n'avait jusqu'alors pas osé s'engager, celle d'une marche vers le pays où résident le soleil et la lumière, vers le pays du dieu ; d'autre part, à peine s'était-il engagé dans cette découverte d'un autre monde, qu'il se voyait contraint de l'aborder par un côté qu'il aurait toujours ignoré s'il était resté maître de ses choix. N'était-ce justement pas là une épreuve que lui réservait le dieu afin de lui apprendre la soumission et lui faire connaître l'existence pénible des plus déshérités parmi les humains, mais aussi pour lui faire prendre conscience de la fragilité de la condition humaine, de la précarité de la destinée qui de la richesse, voire d'un trône qu'il était en droit de revendiquer, le jetait si soudainement non seulement dans le plus total dénuement, mais en faisait le bien d'autrui, au même titre qu'un animal domestique ?

Ces pensées qu'il agita dans sa tête pendant tout le reste de la journée que dura la marche dans les collines balayées par le vent, apaisèrent ses inquiétudes et lui firent envisager l'avenir avec un esprit serein.

Les bédouins firent halte sur une faible hauteur où ils installèrent leur camp pour la nuit. Le paysage était devenu plus vallonné mais pas moins sauvage, de sorte qu'il était possible aux veilleurs de surveiller la plaine alentour jusqu'à une grande distance, évitant ainsi toute surprise. Le ciel s'étant dégagé pendant le jour et le vent étant tombé, ils ne jugèrent pas utile de construire des abris précaires. Tandis que les hommes ramassaient du bois et allumaient des feux à l'aide de silex, les femmes étalaient sur le sol des peaux et des toisons de moutons destinées à servir de couches. Les captifs eurent les bras libérés et, imitant ses voisins, Djedefhor ramassa des feuilles et des touffes de hautes herbes pour se faire une litière pour la nuit. Les femmes vinrent ensuite leur porter des dattes, des galettes de blé dur, du fromage séché et de l'eau pour leur repas du soir. On leur accorda un bref moment pour ingurgiter cette nourriture sous la surveillance de quelques hommes armés, puis ils furent tous de nouveau attachés et encordés pour la nuit.

Djedefhor s'était couché sur le côté et il demeurait silencieux, surveillant du regard les bédouins qui se restauraient tandis que tombait brutalement la nuit.

— J'ai cru comprendre que tu parlais notre langue, entendit-il une voix dans son dos, s'adressant à lui dans le dialecte des Cananéens.

Il se tourna sur l'autre côté et vit près de lui un homme encore jeune qui, comme les gens de son pays, portait aussi une barbe épaisse et sombre. Ibdâdi lui avait souvent dit que les hommes des pays d'Asie, contrairement aux Egyptiens, laissaient pousser leurs poils, ceux du corps et ceux du visage. Il est vrai que les Egyptiens étaient naturellement glabres ; rares étaient ceux sur les membres desquels poussaient des poils et peu nombreux ceux qui avaient le visage envahi par une toison. Ceux-là étaient bien désolés qui devaient se faire raser le menton par un barbier ; souvent, conduits par une sorte de coquetterie, ils conservaient alors une moustache, comme l'avait fait Rahotep, son oncle.

— Il est exact que je connais le langage dans lequel tu t'adresses à moi, et je me réjouis de pouvoir parler à quelqu'un, répondit Djedefhor.

— Toi-même, il paraît que tu viens d'Egypte.

— Je suis égyptien. Je me trouvais sur un navire qui me conduisait vers Byblos lorsque je suis tombé à la mer. J'ai nagé jusqu'au rivage où je me suis retrouvé seul, mon bateau s'étant éloigné. Et toi, d'où viens-tu, et dis-moi qui sont ces hommes qui nous ont tous liés comme si nous étions des ennemis dangereux.

— Mon nom est Zimri. Ma demeure est dans une petite cité voisine de Gaza, à l'intérieur des terres ; elle a pour nom Anaki. Je transportais de la marchandise vers le port d'Ashqelon, avec des collègues, lorsque ces nomades pillards ont fondu sur nous comme l'éclair du dieu de l'orage, de Hadad meurtrier. Ces gens sont de véritables brigands. Ils ne s'embarrassent pas de troupeaux car il faut alors chercher des pâturages et soigner les bêtes ; et encore elles risquent d'être volées par d'autres pillards. Ils ne vivent que de rapines. Ainsi écument-ils les campagnes et les grandes routes où ils enlèvent les voyageurs solitaires ou les petits groupes de marchands peu armés. Comme tu peux le voir, non contents de dépouiller leurs victimes de tous leurs biens jusqu'à leurs vêtements, ils les emmènent ensuite vers des marchés au loin où ils les échangent contre de la nourriture et d'autres biens.

— N'y a-t-il pas d'hommes d'armes pour protéger

les caravanes et assurer la sécurité des routes ? s'étonna Djedefhor.

— Il y en a, mais ils ne peuvent se trouver partout à la fois. Ces brigands sont malins : un jour ils se trouvent vers Gaza, un autre ils sont très loin de là, toujours dans des lieux où on ne les attend pas. Et lorsqu'ils ont capturé suffisamment d'esclaves et enlevé des marchandises en grand nombre, ils disparaissent pendant un certain temps dans les déserts du Sud, après avoir vendu leur butin.

— Connais-tu nos compagnons de captivité ?

— Certains d'entre eux, quatre au total, sont mes compagnons, ceux qui ont constitué avec moi une petite caravane pour aller au marché d'Ashqelon. Les autres, je ne les connais que depuis notre captivité, ou la leur. Ce sont des hommes et des femmes qu'ils ont aussi enlevés dans les campagnes, comme cela nous est arrivé.

— Sais-tu où ils nous emmènent ? Et aussi ce qu'ils vont faire de nous ?

— Où ils nous emmènent, je n'en suis pas sûr, mais je m'en doute. C'est une ville vers l'est, à la frange du désert qui s'étend jusqu'à la vallée du Nil. Elle a pour nom Arad. Il se tient là un marché aux esclaves où ils ont sans doute l'intention de se débarrasser de nous. Ensuite, notre sort dépendra de ceux qui nous auront achetés, de nos nouveaux maîtres.

— Dis-moi encore, Zimri, comment se fait-il que ces hommes et ces femmes restent ainsi passifs et muets, qu'ils ne se plaignent pas, eux qu'on a arrachés à leur famille, à leur maison ?

— Ils ont bien gémi au début, mais ils ont finalement dû s'en faire une raison, comme moi-même, comme tu sembles aussi déjà l'avoir compris toi-même. Contre cela, on ne peut rien et nous ne pouvons que subir la volonté des dieux. A quoi peut servir de se plaindre, de gémir ? A rien sinon à plus encore abattre notre âme.

— Ne songeriez-vous pas à vous enfuir ?

— Si la possibilité nous en était offerte, certainement. Mais que pouvons-nous faire ainsi entravés ? Impossible de se détacher, d'autant qu'il y a en permanence, même la nuit, des hommes qui se relaient pour nous surveiller. Maintenant, compagnon, je te conseille de dormir et de prendre du repos autant qu'il t'en sera accordé car demain nous aurons une rude marche.

Zimri ne s'était pas trompé dans ses premières prévisions. Ils marchèrent pendant une journée encore dans une région de montagnes basses où les parcelles de terre cultivée alternaient avec les champs servant de pâturages aux moutons et aux chèvres, et les oliveraies. Enfin, le jour suivant, ils découvrirent les murailles en pierre renforcées de tours semi-circulaires d'une petite cité forte, Arad.

La troupe s'arrêta sous les murs, où furent déposés les bagages et laissés les femmes, les enfants et quelques hommes qui entreprirent de dresser des tentes en peaux de chèvres. Les captifs furent réunis et emmenés vers la porte aménagée dans le rempart occidental. Elle était gardée par plusieurs hommes coiffés de casques de cuir et armés de javelines et de haches. Leur commandant connaissait visiblement les bédouins car il salua leur chef et parla un moment amicalement avec lui. Ce dernier lui remit finalement un objet enveloppé dans une peau fine, dont Djedefhor ne put voir la nature. Il se douta cependant que c'était là un cadeau destiné à entretenir leurs bons rapports.

La porte une fois franchie, on accédait directement à une grande place d'où rayonnaient les rues qui serpentaient entre les maisons de pierre couvertes en terrasses. Au fond de cette vaste esplanade était aménagé un immense bassin circulaire rempli d'eau où les femmes de la ville venaient se ravitailler avec des cruches qu'elles portaient sur l'épaule. Djedefhor remarqua que les femmes étaient vêtues de robes taillées dans ces tissus bariolés qui couvraient une épaule et laissaient l'autre nue, tandis que les hommes portaient des pagnes courts et plissés, croisés sur le devant, proches de ceux des Égyptiens ; ils semblaient ignorer les lourdes robes à frange des gens des villes côtières et de Byblos dont il avait vu un modèle porté par Ibdâdi. Il eut la satisfaction de s'apercevoir qu'ils parlaient la même langue que son compagnon de captivité, Zimri. Il est vrai qu'il avait découvert, entre-temps, que le chef des bédouins comprenait aussi cette langue et que, s'il ne lui avait pas répondu lorsqu'il s'était adressé à lui le jour où il était venu vers lui comme un hôte, c'est parce qu'il n'avait pas voulu l'écouter pour éviter de s'imposer une raison de ne pas le réduire en esclavage.

Les bédouins emmenèrent leurs captifs vers une vaste demeure située en retrait, au fond de la place, à l'angle d'une rue. Elle se composait d'une grande cour délimitée par un muret, fermée sur trois côtés par des constructions cubiques. Sur la gauche, en entrant, se trouvait une cuve en pierre, profonde, remplie d'eau, où s'abreuvaient quelques chèvres et quelques moutons qui allaient librement dans la cour, surveillés par un gros chien au poil roux. Devant les murs des bâtiments étaient aménagés plusieurs socles de pierre couverts de plâtre, sur lesquels s'affairaient les femmes de la demeure, sans doute pour éviter la poussière de la cour ; les unes, agenouillées devant des meules de pierre lisse, broyaient des grains de blé ou d'orge, d'autres pétrissaient de la pâte pour faire des pains qu'elles cuisaient dans la cendre, d'autres fabriquaient des vases avec de l'argile qu'elles modelaient d'une main habile, d'autres encore, assises devant des métiers à tisser dressés devant elles, confectionnaient tapis et tissus.

Un homme dont la panse opulente rappelait à Djedefhor certains scribes de la Terre Noire, sortit du bâtiment principal, sur le côté de la cour où le chef des bédouins avait fait aligner sa marchandise humaine.

— Milkuru, dit-il à l'adresse du chef des bédouins vers qui il s'avança, sois le bienvenu... Je vois que tu m'amènes une belle marchandise...

— Vois par toi-même, de plus près, Shabilu, lui répondit Milkuru. Il y a des hommes robustes et des femmes habiles et travailleuses.

Le maître de la demeure entreprit d'examiner chacun des esclaves. Il éprouvait la musculature des hommes, s'attardait sur les poitrines et les reins des femmes, sans poser de questions : il se désintéressait ostensiblement de leur origine, n'ignorant pas la manière dont Milkuru se procurait sa marchandise. La revue une fois terminée, il invita le bédouin à le suivre dans sa demeure. Ils n'en ressortirent qu'un long moment plus tard, après être visiblement parvenus à conclure le marché. Sur un ordre donné par leur chef, les bédouins libérèrent les captifs de leurs liens de cou et de bras, ne leur laissant que les entraves des chevilles, puis ils leur commandèrent de les suivre. Shabilu emmena tout le monde dans ses magasins où les captifs furent chargés de tissus, de tapis, de vases, de sacs de farine, de cruches de vin et d'huile, qu'ils portèrent dans le camp des bédouins, hors des murs de la ville.

Les esclaves furent ensuite ramenés dans la demeure de leur nouveau maître, dans l'attente du destin qui leur était réservé.

Shabilu fit venir devant lui chacun d'entre eux, l'un après l'autre. La plupart des femmes, appelées en premier lieu, ressortirent vêtues d'une robe et accompagnées d'une autre femme qui les dispersa, qui vers les cadres de tissage, qui vers les fours à poteries, qui vers les meules à grain, ou encore vers les cuisines. Djedefhor fut le premier à être appelé parmi les hommes. Il fut emmené dans la demeure, dans une salle claire au centre de laquelle se dressait une colonne en bois destinée à soutenir les poutres du toit. Le maître était assis sur un coussin tandis qu'un jeune garçon agitait au-dessus de sa tête un large flabellum en plumes d'autruche.

— Il paraît que tu es égyptien, lui dit Shabilu.

— C'est juste. Sache que je suis un prince de mon pays, fils du roi justifié Khéops.

— Foin de tout cela. Pour l'instant, tu es mon esclave, tu m'appartiens !

— Rends-moi ma liberté, je te paierai aussi cher que tu l'exigeras.

— Et avec quoi me paieras-tu ? Car, pour l'instant, tu te trouves bien loin de l'Egypte, tout nu devant moi.

— Aie foi en ma parole. Aide-moi à rentrer chez moi, fais-moi escorter par tes gardes et ils rentreront auprès de toi chargés de riches cadeaux.

— Ce serait pour moi une bien belle affaire, répliqua Shabilu avec un sourire sceptique. Mais d'abord, je ne suis pas un prince qui dispose de gardes. Et même en aurais-je, le voyage est bien long d'ici à l'Egypte. Or, si tu me mens, tu trouveras facilement une occasion de t'enfuir. Et, si tu dis vrai, parvenu en Egypte, il te sera trop aisé de faire jeter tes gardiens en prison. Non, vois-tu, c'est un arrangement qui ne m'agrée pas. Sache que je préfère gagner moins avec certitude que d'espérer gagner plus en comptant sur le hasard. Je te tiens, je te garde. Je vois que tu es robuste, bien fait, et que tu t'exprimes très correctement dans notre langue. Sais-tu lire et écrire ? Car il en doit être ainsi si tu es vraiment ce que tu prétends être.

— Je connais aussi bien les signes de mon pays que ceux des gens de Canaan et du Sumer.

— Si tu ne mens pas, c'est mieux que d'avoir de gros muscles, car je pourrai tirer de toi plus de profits. On va te donner tout le matériel dont tu peux avoir besoin, tablettes d'argile, plaques couvertes de plâtre, poinçons, pinceaux et encre, et tu vas écrire ce que te dictera l'homme à qui je vais te confier. Tu l'écriras dans toutes les langues que tu prétends connaître. Je verrai alors à aviser.

Un serviteur emmena Djedefhor dans une salle voisine où il lui confia tout ce qui était nécessaire pour tracer aussi bien les hiéroglyphes égyptiens sur les plaques lisses que les clous gravés dans l'argile molle avec lesquels étaient notées les langues du Sumer et des gens de Canaan. Le serviteur, après avoir dicté un texte court, dans lequel le scribe en personne, c'est-à-dire Djedefhor, reconnaissait n'être qu'un misérable esclave aux ordres de son maître, laissa le temps de transcrire ses paroles dans les diverses langues, puis il prit les écrits et les présenta au maître. Aussitôt après, un homme armé vint chercher Djedefhor et le conduisit dans une solide baraque en pierre, ne comprenant qu'une seule grande pièce close par une porte à claire-voie, pourvue de barreaux en bois, où étaient déjà enfermés la plupart des hommes capturés par les bédouins.

Les esclaves furent gardés dans cette cellule pendant plusieurs jours, correctement nourris. On les en tira pour les réunir dans la cour où de nouveau on leur lia les bras. Le maître parut bientôt, se hissa sur un âne, aidé par un homme armé, puis il se mit en route, suivi par les esclaves entourés de quelques gardes. Djedefhor osa alors adresser la parole à Shabilu :

— Seigneur, lui dit-il, même si j'ai été réduit en esclavage contre toute justice, je n'en suis pas moins un homme. Je t'en prie, dis-moi où tu as l'intention de nous emmener.

— As-tu à te plaindre d'avoir été maltraité ? lui demanda Shabilu sans marquer une quelconque contrariété devant l'audace de son esclave. Certes, tu as été enfermé dans une cellule avec tes compagnons d'infortune et maintenant tu as de nouveau les bras liés. C'est normal : je t'ai acheté à tes anciens maîtres, je ne veux pas perdre ma mise. Mais vous avez été bien nourris, sans fournir le moindre travail.

Sache alors que je vous emmène à peu de distance d'ici afin de vous vendre à des gens venus de la vallée de Sidîm. C'est à un jour de marche vers le levant. Pour ce qui te concerne, j'ai déjà traité avec un homme riche d'une des cités de cette région. Tu peux te réjouir car tu ne m'as pas menti en déclarant que tu savais lire et écrire plusieurs langues. Je pense qu'il fera de toi son secrétaire, car c'est un riche marchand qui a besoin de tenir des comptes et de commercer avec des pays étrangers. Tu seras bien traité, n'en doute pas, et, si tu te montres un bon serviteur, certainement ton maître t'affranchira-t-il, et même te mariera-t-il à une femme libre afin que tu fondes une famille.

CHAPITRE VI

Pour Hénoutsen, retrouver Persenti était autant un jeu qu'une question d'honneur. L'affection qu'elle portait à Djedefhor, qu'elle considérait comme un fils, et celle dont elle s'était prise pour Persenti, l'avait incitée à s'intéresser au sort de la jeune fille et au désespoir de son beau-fils ; mais son hostilité envers Didoufri qu'elle voulait prendre de vitesse dans cette recherche, le piquant de cette course à la fiancée, l'enjeu de ce pari qu'elle s'était fait de soustraire par tous les moyens la jeune fille à l'emprise du nouveau roi, la rendaient plus acharnée encore dans cette quête. Elle s'était rendue en personne dans les ateliers royaux de filage et de tissage, où elle avait poussé le directeur à accélérer des investigations qu'il menait avec mollesse. Mais plus personne ne semblait avoir connu intimement la mère de Persenti. Il lui fallut interroger les ouvrières l'une après l'autre pendant près de deux jours, écumant tous les ateliers, avant d'en trouver une qui déclara :

— Iou, je l'ai un peu connue. Elle n'avait pas vraiment d'amie. Elle restait toujours isolée et se confiait peu. D'où venait-elle ? Je ne peux le dire précisément. Ce que je sais avec certitude, c'est que son père était un scribe, qu'il occupait un poste dans la province de Sebennytos. C'est là qu'il demeurait.

— Crois-tu qu'il vit encore ?

— Comment le saurais-je ?

— Sais-tu son nom ?

— Iou ne l'a jamais prononcé devant moi.

Hénoutsen dut se contenter de ces maigres renseignements qui ne faisaient que confirmer ce que lui avait appris Ptahmaaou. Elle décida alors de se rendre à Sebennytos.

De retour dans sa résidence, elle fit venir devant elle le majordome de son palais pour lui demander de réunir quelques serviteurs armés et d'envoyer au port un messager pour qu'il ordonne de préparer sans plus tarder sa propre nef. Car Khéops avait fait mettre à la disposition de chacune de ses reines un grand vaisseau avec son équipage dont elles pouvaient disposer selon leur fantaisie pour aller se promener sur le fleuve. Elle voulut agir vite et discrètement afin que Didoufri ne fût pas averti de cette navigation soudaine et qu'il ne pût tenter de s'y opposer ou de la faire suivre. Elle-même se rendit au port non pas en chaise à porteurs mais seule, à pied. Lorsqu'elle parvint sur les quais du port de Per-nufer, elle trouva le bateau prêt à appareiller. Dès qu'elle y fut montée, la voile fut hissée et les rames mues, rendant l'embarcation semblable à un gigantesque mille-pattes glissant sur les eaux calmes du canal de Khéops. Hénoutsen s'était installée dans la cabine close par des rideaux, afin de ne pas être vue des curieux qui se tenaient sur les rives. Lorsque tomba la nuit, elle ordonna que l'on continuât de naviguer.

— Il est dangereux de naviguer sur le fleuve de

nuit, lui fit remarquer Nekhébou, le capitaine du vaisseau.

— C'est un risque qu'il faut prendre, répliqua-t-elle.

— Notre pilote connaît bien le fleuve, mais il est à l'étiage et nous risquons de nous échouer sur un banc de sable.

— Les hommes d'équipage sont suffisamment nombreux pour pouvoir tirer le bateau et le remettre à flot.

— Il peut tout aussi bien être retourné.

— Je suppose que tous les hommes qui s'y trouvent savent nager.

— Sans doute, maîtresse, mais je songe à toi.

— Je sais moi aussi nager. J'en assume la responsabilité de mon côté.

Nekhébou s'inclina. Un homme muni d'une longue perche fut placé à la proue afin de sonder le fond et le bateau poursuivit sa route après avoir cargué la voile tandis que la nage, réduite de moitié, était relayée toutes les quatre heures. Ainsi, lorsque se leva le soleil, le bateau se trouvait déjà loin de Memphis. Dès son arrivée à Sebennytos, Hénoutsen se hâta vers le palais du gouverneur de la province. Lorsqu'on lui annonça la visite de la reine ce dernier s'empressa de la recevoir d'autant qu'il comptait parmi les opposants secrets au nouveau roi et qu'il n'ignorait pas que, en l'état actuel des choses, son fils Khéphren avait pour lui toutes les chances de réussir à jeter Didoufri au bas de son trône et lui arracher une place qui lui revenait de droit. Il vint en personne au-devant d'Hénoutsen, s'inclina respectueusement devant elle, l'emmena dans ses appartements particuliers pour lui déclarer, hors de la vue de témoins susceptibles d'être favorables à celui que d'aucuns appelaient l'usurpateur, qu'il était son serviteur, entièrement dévoué à elle-même et à son fils, l'héritier légitime du trône d'Horus. Hénoutsen le remercia pour cet attachement, lui fit comprendre que lorsque Khéphren serait devenu le souverain du Double Pays, il n'oublierait certainement pas un fidèle serviteur, puis elle lui fit part des raisons de sa visite.

— Ma reine, je ne vois pas de qui il peut s'agir. Mais je vais convoquer dans mon palais tous les principaux scribes de la province afin de mener une enquête. Néanmoins, il est possible que ce scribe soit au service du temple d'Onouris. Je vais de ce pas faire venir devant nous le premier prêtre du temple. Il saura peut-être donner une réponse qui te satisfera. Tu peux mettre en lui ta confiance, car il est aussi opposé à ce Seth assis sur le trône d'Horus.

On alla quérir en hâte le prêtre qui, à son tour, rendit hommage à la reine. Lorsqu'elle l'eut interrogé, il lui répondit aussitôt :

— L'homme dont tu parles, il me semble savoir qui il est. Ton serviteur pense qu'il s'agit du directeur des troupeaux du dieu, pour les domaines qui sont au nord de cette province. Son nom est Khenemou. Je sais qu'il a une fille appelée Iou, qui est mariée avec un maître artisan de Memphis.

— C'est certainement lui que je cherche. Où habite-t-il ? Où puis-je le trouver ?

— Que ton bateau remonte vers le sud. A peu de distance, tu pourras voir une belle maison qui domine le fleuve, sur une haute butte où elle est préservée de l'inondation. Tu ne peux te tromper, c'est la première demeure importante que tu verras. C'est là que tu trouveras Khenemou.

Hénoutsen le remercia, lui rendit grâce et, sans plus attendre, elle s'en retourna vers son bateau et ordonna de remonter le bras du fleuve à force rames. Depuis qu'ils étaient entrés dans les eaux de Sebennytos, plusieurs crocodiles avaient été aperçus par les rameurs soit qu'ils dormissent dans la boue des berges du fleuve, soit qu'ils fussent dans l'eau ; ils ne laissaient alors paraître que leurs arcades sourcilières sous lesquelles s'ouvraient leurs yeux globuleux. Mais ils n'étaient pas une menace pour le bateau dans le sillage duquel certains se placèrent dans l'espoir de ramasser quelque nourriture tombée du bordage. Car, animaux sacrés, les crocodiles n'étaient pas chassés et il arrivait souvent qu'on leur jetât à manger. Hénoutsen restait debout à l'avant de l'embarcation, d'où elle observait le fleuve et le rivage afin de découvrir la demeure qu'elle cherchait.

C'est ainsi qu'elle fut la première à distinguer, dans le miroitement des rayons du soleil sur la surface argentée du fleuve, une forme blanche et noire flottant entre deux eaux. Hénoutsen mit une main en visière sur son front pour protéger son regard de la vive lumière du soleil et s'attacha à observer l'étrange objet lentement emporté au fil du flot. Bientôt, elle ne put plus douter qu'il s'agissait d'un corps, celui d'une femme vêtue d'une longue robe blanche qui moulait son buste tandis que sa sombre chevelure se déployait derrière sa tête. Aussitôt elle appela Nekhébou et lui ordonna d'accélérer la nage. Elle-même alla s'emparer d'un javelot et ordonna que des hommes armés d'arcs et de lances tinssent éloignés les crocodiles qui n'allaient pas manquer de sentir cette nouvelle proie. Après avoir rapidement jugé de la situation, le capitaine ordonna de souquer le plus vigoureusement possible afin de devancer les crocodiles et lui-même, de son côté, après s'être muni de plusieurs lances, vint se placer vers la proue, prêt à frapper tout saurien qui tenterait de devancer le bateau dont l'étrave fendit l'eau à vive allure. Afin de retarder les crocodiles qui suivaient et de les amuser, Hénoutsen se fit porter tous les paniers remplis de vivres et les jeta dans le fleuve : comme elle s'y attendait, les sauriens s'attardèrent à engloutir tout ce qui tombait, viandes, pains, poissons séchés, légumes. Un seul d'entre eux, qui nageait devant le bateau, ne fut pas arrêté par cette manne. C'est sur lui que se concentra le tir de javelots, car, visiblement, il avait aperçu le corps qui flottait sur l'eau et nageait dans sa direction. Mais les javelots glissaient sur les dures écailles de son dos tandis que le bateau avait du mal à le dépasser. Il parvint cependant à sa hauteur, naviguant parallèlement à lui. Nekhébou ordonna aux barreurs de bifurquer vers le saurien pour lui couper la route et le repousser vers la droite, mais il plongea et disparut dans les eaux grisâtres.

Les cris des marins avaient sans doute alerté la femme qui s'abandonnait au fil du courant, car, alors que l'on eût pu craindre que ce ne fût que le corps d'une noyée, elle se tourna sur le ventre et nagea lentement. C'est alors qu'Hénoutsen reconnut Persenti. Elle cria son nom. La jeune fille leva la tête et, soudain, elle se mit à nager vers le bateau. Mais avec horreur, les bateliers virent le crocodile resurgir juste derrière le bateau et se diriger vers la jeune fille. Sans marquer la moindre hésitation Nekhébou, empoignant un javelot, plongea pour faire face au saurien. Hénoutsen restait immobile, stupéfaite d'admiration. En découvrant cette nouvelle proie qui s'offrait, le crocodile s'était détourné de son premier but et il fit onduler sa queue pour se diriger vers l'homme, en ouvrant une magnifique gueule hérissée de dents acérées. Nekhébou l'attendit, impassible, puis, lorsque le crocodile fut tout près, ouvrant plus encore la gueule, il projeta le javelot au fond de la gorge. Le crocodile plongea au plus profond du fleuve sous les applaudissements des marins qui avaient arrêté de ramer. En quelques rapides brasses, Nekhébou avait rejoint Persenti qui se réfugia entre ses bras tandis que le bateau parvenait à leur hauteur. Il fallut à peine quelques instants aux marins pour tirer la jeune fille hors de l'eau et aider Nekhébou à se hisser dans le bateau. Lorsque les autres crocodiles arrivèrent à hauteur de l'embarcation, il était trop tard, leur dîner leur échappait.

Hénoutsen fit transporter Persenti dans la cabine. Elle se chargea de lui ôter sa robe et l'aida à se sécher.

— Par la vie ! s'exclama-t-elle enfin, Persenti, explique-moi donc ce que tu faisais au milieu du fleuve ? Est-il dans tes habitudes d'aller ainsi nager dans ces eaux remplies de crocodiles ?

— Hénoutsen, je ne désirais pas nager. Je me suis abandonnée au fil de l'eau parce que je voulais mourir.

— Tu voulais mourir ? Quel dieu t'a donc aveuglée et rendue stupide comme une oie ? Et pourquoi donc voulais-tu mourir ?

— Comment peux-tu me poser cette question ? Maintenant, je sais qui tu es. Je sais que tu es la seconde Grande Epouse royale, la reine Hénoutsen. Et je sais aussi qu'Hori est prince, qu'il est le fils de la première grande épouse royale et qu'il s'est joué de moi.

— Tu vas me dire qui t'a fait croire qu'il s'est joué de toi, repartit vivement Hénoutsen. Il est vrai qu'il s'est présenté au temple d'Isis sous une fausse identité, car il est tombé amoureux de toi dès qu'il t'a vue, tandis que tu dansais lors du jubilé de Sa Majesté le dieu vivant, de mon époux Khéops. Il voulait que tu l'aimes pour lui-même et non pour ce qu'il représentait. C'est pourquoi il n'a pas voulu paraître sous son nom véritable.

— Ce n'est pourtant pas ce que m'a dit Iaset.

— Qui est cette Iaset ?

— Une danseuse de notre école. Elle m'a assuré qu'Hori avait parié avec son frère Didoufri qu'il parviendrait à me séduire, mais que, en vérité, il n'éprouvait pour moi aucun amour, que du désir et que, par ailleurs, jamais un prince royal n'accepterait d'épouser une fille d'obscure naissance comme moi.

— Il faudra que tu me montres cette Iaset. Elle entendra parler de moi. Tout ce qu'elle t'a dit est faux. Hori n'aime pas son frère Didoufri et ce dernier le hait. Jamais ils n'ont fait de pari. Je soupçonne ce Didoufri d'avoir soudoyé cette fille pour qu'elle te parle ainsi dans l'espoir de te détacher d'Hori. Et, visiblement, il y a réussi. Dis-toi qu'Hori t'aime et qu'il veut faire de toi la maîtresse de ses biens.

— Serait-ce possible ?

— Puisque je te le dis ?

— Mais jamais il ne sera autorisé à épouser une fille qui ne soit pas de la noblesse.

— Qui donc pourrait l'en empêcher ? Sa mère ? Elle s'en moque. La seule personne qui ait quelque autorité sur Hori depuis la mort de son père, c'est moi. Or moi, je veux qu'il t'épouse et il en sera comme je l'ai décidé. Ne suis-je pas la reine, la mère de Khéphren qui ne va pas tarder à se dresser contre cet usurpateur de Didoufri et, comme Horus l'a fait pour Seth, le jeter au bas de son trône pour ceindre la double couronne ?

— Que Maât fasse que tes paroles se réalisent, qu'elles soient la mesure de la vérité ! soupira la jeune fille. Ainsi es-tu venue me chercher jusque chez mon grand-père ? Comment as-tu réussi à nous retrouver ?

— Lorsqu'on désire fortement quelque chose, on parvient toujours à l'obtenir. Surtout quand on dispose des moyens qui sont les miens.

— Mais dis-moi alors, où est donc Hori ? J'ai appris qu'il avait quitté Memphis, que, me négligeant, il était parti pour Byblos.

— Il est vrai qu'il a dû s'éloigner. Didoufri qui est pour l'heure assis comme une grenouille sur le trône d'Horus, l'a envoyé vers Byblos à la tête d'une flotte pour chercher du bois.

— Et il a obéi sans penser à moi...

— Il n'a pas cessé de penser à toi et à te chercher. Mais il a vu que tu le fuyais et il a justement cru que tu ne l'aimais plus, et même que tu le haïssais, sans qu'il sache trop bien pourquoi. Il est venu chez ton père, et c'est ce qui lui est apparu à la suite de cette entrevue. Si tu ne t'étais pas enfuie, s'il avait réussi à te retrouver et à te parler, il t'aurait déclaré son amour, il aurait dissipé les doutes que tu avais sur sa sincérité. Dès lors, il ne serait pas parti.

— Il aurait pourtant dû obéir au roi. Vois : mon père m'a dit que Sa Majesté veut faire de moi sa concubine, et il voulait me ramener à Memphis pour me mettre dans la couche de ce Didoufri. Or, je hais cet homme et j'ai préféré mourir plutôt que d'être à lui. Mais maintenant qu'allons-nous faire ? Car, où que j'aille, le roi aura tous les moyens de me retrouver et il pourra tout aussi bien faire passer sa colère sur ma famille, sur mon père qu'il a déjà fait conduire devant lui, et même sur ma mère, ma sœur et mon frère.

— N'aie aucune crainte sur ce point. Il est un endroit où le roi ne pourra jamais te rattraper, où tu vas aller te réfugier avec ta famille : c'est à Eléphantine où tu seras placée sous la protection de mon fils Khéphren.

— Est-ce lui que j'ai rencontré dans la demeure où m'emmenait Hori, lui qui prétendait être son frère ?

— Précisément. Mais n'est-il pas vraiment le frère d'Hori, et ne suis-je pas sa mère ? Tu vois donc que c'est à peine si nous t'avons trompée. Et dis-moi encore : si Djedefhor était venu devant toi, brusquement, en te disant qui il était et qu'il voulait faire de toi sa sœur, son aimée ? Qu'aurais-tu fait ? L'aurais-tu suivi ?

Persenti baissa la tête, soupira, enfin reconnut :

— Certainement pas. Si je suis tombée amoureuse d'Hori, ce n'est pas au premier abord. Je ne voulais pas prendre d'époux, je voulais garder mon indépendance pour devenir la meilleure danseuse de la Terre Noire. Lorsqu'il m'a abordée, Didoufri n'a pas hésité à faire valoir son origine, ses titres, à me répéter qu'un jour il monterait sur le trône d'Horus, ceci afin de mieux me séduire. Il n'a pas compris que, contrairement à ce qu'il espérait en agissant ainsi, il ne faisait que se rendre odieux à mes yeux, que s'éloigner de mon cœur. Et sans doute si Hori avait procédé de la même manière, il aurait essuyé le même refus, subi le même mépris. C'est en le fréquentant, en le voyant chaque jour, en apprenant à mieux le connaître que l'amour est né en moi, qu'Hathor a allumé en mon cœur sa grande flamme d'or. Mais une fois allumée, cette flamme ne peut plus s'éteindre. Et maintenant, qu'il soit simple danseur ou prince, peu m'importe, c'est lui que j'aime.

— Voilà un aveu qui me plaît. Ainsi tu dois reconnaître que la ruse qu'il a utilisée était bien indispensable pour se faire aimer, et que, sans cela, tu l'aurais dédaigné, tout prince qu'il était.

— Je le reconnais bien volontiers.

— Tu peux donc d'autant moins lui reprocher d'avoir agi comme il l'a fait et d'autant plus te réjouir qu'il se soit montré à tes yeux sous ce jour qui a été si favorable à la naissance de vos amours.

Elle soupira et, finalement, se blottit contre Hénoutsen en éclatant en pleurs, de joie cette fois-ci, et peut-être, de regrets d'avoir si facilement ajouté foi aux dires de sa compagne et de s'être si rapidement enfuie sans chercher à mieux connaître la fidélité du cœur de son aimé.

La consternation régnait dans la demeure de Khenemou, la consternation et aussi une agitation fébrile. Car Iou n'avait pas trouvé sa fille dans sa chambre mais elle avait vu le mot et elle avait couru le faire lire à son mari, incapable qu'elle était de le déchiffrer. A sa lecture, Chédi avait poussé un cri et avait couru vers le bord du fleuve. Mais Persenti, emportée par le courant, avait disparu de sa vue, au point qu'il avait alors cru qu'elle avait déjà sombré au plus profond du fleuve, engloutie dans ses tourbillons. Khenemou n'avait pas voulu capituler aussi rapidement et il s'était lui-même rendu chez un voisin afin de se procurer une embarcation et partir à la recherche de la jeune fille. Aussi, ce fut une explosion de joie lorsque aborda la barque royale et qu'en descendirent Persenti, qui avait remis sa robe encore humide, Hénoutsen et Nekhébou dont la reine voulait faire le héros de ce jour à la suite de son acte de courage qui avait certainement sauvé la vie de la jeune fille. Iou éclata en pleurs en serrant Persenti entre ses bras tandis que Chédi prenait un air bougon en déclarant qu'on n'avait pas le droit, lorsqu'on était une fille aimante et respectueuse de ses parents, de se comporter de la sorte et de causer tant de peur et de chagrin aux siens. Persenti s'agenouilla devant son père pour lui demander pardon, mais Hénoutsen se hâta de la relever et dit à Chédi d'un ton agressif :

— Comment oses-tu parler ainsi, Chédi, alors que c'est à cause de toi que cette enfant a failli mourir !

— Comment à cause de moi ? se rebiffa Chédi en pointant son doigt contre sa poitrine.

— Je dis bien, à cause de toi, répliqua-t-elle en dirigeant à son tour un doigt menaçant vers lui. D'abord si tu m'avais tout de suite révélé l'endroit où s'était réfugiée ta fille, je serais venue la chercher avec Hori qui tient à en faire la maîtresse de ses biens. Grâce à quoi tu deviendras le beau-père d'un prince royal. Et encore c'est parce que tu es venu la chercher pour la jeter dans la couche de ce serpent de Didoufri qu'elle a cherché à mourir, ce qui serait maintenant réalisé si une divinité, sans doute Hathor, ne m'avait permis, à la suite d'une longue enquête, de découvrir où habitait ton beau-père et de me trouver sur le fleuve au moment où les crocodiles s'apprêtaient à faire un festin de cette pauvre enfant. Et encore, rends grâce au capitaine de mon bateau, Nekhébou, qui a plongé devant un crocodile et l'a tué avant qu'il ne dévore ta fille.

— Oui, mon époux, intervint à son tour Iou, remercie cet homme, et prosterne-toi devant la reine qui nous a rendu notre fille saine et sauve.

— Quoi, ma femme, tu veux que je me prosterne devant Hénoutsen alors qu'elle a joué avec nous quand nous étions enfants ?

— Tu dois te prosterner non pas parce qu'elle est reine, mais pour l'adorer pour avoir donné une seconde vie à notre chère petite fille. Et moi-même je veux faire pareil.

— Je t'en prie, Iou, ce n'est vraiment pas indispensable, déclara Hénoutsen en riant tout en la retenant alors qu'elle s'apprêtait à s'agenouiller. Il convient plutôt maintenant de nous hâter d'aviser. Le roi a placé des espions partout et je ne serais pas surprise qu'à cette heure il sache que je suis partie avec mon embarcation personnelle et qu'il ait envoyé vers nous l'un de ses bateaux pour nous chercher. Nous ne pouvons nous attarder ici. Hâtez-vous de faire vos bagages, toi, ton épouse et tes enfants, afin d'embarquer sur ce bateau. Je connais trop bien Didoufri pour ne pas craindre qu'il ne s'en prenne à vous si d'aventure Persenti lui échappait.

— Que pouvons-nous faire ? Où fuir ? gémit Chédi.

— Vous allez faire ce que je vous dirai. Nous remonterons le fleuve et nous ne ferons qu'un bref arrêt à Memphis. Mon intention est de vous emmener jusqu'à Eléphantine, où mon fils Khéphren est tout-puissant. Là, vous serez en sécurité et on mettra à votre disposition une belle maison et tout ce qu'il faut pour vivre à votre aise.

— Mais mon atelier ? Mon travail d'ébéniste qui m'est si cher ! commença à gémir Chédi.

— Mon fils te donnera un atelier avec tous les instruments qu'il te faudra et aussi des aides, et tu auras à ta disposition les meilleurs bois de Nubie et du bois d'ébène tout autant que de l'ivoire qui sont si précieux aux gens qui pratiquent ton art.

— Dans ce cas, je me réjouis d'aller m'installer à Eléphantine, admit-il.

Le bateau déploya la voile une fois tout le monde embarqué et les rameurs entreprirent de souquer ferme afin de progresser à une bonne vitesse jusqu'à ce qu'ait été dépassée Memphis.

La ville fut abordée, non pas en passant par le canal et le port de Per-nufer, mais par l'autre côté, par le Nil, afin de passer inaperçu. Tandis que les hommes de l'équipage chargeaient des provisions, des armes et des outres de bière, de vin et d'eau, Hénoutsen débarqua pour aller à sa résidence chercher des vêtements et ensuite elle se rendit à l'ancienne demeure de Sabi où résidait toujours Inkaf. Elle prépara un message, choisit un pigeon, y attacha le papyrus dans sa fine gaine, et lâcha l'oiseau en direction du sud. Elle se dit que Khéphren devrait recevoir le messager dans trois ou quatre jours.

— Inkaf, dit-elle alors, tu vas demeurer ici pour te tenir aux nouvelles. S'il se passe quelque chose d'important, tu envoies un message à mon fils Khéphren. Moi-même je pars pour quelque temps, deux mois ou trois, je ne sais pas précisément.

— Mais où vas-tu donc, ma reine ?

— Il est mieux que tu l'ignores. Si des hommes du roi viennent t'interroger, tu ne pourras rien leur dire, sinon que je me suis absentée, puisque tu ne sais même pas où.

— Pourtant, si tu me demandes d'envoyer des messages à ton fils et si tu pars pendant deux mois ou trois, Inkaf n'a aucun mal à imaginer que tu te rends auprès de Khéphren à Eléphantine.

— C'est possible, mais pas certain.

Avant que ne tombe à nouveau la nuit, le bateau avait largué les amarres et avait repris sa route vers le sud. Encore une fois on navigua de nuit, mais le lendemain, Hénoutsen se persuada que finalement Didoufri semblait n'avoir pas eu connaissance de leur fuite. Il ne pouvait ainsi supposer que déjà l'embarcation royale était en route pour Eléphantine. Elle décida, en conséquence, qu'on ralentirait le rythme de la navigation et qu'on ferait escale la nuit. Le Nil était à l'étiage et la saison de l'inondation approchait. Sans doute était-il préférable d'être rendu à Eléphantine avant la montée du flot car le courant devenait alors de plus en plus fort et la navigation plus difficile. Mais, par ailleurs, il était imprudent d'exiger des rameurs de trop gros efforts qui risquaient de les épuiser et, finalement, de ralentir plus encore la progression du bateau.

CHAPITRE VII

En ces jours de son début de règne, Didoufri était préoccupé par trois affaires, outre celles du royaume dont il laissait la gestion à son vizir, bien qu'il fût totalement inexpérimenté et, surtout, à l'efficace administration de scribes mise en place par ses deux prédécesseurs. La première affaire, celle qui lui tenait le plus à cœur, parce que ne dépendant pas totalement de sa volonté, était de mettre Persenti dans son lit. La seconde concernait ses mariages avec ses deux sœurs. La troisième, celle dont tout nouveau souverain prenait souci, était sa demeure d'éternité. Il avait fait venir devant lui Minkaf et lui avait parlé ainsi :

— Minkaf, tu es mon ministre et tu n'es pas sans savoir que l'une des charges de tout bon vizir est la construction du temple des millions d'années de son souverain. Y as-tu songé ?

Minkaf était pris de court car tout projet de construction de tombeau pour son frère était bien loin de sa pensée. Mais il avait hérité de Sabi, son père par le sang, le sens de la repartie et de la réponse immédiate.

— Comme Ta Majesté peut s'en douter, répondit-il sans marquer d'hésitation, c'est l'une des questions qui me tient le plus à cœur et il était dans mes intentions d'en parler à Ta Majesté ; j'attendais seulement que tu fusses moins préoccupé par des questions qui me semblaient plus pressantes.

— C'est bien de penser à moi de cette manière, Minkaf, car il est vrai que les femmes me causent bien du souci, autant mes sœurs que cette danseuse qui me fuit. Et plus elle me fuit, plus me démange le désir d'en faire ma concubine. Mais je te décharge de cette besogne qui me concerne personnellement. Je crois, au demeurant, que mon bon Oupéti sera plus efficace que toi dans cette circonstance. Tu sais que Ma Majesté est bien différente de notre père, le dieu justifié. Tu en peux témoigner : le but de son existence était de laisser à la postérité un monument grandiose et mystérieux destiné à étonner le monde et toutes les générations futures, pendant des milliers d'années. Je ne chercherai certainement pas à rivaliser avec le dieu. Mais je tiens aussi à avoir ma propre pyramide. Vois : je suis allé visiter le trésor secret que notre père a accumulé dans la pyramide du sud. Les salles débordent de richesses, mais on me dit que le peuple est las, qu'il serait fou de recommencer à déjà le mobiliser pour une nouvelle entreprise d'envergure. Je n'en veux pas moins avoir une grande pyramide qui conservera le souvenir de Ma Majesté et qui fera qu'on dira mon nom, que le nom de Kheper Didoufri fleurira encore pendant des milliers d'années sur toutes les lèvres.

— Seigneur, nous pouvons ériger à ta gloire un beau monument sans, pour autant, continuer d'épuiser le peuple. Ce qu'a construit notre père est incomparable, jamais nul humain, fût-il un dieu comme l'a été chacun de nos ancêtres, n'en pourra construire un qui puisse espérer le surpasser. Sans compter tous les travaux souterrains qui font de la pyramide de Khéops un ensemble unique.

— C'est pourquoi, déjà, je ne veux pas que ma pyramide soit construite dans le voisinage de celle du dieu.

— C'est aussi mon avis. Il conviendrait plutôt...

— Et ne me suggère pas non plus, l'interrompit Didoufri, de choisir un emplacement près des deux pyramides de notre aïeul Snéfrou, ou à l'ombre de celle du dieu Djéser.

— Je me garderai bien de faire une telle suggestion à Ta Majesté, se hâta d'assurer Minkaf qui avait songé à lui proposer de faire ériger sa propre tombe entre cette de Snéfrou et celle de Djéser. Non, il convient pour le temple des millions d'années de Ta glorieuse Majesté un monument unique en un lieu unique, encore vierge de tout habitat, que ce soit celui de vivants ou de morts.

— C'est bien ce que j'espère. Mais à quel lieu as-tu pensé, si encore tu as pris quelque souci de cette affaire ?

— J'y ai longuement réfléchi, déclara, péremptoire, Minkaf en faisant marcher son imagination à toute allure. Vois, j'ai procédé par élimination. Je me suis dit : on ne peut ternir la gloire de mon divin frère Didoufri en construisant sa pyramide entre celles de notre grand-père Snéfrou et de notre aïeul Djéser. On ne peut non plus aller la construire loin vers le sud, dans les environs de celle qu'avait commandée notre aïeul Houni et qui s'est écroulée, bien que plusieurs reines soient ensevelies dans son ombre ainsi que notre oncle Rahotep.

— Je suis ton raisonnement et Ma Majesté est d'accord avec toi.

— J'ai donc aussi éliminé la nécropole du temple d'Isis où notre père a réalisé son rêve de pierre. Aussi, il m'est venu à l'esprit, puisque peu à peu on remonte vers le nord, de te proposer un lieu grandiose, digne de Ta Majesté, à quelque distance au nord de la pyramide de Khéops, à la lisière du désert. Il y a par là des champs cultivés, au pied de la falaise sur laquelle se dressera le monument de Ta Majesté : ainsi le village d'ouvriers et la nouvelle résidence de Ta Majesté, le palais qu'il faudra y construire pour que tu y transportes ta cour se trouveront dans un agréable...

Didoufri l'interrompit avant qu'il ne poursuive.

— Non, je ne veux pas quitter ce palais où j'ai grandi et qui me paraît bien agréable. Je te laisse le soin de faire bâtir là-bas un village pour les ouvriers ou, encore, pourquoi ne pas les loger dans les maisons qui s'y trouvent déjà, car il faut nous hâter d'entreprendre ces travaux.

— C'est parce que ton serviteur a songé à cela que j'ai choisi ce lieu proche d'un village. Pour le reste, Ta Majesté a raison : ce palais où tu résides et où moi-même j'ai ma demeure auprès de Ta Majesté, est trop agréablement situé et trop bien agencé pour que, par respect pour une coutume qu'il n'est pas utile de suivre aveuglément, tu te fasses construire un nouveau palais, lequel coûterait de longs efforts et trop de frais, sans pouvoir rivaliser avec celui-ci. Ton serviteur va donc réunir les architectes et les scribes compétents pour que soit promptement délimitée l'aire sacrée où sera bâti ton monument des millions d'années.

— Voilà qui réjouit Ma Majesté. Vois, choisis le terrain et viens ensuite présenter les lieux à Ma Majesté. Pour ce qui concerne mon mariage avec mes sœurs, il en est une qui me cause bien du souci. Hétep-hérès m'a toujours admiré et elle s'est réjouie en apprenant que je voulais en faire ma reine. Mais Khentetenka m'est odieuse. Autant sa sœur est douce, compréhensive, et même admirative à mon égard, autant Khentetenka est autoritaire, dédaigneuse, irrespectueuse, sous prétexte qu'elle est mon aînée. Mais je l'obligerai à ployer. De toute façon, elle deviendra mon épouse, ma mère est d'accord sur ce point, et ma sœur ne pourra aller contre la volonté de la reine. Mais, vois-tu, cette folle s'est éprise de ton frère Khéphren. Si elle n'avait jamais partagé que la couche de son premier mari Khoufoukaf, elle serait encore vierge. Or, il y a longtemps qu'elle ne l'est plus et elle n'a pas rougi de déclarer que c'est entre les bras de Khéphren qu'elle est devenue femme.

— Il n'est que trop vrai que Khentetenka est...

— Surtout, l'interrompit vivement Didoufri, ne t'avise pas de me dire du mal d'elle, de me dire qu'elle est une putain, ce dont Ma Majesté est persuadée. Ma mère en est folle, elle trouve qu'elle lui ressemble et que tout ce qu'elle fait est bien...

— Je ne m'apprêtais pas à dire quelque mal que ce soit de notre sœur. Il est vrai qu'elle ressemble beaucoup à la reine, sa mère, et qu'elle partage ses goûts. Mais je comprends mal qu'elle ne soit pas fière et heureuse d'épouser Ta Majesté car si elle a forniqué avec Khéphren, tu ne vaux pas moins que notre frère et ton commerce est plus agréable que le sien.

— En cela, je ne te contredirai pas. Maintenant va, songe à t'occuper de la construction de ma pyramide...

A peine Minkaf s'était-il retiré qu'entra Oupéti, l'exécutant des hautes œuvres du roi. Il s'inclina devant Didoufri :

— Alors Oupéti, quoi de nouveau ? Avons-nous des nouvelles de ce Chédi ? Il faut être bien peu avisé pour l'avoir perdu de vue après l'avoir remis en liberté.

— Les deux hommes que j'avais attachés à ses pas ont perdu sa trace je ne sais comment... Mais rassure-toi, seigneur. D'abord, ils ont reçu la bonne bastonnade qu'ils méritaient. Mais apprends, seigneur, que ton serviteur a largement rattrapé cette bévue. Les hommes qui sont mes yeux dans ce pays, ont remarqué l'absence de la nef royale de la reine Hénoutsen à son port d'attache. J'ai aussitôt réparti mes fidèles tout au long des rives du canal et du fleuve, partout aux environs de Memphis. Or, je viens faire savoir à Ta Majesté qu'on a retrouvé le bateau de la reine. Il était hier en fin d'après-midi, amarré dans le fleuve vers les anciens quais de Memphis ; on l'a ensuite vu repartir en direction du sud. Dedans se trouvaient la fille que recherche Ta Majesté et aussi son père Chédi et toute sa famille. La reine Hénoutsen était avec eux. Visiblement ils comptent se réfugier dans les territoires que contrôle le frère de Ta Majesté.

— Vraiment, ce Khéphren, je le hais. Il faut que je lui envoie un messager pour lui ordonner de venir rendre hommage à Ma Majesté.

— Et bien entendu, seigneur, tu saisiras cette occasion pour te débarrasser de ce frère trop encombrant et insoumis.

— Sans quoi, pourquoi le ferais-je venir ?

— Si encore il accepte d'obéir aux ordres de Ta Majesté. Dis-moi, maintenant, seigneur, ce qu'il convient de faire au sujet de la barque de la reine Hénoutsen.

— Ta question est celle d'un âne, repartit Didoufri. Il te revient de te hâter d'intercepter ce bateau avant qu'il ne parvienne dans la province de Khéphren.

— Il y a dans le bateau plusieurs hommes armés, fit remarquer Oupéti.

— Qu'on leur intime d'abord l'ordre de rendre les armes et de livrer le bateau et, s'ils refusent, qu'on les abatte. Veille surtout à ce que ne soient blessées ni la fille de ce Chédi ni la reine Hénoutsen. Il me serait agréable qu'elles soient toutes les deux ramenées captives devant Ma Majesté.

— Tes serviteurs feront tout ce qu'il convient pour conduire ces femmes bien en vie devant Ta Majesté, assura Oupéti.

— Veille aussi à ce que soit conservée la vie de ce Chédi, qui nous a trahis, et de sa famille. Ils seront pour moi un argument efficace pour fléchir l'entêtement de cette Persenti et transformer en désir la répugnance que semble marquer cette fille à l'égard de son souverain.

Dès qu'Oupéti se fut retiré et que Didoufri se

retrouva seul dans la salle ouverte où il recevait ses proches, sa mère Noubet fit son entrée.

— Mon fils, l'entreprit-elle aussitôt, vas-tu encore longtemps, courir après cette fille au risque de mettre ton trône en péril ?

— Mère, soupira-t-il, tu étais encore en train de m'espionner...

— Dis plutôt que je te surveille, surtout lorsque tu reçois en particulier ton vizir et cet Oupéti. Je t'évite ainsi de te fourvoyer dans des aventures indignes de ton trône ou de donner des ordres complètement ineptes. Commence par te méfier de ce Minkaf.

— C'est un fidèle serviteur, repartit le roi.

— Un flagorneur toujours d'accord avec son souverain.

— N'est-ce pas le propre des bons et fidèles serviteurs ? Un roi ne pourrait longtemps tolérer en sa présence un serviteur qui passerait son temps à le critiquer et à le contredire. Au moins, mon frère vient-il toujours au-devant de mes volontés et se trouve ainsi toujours en accord avec moi.

— C'est un imbécile, mais il est utile que l'un des fils d'Hénoutsen se trouve à tes côtés et y occupe une haute fonction, finalement, la plus éminente après la tienne. Mais je veux intervenir à propos des ordres que tu as donnés à Oupéti. N'as-tu pas encore compris que le plus clair de ta politique, si tu veux demeurer encore longtemps sur ce trône, c'est avant tout d'éviter de provoquer ton frère Khéphren ? En tout cas, tant que tu ne te trouveras pas à la tête d'une armée combative et de courtisans sûrs. Commence par renforcer les bases de ton trône, c'est le mieux que tu aies à faire. Tu parlais justement du trésor du roi ton père. Utilise-le donc judicieusement pour te rallier les gouverneurs des provinces, et plus particulièrement celles du Sud. De la sorte si Khéphren songeait à marcher contre toi, il aurait devant lui une coalition de gouverneurs qui, pour le moins, l'affaibliraient considérablement avant qu'il ne parvienne à Memphis. Et n'espère surtout pas que Khéphren soit suffisamment inconscient pour venir te rendre hommage dans ton palais. En conséquence, abandonne cette sotte idée de faire de Persenti ta concubine, et contente-toi de tes deux sœurs et de celles qui viendront volontairement dans ton harem. Commence donc par rappeler Oupéti et ordonne-lui de laisser aller Hénoutsen où bon lui semble. Car si d'aventure dans un combat elle venait à être tuée, tu peux être sûr que dès le lendemain Khéphren marcherait sur Memphis et il aura derrière lui la majorité des gouverneurs des provinces.

— Ma mère, il n'arrivera rien, et je mets ainsi Hénoutsen à ma merci.

— Mon fils, tes serviteurs sont des mercenaires, des hommes stupides et maladroits en qui tu ne peux placer aucune confiance. Ensuite, mettre Hénoutsen à ta merci, comme tu le prétends, c'est déclarer une guerre ouverte à Khéphren et précipiter encore les événements. Evite par tous les moyens de donner à tes adversaires une occasion de s'élever contre la légitimité du choix du roi ton père, ou encore d'offrir à tes ennemis un prétexte pour agir contre toi.

— Il est trop tard pour intervenir. Oupéti est déjà en route.

— Détrompe-toi, il n'a pas encore franchi les portes de ce palais. J'ai envoyé mes gardes le retenir et le ramener devant toi pour que tu modifies les dispositions que tu viens de prendre à l'égard d'Hénoutsen.

Didoufri se sentit rougir de honte et de colère en voyant revenir Oupéti flanqué de deux gardes de la reine.

— Seigneur, lui dit-il en s'inclinant, est-il vrai que tu as fait rappeler ton serviteur pour lui donner de nouveaux ordres ?

— Euh... En effet, répondit Didoufri d'une voix sourde, le visage tendu. Ma Majesté a changé d'avis. Laisse aller la nef de la reine Hénoutsen où bon lui semble. Contente-toi de placer des hommes à sa suite pour assurer la sécurité du bateau... Sait-on jamais, car il paraît que le cours du fleuve n'est pas toujours sûr lorsqu'on parvient dans le sud, des pirates écumeraient le fleuve.

— Il en sera fait comme l'ordonne Ta Majesté, répondit Oupéti en s'inclinant.

Satisfaite, Noubet s'éclipsa par la porte par laquelle elle était venue et qui donnait directement accès à ses appartements. Ce qu'elle ignorait, c'est que Didoufri, se sachant étroitement surveillé par sa mère, avait établi un code avec Oupéti et que les deux hommes se comprenaient à demi-mot. Lorsqu'il l'avait requis de faire suivre Hénoutsen pour lui donner une escorte, cela signifiait pour son fidèle serviteur, qu'il devait agir comme il en avait été convenu au départ, et l'allusion à l'insécurité de la navigation sur le fleuve lui laissait comprendre que le roi n'aurait pas été fâché que se produisît une attaque de brigands qui feraient un massacre des passagers, Persenti exceptée, bien entendu. Il suffisait ensuite de la ramener discrètement dans une demeure secrète du roi.

CHAPITRE VIII

La caravane des esclaves de Shabitu progressa à travers des pâturages d'herbe drue et sèche où paissaient de maigres troupeaux de chèvres et de moutons, gardés par de gros chiens au poil ras et jaune qui montraient les dents et grognaient à l'approche des humains. Bientôt se dessinèrent dans le lointain les silhouettes de maisons basses dont la masse brune laissait supposer qu'elles étaient faites en argile ; elles étaient dominées par un plus haut monument de pierre. En s'approchant, Djedefhor put distinguer de nombreux hommes qui allaient et venaient parmi de petits groupes d'ânes. La construction dominante, faite de pierres mal appareillées, couvertes d'un enduit de chaux qui avait pris une teinte grise, s'écaillait, et même par endroits était tombé par plaques, laissant paraître l'appareil en pierre, semblait être un sanctuaire. Les quelques baraques de terre se révélèrent être principalement des hangars où devaient être stockées les marchandises que les nomades et les agriculteurs de la région venaient échanger en ce lieu. Ils étaient disposés autour d'une aire où des bergers amenaient leurs moutons qu'ils entreprenaient d'échanger contre d'autres marchandises et des métaux.

Shabitu était visiblement un habitué de ce lieu car il salua plusieurs personnes, tout en se dirigeant vers l'enceinte du sanctuaire. On y pénétrait par une porte monumentale en forme de tour carrée. Shabitu descendit de sa monture et, suivi de ses serviteurs qui entraînèrent les esclaves, il traversa la salle ouverte, bordée de bancs sur chaque côté, pour passer la seconde porte qui donnait accès à une cour au centre de laquelle était aménagé un bassin circulaire. Un homme, visiblement un prêtre du temple, sortit d'une construction annexe sur la partie droite de la cour et vint saluer Shabitu :

— Ce sont là les esclaves à consacrer et à enregistrer ? demanda-t-il.

— Ce sont eux. J'ai emmené une chèvre pour le sacrifice.

Les liens furent défaits puis chacun des esclaves fut présenté devant un prêtre scribe qui nota, sur une tablette d'argile, le nom et l'origine de chacun des captifs. Une fois répertoriés, les esclaves furent invités à aller s'asseoir sur les bancs de pierre de la salle de la tour d'entrée, tandis que Shabitu entrait avec le prêtre dans le temple dont la longue façade se déployait au fond de la cour. Un serviteur les suivait avec la chèvre destinée au sacrifice. Ils en ressortirent un moment plus tard et le prêtre, qui tenait dans une main un vase de cuivre sur les bords duquel se dressaient des statuettes de bouquetins et d'oiseaux, vint devant les esclaves restés assis. Djedefhor put ainsi voir que le vase que tenait le prêtre contenait du sang de la chèvre sacrifiée : il y trempa deux doigts et marqua du sang du sacrifice le front de chaque esclave.

Shabitu invita alors les captifs à le suivre hors du temple, jusque sur la place centrale. Dans le fond était dressé un baldaquin où les riches marchands trouvaient de l'ombre en attendant de procéder à leurs négociations. C'est devant cet abri précaire que Shabitu fit ranger sa marchandise humaine. Sur un siège pliant, dans l'ombre ardente, se tenait assis un homme vêtu d'une robe longue mais légère, ornée de franges et de broderies. Il échangea avec Shabitu force salutations, ils s'accablèrent de vœux de bonne santé, et enfin le marchand d'esclaves entra dans le vif du sujet :

— Biridiya, voici les hommes dont mon messager t'a parlé.

Biridiya se leva et vint les examiner de plus près.

— Quel est celui qui parle plusieurs langues, l'Egyptien qui connaît toutes les écritures ?

Shabitu désigna Djedefhor devant qui s'arrêta Biridiya.

— Quel est ton nom ?

— Dans ma langue, on m'appelle Hori, précisa Djedefhor.

— Quel est ton âge ?

Biridiya avait posé la première question dans la langue de son pays qui était le cananéen. La seconde, il la posa dans celle des Sumériens, et c'est dans cette dernière que Djedefhor répondit :

— Vingt-sept ans.

Sa curiosité parut se borner là car il se tourna vers Shabitu et dit simplement :

— Je les prends tous.

Les esclaves furent invités à s'asseoir par terre en attendant que soient terminées les tractations d'achat. Bien qu'ils fussent libres de tout lien, pas un seul d'entre eux songea à fuir : dans la suite de Biridiya se trouvaient six hommes armés d'arcs et de javelines, outre autant de serviteurs qui portaient dans leur ceinture des poignards à lames de bronze. Quant à Djedefhor, il était rassuré, certain de devenir, comme le lui avait laissé entendre Shabitu, le secrétaire de son nouveau maître. L'aventure ne lui était pas désagréable et il était curieux de connaître la vie des grands de ces pays.

Une fois les esclaves payés, Biridiya donna l'ordre du retour dans sa demeure.

— Reste auprès de moi, ordonna-t-il à Djedefhor.

Biridiya avait pris les devants et allait en tête de ses hommes qui entraînèrent les autres esclaves à leur suite.

— Dis-toi, Hori, l'entreprit alors son nouveau maître, que si je suis satisfait de toi, tu ne pourras que t'en féliciter. Je ne suis pas un maître dur, bien au contraire, mais je ne tolère pas la paresse. Accomplis consciencieusement la tâche que je te donnerai, et je suis certain que tu seras si satisfait de ton sort que tu seras le premier à vouloir rester à mon service.

Ils marchaient en direction de l'est et, bientôt, ils se trouvèrent au bord d'une falaise qui dominait une mer dont la surface brillait étrangement dans les rayons du soleil.

— Nous appelons ces eaux la mer de Sel, dit Biridiya en s'arrêtant. La cité où je t'emmène est située sur sa rive sud.

Djedefhor découvrit avec stupeur, dans le même temps, que à peu de distance, jaillissait une source dont les ondes bouillonnantes se précipitaient du haut de la falaise dans un vaste bassin naturel fermé par une dense végétation, puis dévalaient en une

suite de cascades jusqu'au rivage de cette mer intérieure. Biridiya s'engagea le premier dans un sentier
qui descendait en pente raide vers le bassin écla-
boussé par la chute d'eau. Lorsqu'ils y furent parvenus, Biridiya invita Djedefhor à s'y tremper pour se
rafraîchir. Il serait resté de longs moments, sans se
lasser, sous cette chute dont il buvait l'eau à grands
traits tout en se laissant totalement inonder le corps,
si les autres captifs ne l'avaient rejoint pour se baigner à leur tour. Biridiya donna bientôt le signal du
départ. Le sentier suivait le cours d'eau toujours
enserré dans une végétation de roseaux et de buis-
sons verdoyants, formant un contraste rafraîchissant
dans les flancs des falaises dénudées qui plongeait
vers le rivage de la mer de Sel. Des hardes de bouquetins dessinaient leurs silhouettes brunes sur les
rocs qui fermaient de part et d'autre l'étroite vallée
verdoyante. Ils semblaient indifférents à la présence
humaine, étonné, Djedefhor interrogea Biridiya.

— Ces bêtes sont sacrées pour nous, lui fit-il
savoir. Celui qui oserait en chasser une seule risquerait la peine de mort. Elles sont consacrées à Asherat, la maîtresse divine des animaux.

Près du rivage deux grandes barques étaient liées
à des pieux, gardées chacune par leur équipage composé de deux barreurs et dix rameurs. Biridiya prit
place dans l'une avec plusieurs serviteurs et uniquement Djedefhor tandis que les autres esclaves mon-
taient dans la seconde embarcation avec leurs
gardes.

— Plonge ta main dans l'eau et goûte-la, lui dit
alors Biridiya.

Djedefhor obéit et il fut d'abord surpris de sentir
sa main huileuse. La forte salinité de l'eau et son
goût piquant le laissèrent interdit.

— Cette mer est chargée de sel, lui apprit le
maître. Toutes ses rives méridionales sont blanches
de sel. Par endroits l'amoncellement de sel est si
épais sur les bords que depuis des générations on

l'exploite, on en remplit des paniers qu'on va vendre au loin et qui font la fortune des gens de ce pays, sans que se soit épuisée une mine si abondante. Moi-même je m'enrichis de ce commerce.

La chaleur était extrême et, malgré la douche qu'il avait prise récemment, Djedefhor transpirait encore et il aurait bien plongé dans la mer si son maître ne l'en avait détourné :

— Tu ne te rafraîchiras pas, tout au contraire, car ces eaux sont tièdes et si chargées de sel que tu aurais de la peine à t'y plonger complètement. Je t'autoriserai un jour à en faire l'expérience.

Djedefhor se contenta donc d'admirer les montagnes aux teintes diaprées qui bordaient les rives de la mer sur toute sa longueur, vers le levant et le couchant.

— Au nord, lui expliqua Biridiya, s'ouvre une vallée verdoyante arrosée par un petit fleuve qui descend d'une autre mer plus au nord, mais une mer d'eau douce alimentée par des rivières qui dévalent les pentes de plusieurs montagnes. Au sud, en revanche, se déploie une vallée asséchée qui va jusqu'à une mer ouverte sur des abîmes inconnus. Elle est bordée cependant de terres connues de nous : au couchant c'est ton pays, l'Egypte, au levant ce sont des terres souvent désertiques habitées par des bédouins, que nous appelons Havilah ; c'est du sud de ce pays que proviennent les résines rares, l'encens, la myrrhe et la casse.

— Je pense qu'il s'agit de ce que nous autres, Egyptiens, appelons le To Noutir, la Terre du dieu, suggéra Djedefhor.

Sur le rivage sud était aménagé un ponton où vinrent aborder les embarcations. Sur sa droite, Djedefhor fut ébloui par les champs de sel qui s'étendaient à perte de vue, formant de véritables collines.

— Vois, précisa Biridiya à Djedefhor, j'ai reçu en fermage une grande partie de ces montagnes de sel, et aussi toutes les terres qui s'étendent entre ce rivage et la cité où je réside.

— Est-ce ici que commence la vallée dont tu m'as parlé, qui s'étend jusqu'à la mer du Sud ? lui demanda Djedefhor, curieux de la conformation des terres inconnues et de leurs noms.

— C'est ici. Nous l'appelons la vallée de Sidîm.

— Et quel est le nom du lieu où tu m'as acheté et de cette belle vallée qui s'ouvre au flanc de la falaise ?

— On donne à tout cet ensemble le nom de la source d'où jaillissent ces eaux. C'est Engaddi, la Source du Chevreau, celle où viennent s'abreuver tous les troupeaux de la région. Le temple où tu es entré est très ancien, il a été bâti il y a bien des siècles ; des générations d'hommes sont venus y sacrifier à la déesse Asherat, la Reine du ciel.

Djedefhor admirait l'aménité et l'obligeance avec laquelle son maître répondait aux questions de son esclave. Ce qui le laissa heureusement augurer de sa condition future dans son entourage.

Une fois débarqués, les hommes se mirent en route, à la suite du maître ; ce dernier avait pris place sur un âne qui l'attendait au débarcadère. Ils s'engagèrent bientôt sur un chemin de terre qui traversait des champs cultivés. Ils s'arrêtèrent au milieu d'un ensemble de baraquements où furent laissés les autres esclaves avec leurs gardes. Djedefhor fut invité à poursuivre sa route aux côtés de son maître sur sa monture. Seuls suivirent les six serviteurs.

— Hori, lui dit Biridiya, il m'a été rapporté que tu prétends être dans ton pays un fils de roi.

— C'est la vérité, seigneur. Mon père, Khéops, était le maître de l'Egypte.

— S'il était ton père, pourquoi ne lui as-tu pas succédé sur le trône ?

— Parce qu'il a voulu qu'y monte l'un de mes frères, Didoufri.

— Et comment se fait-il que tu te trouves esclave sur cette terre ?

— Telle a été la volonté d'un dieu. Mon frère a voulu que je prenne la tête d'une flotte pour aller chercher du bois chez les gens de Byblos, dans les montagnes des Cèdres. Mais, alors que mon bateau longeait la côte, au sud de Gaza, je suis tombé à l'eau, au cours de la nuit. Je n'ai pas été vu et on n'a pas entendu mes appels. J'ai réussi à gagner la rive à la nage, mais là, des bédouins m'ont attaché et réduit en esclavage contre tout droit.

Dans son explication Djedefhor avait préféré taire qu'il avait été victime d'un complot fomenté par son royal frère. Il lui semblait plus judicieux de laisser ignorer cette duplicité du roi, afin de conférer plus de poids à sa qualité princière.

— Hori, tu devrais savoir, à ton âge, que la seule loi qui prime est celle du plus fort. Sans doute certains rois ont édicté des lois afin de trouver en elles des solutions toutes prêtes pour porter plus aisément des jugements lors de litiges entre leurs sujets. Mais seule la force est susceptible d'imposer une loi, bien qu'elle prenne souvent le masque du droit. Si au lieu de te trouver seul face à ces bédouins, tu avais été à la tête de tes hommes, c'est peut-être toi qui leur aurais imposé ta propre loi. Or tu n'aurais fait que laisser triompher le droit du plus fort, puisque tu les aurais vaincus. Tu pourras voir que même ce que tu penses être le droit n'est jamais qu'une loi imposée par la force et devenue vérité et justice.

— Seigneur, il m'est difficile de te suivre sur un tel terrain.

— C'est pourtant une réalité. Prends, par exemple, un voleur, un brigand de grand chemin, précisément comme les bédouins qui t'ont capturé. Ils considèrent que leur loi est juste. Ils ne possèdent pas de terres alors que les fermiers ont des champs qu'ils cultivent, les bergers ont leurs troupeaux. Or, ces fermiers se sont d'une manière ou d'une autre, en un temps ou en un autre, attribué les terres qu'ils cultivent et ils se les revendent entre eux, tandis que les éleveurs ont domestiqué des bêtes dont ils ont fait leurs esclaves, et pour eux, ce qu'ils font est juste. Aussi, juste apparaît aux yeux des voleurs leur propre comportement : ils ne font que s'attribuer à leur tour les biens que les fermiers ou les éleveurs se sont arrogés. Et comme ils ont la force d'imposer leur point de vue, ils ont pour eux leur droit.

— Seigneur, je crains qu'un tel raisonnement ne conduise à la destruction de toute société.

— C'est pourtant un raisonnement judicieux. Et il semble juste aux démunis, aux pauvres et aux esclaves de détruire cette société qui les opprime pour, à leur tour, se saisir des biens de leurs maîtres et devenir eux-mêmes des maîtres et, en fin de compte, opprimer ceux qu'ils ont vaincus, quand encore ce n'est pas ceux grâce à qui ils ont conquis leur nouvelle condition et leur pouvoir. Et vois aussi : tes compagnons d'esclavage que nous avons laissés afin qu'ils soient logés dans les baraquements que tu as vus pour y accomplir les travaux auxquels je les destine, pourquoi vont-ils rester esclaves ? Parce qu'ils seront surveillés et contenus par des gardes armés, c'est-à-dire par ceux qui ont pour eux non le droit, mais la force. Et si d'aventure ils réussissaient à se libérer, à désarmer leurs gardiens, ils deviendraient leurs maîtres et pourraient leur imposer leur propre loi. Oui, Hori, il faut toujours être le plus fort si l'on veut bien vivre et ne pas tomber dans l'esclavage. Le moindre faux pas peut nous conduire au plus profond de la misère, sans que puissent être impliqués et outragés ni le droit, qui est une invention humaine, ni la justice, qui n'est que le fruit d'une imagination accablée par le destin.

Djedefhor resta muet, n'osant pas contredire son maître et se demandant au fond de lui-même s'il n'avait pas raison, s'il n'était pas dans le vrai.

Lorsqu'il releva la tête, il aperçut des murailles de

pierre qui commençaient à se parer des teintes rosissantes du couchant.

— Seigneur, dit-il alors, est-ce la ville où tu m'emmènes ?

— C'est bien là que je réside, la puissante cité de Gomorrhe.

CHAPITRE IX

Le bateau royal d'Hénoutsen et de ses hôtes remontait le cours du Nil lentement. Accablante était la chaleur dans l'attente de l'inondation qui allait rendre vie aux terres noires déposées par les milliers de débordements du fleuve hors de son lit naturel, depuis des générations et des générations, depuis les temps mythiques où le dieu du Nil, Hapy, dans sa prévoyance, faisait que le fleuve roi dispensait ainsi son limon qui rendait fécondes les terres stériles du désert de Seth, le dieu aux yeux rouges. La douce brise du nord si chère au peuple du Nil, le vent de la mer qui déployait ses ailes diaphanes tout au long de la vallée, avait abandonné son combat contre l'ardeur des rayons du soleil qui régnaient superbement, enflammant l'air qui brûlait la peau et les poumons. Aussi, en accord avec Hénoutsen, Nekhébou avait décidé que la navigation ne se ferait que le matin, entre l'aube grise et le moment où le soleil parvenait au zénith, puis ne reprendrait que le soir, lorsque les rayons obliques de Rê se font moins torrides, jusqu'à ce que la disparition de l'astre par-delà l'horizon mette un terme à une navigation devenue dangereuse du fait des trop nombreux bancs de sable invisibles par les nuits sans lune. Car tout vent étant tombé, l'effort demandé aux rameurs pendant les heures les plus chaudes du jour était trop considérable pour que Nekhébou prenne le risque de les trouver épuisés au moment où il pourrait avoir besoin de requérir toute leur énergie. Ainsi qu'il l'avait déclaré à la reine, il convenait de ménager la force des hommes dans l'éventualité d'une montée soudaine des flots, la crue pouvant survenir à tout moment, ou encore si, d'aventure, ils étaient assaillis par une troupe de brigands. Car on disait que depuis la disparition de Khéops dont la main puissante avait couvert les provinces, des bandes de pillards s'étaient organisées qui défiaient la police des gouverneurs, quand encore ce n'étaient pas ces derniers qui, libérés de la crainte du roi défunt, n'étaient pas les premiers à rançonner les voyageurs osant s'aventurer sur le fleuve.

Un vélum avait été tendu au-dessus du pont du vaisseau, protégeant les voyageurs qui passaient le temps de la navigation assis sur des nattes à deviser ou à jouer à quelques-uns de ces jeux tant prisés par les Egyptiens. Comme elle ignorait si Didoufri était au courant de leur fuite et quelles dispositions avait pu prendre le roi à leur égard, Hénoutsen avait voulu que, lors des arrêts nocturnes, le bateau fît escale dans des lieux déserts, éloignés de tout village, afin que, si d'aventure des soldats avaient été lancés sur leurs traces, les villageois ne pussent trahir leur présence. Elle avait aussi demandé à Nekhébou d'établir des rôles de garde pour ne pas être surpris pendant leur sommeil. Pour le reste, il avait été décidé que si l'on allait à terre pour renouveler les provisions et y allumer des feux pour préparer les repas, on dormirait sur le bateau afin de pouvoir, le cas échéant, prendre promptement le large. Pareillement, lors de la sieste, au plus chaud du jour, on recherchait des lieux abrités, près des fourrés de papyrus, sur les bords du fleuve. L'officier avait admiré la prudence de la reine.

— En vérité, ma reine, lui avait-il déclaré, je vois que tu as l'étoffe d'un capitaine car tu ne me parais rien négliger de ce que requiert la prudence d'un chef averti.

— Ce ne sont là, avait-elle assuré, que des précautions élémentaires quand on se sait menacé.

Il y avait maintenant de nombreux jours que le bateau avait quitté Memphis. Les cités riveraines s'étaient lentement égrenées, les unes après les autres. Le matin même, la nef royale avait fait une brève escale à Dendérah. Tandis qu'une partie des hommes de l'équipage avait été chargée de renouveler les vivres, Hénoutsen et la famille de Persenti étaient allées dans le temple d'Hathor brûler de l'encens sur ses autels et porter des offrandes de parfums et de fleurs. Hénoutsen avait consacré à la déesse un magnifique collier fait de pierres de couleur serties dans de l'or de Nubie. Puis on avait repris la lente navigation sur le fleuve paresseux.

Pendant tous ces jours, Hénoutsen avait eu tout loisir de s'entretenir avec le capitaine de son bateau. Jusqu'à ces derniers temps, elle n'avait eu que peu d'occasions de le voir, car, bien que la nef lui eût été dévolue par Khéops depuis déjà longtemps, elle ne l'utilisait que rarement. Généralement, quand elle prenait une embarcation pour se rendre au palais de son époux, ce qui se produisait rarement, c'était sur l'initiative de Khéops lui-même qui l'envoyait chercher dans sa propre barque royale. Rares aussi étaient les fois où il lui prenait la fantaisie de faire une grande promenade sur les canaux à partir du port de Per-nufer et passer ensuite sur le Nil. Ses goûts naturels étaient restés ceux de sa jeunesse : lorsqu'il lui arrivait d'éprouver le désir d'aller se promener sur le Nil, c'était seule, sur un esquif en papyrus qu'elle manœuvrait avec la longue gaffe. Elle retrouvait alors le plaisir ancien de rencontrer les jeunes garçons qui faisaient sécher les poissons sur les bords du fleuve, les femmes qui venaient y laver leur linge, les hommes qui y pêchaient à la ligne, pour leur plaisir ou leurs besoins personnels ; avec tous elle pouvait converser, échanger des quolibets, se comporter comme elle l'aimait, en simple fille du Nil. Tandis que la grande barque royale peinte de couleurs vives, avec ses formes élégantes, sa proue et sa poupe redressées, sa grande cabine fermée par des rideaux fins, montée par tout son équipage, impressionnait les riverains, qui se tenaient à distance respectueuse ou même se prosternaient, pensant qu'ils avaient affaire à Sa Majesté en personne, ce qui interdisait à Hénoutsen tout rapport avec eux.

Au demeurant, Khéops n'avait que récemment remplacé par Nekhébou l'ancien capitaine du bateau, vieillissant dans l'oisiveté, de sorte qu'Hénoutsen n'avait commencé à le connaître que lors de cette navigation sur le Nil. Ce dont elle n'était pas fâchée, car elle avait trouvé le plus grand charme à cet homme jeune, bien fait, au corps et au visage élégants, dont elle avait eu l'occasion d'apprécier le courage et la présence d'esprit lorsqu'il avait sauvé Persenti des dents du crocodile.

Les hommes de l'équipage avaient déposé leurs lourds avirons et somnolaient sur leurs bancs, tandis que Persenti et ses parents faisaient leur sieste dans la cabine ouverte. Hénoutsen voulut profiter de ces instants de torpeur pour aller se baigner dans le Nil. L'embarcation était amarrée sur les bords du fleuve, à la lisière des fourrés de papyrus et de roseaux qui bordaient les rives et la dissimulaient à la vue de ceux qui allaient par les chemins de terre. Par ces grosses chaleurs, elle ne passait pas la grande robe fourreau en lin blanc, mais se contentait de ceindre ses reins du pagne étroit des paysannes, qu'elle trouvait seyant. Sa poitrine était toujours suffisamment haute et son corps d'une telle sveltesse qu'elle savait pouvoir s'offrir la coquetterie de les exhiber ; c'était, à ses yeux, une façon de se prouver et de montrer aux autres qu'elle éclatait toujours de vie et de jeunesse, que l'âge ne l'atteignait pas.

Elle se laissa glisser dans l'eau, qui lui parut fraîche en contraste avec l'air étouffant et se mit à nager lentement. Néanmoins, toujours prudente, elle évitait de s'éloigner du bateau dans l'éventualité de la présence inopinée d'un crocodile. Lorsqu'elle s'accrocha au bastingage pour remonter à bord, elle se trouva face à son capitaine qui lui tendit la main pour l'aider.

— Nekhébou, dit-elle sans saisir sa main, que fais-tu là ? Oserais-tu me surveiller ?

— Ma reine, je reconnais t'avoir suivie du regard lorsque je t'ai vue descendre dans le fleuve avec une audace qui a rempli d'inquiétude ton serviteur. Si les hommes dorment dans la chaleur de midi, les cro-codiles veillent. Or je me sens responsable de la vie de ma maîtresse devant le prince Khéphren et devant les dieux. S'il t'arrivait le moindre mal, je ne pour-rais me le pardonner et si je ne pouvais te sauver d'un danger qui aurait menacé ta vie, il ne me resterait plus qu'à sacrifier moi-même la mienne.

Cette confession surprit la reine autant qu'elle l'enchanta. Cependant elle prit avec malice ces paroles qui lui semblaient en dire plus qu'il pouvait y paraître et exprimer des sentiments gardés secrets, sans doute par respect pour son rang.

— Nekhébou, lui répondit-elle, tu n'as pas été chargé de ma protection. Tu es le commandant de ce bateau et des hommes qui le manœuvrent. A cela se bornent tes responsabilités.

— Mes obligations s'étendent aussi aux passagers de ce bateau, surtout quand il s'agit de ma reine.

— Peut-être, Nekhébou, mais on ne te demande pas pour autant de te donner la mort si d'aventure il m'arrivait un malheur que tu n'aurais pu m'éviter. Surtout si je devais à mon imprudence de perdre la vie.

Nekhébou soupira, manifesta malgré lui un cer-tain embarras et, détournant la conversation, il ouvrit la bouche et dit :

— Je t'en prie, maîtresse, accepte ma main et hâte-toi de sortir de ces eaux desquelles peut à tout moment surgir une créature dangereuse pour ta vie qui nous est si précieuse.

— Que peut-on craindre, excepté un crocodile ? Or, nous n'en avons pas aperçu dans ces parages et s'il y en a dans les environs, ils sont certainement vautrés dans la boue de la rive en attendant que passe une proie.

— Les eaux d'Hapy grouillent d'une vie mystérieuse dont on ne connaît pas tous les hôtes, assurat-il, visiblement pour justifier ses propos et inciter Hénoutsen à sortir d'un si dangereux milieu, et, par la même occasion, se montrer à lui dans toute sa beauté.

Elle ne s'en formalisa pas, tout au contraire. Elle se décida à saisir sa main et se laissa hisser dans l'embarcation d'un seul élan. Elle resta devant lui, rieuse, ruisselante de gouttelettes d'eau qui brillaient sur sa peau dorée. Il osa alors faire ce qu'elle attendait en secret et qu'il n'aurait jamais cru avoir l'audace de réaliser : il l'enlaça, pressant son corps humide contre le sien et respira son souffle. Elle avait fermé les yeux, sans se défendre d'une étreinte à laquelle elle aspirait depuis déjà plusieurs jours. Mais lorsque ses caresses se firent par trop audacieuses, elle se dégagea brusquement.

— Nekhébou, lui dit-elle d'un ton plus mutin que sévère, tu es un effronté d'oser ainsi embrasser ta reine.

Et elle ajouta, afin de lui laisser entendre qu'elle n'était pas hostile à ses approches :

— Surtout sur ce bateau, tout près de ces hommes qui peuvent à tout moment ouvrir les yeux et nous surprendre.

Tout en parlant elle avait ramassé son pagne qu'elle ceignit et se dirigea vers la proue, suivie de près par Nekhébou.

— Ma reine, pardonne-moi mon audace, mais ta

beauté est telle que tu as allumé en moi la flamme d'Hathor. Aussi, si mon désir va vers toi, tu ne peux m'en faire le reproche. Tu dois incriminer ta propre beauté et la déesse : ce sont elles les vraies coupables devant ton tribunal.

L'argumentation amusa Hénoutsen qui, se retournant, lui répondit :

— Dans ce cas, Nekhébou, je te pardonne et je vais convoquer à mon tribunal les coupables que tu me désignes. Je verrai alors à les condamner ou à les absoudre.

Elle s'était arrêtée à l'avant du bateau pour observer le fleuve qui étendait sous ses yeux son large ruban scintillant dans les rayons cendrés du soleil déclinant. Son attention fut soudain attirée par deux embarcations pourvues de nombreux rameurs qui poussaient hardiment sur les avirons. Nekhébou s'était arrêté auprès d'elle et il observa à son tour les embarcations.

— Ces bateaux ne me disent rien qui vaille. J'ai le sentiment qu'il s'agit de brigands ou, en tout cas, de gens qui écument le fleuve. Ils ne vont pas manquer de nous repérer lorsqu'ils vont passer devant notre bateau. La prudence me pousserait à prendre les devants et nous éloigner d'ici. Ils sont encore loin, nous pouvons les devancer. Il sera alors temps de voir si je me trompe et s'ils ne cherchent pas à nous rattraper.

— Je t'approuve sans réserve, dit Hénoutsen qui éprouvait aussi à leur égard un sentiment de méfiance. Hâtons nous de réveiller les hommes de l'équipage et de les mettre à la nage.

Hénoutsen put admirer la façon dont le capitaine avait dressé ses hommes car, à peine les avait-il fait réveiller que, suivant les ordres lancés, ils prenaient leurs places en hâte mais en ordre, poussaient sur les avirons, et dans les instants qui suivirent ils avaient remis le bateau dans le fleuve. Pour éviter d'être trop facilement repérés de loin, Nekhébou avait ordonné de suivre la rive afin de se fondre le plus possible dans la dense végétation qui la bordait.

— Que se passe-t-il ? s'étonna Persenti en venant auprès d'Hénoutsen debout près de la poupe, d'où elle observait les deux barques qui semblaient avoir encore accéléré leur allure en découvrant la nef royale.

— Les hommes qui montent ces deux embarcations que tu vois derrière nous ne paraissent pas nous vouloir du bien, répondit Hénoutsen en posant sa main en visière sur son front pour mieux observer leur manœuvre.

— Crois-tu que ce puissent être des hommes envoyés à notre poursuite par le roi ?

— Comment savoir ? Ce ne sont pas des soldats, mais ce n'est pas significatif. Il peut tout aussi bien s'agir de pirates du fleuve. En tout cas, il est plus prudent de les éviter et de prendre la fuite.

— Ils semblent nous suivre. Ne risquons-nous pas d'être rattrapés ?

Hénoutsen se tourna vers Nekhébou venu les rejoindre et, sans répondre directement à la jeune fille, elle lui dit :

— Nekhébou, il me semble que ces hommes cherchent à nous prendre en chasse. Est-il possible d'accélérer le rythme de la nage ?

— Je vais donner des ordres dans ce sens. Nous pourrons voir si vraiment ces hommes cherchent le contact.

Il s'éloigna pour exiger des rameurs un nouvel effort et, aussitôt après, l'embarcation parut voler sur les eaux calmes. La distance séparant les bateaux commença alors à s'accroître : légère, parfaitement profilée, la nef royale fendait le flot et distançait les deux embarcations, au point que Nekhébou ordonna de ralentir le rythme afin de ménager les forces des rameurs.

— Il semblerait que ces hommes ont bien cherché à nous rattraper, conclut-il en revenant auprès d'Hénoutsen qu'avaient rejointe Chédi et les siens, mais nous les avons largement semés. Je crois qu'il n'y a plus rien à craindre.

— Peut-être bien, admit Hénoutsen, mais il convient de rester circonspects. Continuons de nous détacher d'eux.

Avec la venue du soir, une légère brise se mit à souffler, venue du nord. La grande voile teinte en rouge fut déployée, ce qui permit aux rameurs de se reposer. On croisa d'autres barques qui descendaient le fleuve. Les deux bateaux qui avaient provoqué un si grand trouble, avaient disparu du champ de vision soit qu'elles eussent abordé, soit qu'un détour du fleuve ne les cachât aux regards. Chacun se sentit soulagé, mais lorsqu'il fut décidé de relâcher pour la nuit, Nekhébou exigea que ce fût à l'abri dans un profond chenal constitué par une dense végétation.

— Pour ce soir, lui dit Hénoutsen, abstenons-nous de prendre pied sur la rive pour y faire des feux afin de cuire la nourriture. Nous nous contenterons de pain, de dattes, de fromage et de poisson séché.

— C'est une sage disposition et je m'apprêtais à te le proposer, opina-t-il. Bien que je ne pense pas que nous ayons à craindre ces hommes dans ces barques.

— Peut-être, soupira-t-elle. J'ai pourtant je ne sais quel pressentiment. Il sera prudent que la veille de nuit soit doublée.

— Nous ferons comme il te plaira, ma reine.

Les hommes eurent cependant l'autorisation de descendre dans le fleuve afin de se laver et se rafraîchir. Hénoutsen s'y baigna à nouveau de son côté, avec Persenti, l'eau ne parvenant, en cet endroit, qu'à la hauteur de la poitrine.

A l'encontre des craintes qui avaient assailli la reine, la nuit fut calme et, lorsque, au petit matin, le bateau royal sortit de sa cache, le cours du Nil apparut majestueux et désert ou presque, car, comme cela arrivait couramment, on pouvait voir, de-ci de-là, de petites barques de pêcheurs, proches de l'une ou de l'autre rive. Le vent du nord continuant de souffler, la voile rectangulaire fut déployée, ce qui autorisa les rameurs à ne plonger leurs avirons dans le courant qu'à un rythme paresseux.

La surprise fut totale lorsque, soudainement, au milieu de la matinée, alors que le bateau s'était rapproché de la rive gauche du fleuve toujours bordée d'une forêt de végétation marécageuse, d'en voir surgir deux embarcations chargées d'hommes armés, qui foncèrent droit sur la barque royale. Les intentions hostiles de leurs équipages ne pouvaient plus faire de doute : Nekhébou lança l'ordre de pousser vigoureusement sur les avirons.

— Visiblement, dit-il à Hénoutsen, ce sont les mêmes que ceux que nous avons vus hier. Ils nous ont repérés et c'est bien à nous qu'ils en veulent. Ils ont dû prendre le risque de poursuivre leur route pendant la nuit pour venir se dissimuler dans ces fourrés. Ils devaient raisonnablement imaginer que nous avions, de notre côté, fait halte pour la nuit : ils avaient ainsi toutes les chances de nous surprendre lorsque nous reprendrions notre navigation.

Pendant un long moment, l'embarcation royale tint à distance ses poursuivants, mais à une courte distance, à peine la portée d'un javelot. Des archers avaient pris place à la proue des deux bateaux qui naviguaient de conserve. Suivant les ordres de Nekhébou, des hommes munis de grands boucliers faits de peaux de bœufs tendues sur une armature de bois s'alignèrent le long du bastingage pour protéger les rameurs, tandis que d'autres, armés d'arcs, venaient s'agenouiller entre eux et commencèrent à décocher leurs flèches. Cette défense avait cependant contraint Nekhébou à réduire le nombre des rameurs, ce qui ralentissait leur vitesse. Hénoutsen fut la première à prendre la décision de s'asseoir sur l'un des bancs laissé vide pour se saisir d'un aviron. Persenti l'imita et Chédi ne put faire autrement que prendre à son tour une rame, bientôt suivi par sa femme. Mais ces bras supplémentaires ne furent pas suffisants pour rendre au bateau une avance décisive permettant d'échapper aux poursuivants qui se rapprochaient lentement mais inexorablement.

— Neith, Dame de Saïs, supplia Chédi, protège-nous ! Vois, Hénoutsen, ces brigands nous rattrapent !

— Au lieu de gémir, pousse sur la rame et tais-toi, lui ordonna la reine.

Elle abandonna son aviron afin de venir auprès du capitaine.

— Nekhébou, lui dit-elle, nous ne pourrons leur échapper. Ne serait-il pas de bonne tactique de tenter d'atteindre le rivage ? Nous pourrons peut-être leur échapper dans les fourrés de papyrus. En tout cas, il nous sera certainement plus facile de nous défendre ou encore de fuir à terre plutôt que sur cette embarcation si instable.

— Je vais donner un ordre en ce sens, mais vois : les barques de ces brigands sont déjà si proches que je crains qu'ils ne nous coupent la route vers l'une et l'autre rives.

Leurs regards, tout comme ceux des rameurs qui tournaient le dos au sens de la marche du bateau, étaient tournés vers les pirates du fleuve. C'est Persenti qui, lasse de ramer ayant abandonné son aviron, vint à la poupe et dit :

— Hénoutsen, regarde... Nous sommes cernés... Vois tous ces bateaux qui viennent devant nous...

Ils se retournèrent vers l'amont pour découvrir une véritable flottille qui venait de surgir à un détour du fleuve.

— Si ce sont d'autres pirates, nous sommes perdus, admit Hénoutsen.

Mais sa voix était ferme car elle était persuadée que ce n'étaient pas d'autres pirates qui venaient à la rescousse, tout au contraire.

— Ceux-là me semblent bien trop nombreux pour être des pirates, remarqua Nekhébou.

Cette nouvelle alerte avait un bref instant détourné les rameurs de leur tâche, si bien que leurs poursuivants les avaient rattrapés et ils tentaient de longer l'embarcation royale pour briser les rames et la prendre ensuite à l'abordage. Sur un ordre prompt de leur capitaine, les hommes rentrèrent les rames et se saisirent aussitôt après de leurs armes et de leurs boucliers placés à portée de main. Les embarcations des assaillants, venues sur bâbord et sur tribord, se trouvèrent alors face à une frêle muraille de boucliers hérissée de lances. Ce qui ne parut pas intimider les brigands, qui tentèrent l'abordage en poussant des hurlements destinés aussi bien à s'encourager pour aller au carnage qu'à intimider l'adversaire. Mais les hommes de Nekhébou avaient été parfaitement formés et ils subirent l'assaut, impassibles et sûrs d'eux-mêmes. La première vague d'attaquant fut repoussée avec des pertes. Mais, incités par leurs chefs, ils revinrent à l'abordage avec une fureur renouvelée. Cette fois, les soldats ne parvinrent pas à contenir leur élan et plusieurs d'entre eux réussirent à prendre pied sur le bateau royal. Aussitôt s'engagea une mêlée sauvage dominée par les cris de rage et de fureur des combattants. Nekhébou avait réuni ses passagers dans le bâti central qu'il avait fait entourer par ses guerriers d'élite. Lui-même se tenait tout près et faisait merveille avec sa lance, embrochant tout audacieux qui s'approchait. De son côté Hénoutsen s'était saisie d'une massue qu'elle faisait tournoyer habilement en s'élançant sur tout ennemi qui tentait de l'approcher. Mais, accablés sous le nombre de leurs adversaires, les gardes royaux tombaient les uns après les autres. Car, visiblement, les pirates ne cherchaient pas à faire de prisonniers. Ils abattaient tous ceux qui s'opposaient à leur progression vers la légère cabine où se tenaient Persenti et sa famille.

Chédi, de son côté, avait empoigné une hache avec laquelle il se porta au cœur du combat. C'est ainsi qu'il reçut un coup de lance qui le laissa inanimé, saignant abondamment d'une blessure au flanc. Persenti s'était précipitée vers lui, mais un des assaillants la saisit pour tenter de l'enlever. La jeune fille se débattit en hurlant, ce qui obligea son ravisseur à abandonner son arme pour mieux l'enlacer, geste qui le perdit car Hénoutsen bondit près de lui et lui ouvrit le crâne d'un coup de massue. Un très bref instant, en voyant l'homme s'effondrer à ses pieds, la tête fendue, elle évoqua la mort de Tjazi, dans le temple de Ptah. Depuis ces jours de sa jeunesse, elle avait acquis une grande maîtrise de soi, si bien que son acte ne la paralysa pas, il la remplit, tout au contraire, d'une puissante colère en songeant à ces brigands qui osaient ainsi s'attaquer à une embarcation royale. Aussi se jeta-t-elle sur l'assaillant le plus proche qui, surpris par un assaut aussi inattendu, resta immobile, stupéfait, et s'effondra à son tour, le crâne ouvert. Elle vit alors Nekhébou tout près d'elle qui, ayant abandonné sa lance, frappait de droite et de gauche avec sa hache, visiblement pour la protéger à ses propres risques et périls. Et soudain, les assaillants lâchèrent pied et refluèrent dans leurs bateaux, si bien qu'un instant, Hénoutsen put croire que c'est sa soudaine intervention qui avait terrifié les assaillants au point de les mettre en fuite.

Elle dut cependant bien vite admettre qu'à elle seule, même avec l'aide de Nekhébou, elle n'aurait pas réussi dans une telle entreprise si les bateaux venus du sud n'étaient parvenus presque à leur hauteur et les archers, placés à l'avant, n'avaient accablé de flèches les barques des assaillants. C'est toute une flottille d'une trentaine de vaisseaux qui suivaient les trois bateaux de tête. En vain les pirates, retournés en hâte sur leurs embarcations, tentèrent-ils de prendre la fuite. Une dizaine de bateaux les prirent en chasse, les traits des archers rendant précaire la nage. Pendant ce temps, l'un des bateaux vint s'amarrer à l'embarcation royale ; Khéphren en personne sauta sur le pont et vint s'agenouiller devant sa mère.

Hénoutsen, sans se soucier du sang qui souillait son corps et ses mains, le prit dans ses bras en poussant un grand soupir.

— Mon cher Khafrê, dit-elle enfin, c'est certainement un dieu, oui un dieu qui t'a permis d'intervenir en un moment si critique.

— C'est aussi toi, ma mère, lui fit-il remarquer, parce que tu as eu la précaution de m'envoyer un message en quittant Memphis. J'ai voulu accueillir celle à qui je dois la lumière avec tous les honneurs qui lui étaient dus : c'est pourquoi j'ai réuni cette flotte afin de venir t'accueillir. J'étais d'ailleurs un peu inquiet car je craignais tout autant l'insécurité des voies menant vers le sud que la hargne de Didoufri, que je crois capable de te faire poursuivre.

Il se tut en jetant un regard à Persenti, qui restait debout derrière Hénoutsen, muette, tremblant encore de la crainte que lui avait causée l'attaque des pirates.

— Et voici auprès de toi ta fille adoptive et, si j'ai bien compris, ma future belle-sœur.

La jeune fille rougit en s'inclinant et portant les mains à ses genoux.

— Tu l'as bien dit, Khafrê, elle est ma fille adoptive et ma protégée. Je la conduis auprès de toi pour la placer sous ta protection. Et je veux également recommander à ton attention le capitaine de ce bateau, Nekhébou. C'est un vaillant officier qui ne craint pas d'exposer sa vie pour le bien de ceux qu'on lui a confiés et qui sait prendre en outre toutes les meilleures initiatives. Je te déclare que de ce jour j'en fais le commandant de ma propre garde.

— Ma mère, tu le sais, c'est toi qui décides de tout ce qui te convient et toutes tes volontés sont les miennes.

Les bateaux lancés à la poursuite des pirates

revinrent bientôt en traînant les deux embarcations. Ils avaient capturé quelques-uns des combattants, et Khéphren n'eut pas grand mal pour faire avouer par l'un d'entre eux qui semblait être leur chef, qu'ils avaient été recrutés par un homme qu'ils ne connaissaient pas et qui les avait lancés sur les traces de la grande barque royale. Il déclara, non sans quelque peu gauchir la vérité, qu'ils avaient reçu pour mission de ramener captifs les passagers du bateau, sans leur faire de mal ; il avait compris que la révélation d'une partie de la vérité pouvait seule sauver sa tête, mais qu'il fallait laisser ignorer l'ordre complet qui était de mettre à mort tous les passagers, la jeune Persenti exceptée.

— C'est certainement là une perfidie de ton bon frère, déclara Hénoutsen. Il a voulu laisser croire que le bateau a été attaqué par des pirates du fleuve afin de ne pas être impliqué dans l'affaire.

— Il ne nous reste plus qu'à rentrer à Eléphantine...

— Et à te constituer une bonne troupe pour reconquérir un trône qui te revient de droit, précisa Hénoutsen.

CHAPITRE X

Biridiya avait établi sa fortune sur l'exploitation du sel de la vallée de Sidîm et du bitume de la mer de Sel dont il faisait le commerce, de sorte qu'il était devenu l'un des hommes les plus riches de la ville, ainsi qu'il l'expliqua obligeamment à son nouveau serviteur. Il lui précisa qu'il était le maître d'une riche demeure dans l'opulente cité de Gomorrhe, où ils se rendaient de ce pas. Tandis qu'ils s'avançaient dans une étroite rue, après avoir passé la porte fortifiée de la cité, un homme vêtu d'une ample robe brodée vint saluer Biridiya.

— Je vois, lui dit-il, que tu as ramené d'Engaddi un bel esclave, jeune et robuste. Ce n'est pas un homme de chez nous si j'en juge à sa taille fine, ses épaules larges, son beau visage et sa longue chevelure. Ne veux-tu pas me le céder ? Je t'en donnerai un bon prix car je vois qu'il possède aussi de beaux membres élancés.

— Mon ami, répliqua Biridiya, je ne fais pas le commerce des esclaves. Je ne l'ai pas acheté pour le revendre aussitôt.

— Eh ! Que va dire ta femme en voyant entrer dans la maison un si plaisant taureau ?

— Elle ne dira rien car je ne l'ai pas acheté pour ce que tu crois : tu sembles ignorer que mes mœurs diffèrent des tiennes et de celles de ta cité. C'est un garçon vaillant et travailleur qui connaît plusieurs langues et lit toutes les écritures.

— Par Asherat ! Voilà un esclave plus précieux que la plus grosse perle de la mer de Dilmoun, railla l'homme. Vraiment tu ne veux pas me le céder ? Je t'en donnerai un très bon prix... Tiens : cinquante ânes...

Biridiya haussa les épaules pour montrer son désaccord, ce qui fit aussitôt ajouter à son interlocuteur :

— Et, naturellement, autant de moutons... Et même une très belle femme qui nous vient du pays des Deux Fleuves.

— Khizirou, répliqua Biridiya en marquant son impatience, persuade-toi que je ne te vendrai mon esclave à aucun prix.

Devant cette fin de non-recevoir, l'homme inclina le buste et tourna les talons sans plus insister.

— Cet homme, commenta alors le maître de Djedefhor à l'intention de son esclave, est un riche éleveur d'une ville voisine. Il possède des pâturages où il élève par centaines des ânes, des bœufs et des moutons.

— Seigneur, s'enquit alors le jeune homme, surpris par le prix que proposait ce Khizirou pour l'acquérir, pourquoi cet homme tient-il tellement à m'acheter ?

— Hori, tu me sembles encore bien candide. N'astu pas vu que cet homme t'a trouvé très beau ?

— En quoi cela justifie-t-il un si grand prix ?

— Rares sont dans cette région des hommes aussi bien faits que toi. Il faut que tu saches que Khizirou a voulu t'acheter comme si tu étais une femme. Car les hommes de sa ville sont réputés pour préférer les beaux garçons aux filles. Ils ont des femmes pour la procréation et des amants pour le plaisir. Et comme il a pu voir la beauté de ton corps et de ce qui te distingue des femmes, il était disposé à te payer une véritable fortune.

Djedefhor, qui n'avait pas oublié les mœurs singulières de son défunt frère Khoufoukaf, comprit alors pourquoi il valait si cher aux yeux de cet amateur et il en rit puis, inquiet, demanda à son nouveau maître :

— Mais toi, seigneur, est-ce aussi dans le même dessein que tu m'as acheté ?

— Certainement pas, rassure-toi, répondit Biridiya en riant, quoique je préfère être en compagnie d'un beau jeune homme plutôt que d'un vieillard hideux. Tu seras peut-être amené à m'accompagner à Sodome, la ville de Khizirou, mais je veillerai à te revêtir d'une ample robe avant d'y pénétrer, de crainte de t'y perdre.

Comme Biridiya lui avait parlé de sa maison dans la ville en des termes avantageux, lui qui avait été élevé dans un ensemble de vastes palais fut très surpris de l'exiguïté de la construction insérée dans un îlot de maisons dont les façades étaient toutes blanchies à la chaux et soigneusement entretenues.

— C'est ici, précisa Biridiya, ma résidence de la

ville où je n'ai que peu de serviteurs. Cependant je possède une autre vaste demeure vers les mines de sel. Elle est entourée d'un grand jardin et j'y entretiens aussi de nombreux serviteurs. Mais c'est ici la maison de famille, celle où réside mon épouse et où toi-même demeureras. C'est là que j'ai mes archives et que je pratique mon négoce.

Sur le pas de la porte vint les accueillir une servante qui s'empressa aussitôt après d'aller avertir sa maîtresse du retour de son seigneur. Les pièces, de petite taille, étaient disposées autour d'une cour intérieure dans laquelle était planté un haut palmier dont la tête touffue dépassait l'étage pour s'épanouir à la hauteur de la terrasse, dispensant l'ombre de ses palmes à l'ensemble de la construction.

Biridiya avait introduit Djedefhor dans cette cour lorsqu'y entra de son côté une femme encore jeune à la poitrine opulente qui gonflait généreusement sa robe étroite maintenue sur une seule épaule par un pan de tissu.

— Idiya, mon épouse, voici Hori, lui fit savoir le maître de céans. Je le destine à tenir les comptes de la maison et à me servir d'interprète le cas échéant. Il lui reviendra aussi de me traduire la correspondance que j'entretiens avec les marchands des cités des Deux Fleuves sans oublier ceux des pays du Nord. Car c'est un Egyptien introduit dans les mystères des langues et des écritures.

— Qu'il soit le bienvenu dans notre demeure, déclara aimablement la dame qui scruta le nouveau serviteur d'un œil attentif.

— Je te charge aussi de lui procurer un pagne qui lui convienne et qu'on lui tisse ensuite une robe qu'il pourra revêtir lorsque nous nous rendrons à Sodome et à Séboïm.

— Mon mari, c'est là une bonne prudence car cet esclave est trop beau pour aller dans ces cités sans courir quelque danger, même en ta compagnie.

— Par les nuits chaudes de l'été, tu auras ta

couche sur l'une des terrasses, poursuivit Biridiya à l'adresse de Djedefhor. Lorsque viendront les froids de l'hiver, nous te donnerons un chaud réduit pour dormir à l'aise. Maintenant je vais te montrer la salle des archives. C'est là que tu résideras tout le jour, mais tu verras que c'est un lieu agréable, ouvert sur la cour et bien éclairé.

C'est ainsi que Djedefhor s'établit dans sa nouvelle condition de scribe, dans un esclavage peu contraignant.

— Les habitants de ce pays dont ton maître est l'un des plus éminents, lui disait Biridiya, sont particulièrement doux et accueillants. Nous aimons la vie et les plaisirs qu'elle procure : ceux de la bonne chère, des boissons qui font tourner la tête, des belles danses, de la musique qui trouble l'âme, et surtout de l'amour. Les gens à la nuque roide, ceux de Canaan et surtout les nomades éleveurs de moutons et de chèvres, nous reprochent nos passions. Ils nous disent jouisseurs, corrompus, car dans leur pruderie ils ignorent les agréments de la vie. Mais nous, nous nous en moquons et ils ne dédaignent pas, pour autant, de commercer avec nous car ils ont grand besoin des produits que nous exploitons, sel, naphte, bitume, mais encore l'encens et les résines précieuses dont nous faisons le commerce avec les populations qui les produisent, au Midi, dans le pays d'Havilah. De ces caravaniers qui nous apportent ces résines et les parfums, il serait utile que tu apprennes la langue car il me plairait d'ouvrir avec eux des relations commerciales. J'ai attendu d'avoir solidement établi mes comptoirs pour le trafic du sel et des produits de la vallée de Sidîm : il est maintenant temps que j'étende mon empire commercial à ces lointaines régions car il est difficile pour les gens de Canaan et de Sumer de se procurer ces parfums des dieux.

— Seigneur, ce sera avec joie que j'apprendrai la langue de ces peuples et il me plairait, si tu y consens, de me rendre dans ces régions pour y commercer en ton nom. Car il me semble que c'est vers ces lointains horizons que se trouve la mer de Coptos avec son île mystérieuse où est conservé le livre secret de Thot.

— Hé ! je serais bien curieux de savoir ce qu'est ce livre de Thot. Qui est ce personnage qui détient un livre qui, si j'en crois la manière dont tu viens de le citer, est sans doute très précieux.

— Ce Thot est un dieu de mon pays. Il est possible qu'il ait aussi été un homme, un sage des temps primordiaux. Mais c'est avant tout le dieu de nos mystères, celui qui guide les hommes dans les mondes infernaux, et encore celui qui ouvre les portes de la connaissance suprême. Un grand sage qui vivait près de sa ville, dans mon pays, m'a appris que tous les mystères du monde sont dévoilés dans un livre écrit par Thot en personne, et que ce livre est caché en un lieu secret, peut-être un temple ou une caverne, au cœur d'une île perdue dans une mer lointaine et mystérieuse. D'après ce que j'ai cru comprendre, cette île doit se trouver quelque part vers le sud, par-delà le pays que nous autres, Egyptiens, appelons le Pount, où l'on recueille l'encens et la myrrhe.

— Hori, en vérité par tes paroles tu viens de titiller ma curiosité. Apprends la langue des gens d'Havilah et lorsque j'aurai commencé à commercer avec eux, nous ferons construire des bateaux à la coque solide sur les rives de la mer qui s'ouvre vers le sud et nous naviguerons vers ton pays de Pount à la recherche de cette île merveilleuse.

— Seigneur, les perspectives que tu m'ouvres par un tel projet me font brûler d'impatience d'apprendre la langue des gens du pays de l'encens afin que tu puisses nouer rapidement des relations avec eux, car ma seule ambition est de partir en quête de ce grand livre de Thot, plus précieux que les plus riches trésors, plus que l'or, plus que l'encens, plus que le lapis-lazuli dont on dit qu'il provient aussi de mystérieuses contrées à l'orient du monde.

Biridiya donna la preuve de son efficacité et de sa rapidité de décision en introduisant dans sa demeure un homme maigre, au teint basané, au menton aigu qu'une barbichette taillée en pointe faisait paraître plus pointu encore. Au-dessous de son ventre arrondi était noué un étroit pagne taillé dans une peau de léopard.

— Shinab, dit-il en le présentant, appartient à une tribu de bédouins qui transportent jusqu'ici les produits du Midi. Il connaît les langues des peuples qui vivent dans ces terres désertiques qui s'étendent au sud, dans le pays d'Havilah. Il va demeurer auprès de toi pour t'aider à connaître ces régions et à apprendre les langues de leurs habitants.

Biridiya eut tôt fait de conclure ainsi :

— Je vous laisse faire connaissance car je suis appelé à d'autres occupations. Hori, je te donne dix lunes : c'est le temps que je t'accorde pour posséder la langue des peuples du Midi. Shinab demeurera en ta compagnie tout le temps qu'il faudra pour cela.

Resté seul avec son nouveau compagnon, Djedefhor commença par s'enquérir de lui :

— Es-tu, comme moi, un esclave ? lui demanda-t-il.

— Je suis un homme libre, mais, dans ce pays, il vaut parfois mieux être esclave car on est bien nourri par le maître et, si l'on est un beau garçon comme toi, on peut devenir le favori d'un homme très riche, et, finalement, rester l'héritier de sa fortune. Alors que les pauvres, qui en a souci ? Ils n'ont pas de prix, contrairement aux esclaves : on peut donc les laisser mourir. Il est vrai qu'il en est ainsi dans tous les pays, mais c'est ici que les esclaves sont le mieux traités. Pour ce qui est de moi, poursuivit Shinab qui, visiblement, aimait à parler, j'appartiens à une tribu établie loin d'ici dans le pays d'Havilah, dans une région désertique de collines et de montagnes. Ma tribu est établie autour d'un point d'eau, comme c'est d'ailleurs le cas pour un grand nombre de clans de pasteurs et de caravaniers. C'est loin vers le sud, sur la route par laquelle on apporte jusqu'ici les résines et les produits précieux du Pount. Ce puits est aménagé au flanc d'une colline qui porte le nom de Zemzem. Ce lieu, consacré à une déesse maîtresse de la végétation et à un dieu protecteur des troupeaux, est sacré, c'est un jardin privilégié dans une région désertique, de sorte que les tribus se battent pour en posséder la domination. Pour moi, j'ai convoyé de nombreuses caravanes soit pour aller vers le sud chercher l'encens et d'autres marchandises, soit vers le nord pour les y apporter et les revendre.

— Je venais ici dans les villes de la vallée de Sidîm avec une caravane d'ânes chargés de produits précieux où leurs propriétaires les ont vendus, lorsque nous avons appris que, profitant de notre absence, une tribu ennemie a attaqué les nôtres sur la colline de Zemzem. Ils les ont défaits, ils ont massacré la plupart des hommes tandis que les femmes ont été réduites en esclavage. Ceux qui ont financé notre caravane et ont reçu le prix de la vente de leurs marchandises, se sont résolus à s'établir dans l'une des cinq villes de la région, soit à Sodome où l'on peut mener une vie de plaisirs et de mollesse, soit à Séboïm, à Adamah, à Tsoar, ou encore ici-même. Mais moi qui ne suis qu'un pauvre ânier, je n'ai plus que mes ânes. Je ne puis rentrer chez moi où je n'ai d'ailleurs ni biens ni famille, tandis qu'ici je connais depuis longtemps le seigneur Biridiya. Et j'ai vu que mon malheur a fait son bonheur et, finalement, aussi le mien, car il m'a proposé de venir m'établir auprès de lui pour t'enseigner tout ce que je sais. Et j'espère mettre le plus de temps possible à te communiquer tout mon savoir car je vivrai agréablement dans la demeure de Biridiya qui est un homme généreux.

— Tout dépend de ce que tu auras à m'enseigner, car je crois que j'apprends vite, lui fit remarquer Djedefhor.

— Vois, je vis sous le soleil depuis plus de quarante années pendant lesquelles j'ai appris tant de choses qu'il faudra bien du temps avant que je sois parvenu à te communiquer mon savoir. Je t'enseignerai ma propre langue, les dialectes des peuples du pays d'Havilah, et des îles qui sont au loin, dans la mer du Sud, et aussi la langue des gens du Pount. C'est déjà un long apprentissage, mais je te ferai connaître bien d'autres choses encore. Lorsque nous nous séparerons, mais que la déesse al-Lât me protège et retarde ce jour jusqu'à ma mort et même au-delà, tu seras le plus savant des hommes et aussi le plus sage, car la sagesse est d'abord une connaissance du monde et de ce qu'il renferme.

— Cependant, mon maître, osa remarquer Djedefhor avec un sourire, comment pourrais-je être plus savant que toi qui m'auras communiqué ton savoir ?

— Simplement parce que tu auras ajouté ton propre savoir au mien et uni la sagesse que tu as déjà acquise à celle que je suis susceptible de te communiquer.

CHAPITRE XI

Oupéti attendit que Didoufri se trouvât seul dans le jardin clos pour venir devant lui, ce qui était généralement le cas à l'heure la plus chaude, après le repas de la mi-journée. Il savait que lorsque le jeune roi recevait en grand apparat dans la salle du trône, tout autant que lors d'entretiens privés dans la petite salle d'audience, sa mère n'était jamais loin et pouvait à tout moment surprendre les conversations, alors que dans le jardin, ils se trouvaient éloignés de toute oreille indiscrète. Il était le seul parmi les Amis de Sa Majesté à pouvoir ainsi être introduit en ce lieu auprès de son maître sans avoir sollicité un entretien.

En voyant s'approcher celui qu'il appelait son œil et son bras, Didoufri renvoya le jeune Nubien qui l'éventait doucement ainsi que les trois petites servantes qui se tenaient en permanence à sa disposition, dans le plus simple appareil, seulement parées de bijoux. Il attendait avec impatience des nouvelles de l'expédition secrète contre le bateau d'Hénoutsen de sorte que l'arrivée d'Oupéti dans le jardin lui laissait supposer qu'il allait avoir satisfaction.

— Alors, Oupéti, lui demanda-t-il tandis que l'homme s'agenouillait devant lui, où en sont nos affaires ?

— Seigneur, un dieu ennemi nous a été défavorable, lui fit savoir son serviteur sans s'embarrasser de diplomatiques ménagements. L'homme à qui j'avais confié la direction de cette opération, quelqu'un qui connaissait de vue la personne que Ta Majesté désirait voir auprès d'elle, a bien retrouvé l'embarcation royale après une longue chasse jusqu'au-delà de Dendérah. Nos deux barques l'ont surprise et nos hommes faisaient des merveilles, malgré une défense acharnée des gardes de la reine, lorsque est intervenue, d'une manière bien inattendue, une véritable flotte : des dizaines de bateaux qui n'ont pas eu de mal à mettre en fuite nos deux embarcations.

— Qu'était cette flotte ?

— Seigneur, je ne le sais... Nos bateaux ont été pris en chasse et finalement capturés, malgré la défense de nos hommes. Leur chef a réussi à plonger dans le fleuve et à s'y dissimuler comme un poisson. C'est par lui que j'ai appris cet échec.

— Où est cet homme ? Qu'en as-tu fait ?

— Comme Ta Majesté peut le comprendre, cet homme représente un danger pour nous : il savait de qui venait l'ordre de s'emparer de cette Persenti et de mettre à mort tous les passagers du bateau royal. J'ai fait en sorte qu'il ne puisse plus jamais parler.

— Tu as bien fait. C'était un maladroit : il est naturel qu'il ait dû assumer la responsabilité de son échec. Mais si je comprends bien, Hénoutsen est toujours en vie ?

— Toujours. Il paraît qu'elle s'est battue comme une lionne, comme Sekhmet en personne, au point que nos hommes en ont été effrayés.

— Sais-tu s'ils ont pu faire parler les captifs ? Les ont-ils bien pris pour des pirates du fleuve ?

— Certainement, seigneur. Ils avaient tous les airs de brigand qui conviennent à leur état. Nous les avons recrutés sans leur dévoiler ni qui nous étions ni l'identité de ceux qu'ils devaient attaquer. Nous pouvons être tranquilles de ce côté.

— Je l'espère... Il ne faut que personne, même pas ma mère, puisse soupçonner que Ma Majesté est à l'origine de cette affaire. Vois, ils croient tous que Khoufoukaf est bien mort accidentellement et Kawab de maladie. Tu t'es si bien dissimulé, lorsque tu as précipité mon frère du haut de la pyramide, que personne ne t'a aperçu et tu as su si discrètement distribuer le poison dans la nourriture de Kawab, que tout le monde a pensé qu'il avait été emporté par un mauvais esprit qui s'était emparé de son ventre. Il convient que Ma Majesté reste irréprochable aux yeux de tous.

— Tu sais combien, seigneur, ton serviteur est dévoué à Ta Majesté. Et tu n'ignores pas non plus qu'il suffit que tu me le demandes pour que je supprime aussi bien Minkaf que Mérititès... et même Hénoutsen si d'aventure elle revient à Memphis.

— Tais-toi... Maintenant que j'ai ceint la double couronne, je n'ai nul besoin de prendre de nouveaux risques. D'ailleurs, ce Minkaf, je l'aime bien. Il nous est fidèle et il est l'un des garants de ma légitimité en tant que fils d'Hénoutsen. Quant à la première Grande Epouse royale, elle ne nous nuit en rien.

Reste Hénoutsen, mais s'il était possible de la faire disparaître lors d'une folle randonnée à la suite d'une attaque de pirates, il n'en pourra être de même si elle revient à Memphis. Si le moindre soupçon d'un assassinat dont je pourrais être l'instigateur se répandait à la suite de sa mort, tout le pays se lèverait contre moi, à commencer par son fils qui, pour l'instant tout au moins, dispose de plus de troupes que nous n'en possédons. C'est pourquoi il est temps que tu te charges de recruter de bons guerriers que nous paierons grâce au trésor accumulé par mon père dans la pyramide du dieu Snéfrou.

Il fit une pause pour prendre quelques dattes dans un panier placé auprès de lui, puis il invita son serviteur à se mettre debout et à se servir de fruits et de vin.

— Je vais devoir me résoudre à abandonner cette Persenti à son sort, soupira-t-il. Mais peu m'importe maintenant que j'ai épousé ma petite sœur que je désire depuis mon enfance. Elle est tendre et aimable avec moi, contrairement à ma sœur aînée qui est une peste. C'est d'ailleurs pareil avec cette Méresankh car, si le roi que je suis devenu a pu l'obliger à venir s'installer dans mon palais, je n'ai pas réussi pour autant à la contraindre à partager ma couche. Saistu ce qu'elle m'a déclaré froidement, l'autre jour ? Qu'elle aimait uniquement deux hommes, ses frères Djedefhor et Khéphren ! Et que jamais elle ne consentirait à s'unir à Ma Majesté car je ne suis, à ses yeux, qu'un usurpateur indigne du trône dont je me serais emparé, selon ses mots, par la ruse et la perfidie. Et comme c'est par elle et par notre mariage que je tiens la plus grande partie de ma légitimité, je ne peux ni la répudier ni me débarrasser d'elle, d'autant moins que ce mariage est une décision de notre royal père, prise et exécutée de son vivant. Je me vois humilié, contraint de me plier à ses humeurs, d'essuyer son mépris sans pouvoir même m'en venger... Encore que je goûterai une secrète mais bien douce vengeance lorsqu'Hétepni, de retour de son expédition à Byblos avec ses chargements de bois, nous annoncera la mort accidentelle de ce même Djedefhor. Il faudra d'ailleurs se hâter de faire connaître la nouvelle jusqu'à Eléphantine, où je suppose que va s'être réfugiée Persenti.

Oupéti écoutait d'une oreille respectueuse les espoirs et les rancœurs de son maître, tout en se gavant de dattes arrosées d'un vin léger provenant des vignes royales du Nord. Il savait qu'il était le seul à qui Didoufri pouvait se confier, et que c'est cette déférente complaisance qui le rendait indispensable au roi.

Le soliloque royal fut pourtant interrompu par l'entrée de la jeune sœur et épouse de Didoufri, Hétep-hérès, tenant par la main la fille que lui avait donnée son premier époux Kawab, Méresankh, troisième du nom dans la dynastie, appelée Méret de son joli nom. L'enfant avait près de deux ans et se tenait droite sur ses petites jambes.

— Petite Méret, lui dit sa mère en la présentant à Didoufri, salue ton nouveau père, notre frère bien-aimé.

Et, tandis que la petite fille portait les mains à ses genoux, Oupéti songeait à la puissance que lui conférait le fait d'être le confident et le bras du roi : il lui suffisait de révéler la vérité sur la mort du père de l'enfant pour que les sentiments qu'Hétep-hérès portait à son frère se changeassent en haine ou, tout au moins, en dégoût de sorte que, à la limite, il pouvait causer sa perte ; une puissance qui représentait également un grand danger pour lui-même, car Didoufri pouvait tout aussi bien redouter un homme porteur de tels secrets, et s'en débarrasser comme lui-même s'était défait du témoin dangereux qu'était l'homme qui avait commandé les prétendus pirates.

Soit par amour pour sa sœur, soit par scrupules en raison de son intervention dans le destin du père de l'enfant, Didoufri s'était attaché à elle et lui portait un amour sincère, comme si elle avait été sa propre fille. Il lui tendit les bras et la hissa sur ses genoux en lui caressant le visage ; elle, de son côté, l'enlaça tendrement, sans que puisse lui venir à l'esprit que cet oncle si bien aimé était le meurtrier de son père. Hétep-hérès s'interposa alors :

— Viens, ma chérie..., laisse ton père travailler. Tu sais que bien des charges pèsent sur ses épaules, car il doit gouverner le peuple de la Terre Noire.

— Non, laisse, dit le roi en posant ses lèvres sur l'épaule de l'enfant, c'est pour Ma Majesté un doux délassement que de t'avoir auprès de moi avec cette petite si mignonne.

Et, se tournant vers Oupéti, il lui dit avec un grand rire :

— Oupéti, fidèle serviteur de Ma Majesté, tu pourras témoigner devant ma royale mère et devant les grands de ma cour combien je suis un père affectueux avec les miens, avec ceux que j'aime, avec l'enfant chéri de mon épouse bien-aimée et de mon regretté grand frère.

— Seigneur, répondit Oupéti, flatteur, qui pourrait en douter ? Excepté, naturellement, les ennemis de Ta Majesté, tous des hyènes rongées de jalousie et de haine...

La sortie fit à nouveau rire Didoufri qui, se tournant vers son épouse, lui fit remarquer :

— Hétépy, ne trouves-tu pas qu'il est heureux d'avoir de fidèles serviteurs qui savent juger leur maître à sa véritable valeur ?

La jeune femme soupira et ne dissimula pas qu'elle n'était pas dupe de l'amour affecté par les courtisans à l'égard du roi :

— Hélas, mon frère, répondit-elle, je ne sais si ce serviteur est réellement sincère, mais même le serait-il, je crains que les gens de ce royaume ne soient pas très nombreux à partager cette affection.

— Je sais bien que la plupart des grands des Deux

Terres me jalousent ou me haïssent, mais n'est-ce pas le lot de tous les rois ?

— Il ne m'a pas paru que notre père ait été haï. Craint, peut-être, vénéré, sûrement, mais point haï, et personne n'aurait songé à contester sa légitimité, nul n'aurait imaginé pouvoir se dresser contre son pouvoir. Or, tu ne peux te le cacher, il en va tout autrement pour Ta Majesté. C'est pourquoi tu te dois de t'efforcer de manifester ta bonté envers ton peuple, ta générosité à l'égard des courtisans...

— Crois-tu que je n'en ai pas conscience ? Mais ne suis-je pas le roi, le fils d'Osiris, l'incarnation de l'Horus d'or en conséquence de mon couronnement ? Dès lors peu importe qu'ils me haïssent. Ce qu'il faut plus que tout, c'est qu'on me redoute, qu'on connaisse ma puissance et que nul, en conséquence, n'ose se dresser contre moi. Je n'ai que faire de l'amour du peuple et des grands, surtout si je dois me dépouiller des richesses que nous a laissées notre père pour parvenir à ce but. Ces biens, tous les revenus du royaume me sont nécessaires, non pour les dispenser sans discernement, par pure ostentation, mais pour me constituer une armée puissante que nul n'osera défier... Et encore pour me faire bâtir un splendide temple des millions d'années destiné à recevoir ma dépouille divine, une pyramide qui défiera le temps et, aussi bien, celle de notre père. Ce qui me fait penser que je vais aller faire une visite au chantier pour voir où en sont les travaux. Mais je fais confiance à notre bon frère Minkaf. Je suis persuadé qu'il travaille avec ardeur pour ma plus grande gloire.

— Minkaf est un flagorneur qui s'est tourné vers le plus fort. Je suis persuadée que si son grand frère Khéphren paraissait en mesure de triompher de toi, il aurait tôt fait de se rallier à lui. Méfie-toi de notre frère.

— Crois que je m'en méfie, comme de tous ceux qui m'entourent, mais pour l'instant en tout cas, j'ai confiance en lui. Il a toujours bien travaillé à mon profit. C'est le seul de nos frères qui ne m'ait pas abandonné, qui ne m'ait pas trahi.

— Et pour cause ! Les autres sont morts ou ils se trouvent au loin, lui fit remarquer Hétep-hérès. Et que Minkaf ne t'ait pas abandonné, c'est possible, mais sans doute y trouve-t-il son intérêt. Quant à savoir s'il ne te trahit pas ou ne le fera pas plus tard, seul l'avenir pourra permettre d'en juger.

Avant que Didoufri n'eût répondu était introduit par Khénou, le vieux et fidèle serviteur de Khéops que Didoufri avait gardé au poste de directeur du palais sur les instances de sa mère Noubet, le commandant de la garde du palais :

— Seigneur, dit l'officier en se prosternant, le seigneur Hétepni que Ta Majesté a chargé du commandement de la flotte envoyée vers Byblos, est à la porte du palais. Il demande une audience de Ta Majesté. Ton serviteur a pensé que Ta Majesté serait anxieuse d'avoir des nouvelles de cette expédition.

— Mais quoi, est-il déjà de retour ? Et mon bon frère Djedefhor n'est-il pas avec lui ?

— Non, seigneur, Hétepni est seul, avec son second.

— Hâte-toi de le conduire devant Ma Majesté. Je suis, en effet, anxieux d'avoir des nouvelles de ce voyage et de mon frère bien-aimé.

— Didoufri, s'étonna Hétep-hérès lorsque l'officier se fut retiré avec Khénou pour aller quérir Hétepni, tu me surprends et me ravis en même temps : serait-il vrai que tu aimerais notre frère Djedefhor comme tes paroles le laisseraient entendre ?

Le roi prit un air étonné, regarda sa sœur d'un œil humide, lui rendit son enfant et se décida à s'indigner :

— Quoi, ma chère épouse ! Aurais-tu pu un seul instant imaginer que je ne portais pas un amour profond à mon frère Hori ? Et à tous mes frères, tout autant qu'à nos sœurs, bien que ce soit toi ma préférée. D'ailleurs n'ai-je pas fait de notre frère Min-kaf le second personnage du royaume, après Ma Majesté ? N'ai-je pas conservé à Khéphren sa haute fonction de gouverneur de la province de la cataracte ? Et n'ai-je pas confié à Djedefhor le soin de ramener saine et sauve notre flotte de vaisseaux de Kébénit ?

Hétepni entra dans le jardin, suivi de son second. Ils vinrent tous deux se prosterner devant le roi puis, restant à genoux, Hétepni attendit que Sa Majesté l'interrogeât :

— Alors Hétepni, mon cher amiral, quelles bonnes nouvelles viens-tu m'annoncer ? As-tu pu, en si peu de temps, rapporter tout le bois désiré pour terminer la construction des pyramides de mes mères, des épouses royales, et pour mon propre temple des millions d'années ? Et pourquoi mon frère bien-aimé, Djedefhor, n'est-il pas avec toi afin de recevoir les félicitations de son royal frère ?

— Hélas, seigneur ! C'est une bien triste nouvelle que je dois annoncer à Ta Majesté...

— Que veux-tu dire ? As-tu perdu la flotte que Ma Majesté t'avait confiée ?

— Nullement, seigneur. J'ai ramené la flotte intacte. Mais vois : un grand malheur a frappé la famille royale. Un soir, par une nuit sans étoiles, le frère de Ta Majesté a quitté sa cabine, il est venu sur le pont, sans doute parce qu'il ne pouvait pas dormir. Car la mer était agitée, un très grand vent soufflait, les bateaux dansaient sur les vagues comme les grands singes qui saluent le lever du soleil. Nous, nous luttions contre la mer ébranlée par un dieu. J'ai vu le seigneur Djedefhor, je lui ai demandé de rentrer dans sa cabine. Mais il n'a pas voulu m'obéir. Il disait justement qu'il était le commandant de l'expédition, que ce n'était pas dans ses manières de se terrer comme un lièvre dans son trou lorsque soufflait la tempête et que tous les dangers menaçaient son équipage. Sa témérité, son sens du devoir l'ont perdu. Il ne connaissait pas la mer et ses perfidies. Il est venu vers le bastingage et, avant que nous n'ayons pu intervenir, une grande lame l'emportait en balayant le pont, elle l'a enlevé, précipité dans les tourbillons marins. En vain nous avons tenté de lui porter secours. Mais la mer était noire, la nuit était sombre, et le vent emportait notre bateau que nul ne pouvait gouverner. Le corps du frère de Ta Majesté a disparu, englouti par le flot furieux, et maintenant son âme doit résider auprès de ses ancêtres, de son père Khéops, dans le royaume d'Osiris, vers le bel Occident. Ton serviteur a alors pris la décision d'arrêter la navigation, de rentrer auprès de Ta Majesté pour lui annoncer ce grand malheur.

Didoufri se leva, il poussa des cris affreux en arrachant son némès, la couronne de tissu qui couvrait sa tête :

— Mon frère, mon cher frère, mon aimé ! Est-ce possible ! Toi que j'admirais, toi qui étais la sagesse incarnée, toi l'amour de notre père et sa fierté, tu gis sans vie au fond de la grande verte, cruelle, insensible ! Ah, pourquoi le dieu a-t-il réservé un si triste sort au meilleur d'entre nous ! Vite qu'on réunisse les grands du royaume, qu'un deuil de dix jours soit décrété, Ma Majesté veut que tous les habitants de la Terre Noire pleurent le meilleur des hommes, ce frère vers qui allaient mon admiration et mon respect...

Didoufri fut arrêté dans ses hypocrites élans de lyrisme par l'entrée de sa mère qui, sans un mot, donna d'un geste, congé à Oupéti, Hétepni et son second. Didoufri était retombé vautré sur son trône, l'air triste et épuisé tandis qu'Hétep-hérès versait des larmes silencieuses.

— Didoufri, lui dit sa mère, arrête là tes lamentations qui ne duperont personne. Tu es dans ton for intérieur trop heureux de cet accident... S'il s'agit bien d'un accident. En tout cas, c'est une mort regrettable, qu'on risque de t'imputer et qui causera certainement un grand chagrin à ton oncle Ayinel et à Ibdâdi qui, eux, aimaient sincèrement ton frère et l'admiraient.

— Ma mère, s'insurgea Didoufri, moi aussi je suis bien attristé par cette mort...

— Tais-toi, tu en es trop heureux, cesse de me mentir. Mais il est bon que tu prescrives un deuil de dix jours. Pour le moins, tu donneras le change au peuple, ce sera déjà autant de gagné.

Didoufri se tut en se renfrognant, la tête baissée, tandis que Noubet reprenait :

— Il est désormais temps de t'occuper du culte de ton divin père, à présent que tu as la certitude de la disparition de Djedefhor. Tu as laissé vacantes les fonctions auxquelles l'avait nommé le roi : maître des chantiers royaux, protecteur de la nécropole royale et berger de la Pyramide Lumineuse. Le dieu, ton père, pour qui je nourris encore le plus tendre amour et le plus profond respect, m'a trop souvent recommandé de veiller à ce que ses volontés soient scrupuleusement exécutées pour que je laisse ces fonctions à l'abandon. Il était naturel qu'elles soient conservées à ton frère en son absence et que les cérémonies du culte du roi justifié soient, à la limite, accomplies par les prêtres de Rê affectés au sacerdoce de la pyramide, mais maintenant que le prince est allé s'asseoir aux côtés de Rê et d'Osiris, il convient que tu songes à nommer quelqu'un à cette fonction.

— Pourquoi pas Ma Majesté ?

— Parce que tu n'es pas initié et que tu ne saurais comment procéder. Et puis, ce n'est pas une fonction qui convient à l'état royal. Non, je songerais plutôt à ton oncle Néférou.

— Néférou ? Mais c'est un vieux singe qui vit retiré avec sa femme.

— Il n'est pas si vieux, bien qu'ayant l'âge de ton père. Je l'ai encore rencontré récemment, il est toujours vert et va chasser dans le désert. Il serait utile, de cette manière, de l'acquérir à ta cause. Vois : il est passé par les maisons de vie les plus réputées et a reçu un début d'initiation à Héliopolis. Il a en outre été bien près de ceindre la double couronne et il a de nombreux partisans. Son alliance nous serait des plus utiles.

— Peut-être, mais s'il veut rester notre ennemi secret, nous lui conférons par ces fonctions une influence et une puissance qui peuvent nous être funestes.

— C'est un risque à courir. Mais je connais cet homme. Il n'a, au fond de lui, jamais pardonné à son frère d'être monté sur ce trône d'Horus pour lequel il se croyait désigné. Je suis certaine qu'en son for intérieur il est ravi que ce soit toi qui aies hérité du trône, au détriment des fils de Mérititès et de ceux d'Hénoutsen. Je lui fais confiance, il te sera un allié précieux.

— Si tu le crois, ma mère, je le ferai venir devant Ma Majesté et je lui octroierai ce poste.

Il attendit que la reine se fût retirée pour se tourner vers Hétep-hérès, qui était restée silencieuse pendant cet entretien :

— Tu vois, Hétépy, c'est moi qui porte la double couronne, mais c'est notre mère qui détient tous les pouvoirs.

— Pourquoi t'en plaindre, Didoufri ? Après tout, c'est uniquement grâce à elle et de par sa volonté que tu as pu monter sur le trône de notre père. Et je vois qu'elle est de bon conseil, que toutes les décisions qui tombent de ses lèvres sont frappées au sceau de la sagesse. Et lorsqu'elle va contre ta volonté, c'est toujours pour ton propre bien. Aimons et respectons notre mère car elle est la femme la plus admirable qui soit née sous le ciel de Rê.

Didoufri jeta un long regard à sa sœur en songeant que, décidément, la seule personne à qui il pouvait, en toute quiétude, confier ses rancœurs et ses secrets, était Oupéti, et se félicita de disposer d'un homme aussi fidèle et discret.

CHAPITRE XII

Le retour à Eléphantine s'était accompli sans incident, mais très lentement. Car, s'il s'était hâté de rassembler les bateaux de la flotte et de se porter au-devant de la nef royale, Khéphren songea à profiter de cette remontée du fleuve avec sa mère, pour relâcher dans chacune des villes des bords du Nil, toutes capitales d'une province et de rendre une visite aux gouverneurs mis en place par Khéops et que Didoufri n'avait eu ni le temps, ni surtout le pouvoir, de remplacer par des hommes qui lui soient fidèles. Le prince, avec sa royale mère, incarnait aux yeux des gouverneurs la légitimité et il n'eut pas beaucoup de mal à se les rallier au cours de ces visites, d'autant que ces derniers craignaient d'être démis par le nouveau roi tandis que Khéphren leur promettait de leur conserver leur gouvernement ou, s'ils préféraient, leur accorder un poste honorable à la cour de Memphis, lorsque lui-même aurait renversé l'usurpateur.

L'embarcation d'Hénoutsen naviguait à proximité de celle de Khéphren de sorte qu'il arrivait que les deux bateaux viennent s'accoster pour que le prince passât sur celui de sa mère, ou vice versa. Car Hénoutsen n'avait pas accepté de s'installer avec son fils, préférant sa propre nef, pour rester en compagnie de Nekhébou envers qui elle nourrissait des sentiments de plus en plus délicats et admiratifs. Or, pendant les heures de navigation, Khéphren se trouvait plus souvent sur le bateau d'Hénoutsen que sur le sien car il se plaisait visiblement dans la société de Persenti. Il déployait même, dans le dessein inavoué de la séduire, tout le charme dont les dieux l'avaient doté à sa naissance et, malgré l'amour qu'elle conservait pour Djedefhor, la jeune fille n'y restait pas insensible. Cependant, elle avait dû se rendre à une évidence dont elle ne sut, tout d'abord, si elle devait s'en réjouir ou s'en affliger. Elle vint un soir auprès d'Hénoutsen et lui dit :

— Vois, ma reine chérie, je n'en peux plus douter, j'attends un enfant.

— Veux-tu dire que tu es enceinte d'Hori ? lui demanda Hénoutsen d'un ton joyeux.

— De qui voudrais-tu que ce soit puisqu'il est le seul homme que j'aie connu ?

— C'est une bonne chose : c'est une manifestation de la volonté d'Hathor qui veut que tu deviennes la maîtresse des biens de Djedefhor.

— Tu ne peux plus douter que je l'épouserai désormais sans aucune répugnance. Mais combien de temps vais-je devoir attendre son retour ?

— Prends patience, tu as devant toi toute la vie. Il reviendra bientôt, celui que tu aimes, et il t'apportera le bonheur après lequel tu cours.

— Peut-être, mais je suis maintenant exilée si loin de Memphis où j'ai laissé mon cœur !

— Pour le moment, ne confie ce secret à personne. Il est préférable qu'on ignore ton état alors que tu n'as pas de mari.

— Oh ! je sais trop bien, si j'en juge d'après ma mère, qu'il n'est pas bon pour une fille d'être engrossée par un amant inconnu. C'est pourquoi je n'en ai parlé qu'à toi car je te sais si libre, si compréhensive et, malgré ton rang, si au-dessus de tous les préjugés !

— Tu ne t'es pas trompée en frappant à ma porte. Gardons pour nous ce secret. Si d'ici le moment où tu ne pourras plus cacher ton état, Hori n'est pas rentré et n'a pas fait de toi la maîtresse de ses biens, je verrai à aviser. Mais tu n'auras de toute façon rien à craindre car tu résideras en toute quiétude dans le château de Khéphren, à l'abri des regards et des médisances.

Par ses paroles apaisantes et ses mots d'espoir, Hénoutsen sut rassurer la jeune fille, la persuader que son état lui était un bonheur et non un malheur.

Mais la situation devint bien différente lorsqu'elles furent parvenues à Éléphantine.

La petite ville, qui servait de capitale à cette ultime province de l'Empire égyptien, se déployait derrière ses murs, sur l'îlot inséré entre les bras du Nil, à proximité de la cataracte par-delà laquelle s'étendait le pays toujours en effervescence des Nubiens, des premières populations à la peau sombre qui occupaient les portes de ces terres mystérieuses où le Nil prenait sa source. Le château du gouverneur, occupé par Khéphren et son administration, était bâti au sud de l'île, près du temple consacré aux divinités protectrices de la province : Khnoum, dieu des cataractes, le protecteur de Khéops, et les deux déesses Anoukis et Satis. Face à l'île, sur la rive droite du fleuve, s'était aussi développé un établissement commercial, auprès d'un très ancien village nubien, Syène. C'est là que se trouvait la plupart des entrepôts où étaient emmagasinées les marchandises venues du haut Nil, des régions qui s'étendaient au sud de la Nubie, riches en or, en ivoire, en bêtes fauves, en bois précieux. C'est aussi dans le port de Syène que les grandes barges venaient de la lointaine Memphis chercher le granit rose et gris qu'on extrayait des collines voisines, utilisé pour les grandes constructions royales. Cependant, l'île fortifiée, où étaient établis les riches négociants égyptiens et l'administration de la province, demeurait le refuge de la population de Syène dans le cas d'une invasion annoncée des bandes de Nubiens nomades.

Les bateaux de la flotte vinrent mouiller autour de l'île tandis que ceux qui portaient le prince, la reine et leur garde rapprochée, abordèrent aux quais aménagés au pied du château édifié sur un éperon rocheux. Or, le haut fonctionnaire à qui Khéphren avait confié le gouvernement de la province pendant son absence et qui, en temps normal, lui tenait lieu de gouverneur civil, vint au-devant du prince et de la reine pour les accueillir, avec un air chagrin et, ignorant les relations que pouvait avoir Persenti avec son Hori, il annonça la terrible nouvelle qu'il venait d'apprendre :

— Seigneur, un grand malheur est arrivé : ton frère aîné, le dernier des fils de la Grande Epouse royale, Djedefhor est allé rejoindre son père, le dieu, dans la barque de Rê.

A l'annonce de ce malheur, si inattendu, Persenti poussa un cri et s'effondra en pleurs, soutenue par Hénoutsen et son père.

— Comment as-tu appris cette infortune ? s'étonna Khéphren.

— Seigneur, voici le papyrus que ton serviteur a trouvé enroulé à la patte d'un pigeon voyageur.

Le prince prit le papyrus, le déroula, le lut puis le tendit à sa mère.

— Qui donc a bien pu envoyer ici un pigeon voyageur, lui demanda-t-il en même temps. Je croyais, ma mère, que tu étais seule à connaître le secret de ces oiseaux.

— C'est ton frère Minkaf qui a écrit cette missive.

— Minkaf ? Quelle confiance pouvons-nous avoir en lui ?

— Toute confiance. Tu dois savoir que c'est moi qui, en secret, ai encouragé ton frère à se mettre au service de Didoufri en paraissant trahir notre cause. Il a d'abord été réticent, mais j'ai suffisamment d'influence sur lui pour avoir pu facilement le convaincre, d'autant plus qu'il y trouvait son propre intérêt, puisque Didoufri en a fait son vizir.

— Trop heureux d'avoir ainsi l'approbation du fils de la seconde épouse royale qui lui apporte par sa seule présence une nouvelle légitimité, remarqua Khéphren.

— Ce qui ne changera rien à la position qu'ont pu prendre les grands face à leur nouveau souverain. En revanche, Minkaf est mon œil dans le grand palais. Il est toutefois regrettable que son message soit arrivé ici en notre absence et que cette terrible nouvelle ait été annoncée devant Persenti.

— Il aurait bien fallu me la faire connaître un jour ou l'autre, gémit la jeune fille. Autant que ce soit maintenant. Mais sait-on dans quelle circonstance ce malheur est arrivé ?

— Si j'en crois ce qu'écrit Minkaf, il serait tombé du bateau à bord duquel il se trouvait au cours d'une tempête... Ce qui nous laisse un espoir car nul ne l'a vu mort. Hori est un excellent nageur et il a pu tout aussi bien réussir à atteindre la côte qui ne pouvait pas se trouver bien loin.

— Ma reine bien-aimée, ma mère, ne cherche pas à me donner un quelconque espoir pour me consoler, soupira la jeune fille. Je crains bien que mon Hori ne soit mort, qu'il n'appartienne plus au monde des vivants.

— Pour le moins, accorde-toi un certain temps avant de désespérer. Si d'aventure Hori a pu se sauver, il lui faudra plusieurs mois avant de réussir à revenir dans la Terre Chérie par ses propres moyens.

Ayant appris l'arrivée de son frère et époux en compagnie de leur mère, Khamernebti fit son apparition, radieuse, tenant par la main d'un côté le petit Mykérinos, âgé de six ans, de l'autre sa sœur Khamernebti II, de deux ans plus jeune, tous deux issus de son mariage avec son frère.

Hénoutsen, qui ne pouvait en son for intérieur croire à la mort de Djedefhor et qui, en conséquence, ne manifestait aucune tristesse, eut un grand sourire à la vue de ses petits-enfants et vint s'agenouiller devant la petite Nebty qu'elle enleva dans ses bras en riant.

— Mère, lui dit Khamernebti après l'avoir saluée, bonne nouvelle : j'attends un troisième enfant de mon frère bien-aimé. Un garçon, j'espère. Tu peux voir que si, comme il n'en peut être autrement, notre Khafrê s'assoit sur le trône d'Horus, sa postérité est assurée et tes descendants continueront de régner sur la Terre Noire.

— J'y compte bien, ma chère enfant. Car nous sommes tous ici persuadés que ce Didoufri ne restera pas longtemps assis comme une grenouille dans le grand palais.

L'intervention de la jeune princesse avec ses enfants rendit une certaine sérénité aux voyageurs, sans cependant faire oublier la disparition de Djedefhor que tous aimaient profondément.

A peine établie dans le château où lui avait été réservé un appartement avec une domesticité, Hénoutsen exigea de son fils qu'il lui recrutât une garde sûre à placer sous le commandement de Nekhébou, qui eut droit à un logis dans la demeure du gouverneur.

Quelques jours plus tard, elle convoqua son fils en un colloque privé.

— Khafrê, lui dit-elle, comme je te l'ai déjà suggéré, il convient que tu organises une troupe fidèle et bien entraînée. Vois, un nouveau message de ton frère vient de me parvenir. Il m'y apprend que Didoufri a décidé de puiser dans le trésor de ton père pour se doter de son côté d'une bonne armée avec laquelle je le soupçonne de prétendre ensuite te réduire à sa merci. J'ai donc pris la décision de rentrer à Memphis.

— Que dis-tu là, ma mère ? Tu as tout à redouter d'un homme qui a tenté de te faire capturer par des sbires à sa solde déguisés en pirates.

— N'aie aucune crainte. Il n'osera pas s'attaquer ouvertement à moi. Il connaît trop bien l'étendue de l'autorité dont je jouis et le prestige que j'exerce auprès des grands du pays. Entourée de la garde que tu as recrutée pour moi, je n'ai à craindre aucune perfidie dans ma résidence de Memphis. Ainsi aurai-je là-bas tout loisir d'intriguer contre le roi avec la complicité de Mérititès. Par ailleurs, je suis seule à disposer d'un moyen d'empêcher Didoufri de disposer du trésor de la pyramide.

— Comment cela ? s'étonna le prince.

— Ça, mon fils, c'est mon secret. Il suffit que tu m'accordes ta confiance, ce que tu ne saurais me refuser, d'autant que, tu dois t'en douter, je peux tout aussi bien m'en passer.

— Ma mère, comment peux-tu parler ainsi ? Tu sais bien que j'ai en toi une totale confiance et que tes enfants, tout autant que ceux de Mérititès, ont pour toi la plus grande admiration.

— Il ne reste, hélas, que bien peu de tous nos enfants, remarqua-t-elle, sans finalement la moindre amertume, car ce sont ces disparitions inattendues qui faisaient de Khéphren, son fils préféré, l'héritier du trône, alors qu'il avait si peu d'espoirs de ceindre la double couronne, ce que lui avait à plusieurs reprises rappelé son père Khéops. Bien que je ne compte pas Djedefhor parmi tes frères disparus, car je suis persuadée qu'il est toujours en vie, qu'il nous reviendra un jour, ajouta-t-elle. Aussi, je te confie cette petite Persenti. C'est une enfant sensible et vraiment amoureuse de ton frère. Je t'interdis donc de lui causer le moindre chagrin... Et non plus, ne cherche pas à la mettre dans ton lit. Elle est promise à Hori.

— Je le sais bien, mère... Mais dans le cas où Hori ne reviendrait pas ?

— Je te permettrais alors de tenter ta chance auprès d'elle. Mais je doute que tu réussisses, elle est trop éprise de ton frère... Ah, encore une chose : apprends qu'elle est enceinte, de ton frère, naturellement. Mais garde cela pour toi. Et, justement, si par malheur Djedefhor ne revenait pas, si vraiment il était parti vers les champs des guérets, je ne m'opposerais pas à ce que tu prennes Persenti comme seconde épouse et que tu fasses que l'enfant qui naîtra d'elle soit aussi regardé comme ton propre fils.

— Ma mère, si la belle Persenti y consent, je me déclarerai volontiers le père de son enfant, bien qu'en réalité je n'en sois que l'oncle.

CHAPITRE XIII

Djedefhor ne pouvait s'empêcher de penser que les derniers événements de sa vie, si inattendus, étaient le résultat de la volonté d'une divinité qui le conduisait par des voies imprévisibles vers le but qu'il s'était fixé naguère. Sa rencontre avec Persenti et la passion qu'elle avait éveillée en lui étaient des accidents susceptibles de le détourner du chemin qu'il s'était promis de suivre, de l'éloigner de la vocation qu'avaient suscitée en lui ses initiations dans les temples d'Héliopolis et d'Hermopolis. Il devait se féliciter que la jeune fille ait pris l'initiative de se détacher de lui, de le fuir, car il ne doutait pas qu'un dieu l'ait inspirée dans son attitude, qu'il soit responsable d'un retournement aussi soudain de ses sentiments. Pendant tout le début de son voyage vers Byblos, il n'avait cessé de penser à elle et n'avait trouvé de consolation que dans la certitude que l'intervention d'Hénoutsen serait efficace et qu'elle lui ramènerait la jeune fille. Sa rupture brutale avec son ancienne existence en conséquence des ordres criminels de son frère et la manière dont il avait échappé à son intrigue avec la complicité d'Hétepni, qui lui avait sauvé la vie et l'avait définitivement mis à l'abri de la vindicte de Didoufri, lui laissaient encore entrevoir une intercession divine, tout autant que dans sa capture qui l'avait conduit dans la demeure de Biridiya.

Au cours des premiers mois passés au service de son nouveau maître, non seulement il parvint à commencer à maîtriser correctement la langue des gens des pays du Midi, mais il apprit tant de choses concernant ces pays, de la bouche de Shinab, qu'il pouvait espérer découvrir sans trop d'errances le chemin maritime qui le conduirait dans l'île de Thot, que son précepteur appelait l'île du Double dans sa langue, ce qui devait correspondre au *ka* des sages égyptiens, cette mystérieuse réplique de soi qui suivait, invisible, chaque humain, qui lui était comme un reflet mais qui, cependant, possédait son existence propre dans le monde de l'esprit.

Il s'était aussi familiarisé avec les réalités et les usages du grand commerce grâce à la tenue des comptes et des contrats passés par son maître, avec les langues utilisées dans ces relations commerciales, et surtout avec les chemins suivis par les caravanes de marchandises, la nature de ces dernières, leur origine, les pays souvent lointains avec lesquels les négociants de Gomorrhe étaient en relation. Djedefhor était si actif, il avait l'esprit si occupé, qu'il avait chassé loin de sa mémoire l'image de Persenti, bien qu'il ne pût l'oublier. Mais il s'étonnait, tout en s'en réjouissant, qu'elle ne lui manquât pas, ou presque, car lui arrivait parfois, en particulier la nuit, d'être assailli par l'image de la jeune fille et le souvenir de certaines heures d'extase passées auprès d'elle.

Le bonheur de Djedefhor eût été presque complet s'il n'avait été tourmenté par un souci imprévu.

Chaque jour, et à plusieurs reprises, il avait l'occasion de voir Idiya, la femme de Biridiya, l'épouse de son maître. C'était à l'heure du repas du soir qu'il prenait en compagnie de Shinab et des gens de la maison. Car Biridiya vivait dans l'intimité de ses serviteurs les plus proches : ces derniers partageaient sa table, ce qui, au début, surprit Djedefhor car, dans les demeures royales et celles des grands d'Egypte, les serviteurs vivaient à l'écart des maîtres, n'étaient présents à leurs tables que pour les servir. C'est Shinab qui lui apprit que, dans ce pays, les maîtres vivaient dans l'intimité de leurs esclaves de maison, et que Biridiya devait plus particulièrement se féliciter de telles mœurs car il se serait bien ennuyé si les impératifs de la société l'avaient obligé à partager ses repas uniquement avec son épouse, laquelle ne lui avait pas donné d'enfants. Et Djedefhor songea que Shinab devait avoir raison car il avait remarqué qu'Idiya riait souvent mais ne parlait que peu tandis que son époux aimait à converser, se plaisait à interroger ceux qui participaient à ses repas sur les sujets les plus divers. Et il goûtait plus particulièrement et si vivement la compagnie de Shinab et de Djedefhor qu'il les invitait à sa table même lorsqu'il recevait des collègues ou des amis, alors que c'était uniquement dans de tels cas que les serviteurs prenaient leur repas de leur côté.

Or, si elle ne lui adressait que rarement la parole, Idiya lançait à Djedefhor des regards si aigus et si doux, des regards qui se firent peu à peu si éloquents que le jeune homme ne pouvait se défendre d'y voir d'inconvenantes invites à des plaisirs interdits. Au bout de quelque temps, Idiya ajouta des gestes aux regards. Des gestes discrets, dont, au début en tout cas, il pouvait penser qu'ils fussent l'effet d'inadvertances. Ainsi, une fois frôlait-elle son épaule, une autre fois posait-elle la main sur la sienne lorsqu'il prenait du pain ou un fruit dans un panier : il faisait alors semblant de croire qu'elle prétendait se servir avant lui, ce qui était légitime, et se hâtait de lui offrir l'objet désiré, pain, fruit, gâteau. Se faisant plus audacieuse, peut-être en voyant que le langage des yeux ne portait pas plus que celui des gestes, elle venait le quérir dans la salle où il travaillait pour lui demander de menus services, l'aider à porter un panier, charger de bois le fourneau de terre sur lequel une plantureuse esclave faisait la cuisine, rédiger pour elle une missive sur un pain d'argile crue à l'intention d'une amie vivant dans une ville voisine. Djedefhor se montrait obéissant, mais il évitait de manifester un empressement ou une familiarité qui aurait pu laisser supposer qu'il était prêt à répondre à ces avances qui se faisaient de plus en plus ostentatoires, au point qu'il ne pouvait pas les ignorer.

Djedefhor reconnaissait que l'épouse de Biridiya n'était pas dépourvue de charmes, mais il n'imaginait pas accepter d'y succomber, aussi bien par respect pour son maître que par crainte de sa colère. Mais il ne savait pas, non plus, comment échapper aux avances de la jeune femme. Elle se faisait de plus en plus pressante, dans ses regards, dans ses gestes, dans ses exigences, bien que pas la moindre allusion, pas le moindre mot n'ait pu faire supposer qu'elle éprouvait un quelconque désir pour le bel esclave.

Puis, un jour, profitant sans doute que Shinab ait accompagné le maître au marché aux épices et aux parfums où venait d'arriver une caravane du Midi, Idiya fit soudainement irruption dans la salle des tablettes où travaillait Djedefhor.

— Hori, lui dit-elle sans autre préambule, me trouves-tu laide comme un singe ?

Bien que la question le surprît, il répondit en toute franchise :

— Certainement pas, maîtresse. En vérité, tu es même plutôt belle.

— Plutôt ? Sans plus ?

— Il ne revient pas à un esclave de juger de la beauté de ses maîtres.

Elle fit une moue et demanda ensuite :

— Quelle ressemblance ai-je avec une oie stupide ?

— Aucune, maîtresse.

— Est-ce que je répands une odeur nauséabonde ?

— Voilà, maîtresse, une étrange question, alors que l'on ne peut manquer de remarquer la délicatesse des parfums dont tu oins tes cheveux et ton corps.

— C'est vrai : ce sont des parfums qu'on prépare dans nos cités, à Séboïm en particulier, avec des plantes sauvages d'Engaddi et des essences du Pount.

— Je reconnais même qu'on n'en compose pas d'aussi exquis dans toute l'Egypte.

— Je pourrais te donner toutes nos recettes. Depuis longtemps je m'intéresse à ces produits, car mon père possède une manufacture à Séboïm où je suis née.

— Je les noterai volontiers car je suis intéressé par tout ce qui s'invente de bien et d'agréable chez les divers peuples.

— Mais alors, Hori, si tu penses vraiment du bien de moi, comme tu sembles le prétendre, pourquoi ne m'aimes-tu pas ?

— Maîtresse, comment peux-tu me faire un tel reproche ? Je t'aime et je te respecte, au même titre que mon maître dont tu es l'épouse.

— Pour ce qui me concerne, je ne te demande pas un respect inutile, je ne veux que ton amour.

— Sache alors, maîtresse, que je te suis tout dévoué, comme un esclave fidèle.

— Et m'aimes-tu tout autant ?

Tout en prononçant ces mots d'une voix câline, elle vint s'accroupir auprès de lui, car il était assis sur une natte, les jambes repliées sous lui. Et lui se sentait de plus en plus embarrassé et confus.

— Maîtresse, articula-t-il, la gorge sèche, il est vrai que tu es aimable. Mais je ne vois pas ce que tu peux attendre d'un pauvre esclave, fidèle à un maître qu'il aime et à qui va toute sa reconnaissance.

— Il est beau d'aimer son maître et de lui être fidèle, mais il est mieux encore d'aimer sa maîtresse et de lui manifester sa soumission.

Et, sans plus balancer, elle posa sa main sur la cuisse de Djedefhor et la glissa profondément sous son pagne.

— Maîtresse, que fais-tu ! s'écria-t-il en tentant de repousser la main effrontée.

— Cesse de t'effaroucher, lui ordonna-t-elle. Laisse-moi toucher ton oiseau et viens tâter mon nid avant de l'y introduire.

Elle lui prit une main pour l'attirer vers ses genoux, mais il se redressa et bondit en arrière.

— Non, maîtresse, jamais tu ne m'obligeras à trahir la confiance de mon maître. Retire-toi et oublions ce qui vient de se passer. Sois sans crainte, je ne dirai rien à ton époux.

— Tu n'es qu'un chiot stupide ! s'exclama Idiya en se levant à son tour. Oserais-tu refuser mon amour ?

— Je ne peux le recevoir.

— Et pourquoi ne le peux-tu ? Il paraît que, dans ton pays, tu es un noble. Idiya ne serait-elle pas assez bien pour toi ?

— Ce n'est pas cela, maîtresse. Je suis partagé entre te faire l'affront de te refuser ou faire un pire affront à mon maître en trompant sa confiance. Un esclave doit rester toujours discret et s'effacer devant ses maîtres.

— Il doit avant tout faire leur volonté.

Et, sous les regards effarés de Djedefhor, elle se dépouilla de sa robe, et s'offrit dans sa luxurieuse nudité.

Elle fit un pas vers lui, mais il recula, indécis. Puis il trouva un prétexte qui lui parut le seul qu'il pût encore évoquer puisque celui de sa fidélité à son maître ne suscitait que son mépris :

— Et aussi, lança-t-il, j'ai une fiancée, une épouse même qui m'attend en Egypte. Jamais je ne la tromperai.

Mais, sans l'entendre, elle se pressa contre lui, levant la tête pour chercher ses lèvres. Dans la crainte de sa propre faiblesse, se refusant à succomber, il la repoussa brutalement et sauta en arrière :

— Non, éloigne-toi de moi... Ne cherche pas à me tenter, ne cherche pas à me séduire...

— En vérité, tu es aussi beau que stupide ! Le plus sot des hommes que j'aie encore jamais vu !

Et, prise d'une rage soudaine, sans doute provoquée par le dédain du jeune homme, elle empoigna sa robe, la dilacéra et sortit en poussant des hurlements. Avant que Djedefhor ne fût revenu de sa stupeur, elle était de retour avec deux serviteurs auxquels elle donna l'ordre de se saisir de ce vil esclave qui avait essayé d'attenter à sa pudeur, qui avait osé l'assaillir et lui arracher son vêtement. En vain protesta-t-il de son innocence. Les serviteurs ne firent qu'obéir à leur maîtresse en l'enfermant dans une étroite cavité en sous-sol destinée à servir de réserve de grains après les récoltes annuelles. Djedefhor resta ainsi enfermé dans son étroite cellule, dans l'obscurité la plus totale, l'âme remplie de crainte car, malgré la bonté de son maître, il songeait que l'accusation dont il devrait se justifier en conséquence de sa loyauté, soit une tentative de viol de sa maîtresse de la part d'un serviteur ou, pis encore, d'un esclave, risquait de lui coûter la peine de mort si les lois de ce pays étaient les mêmes qu'en Egypte. Aussi était-il tout tremblant lorsque, retiré de son trou par deux solides gaillards, il fut conduit devant Biridiya.

Laissé seul avec son maître, à la demande de ce dernier qui congédia les serviteurs d'un simple geste, il vint se jeter à genoux à ses pieds :

— Mon bon maître, commença-t-il, je me doute de quel crime je suis accusé par Idiya ton épouse. Mais je te supplie de...

— Ne cherche pas à te défendre, l'interrompit Biridiya.

— Mais, seigneur..., insista Djedefhor.

— Je te répète qu'il est inutile que je t'entende.

— Par tous les dieux de ton pays et du mien, je te jure que je suis innocent...

— Hori, ce n'est pas la peine de jurer. Je sais que tu es innocent. Crois-tu que je n'ai pas aperçu depuis longtemps les ouvertures que te fait Idiya, ses regards languissants, ses gestes caressants ? Et toi, serviteur trop fidèle, tu fuis ces avances, tu évites soigneusement de les voir, et, en fin de compte, tu me mets dans l'embarras.

— Seigneur, s'étonna alors Djedefhor, je ne comprends pas ce que tu veux dire. En quoi t'ai-je mis dans l'embarras ?

— Il est vrai que c'est à moi que je dois faire les premiers reproches car j'aurais dû te parler dès que j'ai découvert les sentiments que te portait mon épouse. Sache donc que je ne l'aime pas particulièrement, que je ne l'ai épousée que pour unir des intérêts communs, parce que la forte dot qu'elle m'a apportée d'un père enrichi dans le commerce des parfums et des résines du Midi, m'a permis d'asseoir de mon côté ma propre fortune. Si moi-même je suis plus souvent dans la journée dans ma maison hors des murs de la ville que dans celle-ci, c'est parce que je puis y entretenir quelques femmes jeunes et belles avec qui je prends mon plaisir. Aussi, j'espérais qu'Idiya réussirait dans ses entreprises et que tu accepterais de devenir son amant. De sorte qu'elle aurait trouvé dans tes bras des satisfactions que je suis incapable de lui procurer et que, peut-être, elle me donnerait par ce biais un fils que j'aurais fait héritier de nos biens. Mais c'était sans compter sur une trop grande fidélité et trop de probité de ta part. Ce qui me contrarie, c'est le scandale qu'elle a causé en t'accusant devant nos serviteurs soit dans sa colère à la suite de ton dédain, soit par crainte d'être dénoncée par toi.

— Seigneur, elle savait que j'aurais répugné à la dénoncer. Je lui avais déclaré que j'étais disposé à tout oublier, que je ne dirais rien.

— Dans ce cas, elle craignait de rester honteuse devant toi, tout en ne pouvant te pardonner ton refus. Vois maintenant quel est mon embarras. Chez nous, dans nos belles cités de la vallée de Sidîm, nous considérons que, dans leur bonté, les dieux nous ont imparti le plaisir sous toutes ses formes pour en jouir et non pour le rejeter comme une mauvaise chose, ainsi que le pensent certains fous qui ont une curieuse et bien mauvaise opinion de la divinité, dont ils ont fait un tentateur décidé à punir sévèrement ses enfants qui se laisseraient tenter, ce qui fait du dieu un bien triste tyran. Nous considérons que l'homme et la femme sont égaux et jouissent des mêmes droits, raison pour laquelle nous ne condamnons en aucune manière les amours entre hommes et entre femmes car, puisque de tels désirs existent, c'est que les dieux l'ont voulu et que c'est donc une bonne chose. C'est aussi pourquoi l'adultère n'est pas puni, ou, plutôt nous considérons qu'il n'existe pas, que c'est une conception propre aux peuples barbares qui nous entourent et qui regardent la femme comme un simple objet appartenant à l'homme, père, frère ou époux, qui peuvent en disposer selon leur bon plaisir, l'utiliser à leur profit comme une simple marchandise et qui lui refusent tout droit, à commencer par celui de jouir. Ainsi n'avons-nous établi aucune loi qui interdise à un homme ou à sa femme de s'unir à une autre personne leur convenant. Le seul devoir c'est d'élever les enfants issus de ces unions, à moins qu'une trop grande passion ne pousse l'homme ou la femme qu'on déclarerait adultère ailleurs, à rester avec l'amant ou l'amante. Dès cet instant il y a séparation des anciens époux, qui peuvent se remarier chacun de leur côté, car un mariage légal est indispensable pour la perpétuation de la famille et la transmission des biens. Je regrette de ne pas t'avoir mis au fait de ces questions, car ce sont des états si naturels qu'on n'imagine pas que d'autres peuples puissent penser différemment et se gâter l'existence avec des lois qui ne font que flatter la vanité des mâles mais causent les plus grands malheurs. Tu comprends qu'il me paraissait naturel que tu rompes avec cette vie chaste que tu mènes depuis ta captivité, car la chasteté est une mauvaise chose, contre la nature et la volonté des dieux qui nous ont donné le désir de l'autre, et que tu prennes ton plaisir avec mon épouse. Je n'imaginais pas que les Egyptiens connussent aussi les mœurs barbares et ridicules des Cananéens et de la plupart des peuples qui n'ont pas atteint un haut niveau de civilisation et de raffinement.

— Il est vrai, reconnut Djedefhor non sans regrets, que chez nous la loi punit l'adultère, bien qu'elle soit rarement appliquée, ne serait-ce que parce que nous ne le pourchassons pas. Mais, pour le reste, nous considérons nos femmes comme nos égales, et ce sont même souvent elles qui décident des affaires les plus importantes de la famille et même de l'État.

— Tu vois donc que, si tu t'étais uni discrètement à Idiya, même la chose se serait-elle ébruitée, tout cela serait resté sans conséquence. Mais maintenant tu es accusé par ma femme de tentative de viol, ce qui est tout autre chose, surtout de la part d'un serviteur. Il ne me reste alors qu'une alternative : ou je fais semblant de croire mon épouse ou bien je la convaincs de mensonge et de fausse accusation. Dans ce dernier cas, je me vois obligé de la répudier car si chez nous ni la loi ni les mœurs ne condamnent les unions des corps de quelque manière qu'elles se réalisent, nous condamnons le mensonge, la calomnie, toute dénonciation quelle que soit sa nature, surtout si elle n'est pas fondée, toute fausse accusation, et même la médisance. Ainsi encourrais-je la réprobation publique si je ne sévissais pas soit contre elle, soit contre toi. Mais si je répudie mon épouse, je me ridiculise et, surtout, je perds l'appui de sa famille, de son père avec lequel j'avais l'intention de faire le commerce de l'encens, et je dois rendre la dot, ce qui me mettrait dans le plus grand embarras.

— Seigneur, soupira Djedefhor, je suis conscient de la périlleuse position dans laquelle je t'ai mis par ma sottise ; aussi je comprendrais que tu me condamnes pour un crime que je n'ai pas commis.

— C'est pourquoi il m'est plus encore pénible de devoir te condamner. Ce le serait déjà si tu étais vraiment coupable car non seulement je me suis attaché à toi, mais encore tu commences à pratiquer les langues que je t'ai fait apprendre auprès de Shinab et tu es si bien au courant de mes affaires que tu m'es devenu un précieux auxiliaire. Cependant, je puis déjà te promettre que je saurai tirer une juste vengeance de la perfidie de cette femme, et la punir du mal qu'elle a fait à toi et à moi-même par une telle attitude.

— Seigneur, inflige-moi la punition que tu crois nécessaire pour le crime dont je suis accusé, mais pardonne à ton épouse. Vois, elle a agi sous le coup de la passion et moi-même je me sens coupable d'avoir pris à son égard une attitude aussi sévère, car c'est cela qui a provoqué sa colère. J'ai, de mon côté, agi stupidement et c'est à moi de supporter les conséquences de mon comportement. Je n'ai pas encore acquis cette sagesse à laquelle j'aspire. Sans quoi je ne me serais pas scandalisé, je n'aurais pas répondu à ton épouse avec tant de dureté, je n'aurais pas eu une attitude aussi méprisante. J'aurais dû lui parler avec compréhension...

— Hori, ne cherche pas à la justifier tout en prenant sur toi l'essentiel de la faute. Je comprends tes scrupules et, puisque tu me le demandes, je ne chercherai pas à te venger d'elle, bien que les conséquences de son action, qui m'obligent à me séparer de toi, me portent aussi un grave préjudice. Je vais cependant faire que ta nouvelle condition te soit le moins pénible possible et ne dure que peu de temps. Sache que la loi de ce pays me donne le choix entre m'instituer ton juge ou te confier au tribunal de la ville, qui siège aux portes de la cité ; mais je ne le ferai pas car tu risquerais d'être condamné à mort, ou, tout au contraire, innocenté, et ce serait alors à Idiya de supporter la punition de sa félonie, tout dépend de l'humeur des juges, ainsi qu'il en va dans tout jugement public. Il me reste le droit de décider de ta punition, sans passer en jugement. Je me vois donc obligé de t'envoyer travailler dans les mines de sel que je possède au sud de la mer de Sel, car une punition moins sévère laisserait soupçonner une complicité entre nous. Maintenant, il te reste la possibilité de me frapper jusqu'à ce que je perde connaissance, ou que je simule un évanouissement, et que tu prennes la fuite. Je ne m'y opposerai pas, mais tu ne dépendras alors plus de moi, et les soldats de cette ville se mettront à te rechercher. Tu connais mal le pays et il serait à craindre qu'ils te retrouvent. Dès lors il ne me serait plus possible de t'éviter la peine de mort.

— Mon maître, je ne me lasserai jamais de te rendre grâce pour toutes tes bontés. Comment pourrais-je alors oser te frapper ou même simuler une telle violence à ton égard ? Travailler sous le soleil dans les mines de sel sera pour moi une nouvelle expérience et aussi une bonne épreuve envoyée par quelque dieu afin de faire mieux entrer la sagesse dans mon cœur. Durant ces quelques mois passés dans ta demeure, j'ai appris bien des choses et je n'ai que deux regrets : celui de perdre un aussi bon maître que toi, et de ne pas pouvoir m'embarquer sur les bateaux que tu avais l'intention de construire pour naviguer sur la mer du Sud à la recherche de l'île du Ka.

— Crois que si tu regretteras ton maître, moi, je regretterai plus encore un serviteur tel que toi. C'est pourquoi je ferai en sorte que tu ne restes pas longtemps dans ta nouvelle condition et je me fais fort de te trouver un nouveau maître à qui je pourrai te vendre et dont tu n'auras pas à te plaindre. Maintenant, je vais te remettre entre les mains de mes serviteurs : ils doivent te dépouiller de ton pagne et de tes sandales, entraver tes chevilles avec des liens de métal et t'emmener aux mines de sel.

CHAPITRE XIV

Convoqué par le roi, son neveu, Néfermaât quitta à regret sa résidence où il menait une vie agréable en compagnie de son épouse et cousine Méretptah, quelques concubines qui lui offraient le spectacle de leur beauté en dansant et en chantant, et un nombre restreint de compagnons de plaisir. Il fut reçu par Didoufri dans la petite salle d'audience, ce qui évitait l'application de la rigide étiquette utilisée lorsque Sa Majesté recevait en grand apparat dans la salle du trône, au milieu des courtisans et des Amis du roi. Aussi Néfermaât se contenta-t-il de s'incliner devant le jeune roi et, sans attendre une invitation à ouvrir la bouche, il lui dit :

— Mon cher neveu, je suis satisfait de voir Ta Majesté installée dans le palais de mon frère, car c'est la première fois que tu me demandes de venir devant toi depuis maintenant plusieurs mois que tu t'es assis sur le trône d'Horus... Mais ne cherche pas une ombre de reproche dans mes paroles. Vois : j'ai été bien proche de ce trône sur lequel j'avais la folie, dans ma jeunesse, de prétendre m'établir. Les dieux, dans leur bonté, l'ont finalement accordé à mon bon frère Khéops et à présent que j'ai pu prendre une bonne mesure des tourments que procure ce que l'on croit être le pouvoir, je me réjouis et me félicite d'avoir échoué dans mon entreprise. Il paraîtrait, cependant, que Ta Majesté tient bien le crochet et le fouet, et tu m'en vois content. Maintenant, dis-moi, mon cher neveu, la raison pour laquelle tu t'es décidé à appeler ton cher oncle auprès de toi.

Cette désinvolte entrée en matière rembrunit Didoufri, bien que, ce matin même, il se sentît de fort bonne humeur car il venait d'apprendre la nouvelle de la mort d'Ibébi, le grand prêtre du temple de Thot hermopolitain. Néanmoins, il connaissait suffisamment l'histoire du prince et savait quel prestige il exerçait encore sur une partie des grands du royaume, pour ne pas se montrer arrogant ou blessé d'une quelconque manière par le discours de son oncle.

— Néférou, lui répondit-il avec à propos, si je ne t'ai pas convoqué jusqu'à ce jour en mon palais, c'est parce que Ma Majesté ne voulait pas troubler ta paisible existence et t'imposer les ennuis d'une réception officielle ni, non plus, les désagréments d'une charge dans mon royaume.

— Par la vie, mon neveu, prétendrais-tu me confier un quelconque office dans ton gouvernement ? lui demanda Néfermaât en prenant un air inquiet. Il est vrai que je ne suis pas encore un vieillard et que j'ai bien été peiné de la disparition de mon bon frère, le dieu justifié, à l'apogée de sa gloire et de sa maturité. On rapporte d'ailleurs qu'il n'a pas été frappé par la mort mais, au contraire, qu'il est entré vivant dans la vie éternelle. Cependant, comme il n'est plus parmi nous, cela revient un peu au même, car, pour ma part, j'ai toujours eu quelque mal à trouver une différence entre le néant de la mort, ce qui, prétend-on, est le cas si la chienne dévore notre âme lors du jugement de Maât, et l'éternité de la vie de l'esprit auprès d'Osiris, surtout si notre âme lumineuse s'est fondue dans le grand Tout.

— Mon bon oncle, j'admire la justesse de tes propos, mais ce n'est pas pour discuter de ces choses que Ma Majesté t'a demandé de venir devant moi. En effet, mon intention est de te confier une charge officielle. Vois, nous avons dû en convenir, malgré le grand chagrin que la nouvelle a provoqué dans notre esprit, nous devons décidément en prendre notre parti, mon bien-aimé frère Djedefhor est bien mort. Depuis maintenant tant de mois qu'Hétepni est rentré à Memphis avec la flotte que Ma Majesté avait confiée à Djedefhor, on ne peut plus douter que la tempête provoquée par la colère d'un dieu ne l'ait englouti au fond de la Grande Verte. Sans quoi il aurait eu tout loisir de rentrer dans la Terre chérie.

— Nous en avons tous conçu le plus grand chagrin et je comprends que Ta majesté, dans sa grande bonté, ait plus souffert qu'aucun d'entre nous d'une si cruelle perte, assura Néfermaât avec un grand sérieux, comme s'il croyait réellement en ce qu'il disait.

— Je vois, mon oncle, que tu comptes parmi ceux qui ont pris la mesure de la largeur du cœur de Ma Majesté. C'est une raison, entre autres, pour lesquelles je désire te voir prendre la succession de Djedefhor dans ses fonctions qui restent désormais vacantes.

— Veux-tu me dire, mon bon neveu, que tu songerais à me confier ces charges qui sont... au fait, je ne sais plus très bien en quoi elles consistaient.

— Ma Majesté te fait le protecteur de la nécropole royale, le berger de la Pyramide Lumineuse qui est ce monument des millions d'années auquel mon père a consacré ses forces, son règne et les moyens dont il disposait en tant que souverain de cet immense royaume, et, en outre, directeur des chantiers royaux. Chantiers qui comprennent aussi bien ceux des annexes de la Pyramide Lumineuse que ceux des pyramides de mon aïeul Snéfrou, près desquelles certains grands maintenant entrés dans une heureuse vieillesse continuent de faire construire leurs tombes, grâce à la concession que leur en a faite le dieu justifié Snéfrou, et encore du chantier de la pyramide que Ma Majesté a commencé à se faire bâtir.

— Par la vie d'Isis, maîtresse des pyramides, pourquoi m'accabler de tant de charges alors que je suis moi aussi au seuil de la vieillesse.

— Allons, mon oncle, tu es plein de force et de jeunesse, tu montres plus de vigueur qu'un jeune homme, tu viens de le reconnaître.

— Je l'ai reconnu tant qu'il s'agissait de me flatter de demeurer vert, mais si telles doivent en être les conséquences... Pour ce qui est de la pyramide de Ta Majesté, je croyais que tu avais chargé ton frère et vizir Minkaf de cette responsabilité.

— Il est vrai, mais les nombreuses fonctions de mon frère l'empêchent de remplir sérieusement autant d'offices. Et il lui manque ce que toi tu possèdes, une expérience des choses. Vois, je viens d'avoir le plaisir d'apprendre qu'Ibébi, le Grand des Cinq, est allé rejoindre son ka.

— En quoi en as-tu eu du plaisir ? s'étonna Néfermaât. L'aimais-tu au point de te réjouir qu'il soit devenu un esprit lumineux dans le ciel des dieux ?

— Néférou, tu as parfaitement compris ma pensée. Car j'ai déjà oublié, et aussi pardonné, tous les maux que m'a fait subir ce bon prêtre, tous les torts qu'il m'a causés lorsque j'étais étudiant dans la maison de vie dont il était le directeur. C'est pourquoi mon cœur jubile en songeant à son bonheur présent, maintenant qu'il a forcément été justifié devant le tribunal d'Osiris. Aussi, j'avais songé à te confier la charge qu'il vient de laisser vacante par sa mort. Mais je me suis laissé dire que tu aurais été bien attristé de devoir, pour obéir aux volontés de Ma Majesté, t'exiler avec ton épouse, dans cette cité de Thot, loin de Memphis alors que tu as déjà souffert de l'exil que mon père t'a imposé en te faisant gouverneur de la province d'Eléphantine.

— Crois bien que j'admire et apprécie la magnanimité et la délicatesse de Ta Majesté, répondit Néfermaât en qui cette allusion évoquait le souvenir de ce demi-exil que lui avait imposé Khéops. D'autant que ton serviteur ne possède aucune des qualités requises pour un tel poste. Il est vrai que j'ai eu d'étroites relations avec le clergé de Ptah de Memphis, que je connais les devoirs du Grand chef de l'art de ce temple de sorte que, si d'aventure Ta Majesté songeait à rouvrir le temple et à reconstituer son clergé, j'accepterais la charge de premier prêtre de Ptah.

Didoufri comprit l'allusion, et songea en lui-même qu'il se garderait bien de rétablir le culte de Ptah et de confier son puissant clergé à un oncle dont il soupçonnait les ambitions, malgré tous les déboires qu'il avait connus. Il avait trop d'ennemis puissants par ailleurs pour s'en donner un de plus. Alors que les fonctions dont il l'investissait ce jour ne lui conféraient pas un pouvoir suffisant pour qu'il puisse l'utiliser contre son roi et pouvaient faire de son oncle un précieux allié, comme l'avait pensé sa mère Noubet, raison pour laquelle il s'était décidé à appliquer sa suggestion. De son côté, Néfermaât calculait que ces fonctions lui conféreraient un grand prestige, et, surtout, qu'elles lui rapporteraient de nouveaux biens qui lui permettraient de continuer de vivre sur un grand pied. Car les folles dépenses qu'il avait faites depuis son retour à Memphis avaient largement entamé la richesse des domaines qui lui avaient été attribués par son frère Khéops.

— Puisque tel est le désir de Ta Majesté, soupirat-il comme si le roi lui forçait la main, ton serviteur se fera un devoir d'assumer tant de charges, dans la mesure où mes faibles forces seront capables d'y pourvoir.

— Voilà qui satisfait Ma Majesté, mon bon oncle. Puisque tu acceptes d'entrer au service de Ma Majesté, je t'en prie, passons dans mon jardin où nous pourrons nous entretenir à l'aise tout en grignotant des confiseries et en buvant du vin rafraîchi.

Avec une familiarité qui pouvait apparaître comme un défi à l'étiquette mais par laquelle il espérait flatter son oncle et se le rallier plus sûrement, Didoufri posa la main sur son épaule tout en se dirigeant avec lui vers les appartements privés. Parvenus dans le jardin, ils s'installèrent sur des sièges confortables et, tandis que de jeunes servantes remplissaient leurs coupes de vin et leur présentaient des paniers de fruits et des plats chargés de friandises, Didoufri entreprit son oncle sur une question qui le tourmentait depuis quelques jours :

— Néférou, tu ne dois pas être sans savoir que la seconde épouse de mon père, Hénoutsen, est rentrée à Memphis d'un long voyage auprès de son fils à Eléphantine.

— Mon neveu, comment pourrais-je l'ignorer, même aurais-je vécu éloigné dans une grande solitude ? N'est-elle pas arrivée accompagnée d'une dizaine de bateaux chargés d'un nombre impressionnant d'hommes armés dont elle a déclaré que c'était sa garde personnelle, d'excellents guerriers recrutés par son fils, le gouverneur de la province de Satis et de Khnoum ? Tout un immense concours du bon peuple de Memphis n'est-il pas venu la saluer, ou plutôt l'acclamer lorsqu'elle a débarqué dans le port royal d'où elle a gagné son ancienne résidence ?

— La seule description de l'arrivée de la mère de Khéphren telle que tu viens de la donner ne doit-elle pas me causer d'autant plus d'inquiétude que j'ai appris que tous les gouverneurs des provinces du Sud ont salué mon frère comme l'héritier légitime du trône d'Horus.

— Je l'ai aussi entendu dire. Néanmoins, Khéphren ne s'est pas levé contre toi, il n'a pas publiquement mis en cause ta légitimité.

— Sans doute, attend-il de se sentir plus sûr de lui. C'est pourquoi j'ai décidé de me constituer une armée afin de soumettre tout rebelle à mon trône, ce trône pour lequel j'ai été désigné par mon divin père.

— Il n'est que trop vrai, mon bon neveu, que ton trône est établi sur des pieds d'argile. Je crois même qu'avec les seuls guerriers qu'elle loge maintenant dans sa résidence et celle de ma sœur Mérititès, Hénoutsen pourrait s'emparer sans coup férir de ce palais où nous sommes. Si elle ne le fait pas, c'est parce que, pour le moment, elle ne peut mettre en cause la légitimité du choix du dieu ton père. Il te revient d'éviter tout faux pas. Il m'a été dit, mais c'est peut-être un faux bruit, que tu avais songé un moment à t'emparer d'Hénoutsen...

— Je ne m'en défends pas. Mais c'était en un temps où elle ne disposait pas d'une garde et où il était facile d'investir sa résidence et de se saisir d'elle. Désormais ce n'est plus possible à moins d'être assez fou pour tenter la fortune et être prêt à faire couler des flots de sang.

— Certainement, mais même ne serait-elle pas entourée d'une telle garde, ç'eût été une grande folie que de t'en faire un otage. Tu aurais eu contre toi non seulement Khéphren, fort d'une redoutable armée, même s'il est loin d'ici, mais encore tous les grands de ce pays. On ne touche pas aux Grandes Epouses royales, pas plus d'ailleurs que ne le ferait Khéphren pour ta mère Noubet si d'aventure il s'emparait de ta couronne.

— Je l'ai bien compris. Mais alors, que puis-je faire pour, justement, conserver ce trône qui m'a été confié par notre père ?

— Ta position est délicate, mon beau neveu et, en réalité, je ne l'envie pas. Pour toi, si je puis te donner le conseil d'un père, puisque je suis ton oncle bien-aimé, il te revient de composer avec tes adversaires. Evite de provoquer les reines, ma sœur Mérititès tout autant que ma belle-sœur Hénoutsen, caresse Minkaf qui est son fils et ton vizir, ignore l'hostilité de Khéphren, simule envers lui la même affection que tu viens de manifester devant moi à propos d'Ibébi, laisse-le en paix dans sa province comme l'a fait ton père à mon égard...

— C'est aussi là les conseils que me donne ma mère, reconnut le roi.

— Elle a raison et tu dois suivre ses conseils si tu désires conserver encore longtemps cette couronne sur la tête. Et encore, oublie cette Persenti. C'est une passion qui a été des plus nuisibles à ta cause. Elle t'a conduit à être criminel envers ton propre frère et t'a entraîné dans une fâcheuse aventure lorsque tu as envoyé de faux pirates attaquer le bateau royal qui l'emmenait à Eléphantine.

— Que veux-tu dire ? s'étonna Didoufri qui pensait que les dessous de cette affaire étaient restés ignorés de tout le monde.

Il est vrai que Néfermaât ne mesurait pas précisément l'étendue de la complicité de Didoufri. Il n'avait fait qu'entendre dire que Djedefhor avait en réalité été jeté à la mer car il n'y avait jamais eu de tempête au cours de la navigation à laquelle il avait participé, et que les prétendus pirates qui avaient attaqué l'embarcation royale étaient des hommes qui la suivaient depuis Memphis. Par ces mots, il cherchait à découvrir la vérité, il testait Didoufri, lequel tomba facilement dans son piège.

— Didoufri, mon enfant, dois-je te donner des détails, comme si tu ne les connaissais pas ? N'est-ce pas plutôt à toi de me les confirmer ? Allons, nous sommes tous deux faits de la même terre, en nous coule le sang d'Houni, qui a su habilement supprimer ses nombreux frères venus à la succession de leur père Djeser.

Didoufri soupira, jeta un regard complice à son oncle, puis s'ouvrit sans plus se défendre :

— Puisque tu veux que la franchise règne entre nous, Néférou, oui, sache que je ne regrette rien, sinon qu'Oupéti n'ait pas réussi dans son entreprise, lui qui a recruté les faux brigands et les a lancés sur les traces d'Hénoutsen. Ils auraient réussi à la supprimer avec ceux qui l'accompagnaient et m'auraient rendu Persenti si n'était intervenu, je ne sais par quel hasard, Khéphren avec une véritable flotte. Hénoutsen mise à mort par ces pirates, qui aurait pu m'en faire le reproche ? Qui aurait songé à m'en faire porter le poids ? Quant à Djedefhor, je sais qu'il est bel et bien mort, car on lui a tranché la gorge avant de balancer son corps à la mer, et il est vrai qu'il n'y a jamais eu de tempête pour justifier un si étrange accident. Et sache que je suis bien content d'être débarrassé de ce rival.

— Un rival dans l'amour de cette fille qui ne voulait pas de toi et que tu n'as toujours pas, car, pour le reste, il ne semblait pas convoiter ton trône. Cependant, Didoufri, je te comprends, même si je ne peux t'approuver. Non pas que je condamne cette manière de se débarrasser d'ennemis, mais je te désapprouve dans la mesure où ce fut de ta part une erreur que de chercher à éliminer Hénoutsen comme tu l'as fait. Je peux t'assurer qu'elle sait qui a lancé contre son bateau ces faux pirates, même si elle feint de l'ignorer. Il faut être très habile pour se lancer dans de telles entreprises, car, en cas d'échec, on se fait, pour le moins, d'irréconciliables ennemis qui, en outre, se tiennent dès lors sur leur garde. Au demeurant, j'ai une certaine affection pour Hénoutsen.

— Me laisses-tu entendre par cette remarque, que tu serais prêt à prendre son parti, voire à lui faire savoir que je suis à l'origine de l'attaque de son embarcation ?

— Je viens de te dire qu'elle ne m'a pas attendu pour en avoir la certitude, car, en réalité, c'est elle qui me l'a laissé entendre. Peut-être dans l'espoir que je te le fasse savoir : dans ce cas elle a réussi dans sa manœuvre.

— Pourquoi aurait-elle voulu que je sache qu'elle se doute de la vérité ?

— Pour te montrer qu'elle n'est pas dupe, qu'elle connaît tes sentiments réels et qu'elle ne te craint pas.

— Je m'en serais douté sans cela.

— Mais cela ne peut que te conforter désagréablement dans tes suppositions.

— C'est donc bien un combat à mort que je vais devoir livrer contre cette femme.

— A mort, c'est beaucoup dire, car telle que je la connais, elle ne désire pas ta mort ou, en tout cas, elle ne la désirera pas tant qu'elle ignorera que c'est sur ton ordre que Djedefhor a été éliminé. Il lui suffira de te faire exiler pour mettre son fils Khéphren sur le trône d'Horus. Pour ce qui est de toi, je doute que tu trouves un quelconque avantage dans sa disparition. Tout au contraire : sa mort serait aussitôt sanctionnée par ta chute, même en serais-tu innocent, car elle serait pour tous ceux qui t'envient ou te haïssent, et ils sont nombreux, un prétexte pour se lever contre toi, en t'accusant d'avoir été l'instrument secret de son départ de ce monde, la cause réelle serait-elle une maladie.

Les paroles de son oncle laissèrent rêveur Didoufri, qui admira son cynisme et la manière dont il acceptait de se faire son complice en même temps que son conseiller. Il se décida à se lever et, se tournant vers Néfermaât, il reprit :

— Si tu le veux bien, Néférou, je vais t'accompagner jusqu'au chantier de ma pyramide. Je me suis finalement décidé à me faire construire un grand palais auprès de ce chantier, à l'instar de mes ancêtres, les rois qui ont voulu chacun leur palais près de leur temple des millions d'années. Au début de mon règne, j'ai préféré demeurer dans le palais de mon père, mais j'ai, depuis, changé d'avis. Vois, ici je ne me sens pas libre, Ma Majesté est comme le prisonnier de ma mère. Elle a placé des espions partout, elle me surveille, guette chacune de mes actions, surprend mes conversations, se place sans cesse en travers de ma route. Aussi Ma Majesté a-t-elle décidé de se faire construire un palais près de ma pyramide où je m'installerai avec ma cour et mes gardes, et j'abandonnerai cette résidence à ma mère et à Minkaf qui y a ses bureaux et ses scribes. La construction de cette nouvelle demeure royale sera ainsi ton premier souci, ce à quoi tu devras consacrer toute ton énergie et celle des ouvriers. J'ai laissé Minkaf décider du site, sans savoir si je faisais bien. Maintenant, je suis satisfait de son choix, mais je crains qu'il ne se soit engagé dans une trop vaste entreprise. Tu verras, il a ordonné de creuser profondément une immense tranchée dans laquelle il a l'intention de faire aménager mes appartements funéraires avant de tout recouvrir et de construire au-dessus une pyramide plus magnifique encore que celle de mon père. Je ne sais s'il a raison, mais son projet est si grandiose que je crains de ne pas en voir la fin, à moins que je ne règne plus longtemps encore que mon père, le dieu Khéops.

Cette perspective le fit rire et il fixa son oncle, comme pour en attendre une approbation. Prudent, Néfermaât lui répondit :

— Didoufri, tu es monté sur le trône d'Horus encore tout jeune, bien plus jeune que ne l'était ton père quand il a coiffé la double couronne. Si le dieu le veut, tu auras certainement le temps de voir la fin de tous ces travaux et d'inaugurer toi-même ton propre temple des millions d'années.

CHAPITRE XV

— Eh bien, Néférou ! Viens-tu nous entretenir de notre cher beau-fils assis sur le trône d'Horus ?

Hénoutsen était assise dans l'ombre des arbres chevelus du grand jardin de la résidence royale de Memphis, en compagnie de Mérititès et de Néferkaou, lorsque Néfermaât fut introduit par un serviteur après avoir été annoncé par Nekhébou, devenu le commandant de la garde de la seconde épouse royale de Khéops et le directeur du palais des reines.

Il se contenta de sourire et, après avoir salué ses deux sœurs et Hénoutsen, il prit l'initiative de s'affaler sur un siège en s'éventant avec un faisceau de plumes d'autruche serti dans un manche d'or et d'ivoire, qu'il avait pris l'habitude de toujours garder avec lui, ce qui lui servait de chasse-mouches et d'éventail.

— Voilà déjà un mois que nous avons appris que tu as reçu de ses mains les fonctions dévolues à Djedefhor par notre regretté époux, poursuivit Hénoutsen, et depuis tu nous as laissées sans nouvelles, au point que c'est par la rumeur publique que nous avons appris ton retour aux affaires du royaume.

Il y avait plus d'ironie que d'amertume ou de reproche dans le ton d'Hénoutsen, ce qui ne fut pas le cas de celui de Mérititès qui lui dit à son tour :

— Néférou, serait-il donc vrai que tu as pactisé avec l'usurpateur ?

— Mérit, répondit-il d'un ton désinvolte, je n'ai pactisé avec personne, sinon avec ce que je considère comme mon intérêt. Mais Hénoutsen sait bien que, pour l'heure, mon intérêt se confond dans une grande mesure avec le vôtre. Non pas que j'intrigue comme vous contre Didoufri, mais dans mes nouvelles fonctions, j'ai accès aussi bien au Grand Palais qu'à ses propres menées, de sorte que je peux le surveiller et, le cas échéant, parer à tout danger.

— Entends-tu par ces mots que tout en servant le petit roi, tu le trahis ?

— Trahir est un bien grand mot. Disons que je le sers tout en le desservant. Et lui-même est satisfait, même s'il se méfie de moi, car ma présence parmi les grands de sa cour le conforte dans sa légitimité. Cela, d'ailleurs, tout autant que la présence de Minkaf dans la fonction de vizir.

— Mérititès, intervint Hénoutsen, tu sais bien que depuis toujours notre cher Néférou a aimé le jeu et le danger, que les intrigues et les hasardeuses machinations lui sont parues comme le sel de la vie.

— Je vois, Hénoutsen, que tu me connais bien et je suis flatté de ton estime, répliqua Néfermaât.

— Mon bon Néférou, aurais-je laissé supposer par ces mots que j'ai pour toi quelque considération ?

— C'est une évidence. Car je ne vois pas que tu m'aies jamais marqué quelque mépris.

— Je te l'accorde volontiers ; il est vrai, Néférou, que je t'aime bien. Dis-nous alors : viens-tu nous rendre visite pour le plaisir de converser avec tes sœurs ou pour nous rapporter les nouvelles du Grand Palais ?

— Je ne me tromperais pas si je pensais que ce qui t'intéresse avant tout, ce sont les nouvelles, non encore ébruitées, concernant notre cher souverain, non ?

— Je vois que tu commences à me connaître. Nous sommes toutes trois suspendues à tes lèvres.

— Il est donc inutile que je vous rappelle que je suis chargé des travaux des pyramides. Notre royal neveu est si anxieux d'asseoir sa légitimité que sa dernière fantaisie a été de faire graver son nom sur les dalles de la fosse où a été enfouie la grande barque royale de notre frère devenu dieu. Il me revient maintenant de faire recouvrir de terre cette fosse afin qu'elle ne puisse plus jamais être ouverte, de sorte que son nom sera désormais associé à celui de notre frère, comme son fils bien-aimé et légitime héritier. Je termine également la construction de vos propres pyramides, mes reines, ce qui me rappelle que le temps nous rattrape et que s'approche le jour où nos enfants ou, plutôt, vos enfants, y enseveliront vos corps momifiés.

— Néférou, l'interrompit Néferkaou, fais silence sur ce point ! Tu as déjà gâté tout le reste de ma journée.

— Ma chère sœur, même agirais-tu comme l'autruche qui enfouit sa tête dans le sable pour ne pas voir l'ennemi qui la pourchasse, tu ne feras pas que la mort t'oublie. Au demeurant, je me flattais que ton époux, si imbu de la sagesse des peuples, avait réussi à te persuader que la vie véritable commencerait précisément après que nous aurons franchi le seuil de cette éphémère existence terrestre, que la mort était le passage obligé pour pouvoir s'asseoir auprès du dieu.

— Tu peux voir qu'il ne m'a pas vraiment convaincue ou que, pour le moins, je n'ai aucune hâte de savoir s'il dit vrai ou s'il se trompe.

Mérititès esquissa un geste d'agacement car il lui déplaisait que soit abordé ce sujet qui ne la préoccupait que lorsqu'on lui en parlait, car elle avait, par ailleurs, réussi à éradiquer de son esprit l'idée de sa disparition plus ou moins lointaine, tandis qu'Hénoutsen lui demandait, coupant court à cette discussion :

— Le roi t'a-t-il demandé de poursuivre la construction du Sphinx, couronnement de l'œuvre architecturale de notre époux ?

— Non, il veut que toute notre énergie soit consacrée à l'érection de sa propre pyramide, pour l'instant tout au moins, et, surtout, il veut que soit construit son nouveau palais en ce même lieu ; il se trouve trop à l'étroit dans un palais, aussi grand soit-il, qu'il partage avec sa chère mère. Il a d'ailleurs confié à Ayinel le soin d'organiser une nouvelle expédition vers Byblos pour obtenir le bois nécessaire à ces travaux, puisque la dernière expédition a été interrompue par l'accident survenu à Djedefhor.

— Voilà une agréable nouvelle ! Je craignais qu'il ne songeât à achever ce lion monumental et qu'il ne lui donnât une tête humaine, la sienne en l'occurrence, ce qui aurait été une autre façon de s'assurer une forme d'éternité. C'est d'ailleurs ce que pensait faire Khéops.

— Cette gloire sera peut-être réservée à son successeur, à moins que Didoufri ne réussisse à s'assurer un très long règne.

— Je doute que les dieux le lui accordent, répliqua Hénoutsen, péremptoire.

— Notre bon souverain a également commis Oupéti pour recruter une troupe de fidèles guerriers, car il n'a pas grande confiance dans les Medjaï ni non plus dans la troupe organisée par mon défunt frère pour assurer la police du désert et assumer la défense de nos frontières.

— Et avec quoi compte-t-il financer tout cela ? s'inquiéta Hénoutsen.

— Nous sommes allés examiner ensemble le trésor de la pyramide du sud. Les salles basses tout autant que les hautes sont remplies de richesses. Sa Majesté a commencé à faire des prélèvements pour couvrir les premières dépenses.

— C'est agir bien légèrement, rappela Mérititès. Notre frère, le dieu justifié, ne nous a-t-il pas déclaré un jour qu'il voulait préserver ces biens comme un trésor de guerre, en cas de difficultés graves et inattendues ?

— Peut-être, mais le roi n'est plus notre frère ; le nouveau maître est Didoufri. Et, pour ce qui le concerne, il peut se considérer en danger tant qu'il n'aura pas organisé une armée suffisamment puissante pour établir solidement son autorité.

Hénoutsen évita d'intervenir, tout en songeant qu'il était temps de soustraire la plus grosse partie de ce trésor à l'avidité du roi.

Des servantes apportèrent des boissons et des dattes, distrayant ainsi l'assemblée de sa conversation puis, lorsqu'elles se furent éloignées après avoir distribué les chalumeaux en roseau avec lesquels chacun put aspirer la bière fraîche contenue dans les grands vases, Néfermaât reprit la parole.

— Je dois maintenant en venir au but officiel de ma visite à vos résidences.

— Serais-tu envoyé vers nous par Sa Majesté ? s'étonna Mérititès.

— En effet. Il vous propose un pacte. D'abord il veut vous faire remarquer qu'il s'est entouré de personnes qui vous sont directement liées : ton fils Hénoutsen, dont il a fait son vizir, moi-même qui suis son oncle.

— Ce sont des choix intéressés dans lesquels il a pensé trouver son avantage, fit remarquer Hénoutsen. Et ensuite ?

— Ensuite, il propose de déclarer Khéphren le prince héritier, lui-même n'ayant pas d'enfants.

— Et s'il en avait ? Car, après tout, il a déjà trois épouses officielles.

— Il n'a pu toucher ni Méresankh ni Khentetenka. La seule qui partage sa couche est Hétep-hérès.

— Elle a déjà eu une fille de Kawab, elle peut avoir un fils de lui, remarqua Hénoutsen. Et encore, il ne s'aventure pas imprudemment en faisant une telle proposition puisque, étant plus jeune que Khéphren, il est en droit d'espérer vivre plus longtemps que lui.

— La succession ne se fait pas forcément de père à fils. Et sait-on combien d'années nous sont imparties à passer sur cette terre ? Toujours est-il que cette reconnaissance satisferait les grands et interdirait à Didoufri d'entreprendre aucune action contre ton fils.

— Il faut éviter que les grands soient satisfaits. Quant à Khéphren, il n'a pas besoin de la légitimité que pourrait lui conférer Didoufri, il l'a par simple droit d'aînesse. Quant à craindre une entreprise contre lui de la part de Didoufri, c'est inverser les faits, en tout cas pour l'instant. Le roi nous propose un marché de dupe. Fais-lui savoir que je ne puis parler à la place de mon fils et que lui seul est habilité à accepter d'être désigné comme prince héritier par son frère cadet. Qu'il envoie donc une ambassade à Eléphantine. Il verra bien ce qu'on lui répondra. Dis-lui encore que nous ne sommes que de pauvres femmes dépourvues de tout pouvoir et que nous n'avons aucun crédit pour pouvoir passer avec Sa Majesté un quelconque pacte.

— Il ne vous croira pas.

— Peu importe ! L'essentiel, c'est que tu lui répètes ce que je viens de te déclarer. Il en fera ce que bon lui semblera, et, s'il n'est pas un âne, il comprendra qu'il n'est pas dans nos intentions de lui accorder la moindre concession.

Lorsque tomba la nuit et qu'Hénoutsen se retrouva seule dans sa résidence, elle fit quérir Nekhébou par l'une de ses servantes. Le capitaine de sa garde vint vers elle avec un sourire et il s'apprêtait à l'enlacer, lorsqu'elle le repoussa doucement :

— Nekhébou, lui dit-elle, je ne t'ai pas fait venir ce soir auprès de moi pour que tu me donnes le plaisir que je suis désormais en droit d'attendre de toi.

Il resta immobile, interdit, car lorsqu'elle le faisait venir dans ses appartements à la nuit tombée, c'était toujours pour partager avec elle les plaisirs d'une nuit à deux.

— Tu vas de ce pas rassembler une trentaine d'hommes en qui tu as la plus complète confiance. Je veux que deux bateaux soient prêts à les embarquer et que tu les équipes d'une dizaine de torches et d'une vingtaine de grands sacs. Ensuite nous dînerons et eux aussi, mais qu'ils se tiennent prêts à embarquer et les bateaux à appareiller dès que je te le demanderai.

Moins d'une heure plus tard Nekhébou était de retour après avoir exécuté les ordres. Il partagea le repas d'Hénoutsen et lorsque la nuit fut avancée, sombre et sans lune, Hénoutsen lui dit :

— Allons. Il est temps de rejoindre tes hommes et le port.

— Aurais-tu l'intention, ma reine, de venir avec nous dans ce qui me semble être une expédition nocturne ?

— Comme tu dois t'en douter.

Ils quittèrent discrètement la résidence et se rendirent vers le port de Per-nufer où attendaient les hommes recrutés parmi les plus sûrs guerriers de la garde de la reine. Tout en cheminant, Hénoutsen donna ses dernières instructions à Nekhébou, qui l'écoutait avec un air où se mêlaient l'étonnement et la joie. Tandis que les deux embarcations chargées des hommes en armes remontaient le canal pour parvenir à la hauteur des pyramides du sud et du nord, Hénoutsen ne manqua pas d'évoquer cette nuit funeste où Sabi lui avait découvert le secret de la pyramide construite par Abedou. Mais, cette fois, elle avait pris toutes ses précautions et revenait en force. Les embarcations glissaient sans bruit sur les eaux noires du canal, chacun des hommes demeurant silencieux, suivant la consigne établie de ne parler qu'à voix basse pour uniquement donner ou recevoir des ordres. Lorsque les bateaux se furent amarrés à l'endroit que désigna la reine, elle sauta à terre avec uniquement dix hommes désignés d'avance par leur capitaine, chargés chacun d'une torche et de deux sacs. Les autres devaient attendre dans les embarcations.

— Vous devez rester silencieux et vous dissimuler, leur intima Hénoutsen. Néanmoins, s'il parvient à vos oreilles le son de notre trompe, il vous revient de courir vers la pyramide du sud dont vous voyez là-bas la silhouette et d'intervenir, car nous risquons alors d'être en danger.

Chacun des dix hommes désignés pour accompagner Hénoutsen et Nekhébou avait, en outre, été armé d'une hache et d'un poignard, tandis que les autres avaient aussi des arcs et des javelots. Comme elle l'avait fait jadis avec Sabi, Hénoutsen contourna la pyramide pour l'aborder sur sa face ouest. L'étrange pillage du trésor royal, au début du règne de Khéops, avait été oublié depuis longtemps et on ne laissait plus que trois ou quatre gardes au bas de la face nord, où se trouvait aménagée la seule entrée connue. De sorte que c'est en toute tranquillité qu'ils parvinrent à la faveur de la nuit au bas de la pyramide. Comme Hénoutsen était la seule à savoir exactement où avait été aménagé l'accès secret, c'est elle qui grimpa le long du plan incliné après avoir enroulé une longue corde autour de son torse, suivie de près par Nekhébou. Ce dernier ne fut pas peu surpris lorsqu'il vit la dalle d'accès pivoter lentement sous l'effort d'Hénoutsen qui se glissa dans l'ouverture sombre. Aussitôt elle déroula la corde que Nekhébou déploya et maintint solidement pour permettre à ses hommes de les rejoindre rapidement. Avant que l'aube ne revînt blanchir le ciel, les dix guerriers, chacun chargé de deux lourds sacs, avaient regagné les deux embarcations avec Hénout-sen et Nekhébou. Mais tandis que ces deux derniers rentraient à Memphis dans l'un des bateaux, l'autre poursuivait sa route vers le sud avec son précieux chargement, sous le commandement d'un lieutenant en qui Nekhébou avait toute confiance : il était chargé de transporter le butin à Eléphantine et de le confier à Khéphren, qui fut averti du départ du bateau par un pigeon voyageur qu'Hénoutsen lui dépêcha le lendemain. Elle ne doutait pas qu'il vien-drait en personne à la rencontre de l'embarcation afin de lui assurer une plus complète sécurité.

Ce n'est que plusieurs jours plus tard, alors que les précieux sacs étaient déjà entre les mains de Khé-phren, que Didoufri fut mis au courant du larcin par le chef des scribes chargé de tenir les comptes. Le jeune roi avait voulu prélever une nouvelle partie du trésor et c'est en refaisant le compte que les scribes durent se rendre à l'évidence : quelques-unes des pièces les plus belles avaient disparu, outre plusieurs sacs de poudre d'or vert de Nubie.

Comme l'avait fait en vain son père, Didoufri ordonna une enquête, fit fouiller les maisons des gardes, les bâtiments réservés au logement des prêtres. Il convoqua Néfermaât pour lui faire part de son indignation.

— De tels vols se sont déjà produits au début du règne de ton père, lui fit savoir Néfermaât. Le roi a alors eu l'idée d'enfermer des serpents dans les salles basses et il fut bien inspiré car on a finalement retrouvé le corps d'un homme qui était à l'évidence le voleur, mais qui ignorait la présence des ser-pents. Néanmoins, la manière dont il s'est introduit dans les salles est restée un mystère. Sans doute agis-sait-il avec la complicité d'un ou plusieurs gardes de l'entrée qui l'introduisaient en secret dans la pyramide.

— Dans ce cas, déclara Didoufri, Ma Majesté ne va pas s'embarrasser avec des enquêtes qui paraissent vaines. Cherche-moi un charmeur de serpents et qu'il en remplisse les salles.

— Je te le déconseille vivement, car ces serpents ne sauraient pas discerner les voleurs des scribes venus prélever pour toi les biens qui y sont enfermés. Le roi, ton père, disposait alors d'un Libyen de la tribu des Psyles qui lui a fourni trois ou quatre serpents. Or il a eu ensuite bien du mal à retrouver les bêtes. Mais pis encore, car je ne sais si c'est la faim qui les a rendus furieux ou s'ils se sont tous unis pour mordre leur maître, toujours est-il que notre Psyle est finalement mort pour avoir reçu dans le sang de trop grosses doses de venin. Au demeurant, je ne saurais où trouver de Psyle, à moins d'aller en chercher en Libye, ce qui va demander de nombreux mois.

— Dans ce cas, je vais faire transporter le trésor en sûreté ailleurs.

— Où serait-il plus en sûreté que dans cette pyramide, sous cette énorme masse de pierres ?

— Dans mon palais, par exemple.

— Les murs en terre en sont si fragiles que le premier perce-muraille venu aura tôt fait de te priver de ton trésor. Crois que si ton grand-père et ton père ont enfermé ce trésor dans cette pyramide, ce n'est pas par caprice mais par nécessité, à la suite d'une précaution élémentaire.

— Dans ce cas, mon oncle, que suggères-tu à Ma Majesté ?

— Il y a toujours la solution de doubler la garde, mais je la crois inutile. C'est ce qu'a fait mon frère, sans résultat. Car l'attrait de l'or est tel et il y en a tant d'accumulé dans ces salles, qu'il est facile de corrompre tous les gardes que tu pourras y préposer. Moi, je ne vois qu'une solution, c'est de prélever ce dont tu penses avoir besoin dans les prochains mois et, ensuite, fais murer l'entrée. Il faut faire en sorte qu'il soit nécessaire de retirer les lourdes pierres de fermeture avec des machines et de nombreux hommes pour que tu aies la certitude que son ouverture ne puisse se faire en secret et sans bruit.

— Par la vie, mon oncle, voilà une idée excellente : je vais convoquer mon conseil avec Minkaf pour calculer ce dont j'ai besoin dans l'immédiat et aussitôt après je te donne l'ordre de faire murer l'entrée de la galerie d'accès. Veille à ce qu'il soit pratiquement impossible de retirer les pierres sans alerter tout le voisinage. Je viendrai m'assurer que le travail soit correctement fait.

CHAPITRE XVI

Djedefhor essuya avec son avant-bras la sueur qui ruisselait de son front dans ses yeux. Il soupira en regardant l'étendue blanchâtre, scintillant au soleil, de l'immense carrière de sel s'étendant jusqu'à la ligne d'un bleu grisâtre de la mer qui, à cause de sa salinité, était appelée mer de Sel, par les riverains, ou encore mer Morte du fait qu'aucune vie ne pouvait prospérer dans des eaux aussi chargées de sels. Le soleil était maintenant bas sur l'horizon mais la chaleur restait lourde, poisseuse. Dans cette profonde et immense fosse entre les montagnes de Canaan et celles du Levant, dont la plus grande partie était occupée par ce vaste lac salé, on ne sentait qu'à peine passer les saisons. Il y faisait toujours chaud, une douceur agréable, il est vrai, l'hiver, une chaleur écrasante l'été. Et, depuis quelque temps, la chaleur était écrasante. C'est grâce à cette perception des différences de température que Djedefhor mesurait approximativement le passage du temps. Car si tout d'abord il avait cherché à calculer les jours qui s'écoulaient depuis celui où il avait été conduit dans les mines de sel, il avait bientôt perdu la notion du temps. Il passait ses journées à creuser le sol salin à l'aide d'une houe en bois à lame de cuivre, afin de découper des blocs que d'autres esclaves transportaient jusqu'aux ateliers où les femmes se chargeaient de les débarrasser de leurs impuretés et de les tailler en lingots. Le soleil était bas sur l'horizon, la journée de labeur touchait donc à sa fin. Il se sentit soulagé sans pour autant s'en réjouir, car le travail reprendrait pareillement, toujours aussi fastidieux et pénible, le lendemain dès la pointe du jour. Cependant dans ses mines de sel, Biridiya avait tenu à ménager la santé de ses esclaves et, par la même occasion, leur rendement. Ce pourquoi il avait ordonné que le travail débutât peu après le lever du soleil, mais il accordait un long moment de repos aux heures les plus chaudes, lorsque l'astre de feu dardait au zénith. Les travailleurs étaient alors autorisés à sommeiller dans l'ombre des palmiers plantés à la lisière de la plaine de sel, après avoir pris un léger repas composé de pain, de fromage de chèvre et de poissons séchés. On leur fournissait à boire non seulement autant d'eau qu'ils en désiraient, mais encore de la bière à propos de laquelle le maître déclarait qu'elle donnait des forces et du tonus.

L'horizon des esclaves était fermé à l'est et à l'ouest par les montagnes qui bordaient la mer de Sel, au nord, par la ligne de la mer et, au sud, par cette forêt de palmiers. Un horizon qui, le soir, s'étendait vers les champs et les baraquements où étaient enfermés, pour la nuit, les esclaves qui travaillaient dans les champs salins et ceux qui travaillaient dans les sillons fertiles, tout proches, où étaient cultivés le lin, le blé et l'avoine. C'est dans l'un de ces baraquements qu'était traité et stocké le sel avant d'être chargé sur les ânes qui, en caravanes, emportaient leur précieux chargement vers les villes de Canaan.

Le son d'une trompe retentit, annonçant la fin de la journée de labeur. Djedefhor s'intégra au rang des esclaves qui se mirent en file, leur houe sur l'épaule, et prirent le chemin des baraquements. Ils étaient encadrés par quelques gardiens armés d'arcs et de bâtons destinés à frapper les reins de prisonniers récalcitrants et, le cas échéant, à assommer ceux qui chercheraient à se rebeller. Mais, tout au long des mois qui s'étaient écoulés depuis qu'il avait été envoyé dans les mines de sel, Djedefhor n'avait jamais assisté à une quelconque tentative de révolte. Les esclaves acceptaient leur sort avec une totale résignation. Peut-être parce que, quoique pénibles, les travaux auxquels ils étaient soumis n'étaient pas accablants et qu'ils étaient convenablement nourris. D'autant que le maître, mariant son propre intérêt à un certain bien-être de ses esclaves, permettait les unions entre hommes et femmes, les fruits de ces rapports multipliant le personnel servile, les jeunes bouches ne coûtant pas cher à nourrir et, par ailleurs, attachant les parents à la terre où ils avaient constitué leur nouvelle famille.

Mais Djedefhor n'avait pas pris femme, ni non plus Zimri, l'homme d'Anaki avec lequel il était entré en relation dans les premiers jours de sa captivité et qu'il avait retrouvé mis au travail dans les champs de sel.

— Moi, lui avait déclaré Zimri, je ne tomberai pas dans ce piège. J'ai laissé chez moi une épouse et des enfants, je n'ai pas l'intention de les oublier et de m'attacher à une nouvelle famille que je fonderais ici. Car viendra un jour où me sera offerte une occasion de m'enfuir. Vois, si tu te montres soumis, si par une attitude humble et respectueuse tu laisses penser que tu t'es accommodé de ta condition nouvelle et même que tu t'y complais, car bien des hommes libres travaillent plus durement que nous et ne mangent pas toujours à leur faim, on te met à travailler aux champs et on te débarrasse de ces chaînes qui interdisent de courir. Je ne désespère pas de voir bientôt venir ce moment, il suffit que les travaux des champs manquent de bras, ce qui arrive parfois. Il me sera alors facile de profiter d'une occasion, un jour ou une nuit, je ne sais encore, pour m'enfuir. J'ai soigneusement observé les flancs des montagnes, les chemins qui les sillonnent, la manière dont ils sont fréquentés. J'ai maintenant repéré la route par laquelle je remonterai vers le nord pour contourner la mer de Sel, et ensuite revenir en toute tranquillité parmi les miens.

— Zimri, lui avait objecté Djedefhor, même si tu parvenais à tromper la vigilance de nos gardiens et que tu réussisses à quitter le territoire contrôlé par la cité de Gomorrhe, comment peux-tu espérer parcourir ensuite la longue route qui te ramènerait à Gaza ? Comment peux-tu espérer survivre pendant tous ces jours, nu, sans armes ? Qui te nourrira ? Il te faudra bien manger, même si tu peux espérer t'abreuver à quelque rivière ou à quelque fontaine.

— Je me suis renseigné auprès des gardiens, et surtout auprès d'autres compagnons de captivité qui connaissent le pays. Au nord de la mer de Sel coule un beau fleuve au clair courant. Il est bordé de profonds fourrés qui abritent un abondant gibier. Or, on y parvient en moins de deux jours. Et à environ une journée de marche il y a une rivière qui déverse en permanence des ondes dans la mer. Je peux donc parvenir vers les rives du fleuve du nord, que les gens de ce pays appellent Jourdain, sans risquer de mourir de soif. Et il suffira que j'emporte un morceau de pain et un fromage pour pouvoir me nourrir.

— Admettons que tu parviennes au bord de ce fleuve. Tu seras encore loin de chez toi.

L'objection fit sourire Zimri, qui lui dit qu'il lui montrerait l'objet qui lui serait sa sauvegarde. Le soir même il lui présenta l'objet en question : il s'agissait simplement d'une longue lanière de cuir qui s'élargissait en son milieu. Djedefhor l'examina sans pouvoir cacher sa surprise.

— Explique-moi comment cette bande de cuir peut t'aider à t'enfuir ? lui demanda-t-il, incrédule.

— Elle ne m'aidera pas à m'enfuir mais à survivre. Regarde, c'est une fronde. On place une pierre dans la poche que tu vois entre les deux lacets qu'elle unit. Je te montrerai comment il faut alors faire vigoureusement tourner à bout de bras la fronde et projeter ainsi la pierre.

— Veux-tu dire que de cette manière tu es capable de frapper une proie, un oiseau ou un animal à quatre pattes qui te servira de nourriture ?

— Tu m'as très vite compris. Quand j'étais enfant, je gardais les troupeaux de mon père et j'ai ainsi appris à manier la fronde. Je sais aussi comment faire du feu soit avec des silex ramassés sur le sol, soit avec du bois et des feuilles sèches. Si tu veux, je te montrerai comment on doit procéder. Et encore comment avec des lames de pierre on peut détacher la peau d'une bête, la préparer et ensuite la tailler pour s'en faire un pagne.

— Je te croyais marchand, s'étonna encore Djedefhor.

— Je le suis devenu. Après la mort de mon père, je n'ai plus voulu continuer de vivre dans les collines de Canaan en gardant des moutons et des chèvres que menaçaient aussi bien les loups que les pillards ; je me suis débarrassé de mon troupeau et je suis allé m'installer à Anaki, la bourgade où mon père avait sa demeure, et j'ai fondé une maison de commerce.

— Accepterais-tu vraiment de m'initier à tes pratiques ?

— Ce sera facile, si tu sais te montrer appliqué. Nos gardiens me permettent de chasser à la fronde car ils y trouvent leur avantage : lorsque je frappe une proie, c'est eux qui prennent les meilleurs morceaux. De la sorte ils sont contents, et moi, je ne perds pas la main.

C'est ainsi qu'au cours des premiers mois de son séjour vers les mines de sel, Djedefhor avait appris à manier la fronde, à faire du feu et à tailler des pierres pour les transformer en lames ou en pointes.

Or, ce soir-là, lorsqu'ils parvinrent dans les baraquements après s'être trempés dans les bassins remplis de l'eau d'une source voisine, où ils se lavaient du sel qui collait à leur peau, l'un des gardiens vint auprès de Zimri et lui dit :

— Zimri, le maître est content de toi. Il a décidé que tu allais être affecté aux travaux des champs. Tu n'auras plus les pieds rongés par le sel. Nous allons te débarrasser de tes entraves.

En l'occurrence, celui que le gardien appelait le maître n'était pas Biridiya, que Djedefhor n'avait pas revu depuis le jour où il avait quitté Gomorrhe. Il s'agissait du contremaître chargé de la gestion des mines de sel et des champs, lesquels n'appartenaient pas réellement à Biridiya, qui avait obtenu tous ces champs et une partie des mines en fermage, la ville de Gomorrhe demeurant la véritable propriétaire de toutes les terres de sa juridiction.

— Ton serviteur rend grâce à notre maître, répondit Zimri qui attendait ce moment depuis tant de temps. Mais dis-moi, mon compagnon de travail, cet Hori, va-t-il lui aussi être affecté aux travaux de labour pour rester avec moi ?

— Je n'ai pas reçu d'instruction dans ce sens. Il ne travaille aux champs de sel que depuis trop peu de mois pour pouvoir espérer être si tôt préposé aux sillons.

Djedefhor fut reconnaissant à Zimri d'être ainsi intervenu en sa faveur, mais lorsqu'il se retrouva seul avec lui et que ce dernier lui dit : « Hori, mon ami, je saurai encore patienter le temps qu'il faudra pour songer à prendre la fuite. Car je ne doute pas qu'un jour ou l'autre tu ne sois libéré de tes chaînes et mis avec moi à travailler dans les champs. Nous pourrons alors nous échapper ensemble », il lui répondit :

— Zimri, mon ami, je te remercie pour ces paroles. Mais il ne faut pas que tu diffères ton projet pour moi. Tu as une famille qui t'attend, elle se désespère car elle ne sait pas ce que tu es devenu.

Pour moi, les choses sont différentes et je veux vivre cette captivité et ces durs travaux comme une expérience nouvelle qui ne peut qu'endurcir mon corps tout en fortifiant mon âme.

— Il est vrai, Hori, reconnut Zimri, que nos dieux ont voulu nous punir de nos péchés en nous envoyant ces malheurs. Pour ma part, je suis persuadé qu'El, le Seigneur de mon peuple, a cherché à m'éprouver, il m'a envoyé une punition, bien que je ne sache pas encore pour lequel de mes péchés. Mais lui le sait, et c'est ce qui compte. Mais si maintenant il a voulu que je sois libéré de ces liens, c'est pour me faire entendre qu'il a pardonné, que sa colère est apaisée et qu'il va m'aider à m'enfuir et à retrouver les miens. Et toi, sais-tu pour quel crime ton dieu te punit-il ainsi ?

— Zimri, mon ami, je ne pense pas comme toi. Je ne crois pas que le dieu s'intéresse à nos actions comme si nous étions seuls au monde, comme s'il n'avait pas autre chose à faire qu'à s'occuper de nous et de nous châtier comme le ferait un père qui n'aurait qu'un enfant. J'ai appris dans les temples de mon pays que le dieu créateur, lui qui est le Tout, lui dont nous participons, dont notre âme lumineuse est une parcelle, une étincelle, est bien éloigné de tous nos petits soucis, nos petits intérêts qui sont dans l'Univers comme une goutte d'eau dans une mer immense. Il faut que l'homme soit bien imbu de lui-même pour croire que le dieu grand s'intéresse à lui d'une telle manière, il faut que les hommes aient un esprit bien étroit pour attribuer tant de mesquines pensées à un dieu qui enferme en lui-même l'infini et l'éternité. Non, si je me retrouve ici, c'est à la suite d'un concours de circonstances, c'est en conséquence de la perfidie d'un frère, de ma rencontre avec ces brigands qui ont fait de moi un esclave. Aucun dieu n'est intervenu dans ce qui m'arrive, mais moi je veux le recevoir comme une bonne chose. Vois, je suis né prince, fils de roi, destiné à de très hautes fonctions dans le plus grand royaume qui soit au monde, j'aurais pu même succéder à mon père sur le trône d'Horus. Ce ne sont là que de grandes ambitions pour de petites âmes avides de pouvoir, d'honneurs, car ainsi peut-on se croire grand. Mais on n'en est pas moins bien peu de chose, un simple mortel dépourvu de toute sagesse, de tout savoir, un homme soumis à toutes les passions, un homme dont la grandeur tient à une vaine reconnaissance d'autrui.

« Pour moi, qui suis en quête de la sagesse éternelle, tout ce qui m'arrive et me jette loin des rives de mon pays, m'est un bien. Je sais que je suis sur le chemin qui conduit à la sagesse et au savoir auxquels j'aspire. Tu vois, je suis ici, nu et enchaîné, et pourtant je me sens plus libre que le roi mon frère, plus puissant, plus grand que lui. Il semblerait aux yeux de tiers que je n'ai rien, que je ne suis plus rien, et moi je sais que je vis une épreuve qui me fait sentir la vanité des choses humaines, la fragilité de la fortune, une expérience qui élève et renforce mon âme, fait épanouir mon cœur. Je sais que je quitterai cette condition quand il le faudra, pour me retrouver dans une situation nouvelle et, par voie de conséquence, mieux me connaître moi-même. Car les chemins de la sagesse sont multiples et accidentés. C'est pourquoi je n'éprouve le besoin ni de m'enfuir pour échapper à cette condition d'esclave ni de rentrer dans mon pays avant d'être parvenu au bout de ma quête de ce que d'aucuns pourraient appeler le Paradis, cet état premier de la connaissance des choses divines.

Ainsi parla Djedefhor, et Zimri ne trouva rien à lui répondre, il vit que son compagnon suivait une route différente de la sienne, qu'il marchait face au soleil. Zimri ne parla plus à Djedefhor de ses projets de fuite. Ils ne se voyaient d'ailleurs plus que le soir, après la journée de travail. Djedefhor consacrait ces moments de loisir, avant l'heure du sommeil, à s'exercer à tailler des pierres, à travailler du cuir pour se fabriquer une fronde, et surtout à lancer avec cet instrument si élémentaire des galets ramassés sur les bords de la mer, aussi loin qu'il le pouvait, cherchant à gagner toujours en précision, actes dans lesquels les gardiens ne voyaient aucune malice. Et comme il se révélait moins habile que Zimri, ils riaient chaque fois qu'il ratait sa cible.

— Par Baal, disaient-ils, Hori, si nous attendions après toi pour nous nourrir des oiseaux et des lièvres que tu essaies de chasser, nous serions tous bientôt morts de faim.

Et Djedefhor riait avec eux, car, en réalité, il ne cherchait pas à frapper ces bêtes : il avait appris en suite de ses propres méditations à respecter la vie sous quelque forme qu'elle se manifestât, car elle lui apparaissait comme une proclamation de la grandeur du dieu, un effet de la beauté de la nature.

Puis, un matin, lorsqu'il se réveilla il ne vit plus Zimri près de lui, sur sa couche. Il ne douta pas qu'il avait profité de la nuit, une nuit sombre, sans lune, pour mettre à exécution son projet de fuite. Il s'en convainquit en découvrant un trou au bas du mur, à la tête de la couche de feuillages et de paille sur laquelle il dormait habituellement. Les murs des cabanes étaient faits de boue séchée maintenue par une armature de roseaux. A l'aide de pierres taillées, il lui avait été facile de percer cette précaire cloison. Djedefhor se hâta de recueillir la terre répandue pour boucher l'étroit passage et, comme il était nécessaire de l'humidifier pour qu'elle restât en place contre les roseaux qu'il avait replacés, il utilisa son urine. Il terminait ce travail lorsque s'ouvrit la porte qui donnait directement sur l'extérieur. Sans jeter un regard dans la grande salle sombre où dormaient les esclaves, le gardien appela au travail. Ainsi la disparition de Zimri ne fut découverte que tard, lorsqu'il ne parut pas dans le champ où il était affecté. Djedefhor était alors déjà en route pour les champs de sel.

Ce n'est que lorsqu'il rentra du travail, à la fin de la journée, qu'un gardien lui dit que Zimri avait disparu.

— Quand l'as-tu vu pour la dernière fois ? lui demanda-t-il. Il dort à côté de toi.

— Je l'ai encore vu hier soir, et aussi, ce matin.

— En es-tu sûr ?

— Il me semble bien. Crois-tu qu'il a été enlevé par un démon ?

— Les démons n'enlèvent pas les hommes..., répondit sèchement le gardien.

— Je veux dire par un animal sauvage, précisa Djedefhor.

— Il a plutôt pris la fuite. Mais nous le retrouverons, et il recevra une telle bastonnade qu'il ne pourra pas marcher de si tôt, et on lui coupera les oreilles.

Djedefhor fut rassuré. Puisque Zimri n'avait pas été retrouvé pendant ce jour, il devait être déjà loin, peut-être avait-il atteint les rives de cette rivière dont il lui avait parlé. Dès lors, il ne risquait plus d'être repris par les gens de Gomorrhe. Il s'en réjouit tout en restant inquiet. Mais, les jours passant, il n'eut aucune nouvelle de son compagnon, nul ne parla plus de lui. Il put alors espérer qu'il était enfin rentré parmi les siens et qu'il avait repris ses affaires, délaissées pendant si longtemps.

CHAPITRE XVII

Nikaânkh, la jeune sœur de Persenti, entra en coup de vent dans la chambre.

— Titi, s'écria-t-elle, prépare-toi, il faut que tu te dépêches. Tu parais oublier que le prince Khéphren nous a invitées à faire une grande promenade dans sa barque.

Persenti se redressa et porta un doigt contre ses lèvres pour inciter sa sœur à baisser le ton :

— Parle moins fort, dit-elle à voix basse, ne vois-tu pas que le petit Nékaourê va s'endormir. Il est si nerveux, il a tant de mal à trouver le sommeil le jour !

— Aussi bien la nuit, constata Nikaânkh. Je l'entends jusque dans ma chambre... et pourtant elle n'est pas à côté.

— C'est parce qu'il est en train de mettre ses dents, soupira Persenti.

Il y avait, en effet, maintenant une huitaine de mois qu'elle avait mis au monde l'enfant né de ses amours avec Djedefhor. Elle occupait toujours, avec sa famille, une aile du palais du prince d'Eléphantine, mais était-ce par malice ? Khéphren avait attribué le fond de l'aile à Chédi, son épouse Iou, et aux deux plus jeunes enfants, Nikaânkh et son jeune frère Râhertépi, alors que la chambre préparée pour Persenti se trouvait située à peu de distance de la partie habitée par Khéphren, leurs chambres s'ouvrant sur la même cour, plantée d'arbres et de fleurs autour d'un grand bassin. Tout à côté était creusé un puits profond d'où les serviteurs puisaient l'eau avec laquelle ils remplissaient le bassin pourvu d'un canal de vidange. Néanmoins, docile aux observations de sa mère, il restait discret, évitait de paraître dans le jardin intérieur lorsque Persenti venait se baigner dans la piscine, et, quand le soir il se retrouvait avec Khamernebti, sa sœur et épouse officielle, dans la salle à manger avec Persenti et sa famille, il montrait la même réserve. Cependant, malgré l'obscure origine de la famille de Chédi, Khéphren, suivant en cela l'exemple de sa mère, se comportait vis-à-vis de ses hôtes comme il l'eût fait pour des proches, et, même lors de réceptions de grands de la province ou de gouverneurs de provinces voisines, il les invitait à partager leurs repas, au point que les gens de la

région, et même les courtisans du prince, considéraient Chédi et les siens comme faisant partie de la
famille du prince. Khamernebti, qui ressemblait
aussi bien par les traits physiques que moraux, à sa
mère Hénoutsen et qui montrait la même liberté
dans son comportement, s'était liée d'amitié avec
Persenti et s'adressait à Chédi et aux siens comme
elle l'eût fait avec de proches parents, ce qui flattait
vivement la vanité de Chédi.

Bien qu'une nourrice et une berceuse eussent été
mises à la disposition de Persenti, elle s'occupait
personnellement de son enfant qui absorbait toutes
ses pensées car il incarnait à ses yeux son amant,
dont elle redoutait le trépas. En vain ses proches
cherchaient-ils à maintenir en son cœur un espoir :

— Il reviendra un jour, mon enfant, ne désespère
pas, lui disait sa mère.

Pourtant l'inquiétude la taraudait :

— Mère, soupirait-elle, il y a maintenant tant de
mois qu'il est parti, déjà sont passées deux inondations ! Quel espoir puis-je conserver ?

— Tant que personne ne peut jurer l'avoir vu mort,
tu peux le croire vivant, déclarait Iou, péremptoire.

La naissance de Nékaourê avait apporté à la jeune
femme une forme de consolation, car elle voyait en
son enfant l'âme vivante de Djedefhor.

— Habille-toi vite et viens, poursuivit Nikaânkh.

— Allez sans moi, je dois m'occuper de Nékaourê,
répondit-elle.

— Ne cherche pas de prétextes, il te suffit d'appeler et la berceuse sera auprès de lui. Vois, tu sais bien
que si tu ne viens pas, Khéphren annulera la promenade. On s'ennuie tant dans cette île !

— Pourquoi l'annulerait-il ? Je ne suis pas tellement indispensable que je sache...

— Justement, tu es indispensable... en tout cas
aux yeux du prince. Il n'a l'air content que quand tu
es auprès de lui.

— C'est précisément pourquoi je préfère l'éviter.

Khamernebti entra alors accompagnée de la berceuse.

— Persenti, lui dit-elle, je viens avec Mérithotep pour qu'elle te remplace auprès de ton enfant, ainsi tu ne pourras trouver là un prétexte pour ne pas accéder à la prière de mon frère.

— Nebti, je ne cherche pas de prétexte, se défendit Persenti.

— Titi, je te connais bien. Il ne faut plus penser à Hori ; je veux dire que tu dois oublier ton chagrin et penser à la vie, au bel avenir qui t'attend encore. Mon frère a tant de plaisir à se trouver en ta compagnie que ce serait bien cruel de ta part de l'éviter comme tu le fais.

— Je ne cherche pas à l'éviter...

— Tu l'évites de plus en plus ostensiblement et lui-même te recherche avec d'autant plus d'entêtement. Tu sais bien que dans nos familles, les sœurs épouses ne voient pas d'un œil jaloux les femmes dont leur frère tombe amoureux. Si tu épouses un jour Khéphren, je n'en serais pas moins ton amie, au contraire même. Vois quels liens étroits unissent ma mère à la fille royale Méritités ? Moi, j'aime beaucoup mon frère et je veux avant tout son bonheur.

— Nebti, ce sont là de beaux sentiments, mais moi, j'aime toujours Hori.

— En quoi cela t'empêcherait d'aimer Khéphren ? Hori ne risque pas d'être jaloux puisqu'il n'est pas là. Tout au contraire ; je suis même persuadée qu'il serait content de voir que tu as trouvé un bonheur avec son frère.

— Nebti a raison, intervint à son tour Nikaânkh. Moi je serais si contente si Khéphren m'aimait !

— Il t'aime bien, assura Khamernebti.

— Oui, soupira la petite, mais il me regarde comme une enfant.

— Tu n'as pas encore douze ans : comment pourrait-il te regarder autrement que comme une petite sœur ? Mais allons ! L'embarcation nous attend. Je

188

suis certaine que tout le monde y a déjà pris place. On ne doit pas faire attendre le prince d'Eléphantine.

Ayant ainsi conclu avec un grand rire, Khamernebti prit par la main Persenti qui venait d'enfiler sa robe, et l'entraîna à sa suite. Elles traversèrent les salles de la résidence suivies par Nikaânkh jusqu'à la terrasse qui, par une envolée de degrés, descendait vers le quai où était amarrée la grande barque princière.

— Alors Titi, lui dit son père, tu en as mis du temps pour venir ! Nous t'attendons tous ! Vois, je suis certain que tu as mécontenté le prince.

— Allons, Chédi, intervint Khéphren avec un grand sourire, comment pourrais-je être mécontent de Persenti ? Son apparition est pour moi comme la manifestation d'Hathor en personne, de la Dorée dans tout l'éclat de sa splendeur.

Tout en parlant de la sorte il avait tendu la main vers Khamernebti pour l'aider à sauter dans le bateau, puis à Persenti qui avait rougi du compliment ainsi lancé en public. Mais elle resta muette, ne fût-ce que parce que, en réalité, Khéphren l'impressionnait et qu'elle ne savait quoi lui répondre.

Aussitôt les trois filles embarquées, les mariniers hissèrent la voile carrée et les avirons plongèrent dans les eaux du fleuve. Le bateau quitta rapidement le quai et remonta le courant, en direction de la cataracte.

Nikaânkh était allée se placer vers l'avant auprès des autres enfants, son frère Rahertepi, âgé alors d'une dizaine d'années, et les deux enfants que Khamernebti avait donnés à Khéphren, Mykérinos qui avait atteint sa septième année et sa sœur Khamernebti II, de deux ans sa cadette. Près d'eux se tenaient la nourrice de la petite princesse, ainsi que deux jeunes hommes chargés de surveiller les enfants dans le cas où ils prendraient le risque de passer par-dessus bord dans le feu de leurs jeux.

La svelte embarcation glissa sur les eaux tour-billonnantes entre les îlots qui parsemaient le fleuve jusqu'à la cataracte toute voisine. Celle-ci consistait en une suite de rapides qui rebondissaient sur les rochers à fleur d'eau, mais interdisaient la poursuite de toute navigation fluviale pour les grosses embarcations. C'est là que la barque princière s'arrêta. Un instant les passagers se massèrent vers le bastingage pour regarder les jeunes garçons, fils de mariniers et de pêcheurs, dont le jeu favori était un défi perma-nent. Ils se couchaient sur leurs légers esquifs en tiges de roseaux et de papyrus tressés qu'ils met-taient à l'eau en haut de la cataracte et, utilisant leurs mains et leurs pieds comme gouvernail, ils s'aban-donnaient à la puissance du courant qui les empor-tait à vive allure dans ses tourbillons et ses chutes jusqu'au bas des cascades. Là, les frêles embarca-tions disparaissaient dans le bouillonnement des chutes pour réapparaître dans l'accalmie du fleuve, qui reprenait sa lente mais irrésistible avancée vers les plaines fertiles de l'Egypte, où il s'élargissait en un flot paresseux.

Les voyageurs débarquèrent alors à l'issue d'un canal étroit aménagé parallèlement aux chutes, par lequel on halait les embarcations pour les hisser en deçà de la cataracte. Il fallut peu de temps mais de vigoureux efforts de l'équipage attaché au halage pour que le bateau fût hissé jusqu'au bassin supé-rieur, où tout le monde embarqua de nouveau afin de poursuivre la promenade parmi les îles parsemant le fleuve qui s'élargissait là en un vaste bassin.

— Khéphren, demanda alors Khamernebti à son frère, nous voyons autour de nous de nombreuses îles, mais, au loin le Nil poursuit son cours. Or, ne prétend-on pas que c'est ici qu'il prendrait sa source, que tout près se trouve la caverne d'Hapy où les eaux du fleuve naissent du corps céleste d'Osiris lui-même ?

— On prétend, répondit le prince, que le fleuve

dieu prend sa source dans une caverne, au cœur d'une montagne que les anciens situaient, en effet, dans cette région. Mais, en réalité, elle est bien plus loin vers le sud, nul ne sait précisément où. Car il est vrai que les armées de notre père Khéops et de notre aïeul Snéfrou ont descendu le fleuve après avoir passé la cataracte sans trouver cette montagne.

— Pourquoi ne pas naviguer sur le fleuve aussi longtemps qu'il le faudra pour parvenir à cette mystérieuse grotte ? s'enquit Nikaânkh.

— Parce que ses rives sont occupées par des tribus de Nubiens qui nous sont hostiles, répliqua Khéphren.

— N'es-tu pas assez puissant pour tous les vaincre ? s'étonna-t-elle.

— Certainement, admit le prince en riant, mais j'ai tant de tâches à accomplir dans nos provinces qu'il ne me reste plus de loisirs pour soumettre tous ces peuples barbares.

Le bateau continuant de glisser entre les îlots, ils étaient parvenus en vue d'une île de faible hauteur, sur laquelle on distinguait un bosquet de palmiers, d'acacias, de perséas et de tamaris qui entouraient un sanctuaire aux murs de pisé couvert de palmes et de feuillages.

— Lorsque nous allons nous rapprocher de cette île, fit savoir Khéphren à la ronde, vous allez devoir observer le plus total silence. Car c'est dans ce sanctuaire que repose le corps du dieu bon, d'Osiris. Il y dort d'un sommeil léthargique et nul bruit ne doit le réveiller.

— Je croyais, fit remarquer Khamernebti, que les diverses parties du corps du dieu, déchiré par l'Ennemi, se trouvaient dispersées dans une dizaine de sanctuaires à travers l'Egypte et que sa tête était exposée dans son temple secret d'Abydos, là où notre divin père a reçu son ultime initiation.

— C'est vrai, et pourtant il gît également en ce lieu où il régule les débordements du Nil, et dans le même temps il réside dans le bel Amenti et aussi dans la Douat, à l'orient du monde. Car Osiris est tout à la fois un et multiple, il est la manifestation du grand Tout qui vit et meurt éternellement, qui se multiplie par la puissance de la génération et se réunifie par la force d'attraction de l'amour, sous la forme d'Hathor, la Grande Mère universelle.

Il se tourna alors vers Persenti et poursuivit ainsi :

— Il faut que tu saches, Persenti, que cette Dorée, à qui je t'ai comparée tout à l'heure, incarne en elle la beauté, la joie et l'amour, mais aussi la colère du dieu. Il fut un temps lointain où Rê régnait sur la terre, parmi les hommes, car il était dieu et roi. Ses os étaient faits d'argent, sa chair d'or, car d'or est la chair des dieux, sa chevelure de lapis-lazuli. Mais, comme les hommes, les dieux sont sujets au vieillissement lorsqu'ils vivent sur la terre. Aussi, les hommes profitèrent-ils de sa vieillesse pour se révolter, pour tenter d'usurper son trône. Le dieu envoya alors son œil ardent pour les châtier. Il se manifesta sous la forme d'Hathor qui prit l'aspect d'une lionne, telles que nous apparaissent Sekhmet et Tefnout, car, en réalité, ces trois déesses sont les formes multiples de l'Unique, la Grande Mère d'où est issu le monde. Or la déesse pourchassa les hommes jusqu'au fond du désert, elle en fit un tel carnage que la terre était inondée de sang, et la déesse s'enivrait de ce sang, plus elle en buvait, plus elle était avide du sang des humains. Alors le dieu, pris de pitié pour les hommes, délégua Onouris, le guerrier protecteur, le maître de This et de Sebennytos, le dieu sauveur, pour arrêter la déesse dans sa fureur, pour la ramener de sa lointaine chasse, d'où il a reçu ce nom de « Celui qui a ramené la déesse lointaine ». Mais il savait qu'il ne pourrait l'apaiser par de simples paroles. Il conçut alors une ruse : il fit préparer sept mille jarres de bière et la mêla à de l'ocre rouge rapportée de la région où nous nous trouvons. Puis il vint en Nubie, vers le lieu où la déesse faisait ses ravages. Là, il répandit la bière, en quantité, de façon à former des ruisseaux, de véritables lacs. Et elle vint, la déesse, elle crut que ce liquide rouge était du sang et s'en abreuva, son cœur fut joyeux et elle s'assoupit, vaincue par l'ivresse. Quand elle se réveilla, sa colère s'était en partie apaisée et elle alla alors se plonger dans le bassin profond qui se trouve dans cette île dont le nom est Senmout[1]. Ainsi est-elle revenue auprès de Rê en compagnie d'Onouris, en paix, et les hommes ont pu à nouveau se multiplier et repeupler la terre.

— Seigneur, s'étonna alors Persenti, comment une déesse qui semble être toute joie et beauté peut-elle soudainement se transformer en une lionne enragée, avide de sang et de meurtres ?

— C'est parce que même les dieux sont sujets à toutes les passions, y compris la colère qui est l'une des plus terribles passions. Et comme ce sont des dieux, tous leurs sentiments éclatent dans la démesure. Bien puissant doit être l'amour qu'incarne Hathor pour pouvoir attirer l'un vers l'autre tous les êtres de la création, mais, en contrepartie, sa colère est à la mesure d'un si vaste amour !

Persenti hocha la tête pour laisser entendre que cette explication ne la satisfaisait pas complètement, tandis que Khamernebti demandait à son tour :

— Mon cher seigneur, allons-nous aborder dans cette île ? Il me plairait de voir le puits dans lequel s'est baignée la déesse.

— Ce n'est pas possible. Seuls les prêtres purs chargés du culte du dieu peuvent y poser le pied. Auparavant, ils doivent être entièrement purifiés : ils rasent tous les poils de leur corps et leurs cheveux, ils se lavent soigneusement, ils reçoivent toutes les fumigations rituelles. Dans le sanctuaire sont aménagés trois cent soixante-cinq petits autels et chaque

1. Il s'agit de l'actuelle île de Bigeh, tout près de celle où le temple de Philae a été remonté à la suite de la mise en eau du grand barrage.

jour sont faites des libations de lait sur l'un d'entre eux. Chacun de ces autels est dédié à un jour de l'année et au dieu qui y préside, afin que le dieu rende ce jour favorable aux humains.

— Mais toi-même, tu n'as non plus jamais mis les pieds sur cette île ? s'étonna sa sœur.

— Jamais car je n'ai pas reçu l'initiation aux mystères d'Osiris, contrairement à notre père. Ce que je puis en dire, c'est ce que m'ont appris les prêtres, en tant que gouverneur de cette province.

Comme ils étaient maintenant parvenus à proximité de voix du rivage de l'île, ils se turent. Ils purent alors voir sortir du sanctuaire et du bois un groupe de prêtres, rasés et nus qui, après avoir procédé au culte quotidien, revenaient vers une embarcation attachée au bord de la rive rocheuse où ils revêtirent leur robe avant de s'embarquer. En reconnaissant le prince dans son bateau ils le saluèrent, toujours dans le plus grand silence, puis les barques se séparèrent et celle de Khéphren se dirigea vers un autre îlot voisin. Lorsqu'ils en furent tout près, le prince reprit la parole :

— Cette île est consacrée à Isis, l'épouse d'Osiris. Il y avait jadis un petit sanctuaire en bois et en feuillage qui a été incendié par les Nubiens quand ils sont venus ravager la région. Mon intention est d'y faire édifier un temple en pierre digne de la déesse. Nous pouvons débarquer dans cette île qui n'est pas interdite.

Selon l'ordre du prince, l'embarcation vint aborder l'île et les enfants furent les premiers à sauter à terre. On se promena parmi la dense végétation qui n'en couvrait que le haut, car la partie basse était submergée lors de la crue. Au centre du bois sacré était aménagé un espace laissé vide par la destruction du petit sanctuaire.

— C'est ici, annonça Khéphren, que la déesse a connu le nom secret de Rê, grâce auquel elle est devenue la Grande en magie, celle qui connaît tous les noms secrets des dieux, et, en conséquence, celle qui connaît tous les mystères de l'Univers. Elle est ainsi la Grande Mère qui crée la vie dans son sein, en qui se trouvent toutes les créatures nées et à naître. Voilà pourquoi je veux lui consacrer un temple digne de sa grandeur où seront célébrés ses mystères.

— Quel est donc le nom de cette île ? demanda Chédi.

— Son nom est Philae.

CHAPITRE XVIII

Plusieurs mois s'étaient écoulés depuis la fuite de Zimri et, malgré la sérénité d'esprit avec laquelle il recevait les divers coups du sort, Djedefhor commençait à s'étonner de n'avoir pas de nouvelles de son maître. Biridiya ne lui avait-il pas promis de le libérer rapidement, ne serait-ce qu'en le vendant à un autre maître tout aussi libéral et humain que lui-même ? Ne lui avait-il pas assuré qu'il ne resterait pas longtemps dans ses fers ? Or, il s'était écoulé bien plus d'une année depuis qu'il avait été envoyé travailler aux mines de sel, quinze mois peut-être, il n'aurait su le dire précisément. Et, il n'avait pas été affecté non plus, aux travaux des champs, comme il l'avait espéré, d'après l'exemple de Zimri. Il est vrai que la fuite de ce dernier qui avait profité de la confiance qu'on avait mise en lui, avait sans doute rendu plus circonspect le directeur des esclaves. Djedefhor avait d'ailleurs remarqué qu'après la fuite de son compagnon, la surveillance s'était faite plus étroite et lui-même avait été regardé d'un œil soupçonneux par les gardes car, non seulement il était son voisin de lit, mais tout le monde avait pu voir que les deux hommes s'étaient liés d'amitié. Sans doute craignait-on qu'un tel compagnon lui ait donné un mauvais exemple tout en lui montrant le chemin de la fuite.

Puis, un jour, alors qu'il travaillait dans la mine, était venu un homme accompagné du directeur des esclaves. Son visage était glabre, sa chevelure, soigneusement coiffée, formait au départ des ondulations terminées par une multitude de courtes tresses tandis qu'un bandeau de fils dorés enserrait sa tête. Il était vêtu d'une fine robe brodée en lin tandis que ses bras s'ornaient de riches bijoux en or et en lapis-lazuli.

— Seigneur, s'enquit le directeur des esclaves, est-ce là l'homme que tu cherches ?

— En vérité, c'est bien lui. Par Ashérat, son long séjour dans les mines ne semble pas l'avoir trop affecté, bien qu'il me semble que de si durs travaux sous un pareil soleil l'aient amaigri. Mais il aura tôt fait de reprendre du poids. Je l'emmène tout de suite.

— Tu as entendu Hori ? lança le directeur à l'adresse de Djedefhor, laisse ta houe et suis le maître.

Djedefhor fut tout d'abord surpris d'entendre déclarer cet inconnu son maître, alors qu'il croyait toujours appartenir à Biridiya, mais il avait pris l'habitude de ne pas poser de questions. Il lâcha son instrument et resta debout, face à celui qui semblait être son nouveau propriétaire. Il le suivit jusqu'au baraquement où on lui ôta ses chaînes, puis le maître prit place dans une litière portée par deux ânes et entourée de quatre hommes armés de lances. Djedefhor fut invité à marcher à côté de la litière.

— Tu sembles ne pas me reconnaître, lui dit l'homme lorsque la litière se fut mise en route.

— J'avoue ne pas me rappeler où j'ai vu mon seigneur.

— Il est vrai que tu n'as fait que m'entrevoir, le

jour où tu es arrivé à Gomorrhe en compagnie de ton premier maître.

— Maintenant, je me le rappelle. Ton nom est Khizirou.

— Bravo, tu as une bonne mémoire. Moi aussi, vois-tu, car non seulement je ne t'ai pas oublié, mais je me suis arrangé pour devenir ton nouveau maître.

— Seigneur, m'aurais-tu acheté à Biridiya ? Serait-ce toi la personne à laquelle mon maître m'a promis de me vendre pour me libérer de ce travail dans les mines de sel ?

— Ce n'est pas exactement cela. Il faut que tu saches que Biridiya n'est plus de ce monde.

— Quoi, un si bon maître aurait-il été enlevé par les démons de la mort ?

— Eh ! les bons et les mauvais sont égaux devant la mort, et même le meilleur homme du monde ne peut lui échapper. J'ai appris de sa bouche ce qui s'était passé entre toi et son épouse. Je comprends et j'admire que tu aies repoussé une telle truie. Je t'en félicite et ne t'en aime que plus. Mais je comprends mal que tu puisses parler de la bonté de ce Biridiya qui, te sachant innocent des accusations de son épouse, n'a pourtant pas hésité de te sacrifier à son propre intérêt. Cela afin de ne pas indisposer son beau-père. Mais, vois-tu, les dieux sont justes et ils ne lui ont pas permis de survivre à une pareille injustice. Il faut que tu saches que son épouse — grâce soit rendue aux dieux de m'avoir éloigné de cette misérable engeance féminine — a eu l'effronterie de lui reprocher de t'avoir simplement envoyé travailler aux mines de sel. Elle aurait voulu que tu sois traîné devant le tribunal qui siège aux portes de la ville pour recevoir la punition des esclaves qui tentent de violer leur maîtresse, c'est-à-dire être mis à mort, tant ta résistance a suscité de haine en son cœur. Il m'a confié ses rancœurs un jour où je suis venu le voir pour traiter de quelque affaire, car il voulait acquérir des ânes pour former une caravane destinée à aller chercher des produits précieux vers Havilah. Je me suis étonné de ne pas te voir auprès de lui, et c'est alors qu'il m'a mis au courant de ta mésaventure. Il m'a demandé si je désirais toujours t'acheter. Je lui ai répondu que je n'avais pas changé d'avis et il s'apprêtait à passer le marché lorsque sa femme est entrée, pareille à l'un de ces démons infernaux que nous appelons Lilitû. Elle avait entendu notre entretien car elle a reproché avec des cris de hyène à son époux d'avoir d'abord évité à un criminel le juste châtiment de la mort, et, non content de cela, de vouloir maintenant lui épargner les souffrances du travail des mines en le vendant à un homme tout prêt à en faire son favori. Et elle l'a alors menacé de le dénoncer au conseil des Anciens et de se plaindre à son propre père de la perversité de son mari. C'est ainsi que Biridiya a visiblement renoncé à te vendre à moi.

En écoutant Khizirou, Djedefhor allait d'étonnement en surprise, sans pouvoir comprendre pourquoi cette Idiya le haïssait à ce point.

— Je ne sais ensuite ce qui s'est exactement passé, poursuivit Khizirou, mais je soupçonne cette femme d'avoir irrité son époux au point qu'un jour, il l'a tout bonnement étranglée. Voilà ce qui arrive aux femmes acariâtres et aux hommes qui portent un intérêt à ce sexe. Ensuite, soit qu'il ait craint d'être condamné pour le meurtre de son épouse, soit qu'il n'ait plus trouvé que dégoût à l'existence, ce malheureux s'est pendu. Comme il n'a pas d'héritier, ses biens ont été dispersés et je me suis porté acquéreur du fermage des champs, des mines et des esclaves qui y travaillent. Voilà comment je suis devenu ton maître, car tu dois savoir que si j'ai acheté tous ces esclaves et me suis imposé le souci de la gestion de ces terres et de ces mines, c'est pour toi.

— Pour moi, seigneur ? s'étonna Djedefhor non sans se sentir quelque peu inquiet.

— Je dis bien, pour toi. Les Anciens de Gomorrhe

qui ont décidé la vente des biens de Biridiya n'ont pas voulu s'embarrasser de détails : ils vendaient tout, fermage et esclaves, ou rien. Mais je ne pense pas avoir fait une mauvaise affaire et j'ai trouvé là un moyen de diversifier mes activités. Pour ce qui te concerne, tu es aussi précieux que de l'or. Déjà ton physique est particulièrement avenant, mais, de surcroît, il paraît que tu possèdes toutes les qualités que m'a vantées ce Biridiya : fidèle, scrupuleux, savant, habile dans toutes les écritures... En vérité, Hori, tu vaux ton pesant d'ânes.

Cette remarque, qui aurait pu étonner le jeune homme, le fit sourire car il se rappelait le prix qu'avait proposé Khizirou à Biridiya pour l'acquérir.

La cité de Sodome se trouvait à peu de distance de Gomorrhe, mais Khizirou n'y entra pas : il possédait une vaste demeure hors des murs, dans un faubourg de la ville, au milieu d'un grand jardin.

— Comme Biridiya, fit-il remarquer à Djedefhor, je possède aussi une maison dans la ville, mais elle est petite car on ne peut disposer d'un grand logis à l'intérieur des murs de la cité. Tu vas t'installer dans cette belle demeure dont tu vas être l'intendant.

Khizirou descendit de la litière et, prenant familièrement Djedefhor par le bras, il l'emmena à travers les pièces du bâtiment jusqu'à une cour plantée d'arbres, où était aménagé un puits auprès d'un bassin rempli d'eau où s'ébattaient deux jeunes garçons.

— Voici Abdini et Salmu, annonça Khizirou tandis que les adolescents sortaient du bassin en riant. Ils me sont chers et ils te serviront aussi. Mais dis-moi franchement auparavant : te plairait-il de les traiter comme s'ils étaient des filles ?

Djedefhor fut tout d'abord surpris par la question, mais aussitôt il se rappela ce que lui avait appris Biridiya des mœurs des gens de Sodome et plus particulièrement de Khizirou. Comme il ne voulait pas s'aliéner l'amitié d'un homme qui l'avait libéré de sa dure servitude, il hésitait à répondre, puis il préféra choisir la vérité :

— Certainement pas, seigneur. Sans doute ces deux garçons peuvent paraître beaux aux yeux de nombreuses femmes et, peut-être, de certains hommes, avec leurs grands yeux noirs et leur chevelure bouclée, mais, pour ce qui me concerne, je les regarderais plutôt comme des enfants.

— Ce ne sont plus de petits enfants. Mais ta réponse me plaît car je ne les aurais pas abandonnés en ta seule compagnie si tu m'avais laissé soupçonner que tu puisses leur porter un intérêt allant au-delà de nos conventions sociales. Il faut que tu saches que ces deux garçons ne sont pas des esclaves. Les parents de familles pauvres les confient à des gens riches lorsqu'ils ont atteint l'âge de la puberté afin qu'ils les initient à notre sagesse, leur donnent des maîtres pour leur apprendre tout ce qui concerne le monde, les dieux et la vie, et les préparent à affronter leur prochaine existence d'adultes avant qu'ils ne trouvent une épouse. Ce sont des institutions nobles et humaines que nous devons aux Anciens de la ville qui les maintiennent vivantes, car elles remontent aux temps primordiaux où les dieux vivaient sur la terre. Cependant, on ne tolérerait pas qu'un serviteur du maître puisse profiter de ces juvéniles présences pour y chercher un plaisir interdit.

— Non seulement, seigneur, je n'ai aucun goût pour ces plaisirs, mais encore ce serait aller contre la maîtrise de soi qui est l'un des fondements de la sagesse, que je cherche à acquérir dans sa totalité, que de s'abandonner à de tels penchants si on les sentait en soi.

— Mais dis-moi encore, mon ami, réprouverais-tu aussi les amours entre les hommes ?

— Je ne me sens pas en droit de réprouver quoi que ce soit, et de porter des jugements sur des comportements qui concernent autrui. Dans mon pays, la coutume veut que nous prenions une épouse pour fonder une famille, ce qui est l'assise de toute société. En revanche, dans nos familles royales, nous pratiquons des mariages qui, d'après ce que j'en sais, sont condamnés chez tous les autres peuples : nous faisons de nos sœurs nos premières épouses, ce qui nous est une obligation, même si nous prenons ensuite d'autres femmes choisies dans d'autres familles. C'est ainsi que mon père et ma mère étaient dans le même temps ma tante et mon oncle. Nous procédons ainsi dans notre famille depuis plusieurs générations, coutume qui pourrait susciter bien des critiques chez d'autres nations.

— Il est vrai que ce sont des mariages qui ne sont pas pratiqués chez nous, alors que les unions entre hommes sont coutume courante, reconnut Khizirou qui mit un terme à l'entretien en concluant :

— Je dois reprendre mes occupations. Je te laisse entre les mains de ces deux jeunes serviteurs qui vont te préparer à paraître en public dans ta nouvelle fonction.

Lorsqu'il se fut retiré, les deux garçons firent entrer Djedefhor dans le bassin, le lavèrent soigneusement, taillèrent et coiffèrent sa longue chevelure qu'il n'avait pas eu la possibilité de couper depuis le jour où il était tombé en servitude, l'épilèrent, le parfumèrent, enfin le revêtirent d'une ample robe bariolée. Ainsi transformé, Djedefhor fut conduit par Abdini devant Khizirou, qui se tenait dans une grande pièce où il conservait ses archives, lesquelles étaient tenues par deux scribes.

— Te voilà magnifiquement transformé en citoyen de notre ville, dit Khizirou à Djedefhor en tournant autour de lui. Biridiya m'a appris que tu connaissais plusieurs langues dont celle des gens du Sumer, que tu maîtrisais toutes les écritures, aussi bien celles des scribes de ton pays que celles de ceux qui impriment les mots dans des tablettes d'argile à l'aide d'un calame. Et encore que tu sais tenir des comptes, gérer les biens, et que tu n'es pas ignorant des coutumes et des croyances de tous les peuples qui se trouvent dans notre voisinage et plus loin encore. Est-ce exact ?

— Seigneur, il t'appartiendra de juger si Biridiya t'a vanté en vain les mérites de ton serviteur.

— Dans ce cas, je trouve que ce fut une bien grande folie que de ne pas utiliser tant de savoir et de talents, et de t'avoir relégué dans une mine et contraint à un travail de vil esclave, un labeur de brute.

— Toutes les expériences sont bonnes à connaître et je ne me plains pas d'avoir, de la sorte, appris la patience, la modération, la précarité de notre condition de mortels, moi qui étais prince dans mon pays.

— En vérité, je ne sais si tu as atteint la sagesse dont tu m'as parlé tout à l'heure, mais j'ai la certitude que, dans le cas où tu ne l'aurais pas encore acquise, tu es sur le bon chemin. Je t'ai dit que je faisais de toi mon intendant. Je ne veux pas utiliser tant de compétences pour uniquement gérer cette demeure, ce qui est la tâche d'un intendant. Mon intention, maintenant que j'ai étendu mes activités aux biens de ton ancien maître, c'est de développer ses entreprises grâce aux nombreux troupeaux d'ânes dont je suis le propriétaire. Il est dans mes intentions de nouer des relations avec les trafiquants d'encens, de myrrhe et de tous ces précieux produits du sud du pays d'Havilah, que les cités, qu'elles soient voisines ou lointaines, réclament de plus en plus, aussi bien pour leurs dieux que pour fabriquer les parfums. Je sens qu'il y a là une bonne source d'enrichissement.

— C'était aussi la manière de voir de Biridiya, confirma Djedefhor. C'est dans ce dessein qu'il avait voulu que j'apprenne les langues des peuples du Sud avec un homme qui venait d'Havilah et qu'il avait placé auprès de moi pour m'enseigner tout ce qu'il savait.

— Je suppose qu'il s'agit de ce Shinab qui s'est installé à Gomorrhe après l'extermination de sa tribu.

— C'est bien lui, seigneur.

— Quand les biens de Biridiya ont été dispersés et que je m'en suis porté acquéreur, ce Shinab est venu devant moi. Biridiya l'avait gardé auprès de lui dans le dessein de lui confier les relations avec les gens du pays d'Havilah, puisqu'il envisageait de commercer avec eux. Il m'a fait part de ses compétences, il m'a sollicité avec tant d'insistance que, bien qu'il soit fort laid, je l'ai pris à mon service. Il est installé dans ma résidence de Sodome.

— Seigneur, serait-il vrai que tu choisisses tes serviteurs sur leur apparence et non sur leurs capacités ?

— Je veux unir les deux car il me déplaît d'avoir autour de moi des gens désagréables à regarder. Mais Shinab est amusant, et puis je me suis habitué à sa tête barbue. C'est lui qui m'a rappelé ton existence, bien que je ne l'eusse pas oubliée, et qui m'a fait ressortir que tu me serais bien plus utile ici que dans les mines de sel. Je vais l'installer auprès de toi pour qu'il continue à te communiquer ce qu'il sait.

— Seigneur, je t'en rends grâce car tout ce qui lui reste à m'apprendre, et c'est encore énorme, ne pourra que faire ton serviteur plus compétent dans les fonctions que tu m'attribues si généreusement.

CHAPITRE XIX

Hétep-hérès poussa un léger gémissement et elle alla s'accroupir sur les deux pierres au-dessus du bassin de terre cuite destiné à recueillir les eaux, au moment de l'accouchement. Elle était parvenue à son neuvième mois de grossesse et elle avait commencé à être assaillie par les premières douleurs qui annonçaient la venue prochaine du nouveau-né. Mais il semblait ne marquer aucune hâte à entrer dans le monde des humains. C'était la seconde fois que la jeune parturiente s'était placée sur les pierres dans l'attente de la sortie au jour du petit être qui avait crû en elle depuis tant de mois, mais rien n'était venu. L'accoucheuse et sept jeunes femmes de la suite de la princesse, qui devaient tenir le rôle des Sept Hathor, les divinités qui présidaient à la naissance avec Thouéris, la déesse hippopotame, étaient chaque fois venues à son appel, puis elle les avait chassées avant de revenir s'étendre sur sa couche, déçue, impatiente, anxieuse. Elle ne savait pourquoi elle était assaillie par de sinistres pressentiments, elle craignait pour l'enfant plus que pour elle-même. Elle s'en était ouverte à sa mère, qui s'était empressée de la rassurer :

— De quoi as-tu peur, mon enfant. Quoi, tu as l'expérience de ces choses. Ta petite Mérit qui est maintenant si grande, si forte, si mignonne, elle t'a à peine fait souffrir pour venir au monde et tu l'as portée si vaillamment ! Il en sera de même pour ce nouvel enfant. Tout s'est bien passé jusqu'à aujourd'hui...

— Le pire est à venir, ma mère. Mais ce n'est pas pour moi que j'ai peur. Je ne sais quelles craintes viennent me serrer la gorge et le cœur parfois... Oui, j'ai peur pour l'enfant.

— Et pour quelles raisons ? Il est bien vivant en toi. Tu t'es même plainte qu'il n'arrête pas de bouger au point qu'il te réveille la nuit. C'est ça qui te fait faire de mauvais rêves. La directrice des doctoresses t'a bien assuré que tout allait bien ; elle t'a fait porter toutes ces amulettes pour te protéger et elle a même récité les formules magiques de protection de l'enfant et de la mère. Tu ne dois pas t'inquiéter de la sorte. Tout se passera bien, comme la première fois, tu verras.

La jeune femme évoqua ces discussions avec Noubet, et ses exhortations qui l'avaient rassérénée sans cependant la rassurer complètement.

Une seconde fois elle revint s'étendre, en soupirant, tandis que se retiraient les servantes, à sa demande. Didoufri, averti de sa prochaine paternité, fit alors irruption dans la chambre où régnait une chaude pénombre, la directrice des médecins, appelée au chevet de la petite reine, ayant déclaré qu'une trop vive lumière serait dangereuse pour la parturiente, de sorte qu'on avait masqué les fenêtres avec d'épaisses tentures. Ce qui, par ailleurs, empêchait d'entrer les mauvaises influences et les démons du jour.

— Je croyais déjà être père, dit le roi en venant s'asseoir sur le bord du lit, un large cadre de bois d'ébène importé de Nubie, sur lequel étaient tendues de solides bandes de toile, jonchées de grands et moelleux coussins et pourvu, à son chevet, d'un appui-tête en ivoire.

— Tu ne vas pas tarder à l'être, assura Hétephérès.

— Un garçon, j'espère.

— Il appartient au dieu d'en décider, rappela la jeune femme, prudente.

— Ce sera un garçon. Ma Majesté le veut, Ma Majesté a décidé qu'il en sera ainsi. Si ce Khéphren pouvait en crever de dépit ! Songe que Ma Majesté a proposé à sa mère un pacte d'alliance, que je me suis abaissé à déléguer auprès d'elle notre oncle Néférou, et qu'elle lui a répondu qu'il ne lui appartenait pas de se prononcer, comme si c'était son fils qui disposait du pouvoir de décision... Qui ne sait que c'est elle qui manipule tout le monde, qui intrigue contre Ma Majesté et entraîne mon frère, et même mes sœurs, dans la désobéissance !

— Est-il vrai que Khéphren n'a donné aucune réponse au messager que tu lui as envoyé pour lui proposer ton alliance et en faire officiellement ton héritier au trône d'Horus ?

— En réalité, ce messager n'est toujours pas rentré à Memphis. Je soupçonne Khéphren de le retenir, ce qui lui évite de répondre. Car, s'il accepte ma proposition, il marque sa soumission, il me reconnaît comme l'héritier légitime de notre père, mais par un refus il proclame sa désapprobation, il se met délibérément en rébellion et j'ai aussi beau jeu pour faire valoir aux grands ma bonne volonté et sa mauvaise foi. Mais si tu me donnes un fils, toute cette politique devient obsolète car Ma Majesté aura désormais un héritier à son trône, et les grands me regarderont avec respect, car ils verront que les dieux m'aiment, qu'ils me favorisent.

— Mon cher seigneur, je souhaite qu'il soit fait selon ta volonté, soupira la jeune femme. Tu sais combien je t'aime, combien aussi, je souhaite te voir satisfait et heureux.

Il lui prit la main qu'elle lui abandonna d'un geste las, et il la serra doucement :

— Je sais que tu es la personne au monde qui m'aime le mieux. Tu es même la seule personne qui m'aime vraiment. Mes autres sœurs, mes épouses, toutes me détestent, et je ne parle pas de mes tantes ! Tous sont jaloux de moi, ils me haïssent parce que notre père a fait de moi l'héritier du trône des Deux Terres. Mais s'il a agi ainsi, n'est-ce pas parce que c'est moi qu'il a jugé le plus digne pour remplir cette fonction divine ?

— Sans doute, Didoufri, murmura Hétep-hérès, sans en être pour autant convaincue, car elle n'ignorait pas les pressions que leur mère avait fait subir au roi pour emporter sa décision.

— Notre mère est-elle venue te voir ? demanda-t-il, préférant détourner une conversation qui l'entraînait vers une reconnaissance de faits qu'il s'entêtait à ne pas admettre.

— Elle est venue tout à l'heure car on croyait que

l'enfant allait sortir, puis elle est repartie. Elle est si occupée !

— Grand bien lui fasse ! Elle veut tout voir, tout régir, au point que je me demande parfois qui est le roi, qui gouverne ce pays ? Néférou s'occupe de faire édifier le palais et la pyramide de Ma Majesté et Minkaf est chargé de rendre la justice en mon nom, tandis qu'elle s'est réservé le gouvernement du royaume. C'est elle qui est sans cesse en relation avec les gouverneurs, c'est elle qui reçoit leurs rapports, c'est elle qui traite avec les puissances voisines, qui décide d'envoyer une troupe dans le désert pour châtier les bédouins ou encore passer avec eux un traité. Et moi, il ne me reste plus rien à faire, qu'à paraître régner. Mais je m'en contente, car, après tout, que vaut-il mieux ? Le pouvoir avec son cortège de soucis, ou son apparence avec ce qui l'entoure : le respect et la crainte des Grands, voir les courtisans se prosterner devant Ma Majesté, et surtout être soi-même adoré comme un dieu, être considéré comme le représentant de l'ensemble des dieux dans le monde des mortels ? C'est finalement ma position qui est la meilleure et je puis jouir tout à loisir des plaisirs de ce monde. Vois, j'ai déjà fait sculpter plusieurs figurations de ma royale personne, des statues en bois et en pierre, que je placerai partout, dans ma pyramide, dans mon temple, mais aussi dans notre palais afin qu'on vienne m'adorer et que ma mémoire vive à jamais alors qu'on aura oublié le nom de notre mère Noubet, et même celui de notre père Khéops.

Hétep-hérès regarda son frère, poussa un soupir. Elle savait trop bien qu'il agissait ainsi par caprice et par vanité et lui parlait de la sorte par dépit, qu'en réalité il aurait voulu légitimement disposer des pouvoirs et des charges que s'était arrogés sa mère. Mais il se sentait impuissant à l'en dépouiller, et, peut-être, incapable de les assumer, car sa nature indolente et vindicative ne pouvait s'accommoder des accablants soucis du pouvoir et des subtilités de la diplomatie, que ce soit à l'égard des rois des pays ou vis-à-vis des Grands et des gouverneurs des provinces.

— Tu as raison, lui répondit-elle, tu as fait le bon choix, tu t'es réservé les agréments de la royauté sans en assumer les tracas. Mais viendra aussi le jour où notre mère bien-aimée devra nous quitter et, alors, il te faudra bien assumer toutes les charges de ta fonction. Nous sommes encore bien jeunes, nous avons toute la vie devant nous. Je crois que tu seras un grand roi, comme notre père, et que ce sera par tes glorieuses actions que ton nom restera dans la mémoire des hommes et non par toutes ces statues qui ne sont jamais que des témoins muets de la grandeur, mais parfois de faux témoins.

— Je ferai qu'il en soit ainsi, que tes paroles deviennent une réalité, que tu ne fasses qu'annoncer ce qui sera, que ce ne soit pas un simple rêve. La royauté est un bon métier malgré les inconvénients qu'elle peut présenter. Vois, elle offre tant d'avantages, de tels agréments que les hommes se battent pour se l'attribuer. Moi-même je ne suis pas disposé à céder mon trône à notre frère, qui pourtant le lorgne de sa province et il échangerait volontiers son siège de gouverneur d'Eléphantine contre le trône du roi des Deux Terres.

— Il n'est que trop vrai que les hommes sont prêts à s'égorger pour le pouvoir, le frère à assassiner son frère, le fils à tuer son père. Et nous devons regretter que cette illusion puisse conduire à commettre tant de crimes. C'est pourquoi je ne crois pas qu'elle soit divine, cette royauté, puisqu'elle peut conduire à commettre tant d'actions viles. Elle nous vient plus de Seth que d'Horus.

— Tu te trompes en parlant ainsi, Hétépi, il suffit de gouverner les hommes avec justice, comme l'ont fait Horus et avant lui Osiris lorsqu'ils régnaient sur la Terre Noire, et non comme Seth.

La jeune femme le regarda longuement et soupira :

— Mais toi, es-tu vraiment Horus ? Gouvernes-tu avec l'aide de Maât ?

Une violente douleur qui lui arracha un cri, évita à Didoufri de répondre. A la demande de son épouse, il l'aida à se lever et à se placer sur les pierres de la naissance, puis il alla chercher les femmes qui attendaient dans la pièce voisine.

Ce jour-là, avant que ne se couche le soleil, Hétephérès mettait au monde une fille qui reçut le nom de Néferhétépès.

CHAPITRE XX

Une poussière légère flottait dans l'air, soulevée par les centaines de sabots d'ânes qui venaient se masser sur le grand champ de terre, aux portes de Sodome. C'est là que se tenait le grand marché de la ville, là où les marchands et les éleveurs venaient mettre en vente leur bétail et leurs marchandises. Mais ce jour était particulier et jamais on n'avait vu rassemblé autant de monde sur cette place qui n'était jamais limitée que par les installations précaires des négociants, installations qui consistaient en toiles tendues entre des piquets au-dessus de nattes ou de tapis jetés à même le sol poussiéreux. Car, quelques jours plus tôt, étaient parvenues à Sodome les caravanes d'ânes chargés des produits du Midi, encens, casse, myrrhe, or en poudre ou en lingots, ivoire, singes. Et, par cette brûlante journée de début d'été, les trafiquants proposaient ces précieuses marchandises à leur clientèle venue souvent de très loin. Les éleveurs du voisinage en profitaient pour proposer à la vente leurs bêtes et les agriculteurs y échanger leurs produits maraîchers.

C'était la troisième fois que Khizirou avait financé

une caravane qui allait jusqu'au sud du pays d'Havilah, dans la région de Zemzem pour y prendre le relais des caravanes venues des mystérieuses régions du Midi que les Egyptiens appelaient le Pount, ou encore le To Noutir, le Pays du Dieu. Les produits de ces régions étaient si prisés par les gens de Canaan, de Qodem, du Kharou, et même des royaumes des Deux Fleuves, que l'on venait de toutes ces régions pour se fournir sur les marchés de Sodome et de Gomorrhe. Aussi, il avait suffi des deux premiers voyages, pour permettre à Khizirou de doubler sa fortune. Il avait confié le soin de traiter de toutes ces affaires commerciales à Djedefhor qui avait fait le voyage à la tête de la caravane d'ânes, jusqu'à Zemzem où Shinab n'avait pu l'accompagner, dans la crainte d'être reconnu par les nouveaux maîtres de l'oasis et mis à mort. Ainsi Khizirou reconnaissait que c'est à Djedefhor qu'il devait ce nouvel apport de richesses. Dès le retour du premier voyage, il l'avait officiellement affranchi. Au retour du deuxième voyage, il l'avait associé à son affaire.

Ce matin, avant l'aube, Djedefhor, secondé par plusieurs serviteurs et Shinab, avait chargé les ânes d'une partie des marchandises rapportées du Sud et entreposées en attendant dans les magasins de la propriété de Khizirou, et il s'était rendu au marché où les serviteurs avaient déployé les tapis, planté les piquets et tendu le vélum, précaire protection contre les brûlants rayons du soleil. La marchandise, une fois déchargée et disposée dans l'ombre du vélum, Djedefhor, digne dans son ample robe brodée, discutait avec des clients. Sa connaissance de la plupart des langues alors parlées dans les contrées les plus lointaines le rendait irremplaçable, raison pour laquelle Khizirou lui abandonnait d'autant plus volontiers le soin de traiter des affaires que Djedefhor s'était rapidement révélé un commerçant avisé défendant avec succès les entreprises de son patron et les faisant prospérer. C'était le dernier grand marché de la saison. Avec l'arrivée des grosses chaleurs de l'été, chacun restait chez soi, et les caravanes ne repartaient que vers le milieu de l'automne, lorsque le soleil s'était éloigné vers le sud. Aussi était-il facile, pour les trafiquants, de maintenir leurs prix et de refuser toute baisse, ce en quoi Djedefhor était passé expert, de sorte qu'il s'était acquis une réputation de gestionnaire exceptionnel que tout le monde enviait à Khizirou. Et il s'était vu plus encore sollicité après que son maître l'eut affranchi. Or, il s'était montré toujours fidèle, refusant les plus magnifiques propositions, ce qui l'avait rendu plus cher encore à Khizirou.

Djedefhor venait donc de terminer de traiter une affaire à son avantage lorsqu'un serviteur de Khizirou vint lui faire savoir que le maître le priait de venir le retrouver dans sa demeure de la ville. Djedefhor savait que si Khizirou le mandait alors qu'il se tenait sur le marché, c'est qu'il avait pour cela une raison péremptoire. Aussi se hâta-t-il de se rendre auprès de lui. Il pénétra dans les murs de Sodome et marcha dans les rues de la ville, bruyantes et encombrées par ce jour de marché. Il y était maintenant bien connu, depuis deux années qu'il y avait été conduit par Khizirou et, contrairement à ce qui s'était passé durant les premiers temps, si les hommes et les femmes qui le regardaient passer, l'œil brillant, étaient toujours nombreux, personne ne cherchait plus à l'aborder pour lui proposer de venir passer un moment dans sa demeure en bonne compagnie. Il trouva Khizirou assis dans un fauteuil couvert de coussins, face à un homme qu'il jugea venir du Sumer, d'après son crâne glabre et ses grands yeux noirs dans un visage de lune.

— Hori, lui dit Khizirou avec un sourire quand entra le jeune homme, Igibar est un marchand qui vient de la cité royale d'Ur, dans le pays de Sumer. Il connaît mal notre langue et moi je ne sais rien de la sienne. Il est venu me voir dans le dessein de faire des affaires, mais je n'ai pas bien compris ce qu'il propose. Il te revient de lui parler en mon nom et aussi en ton nom puisque je t'ai associé à la gestion de mes biens.

Djedefhor se tourna vers l'homme, le salua en levant les bras :

— Mon nom est Hori, lui dit-il, je suis l'homme de confiance du seigneur Khizirou. C'est moi qui suis chargé de traiter des transactions commerciales.

— Dis alors à ton maître que je suis un riche marchand d'Ur. J'ai, là-bas, des entrepôts et de nombreux serviteurs. Je suis venu jusqu'ici avec ma caravane d'ânes car je veux faire le commerce des produits d'Havilah, en particulier de l'encens qui est le parfum des dieux. Or, en arrivant ici, j'ai appris que le meilleur marchand à qui je pourrais m'adresser, c'est le seigneur Khizirou. Voilà pourquoi je suis allé le trouver dans sa demeure.

— Seigneur, s'étonna Djedefhor, pourquoi ne t'es-tu pas rendu au marché, à la porte sud de la ville, où se font toutes les tractations ?

— Parce que je ne veux pas rester un simple client de l'un des marchands d'ici. Je cherche un associé. Je peux fournir des ânes, des serviteurs, aider au financement des prochaines caravanes. Une partie de la marchandise, je la rapporterai dans mon pays où je serai le seul à faire le commerce des produits de Havilah et du Pount. Nous y gagnerons ainsi tous, car je serai là-bas le représentant de la firme de Khizirou.

Djedefhor fit part des propositions d'Igibar à Khizirou, qui lui demanda alors :

— Parle, Hori, dis-moi ce que tu penses.

— Il me semble que ce n'est pas une proposition à rejeter. Nous passerons des contrats avec Igibar, nous lui enverrons des produits du Midi qu'il diffusera dans son pays, et nous en tirerons profit, car par lui nous pourrons pénétrer dans un marché qui nous est encore étranger. Ainsi, l'empire commercial de mon seigneur s'étendra sur tous les royaumes du Nord et sur ceux des Deux Fleuves, et mon seigneur pourra un jour se vanter d'être l'homme le plus riche, le plus puissant non seulement de la vallée de Sidîm, mais de tout Canaan et du Kharou. Ensuite, tu pourras enfin réaliser ce que n'a pu faire Biridiya : nous construirons une flotte sur les bords de la mer du Sud, et nous irons directement chercher les produits du Pount que nous rapporterons nous-mêmes dans les cales de nos bateaux, jusqu'au port voisin où nous aurons construit non seulement nos bateaux, mais aussi nos magasins pour stocker la marchandise. Et, de là, nous pourrons même envisager d'ouvrir des marchés vers l'Egypte où l'on est souvent en manque d'encens et de myrrhe.

— Hori, mon fils, tu es un homme merveilleux, tu nous découvres sans cesse de nouveaux horizons. En vérité, c'est cela la vraie sagesse.

Djedefhor sourit, sans cependant répondre directement, car ce n'était pas là sa conception de la sagesse, il ne la confondait pas avec la possession de biens matériels. Mais il s'était pris à son propre jeu, il s'était passionné pour l'élaboration de cette domination commerciale qu'il désirait pour Khizirou, pour qui il avait eu tôt fait d'éprouver des sentiments pétris de reconnaissance, d'admiration et d'affection, au point d'en oublier non seulement son pays et celle qu'il y avait aimée, mais même ses anciennes résolutions de se mettre en quête de l'île mystérieuse où était caché le livre secret de Thot.

Abdini et Salmu apportèrent des boissons et des fruits, puis entreprirent d'éventer les marchands, tandis que ces derniers discutaient des contrats. Khizirou quitta ensuite sa demeure avec le marchand d'Ur et Djedefhor, pour se rendre à la porte nord de la ville où Igibar avait laissé sa caravane d'ânes, chargée de produits du Sumer : du lapis-lazuli, de l'étain destiné à la fabrication du bronze, des dattes de Magan, les meilleures du monde, du vin de palme, des tissus en poil de chèvre, bien d'autres marchandises encore. Khizirou invita son hôte à venir s'installer dans sa maison hors les murs où il pouvait mettre à l'abri sa caravane. On s'y rendit, on proposa des échanges, on palabra longuement pour mettre au point les termes de l'accord d'association, puis les contrats furent libellés en sumérien sur des tablettes d'argile, en cananéen sur des papyrus. Djedefhor fut le scribe qui les rédigea dans les deux langues, puis chacun en conserva un exemplaire.

Huit jours Igibar demeura à Sodome, et chaque soir Khizirou donna une fête en son honneur. Il lui fit connaître les agréments de cette ville de plaisirs que jalousaient les Cananéens, et plus particulièrement les éleveurs nomades de la région qui pensaient le plus grand mal de leurs mœurs tout en les enviant secrètement.

Le dernier jour, la veille du départ des gens du Sumer, Igibar dit à son hôte :

— Khizirou, mon seigneur, mon associé, dès que je serai rentré dans mon pays je sacrifierai à Inanna, ma déesse, et à Utu, mon soleil, pour les remercier d'avoir conduit mes pas jusque dans ta demeure. Je suis certain que nous nous féliciterons tous deux de notre association. Et sache que je t'envie ton serviteur, cet Hori qui sait si bien mener tes affaires. Il est dans ta demeure comme une perle de la mer de Dilmoun.

Lorsque Djedefhor eut rapporté à Khizirou les paroles de son hôte, le maître sourit et ouvrit la bouche :

— Hori, dis à Igibar, mon seigneur, que je partage ses convictions, que je crois aussi que notre association sera fructueuse. Mais précise-lui que tu n'es pas mon serviteur. Apprends-lui que tu es mon fils, car j'ai décidé de t'adopter et de faire de toi l'héritier de tous mes biens.

Ces paroles qui lui révélaient une résolution aussi soudaine qu'inattendue, laissèrent un instant Djedefhor muet de stupeur, puis il vint s'agenouiller devant Khizirou et lui dit :

— Khizirou, mon seigneur, mon père, ce que tu m'annonces là réjouit profondément mon cœur, mais ton serviteur est-il digne de tant de bienveillance ?

— Si j'en ai décidé ainsi, c'est que je le pense, c'est que je ne fais, de cette manière, que récompenser tes mérites. Vois : je ne suis plus tout jeune, je n'ai pas d'enfants, ni non plus d'épouse, grâce aux dieux. Si demain je quittais ce monde, à qui iraient mes biens ? Ils reviendraient à la cité tandis que toi, mes bons serviteurs, ces jeunes garçons, Abdini et Salmu que j'aime tant, et même ton ami Shinab, vous vous trouveriez tous dans la misère, sans rien pour vivre, à la recherche d'un nouveau patron. Je t'adopte, et tu seras le maître de mes biens. Ta seule obligation sera de garder tous nos bons serviteurs, de choyer les deux garçons comme ils le méritent. Et alors, si tu désires faire la folie de prendre une épouse, je ne te le déconseillerais pas car il n'est pas donné à tout le monde de rencontrer un homme comme toi, digne de recevoir de grands biens en héritage.

— Peut-être, seigneur, mais un enfant légitime, né du sang de son père, en est-il plus digne du fait de sa seule parenté ? L'adoption de celui sur qui nous portons notre choix, n'est-elle pas la manière la plus équitable et la plus efficace de transmettre un bien acquis par le travail et l'intelligence ?

— Tu partages donc mon opinion, de sorte que tu ne peux me refuser de devenir officiellement mon fils. Et il est tout aussi vrai que, pour toi, le mieux est certainement de ne te charger ni d'épouse ni d'enfants et, lorsque sera venu le temps, d'adopter à ton tour un garçon digne de devenir ton fils et te succéder à la tête de ces biens et de ces affaires que je t'aurai laissés et que toi-même auras étendus et consolidés comme tu le fais devant moi, pour moi, et pour toi.

L'adoption, dans les villes de la vallée de Sidîm,

notamment à Sodome où les relations entre hommes étaient si communes que nombreux étaient ceux qui ne prenaient pas d'épouse mais qui se trouvaient devant la nécessité d'avoir un héritier, était une coutume courante, facile à réaliser. Il suffisait de l'acceptation des deux parties et le dépôt d'un acte officiel dans les archives de la ville, lesquelles occupaient plusieurs salles du bâtiment du conseil des Anciens. Car, comme de nombreuses cités de Canaan, Sodome n'était pas gouvernée par un roi mais par un conseil d'Anciens, patriarches de riches familles et chefs de clans, qui prenaient les décisions à l'unanimité, ce qui donnait lieu à de longues, très longues discussions avant de parvenir à un accord. Le conseil se réunissait généralement aux portes de la ville sauf lors d'intempéries ; une salle lui était alors réservée dans le bâtiment administratif où étaient conservées les archives.

Ainsi, quelques jours après avoir déclaré à Djedefhor qu'il avait pris la décision de l'adopter, Khizirou se présenta avec son nouveau fils devant le conseil des Anciens pour leur faire part de sa décision. Ils demandèrent à Djedefhor s'il était d'accord pour être adopté et devenir le fils aimant de son père, et, le jeune homme ayant répondu par l'affirmative, l'acte fut officialisé par un contrat déposé aux archives devant cinq témoins parmi lesquels se trouvait Shinab. Cependant, devenu fils d'un citoyen de Sodome, Djedefhor dut prendre un nom du pays et, de ce jour, son père adoptif ne l'appela plus que de ce nom nouveau, Abimilkou, ce qui signifiait dans la langue du pays « mon père est roi » ; et il ne fut plus connu que sous ce nom par les gens du pays. Parallèlement, Khizirou y consigna son testament par lequel il faisait de Djedefhor son légataire universel tout en y mettant pour condition de garder à son service tous les serviteurs qui se trouvaient dans le domaine. En revanche, il lui était accordé le droit d'affranchir les esclaves. C'est d'ailleurs ce dont Djedefhor entretint son nouveau père, peu après l'officialisation de l'adoption.

— Vois, lui dit-il, lorsque je me suis trouvé réduit en esclavage par ces bédouins pillards qu'on appelle Shasou en Egypte, il y avait avec moi des hommes et des femmes qui avaient été enlevés de leurs villages par ces brigands. Je les ai retrouvés travaillant dans les mines de sel lorsque j'y ai été envoyé par Biridiya. Ils ont été séparés de leur père et de leur mère, de leurs frères et de leurs sœurs, de leurs enfants. Je te demande alors la grâce de me permettre d'aller les trouver et de leur rendre leur liberté afin qu'ils rentrent chez eux et retrouvent leurs parents, leurs amis et leurs biens.

— Mon fils, lui répondit Khizirou, tu me parais trop bon et généreux. Mais tu es devenu le maître de mes biens au même titre que moi. S'il te plaît d'agir ainsi, je ne m'y opposerai pas. Mais songe que si tu libères tous les esclaves qui travaillent aux mines, tu n'auras plus de bras pour les exploiter et elles te seront retirées par le conseil des Anciens car l'impôt de fermage que nous payons à la ville représente un bon revenu pour notre communauté. Ils concéderont alors le fermage à d'autres personnes, car les candidats ne manquent pas, et ce seront d'autres esclaves qui les exploiteront.

— Nous nous contenterons d'embaucher des volontaires, des hommes libres qui accepteront de travailler dans les mines pour un bon salaire. Car, après tout, ces esclaves sont bien nourris et, au lieu de payer des gardiens, nous pourrons les salarier sans que cela ne nous coûte plus, tout au contraire. J'ai fait mes calculs et je ne pense pas me tromper.

— Sur ce point je te fais confiance. Mais je ne suis pas certain que tu puisses trouver facilement des hommes libres prêts à se mettre à un pareil labeur. Tu as pu voir par toi-même que nombreux sont dans notre cité des hommes qui vivent de la charité publique et de la nourriture que leur distribue la communauté. Crois qu'ils n'ont aucune envie de changer de statut car ils ne ressentent ni le besoin ni le désir de travailler, puisqu'ils reçoivent le nécessaire sans avoir le mal de le gagner. Aussi je doute que ce soit parmi eux que tu puisses trouver des bras à utiliser. Quant aux autres, ils ont déjà leur métier, ils ne l'abandonneront pas pour venir se mettre à ton service. C'est la raison pour laquelle nous sommes bien contraints d'aller chercher des étrangers pour cultiver nos champs et exploiter nos mines, et le meilleur moyen de s'en procurer c'est de les acheter aux marchands d'esclaves.

— Mon père, répondit Djedefhor, je sais que tes paroles distillent la sagesse, mais permets-moi de tenter l'expérience. Il sera toujours temps de chercher ailleurs ce qu'on ne trouve pas ici.

— Fais selon ton désir, mon fils, tu m'as apporté trop de richesses par tes actes de commerce pour que je puisse ensuite te reprocher d'en avoir perdu une faible partie par trop de générosité.

Le jour suivant, Djedefhor se rendit aux mines de sel, seul, à pied. Les gardiens et le directeur savaient qu'il était devenu le fils du maître et ils vinrent vers lui et le saluèrent avec mille marques de respect, eux qui l'avaient jadis regardé avec mépris. Il ordonna ensuite que tous les esclaves, aussi bien ceux qui travaillaient aux mines de sel que ceux qui étaient affectés aux travaux des champs, cessent leurs activités et soient amenés devant lui. Ainsi fut-il fait, à la surprise du personnel de surveillance. Lorsque tous les esclaves furent réunis, il leur parla ainsi :

— Votre seigneur, mon père Khizirou, et moi-même, Abimilkou, votre nouveau maître, nous sommes concertés et voilà la décision que nous avons prise en nos cœurs : de ce jour, vous êtes libres. Les chaînes de ceux qui en sont chargés vont tomber et vous pourrez vous en aller librement. On vous donnera un vêtement et des provisions pour votre route, et aussi de l'or comme produit d'échange afin que vous ne rentriez pas chez vous comme des misé-reux. Je reconnais parmi vous des gens qui ont été enlevés par les bédouins, des gens qui vivaient vers les côtes de Canaan. On vous donnera à chacun un âne pour retourner dans vos demeures.

Un lourd silence accueillit ce discours, alors que Djedefhor s'attendait à ce que la joie éclatât et qu'on vînt lui rendre grâce pour une telle décision.

— Allons, reprit-il alors, jugeant que la stupeur que provoquait une annonce aussi inattendue avait ému tous ces gens au point d'étouffer en eux toute explosion de joie, que ceux qui portent des chaînes s'avancent afin qu'on les leur ôte. Dès demain vous pourrez partir librement.

Un sourd murmure parcourut la foule des esclaves qui échangèrent des regards attristés puis, l'un d'eux s'avança et prit la parole :

— Seigneur, quel mal avons-nous causé au maître, que nous reproche-t-il pour nous traiter de la sorte ?

Cette fois, c'est Djedefhor qui, à son tour, resta ébahi sans comprendre ce qu'entendait l'homme par une pareille question.

— Je ne comprends pas ce que tu veux dire, répli-qua-t-il. Ni toi ni aucun d'entre vous ne nous ont causé un quelconque mal et nous n'avons rien à vous reprocher. J'ai dit que vous étiez tous libres, que vous n'êtes plus nos esclaves, que vous pouvez rentrer chez vous et retrouver votre dignité d'hommes libres.

L'homme jugea utile de donner des précisions qui, à ses yeux, coulaient pourtant de source.

— Seigneur, reprit il, que ferons-nous de cette liberté ? Vois, nous sommes satisfaits de notre condi-tion. Nous avons fondé des foyers, nous avons des femmes qui se sont unies à nous et nous ont donné des enfants, nous ne nous faisons aucun souci pour le lendemain, nous savons que nous aurons chaque jour nos parts de nourriture, de bière et de vin, un toit pour abriter nos têtes, une couche pour dormir. Pour moi, je te prie, seigneur, de me garder comme esclave : je n'ai aucun désir de devenir un homme libre car je ne saurais que faire de cette liberté.

— Moi, je partage l'opinion de mon compagnon, déclara un autre esclave en sortant à son tour du rang. Où pourrais-je bien aller ? Je n'ai pas de famille hors celle que j'ai fondée ici, je n'ai pas de toit pour m'abriter hors les baraquements où nous dormons, je n'ai pas d'autre travail pour me nourrir que celui que je fais ici. Seigneur, sois bon et généreux, permets que je demeure ici, avec les enfants qui me sont nés et la femme qui s'est donnée à moi et qui est aussi la mère de ces enfants.

Aussitôt après, tous les esclaves tombèrent à genoux et supplièrent Djedefhor de les garder à son service, de les maintenir dans la tâche qui leur était assignée. La seule bonté qu'ils acceptèrent de la part du fils de leur maître, fut, pour ceux qui en étaient affublés, d'être débarrassés de leurs entraves.

Lorsque Djedefhor vint rapporter à son père adoptif la réaction des esclaves, ce dernier se mit à rire :

— Vois-tu, Hori, si je t'ai laissé faire, c'est bien parce que je m'attendais à un tel comportement de la part de ces esclaves. J'admire que tu saches tant de choses, que tu parles tant de langues, et que, pourtant, tu connaisses si mal les hommes.

CHAPITRE XXI

Ayinel était rentré d'un long voyage à Byblos. Il était allé y chercher du bois, à la demande de Didoufri, mais il avait profité de l'occasion pour interroger les gens, dans tous les ports où il avait relâché, sur les bateaux, dans les tavernes, pour savoir si l'on n'avait pas vu un homme du nom d'Hori, un Egyptien qui était tombé à la mer, il y avait, il est vrai, plusieurs années, mais qui, peut-être, vivait encore dans le pays. Personne n'avait pu le renseigner, personne n'avait rencontré l'homme qu'il décrivait. Mais Ayinel était opiniâtre de sorte que, une fois le bois embarqué, il avait recommencé à s'informer dans les ports où la flotte relâchait, se disant que, bien qu'ayant déjà conduit une enquête dans ces mêmes lieux, il pouvait avoir la bonne fortune de tomber sur une personne nouvelle susceptible de lui fournir quelque renseignement. Il avait alors pu se féliciter de son obstination. A Ashqelon, ayant posé sa sempiternelle question aux hommes qui se trouvaient dans une taverne, l'un d'eux était venu vers lui et l'avait interrogé à son tour : « Tu dis que cet Egyptien que tu cherches s'appelle Hori ? » « C'est bien son nom », avait-il confirmé. « Moi, j'ai connu un homme de ton pays ; il disait s'appeler ainsi. Il était tombé à la mer, au large de Gaza. Il a été capturé par des brigands, des bédouins qui m'avaient aussi réduit en esclavage. Nous avons été emmenés très loin et vendus à un homme d'une ville appelée Gomorrhe, par-delà les montagnes de Canaan. » « C'est certainement de lui qu'il s'agit ! s'était écrié Ayinel. Y a-t-il longtemps de cela ? » « Oui, plusieurs années. » « Dis-moi où il se trouve maintenant, et comment toi as-tu pu être libéré ? » « Nous étions ensemble à travailler dans les mines de sel. Nous étions enchaînés, mais nous étions de bons compagnons, nos couches étaient voisines. Qu'est-il devenu ? Je ne pourrais te le dire. Moi, on m'a ôté mes entraves, on m'a mis à travailler aux champs. J'ai alors trouvé une occasion et je me suis enfui. Je voulais qu'il vienne avec moi, mais il a refusé, il prétendait qu'il subissait une bonne épreuve, qu'il apprenait à acquérir plus de sagesse en travaillant ainsi, comme un simple esclave. Moi, j'ai réussi à rentrer chez moi, j'ai retrouvé ma demeure, ma famille et j'ai repris mes activités d'antan. Mais de cet Hori, je n'ai pas de nouvelles. Je ne sais ce qu'il est devenu. » « Depuis combien de temps l'as-tu quitté ? » avait alors demandé Ayinel. « Hou ! cela fait bien trois années, plus peut-être... oui, plutôt quatre... je ne sais plus très bien. Depuis tant de temps, il peut tout aussi bien être mort, ou s'être enfui à son tour ! » « Cette ville de Gomorrhe, est-elle loin d'ici ? » s'était alors enquis Ayinel. « Oui, à plusieurs jours de marche. »

Ayinel ne doutait pas qu'il s'agissait de Djedefhor, surtout après que son interlocuteur lui eut donné la raison de la volonté de cet Egyptien de rester dans son état servile afin d'acquérir une plus grande expérience de la sagesse. Mais il n'avait pas osé prendre la responsabilité de laisser la flotte dans un port étranger pour se rendre vers cette ville de Gomorrhe, par-delà les montagnes de Canaan. D'autant qu'après tant d'années, il pouvait craindre de ne pas le trouver dans ces mines de sel. Il avait alors décidé de rentrer à Memphis avec son chargement, mais il avait le cœur joyeux car il avait la certitude que Djedefhor était encore en vie. Il songeait qu'il serait alors possible de monter une expédition, d'envoyer une troupe armée vers cette Gomorrhe et y racheter le prince, ou même le libérer en usant de la force.

Lorsqu'il aborda aux quais du port de Memphis, avec toute sa flotte, Ayinel fut heureux de voir qu'Ibdâdi l'attendait. Il y avait plus de deux ans qu'Ayinel avait quitté l'Egypte : jamais une expédition vers Byblos n'avait pris autant de temps. C'est ce que lui fit remarquer Ibdâdi, qui le serra contre sa poitrine en lui faisant savoir qu'un messager l'avait averti de la présence de ses bateaux qui remontaient le bras du fleuve et s'approchaient de Memphis.

— Mon cher Ayinel, poursuivit-il, nous craignions tous le pire, même la reine Hénoutsen, car elle te porte une grande estime et elle admire que tu n'aies pas pris parti pour Didoufri contre les autres membres de la famille royale. Oui, étant sans nouvelles depuis tant de mois, nous avons cru qu'une tempête avait englouti la flotte avec toi et tous les équipages.

— Vois, Ibdâdi, je rapporte un bon chargement de bois et d'autres marchandises encore. Mais j'ai été retardé, en particulier à cause d'un différend entre le roi de Byblos et celui d'Ugarit, précisément au sujet de la propriété des forêts de cèdres, de sorte que, pendant plusieurs mois, l'accès de la montagne des Cèdres a été fermé. Nous avons dû attendre que revienne la paix pour pouvoir aller couper le bois. Je rapporte aussi une bonne nouvelle qui fera plaisir à tout le monde et surtout à la reine Hénoutsen.

— De quelle nouvelle s'agit-il ? s'étonna Ibdâdi.

— Si j'ai consacré tant de temps à ce voyage, c'est encore parce que je me suis arrêté chaque fois plusieurs jours dans chaque port de Canaan. Tant à l'aller qu'au retour. Là, j'ai fréquenté toutes les tavernes, je suis allé sur tous les bateaux au mouillage, j'ai interrogé tous ceux que je rencontrais, au sujet d'Hori. Et au retour, dans l'un des derniers ports avant de retrouver les côtes de l'Egypte, un dieu a placé sur mon chemin un homme qui m'a parlé d'Hori, qui a été son compagnon de captivité. Oui, apprends que Djedefhor, le frère du roi, est bien vivant, qu'il se trouve quelque part par-delà les montagnes de Canaan, vers une ville appelée Gomorrhe.

— Je connais Gomorrhe, c'est l'une des cinq cités de la vallée de Sidîm, une riche ville qui vit de l'exploitation de mines de sel, et surtout du commerce avec les régions du Midi, proches du Pount des Egyptiens.

— C'est là que se trouve Hori : il travaille comme un esclave, précisément dans l'une de ces mines de sel. Nous irons trouver Didoufri, et je le persuaderai soit d'envoyer là-bas une délégation pour réclamer la libération du prince, soit une expédition militaire pour le délivrer.

— Ayinel, tu ne diras rien de cette nouvelle à

Didoufri, et il n'enverra certainement ni des ambassadeurs ni une expédition vers Gomorrhe. Viens, rentrons chez moi, il faut que je te tienne au courant de ce qui se passe dans ce pays.

Ibdâdi prit Ayinel par le bras et l'entraîna vers sa résidence située dans les jardins de l'ancien palais royal de Memphis.

— Donne-moi des nouvelles de Byblos, demanda Ibdâdi tout en marchant.

— La cité continue de prospérer, plus que jamais, malgré des incidents avec les principautés maritimes du voisinage. Vois, Ibdâdi, comme le temps s'écoule, comme il nous fuit ! Ce bon roi Abishémou est mort, depuis déjà quelque temps, comme tu le sais, mais pendant mon séjour, c'est son fils Elibaal qui est parti rejoindre ses ancêtres, à la suite d'une courte maladie. Il était à peine mon aîné et maintenant c'est son fils qui est installé dans le palais.

— C'est pourtant une bonne chose et il faut être reconnaissant aux dieux de conserver le trône à la dynastie d'Abishémou. Moi aussi je commence à ressentir le poids des ans et, de mon côté, je rends grâce au dieu de me conserver encore vert et florissant. Mais pour combien de temps encore ? Alors, je ne songe pas à l'au-delà, j'évite de penser à ce qu'il nous adviendra un jour, à nous tous qui vivons sous la lumière du soleil. Vois, il faut vivre comme on le souhaite, faire de son existence une belle fête, de quelque manière qu'on conçoive cette fête, car nous ignorons ce qui nous attend ensuite. Nul n'est revenu de l'Amenti pour nous dire si la vie s'y déroule comme nous pourrions le souhaiter.

La princesse Néferkaou, l'épouse d'Ibdâdi, vint vers eux sur le seuil de sa demeure, en se réjouissant, et dit aussi à Ayinel combien tout le monde s'était inquiété d'une absence si prolongée que nul ne savait comment expliquer. Après qu'Ayinel eut donné les raisons d'un tel retard, Ibdâdi l'invita à s'installer avec lui et son épouse dans le jardin ombragé puis, une fois qu'eurent été servies les boissons, il ouvrit la bouche et parla ainsi :

— Ayinel, depuis que tu nous as quittés, bien des choses se sont passées, des événements regrettables qui inquiètent tout le monde ici. Tu n'étais pas encore parti, me semble-t-il, lorsque Hétep-hérès a donné une fille à Didoufri, alors qu'il attendait un garçon.

— Nul n'a oublié son chagrin et surtout sa colère. Je me souviens qu'il a chassé Hétep-hérès en l'injuriant et qu'elle s'est réfugiée auprès de Noubet, qui a encore dû admonester Sa Majesté. Comme si cette pauvre petite Hétep-hérès était responsable du sexe de l'enfant que lui a fait son frère !

— Didoufri est ensuite venu à résipiscence, il s'est confondu en excuses en priant sa jeune sœur de revenir auprès de lui, mais elle a refusé, poussée en cela par Noubet. Didoufri a alors crié que ce garçon, cet héritier de son trône, il l'aurait, devrait-il engrosser toutes les filles de son royaume.

— Vas-tu m'annoncer que c'est ce qu'il a entrepris de faire.

— Pas tout à fait. Mais sache d'abord que, peu de temps après ton départ, lui a été offerte l'occasion d'avoir un sujet de colère bien plus grave.

— Y aurait-il réellement un sujet qui puisse lui paraître plus sérieux encore que le fait de ne pas avoir d'héritier ?

— Oui, à ses yeux. Tu te rappelles que, sur les conseils de Néférou, il avait fait soigneusement murer l'entrée de la pyramide où est enfermé le trésor du royaume.

— Vas-tu me dire qu'un voleur a réussi à démolir le mur pour s'introduire dans la pyramide ?

— Pis encore. Ecoute : tu sais que Didoufri a entrepris de se constituer une troupe de soldats fidèles, bien armés, bien entraînés.

— Il en était, en effet, question.

— Afin de payer la solde de cette troupe qui n'est

pas encore très importante, il a décidé d'ouvrir le trésor. Il s'y rend avec Néférou, Minkaf, le chef des prêtres de la pyramide du dieu Snéfrou, et plusieurs ouvriers qu'on met à la tâche pour détruire le mur, retirer les blocs de pierre qui bouchaient l'accès de la galerie. Ce travail leur a pris plus de la moitié de la journée. Il est donc bien certain que personne n'a pu s'introduire par ce chemin dans la pyramide. Or, quand ils sont parvenus dans les chambres, aussi bien celles du bas que celles du haut, ils les trouvent toutes vides. Je dis bien, entièrement vides. La colère du roi a été telle qu'il a mis à la torture tous les hommes préposés à la garde du trésor, aussi bien les soldats que les prêtres qui logent dans les environs, et ordonné leur exécution.

— Quoi, il a osé faire une chose pareille ?

— En fait il n'en a fait torturer que quelques-uns et seulement trois ou quatre ont été exécutés car Noubet est intervenue à temps. Elle a elle-même donné l'ordre aux bourreaux de cesser leur action et de libérer les prisonniers, qui étaient visiblement innocents. Le roi était présent, et comme les gardes et les bourreaux se tournaient vers lui pour recevoir une confirmation de l'ordre de la reine, elle s'est dressée comme la déesse Ashérat en leur criant que c'était elle qui décidait de tout et qu'ils devaient lui obéir sans tergiverser s'ils redoutaient plus sa colère que celle du roi. Et comme Didoufri demeurait muet, étouffant de rage, ils ont obéi à la reine. En revanche, le roi a ensuite fait sonder toutes les salles, il est allé jusqu'à faire percer en profondeur les parois des chambres basses ainsi que celles de la grande salle où se trouvait la plus grosse partie des objets précieux. Mais en vain. Il n'a pas réussi à trouver une issue secrète.

— Pourtant, remarqua Ayinel, il n'en peut être autrement. Il doit exister une entrée soigneusement cachée, mais sans doute faudrait-il démonter la pyramide pierre par pierre pour la découvrir.

— Je pense comme toi, Ayinel. Mais on s'interroge pour savoir qui a pu enlever un trésor si volumineux. L'évacuation de tant d'objets n'a pu se réaliser qu'en plusieurs fois, mais de quelle manière et par qui ? Car qui aurait pu avoir aménagé une entrée secrète sinon l'un des deux architectes qui a construit la pyramide, en l'occurrence Abedou ou Ankhaf. Mais tous deux sont morts. Et certainement le dieu Khéops lui-même ne connaissait pas l'existence d'un autre accès puisqu'il a été victime de ces larcins. Or le voleur, à l'époque, on croyait l'avoir trouvé : il s'agissait d'un magicien qui vivait à Memphis et dont on a découvert le corps dans la chambre basse, victime du piège aux serpents que lui avait tendu le roi.

— Ibdâdi, je n'ai pas oublié cette histoire qui a étonné tout le monde mais qui est restée bien énigmatique puisque personne n'a pu savoir comment il avait pu s'introduire dans la pyramide. Et s'il existe un accès secret, de quelle manière aurait-il pu le connaître car il ne semblait pas que cet homme ait été en relation avec Abedou, et moins encore avec Ankhaf.

— Comment a-t-il pu la connaître ? Voilà encore une énigme qui reste à résoudre.

— Tout autant que de savoir à qui a pu profiter un si gigantesque larcin. Mais depuis ce temps, n'a-t-on pas vu quelqu'un proche des gardiens de la pyramide, changer de train de vie, s'installer dans un palais, acquérir des domaines ?

— C'est ce que guette le roi, mais, jusqu'à ce jour, le voleur est resté circonspect et il ne s'est pas mani festé par l'étalement de richesses ostentatoires. Cependant, Ayinel, ce n'est pas de cela que je voulais t'entretenir, car c'est du passé. Bien que la perte de ce trésor ne soit pas tout à fait étrangère au changement d'attitude du roi et à ses nouvelles excentricités.

— Je t'écoute. Aurait-il commencé à commettre quelques folies ?

— C'est bien le cas. Suivant sa requête, Néférou lui a fait construire un immense palais près du chantier de sa pyramide. Tous les ouvriers, tous les moyens dont disposait alors le roi ont été consacrés à cette construction inaugurée pendant ton absence, moins de deux ans après qu'elle a été entreprise. Le roi s'y est installé avant même qu'il ne soit complètement achevé. Il y a à peine quelques mois encore on continuait d'y travailler et de l'agrandir en y ajoutant des ailes nouvelles.

— Serait-il dans les intentions de Didoufri de rassembler là toute sa cour et tous les bureaux de l'administration du royaume ?

— Point du tout. Il a abandonné à sa mère et à Minkaf le palais de Khéops avec ses bureaux et ses courtisans. En revanche, il a rassemblé dans son nouveau palais plusieurs centaines de jeunes femmes, soigneusement sélectionnées et, pour certaines tout au moins, emmenées contre leur gré dans ce vaste harem royal.

— Serait-ce dans l'espoir qu'au moins l'une d'entre elles lui donne un fils ?

— Ce n'est certes pas la raison primordiale. Ces femmes, il les prostitue à qui le paie. Il a déclaré que puisque le trésor royal avait été volé, puisqu'il ne pouvait prélever auprès des paysans que des biens de consommation, des produits de la terre et de l'élevage, puisque Khéphren contrôle les mines d'or de Nubie et les carrières de Syène, il lui fallait trouver des moyens de payer leur solde à ses guerriers et de poursuivre les travaux de construction de sa pyramide. Aussi oblige-t-il les grands du royaume à venir s'ébattre avec les femmes de son harem contre de l'or, de l'argent, des pierres rares, des objets de prix.

— Si je comprends bien, le Grand Palais n'est plus qu'un immense lupanar et Sa Majesté en est le tenancier, résuma Ayinel.

— Je ne te le fais pas dire. Mais le pire c'est qu'il

y tient également enfermées ses deux premières épouses, Khentetenka et Méresankh.

— Ne me dis pas qu'il prostitue sa propre sœur et la fille du dieu Khéops.

— C'est pourtant le cas, on n'en peut douter, en tout cas pour ce qui concerne Khentetenka. Car on rapporte que c'est même elle qui vaut le plus cher, en particulier aux yeux des courtisans qui trouvent un plaisir supplémentaire à s'unir à l'épouse du roi ; et lui-même ose déclarer que, de cette manière, elle parviendra bien un jour à lui donner un fils pour lui succéder sur le trône d'Horus. Nombreux sont les courtisans qui se sont ainsi vantés d'être entrés dans la chambre de la reine.

— Mais, dis-moi, que fait Noubet ? Comment peut-elle laisser agir son fils d'une manière si indigne ? Comment tolère-t-elle qu'il se comporte de la sorte ?

— C'est la nouvelle qu'il m'est le plus pénible de t'annoncer. Certes, lorsqu'elle a appris la manière dont se comportait le roi, surtout après qu'il eut ainsi enfermé ses deux épouses dans son harem, elle a vivement réagi. Elle-même m'a parlé de la folie de son fils, ce dont elle s'inquiétait. Elle me disait que si le royaume n'allait pas à la dérive, c'est parce qu'elle tenait les rênes du pouvoir, qu'en réalité c'est elle qui gouvernait, mais elle savait que Didoufri n'en demeurait pas moins le roi au regard du peuple et qu'il disposait d'autant plus du pouvoir de nuire qu'il commençait à disposer d'une garde importante et dévouée. Et grâce à son harem, il tenait mieux encore en main les officiers de sa garde et même les soldats, et même les gouverneurs des provinces qui venaient le visiter, car tous ces gens ont un accès gratuit aux salles du harem et à leurs hôtesses. Tant il est vrai qu'on tient plus encore les hommes par les sens que par l'or.

— Parle-moi de ma sœur, qu'a-t-elle fait ?

— Elle a d'abord délégué auprès de son fils l'un de

ses scribes pour lui intimer l'ordre de venir se présenter devant sa mère. Car il restait enfermé dans son palais sans plus venir rendre de visites à la reine auprès de qui s'était installée Hétep-hérès. Or, il a fait répondre à Noubet que ce n'était pas à lui, le roi, de se déplacer, mais à elle de venir devant Sa Majesté. Après de nombreuses tergiversations et l'envoi de plusieurs ambassadeurs, Noubet s'est décidée à se rendre au palais de son fils. Ce qui s'est alors passé, nul ne peut le dire. Mais sache qu'elle n'en est pas ressortie vivante. Didoufri a prétendu qu'elle avait été soudainement saisie de malaises et de vertiges, bientôt suivis d'une très grosse fièvre. Il a dit avoir été obligé de la garder alitée dans une chambre du palais ; il aurait fait venir ses médecins personnels, lesquels auraient tout fait pour la guérir, mais bien en vain. Elle n'a quitté le palais que sur le traîneau funéraire pour être ensevelie dans la petite pyramide qui l'attendait, au pied de la pyramide du roi Khéops.

— Quoi ? Ma sœur serait partie vers l'Amenti ? Elle qui était en si bonne santé ? Elle qui n'a jamais été malade de sa vie ? Mais son fils ? Peux-tu penser que Didoufri l'aurait assassinée ?

— Ayinel, je ne sais que te dire, mais je n'ose soupçonner ton neveu d'un pareil forfait. Il n'est pas de pire crime que d'assassiner sa propre mère. C'est pourquoi je ne veux pas me prononcer. Toujours est-il que Didoufri a, aussitôt après, fait investir par ses propres gardes le palais de Khéops, où réside Minkaf, et il a déclaré qu'il prenait en main les affaires du royaume. Ce qui n'était qu'une pétition de principe car il abandonne à Minkaf aussi bien les décisions de justice que la gestion des impôts. Et maintenant, il s'adonne de plus en plus ouvertement à ses vices, il passe la plus grande partie de son temps au milieu des femmes de son harem, mais, sans doute, loin de Méresankh et de Khentetenka.

— Et Hétep-hérès ?

— Il n'a pas osé l'obliger à le suivre dans son

propre palais. Elle occupe les appartements de sa mère, dans le palais de Khéops.

— Nous ne pouvons pourtant le laisser user d'une manière aussi indigne de ses deux premières épouses.

— Que veux-tu faire ? Les deux palais sont entourés de gardes, lui-même demeure inaccessible. Notre seul espoir, c'est que Khéphren se décide à lever l'étendard de la révolte et marche sur Memphis. Mais sa victoire n'est pas assurée car Didoufri a su se rallier par la corruption la plupart des gouverneurs des provinces du nord et même quelques-uns des provinces du sud. Il les laisse agir en maîtres dans leur domaine ; la seule chose qu'il exige d'eux, c'est de recevoir une partie des impôts. Les princes sont trop heureux de se voir les véritables maîtres de leurs provinces, rois dans un petit Etat simplement tributaire de l'Horus de Memphis. Ils savent trop bien que si d'aventure Khéphren s'installait dans le Grand Palais, ils perdraient ces prérogatives et ne redeviendraient que les administrateurs de leurs provinces.

— Ibdâdi, j'irai voir Didoufri. Il me recevra puisque je rentre de cette expédition. Je lui parlerai, je ferai tout ce qui sera en mon pouvoir pour le faire venir à résipiscence. Il est mon neveu et je crois avoir quelque influence sur lui.

— Ayinel, souhaitons-le, mais je doute que tu réussisses là où sa mère Noubet a échoué.

Lorsque, après avoir demandé une audience qui lui avait été tout de suite accordée, Ayinel se présenta dans la salle du trône du vieux palais de Khéops, Didoufri, au lieu de rester hiératiquement assis sur son siège royal, se leva et vint vers son oncle avec un grand sourire :

— Ayinel, mon bon, mon cher oncle ! Combien Ma Majesté est heureuse de te revoir ! Ah ! comme je craignais que tu ne nous reviennes jamais plus, qu'une tempête ait dispersé ta flotte, que la mer odieuse ait englouti ton vaisseau avec toi !

— Seigneur, mon neveu, que Ta Majesté se rassure, je suis rentré sain et sauf avec tout mon précieux chargement, mais après bien des tribulations que je rapporterai à Ta Majesté. Mais vois, j'ai appris par notre bon Ibdâdi que ma sœur, ta mère bien-aimée nous avait quittés, qu'elle est allée rejoindre son *ka* ! Comment est-ce possible, elle qui était si vigoureuse, si pleine de santé ?

— Ah ! Hélas, pauvre de moi ! Quel sort cruel est le mien ! Pourquoi les dieux ne cessent-ils de me frapper, comme s'ils étaient jaloux de mon trône ! Oui, ma mère vénérée, celle qui était l'épouse royale bien-aimée de mon père, le dieu justifié, elle est partie pour le bel Occident, elle nous a quittés, et moi, pauvre orphelin, je reste seul en ce monde de misères !

— Didoufri, l'interrompit Ayinel d'un ton sévère car il ne pouvait être dupe d'un si ostensible et emphatique chagrin, cesse de gémir et explique-moi comment ma sœur, entrée en parfaite santé dans ton nouveau palais, a-t-elle pu être soudainement saisie d'un mal inattendu et si vite terrassée, ceci malgré l'intervention des meilleurs médecins de la cour, si j'en crois ce que m'a fait savoir Ibdâdi.

— Mon oncle, tu l'as dit toi-même, elle a été si soudainement terrassée par un mal si inattendu que je suis persuadé que c'est un démon qui l'a saisie, qui s'est emparé de son corps. Au point que j'ai ensuite ordonné que dans toutes les salles du palais soient faites des fumigations d'encens pour en chasser tous les mauvais esprits.

— Didoufri, je trouve bien étrange que ce soit dans ton palais, alors qu'elle y venait pour te reprocher ton comportement, la manière dont tu as transformé la Grande Maison royale en lupanar, qu'elle a été si soudainement saisie par ce prétendu démon.

— Quoi, mon oncle, que laisses-tu entendre par ces paroles ? Oscrais-tu imaginer un seul instant que je sois responsable de la mort de la reine, que moi, son fils, j'aie pu porter la main sur elle ? Ah, par le nom de Maât, je te jure bien que je ne l'ai pas touchée, que c'est à peine si je l'ai approchée. Et pourtant, il est vrai qu'elle a commencé par me faire des reproches, bien immérités, au demeurant, et moi, je me trouvais incapable de répondre tant elle était emportée, agitée. J'ai cherché à la calmer, mais rien n'y faisait et elle criait si fort que je crains que ce soit avec ses cris, par sa bouche grande ouverte, que son âme soit sortie de son corps. Car elle s'est soudain écroulée après avoir titubé, et, comme je l'ai dit à Ibdâdi, elle a été saisie d'une forte fièvre, les médecins qui sont venus à son chevet en peuvent témoigner. Mais elle avait déjà perdu les sens et elle est partie dans l'Amenti sans avoir retrouvé sa lucidité. Et c'est ce qui me console, car la vieillesse la guettait, cette vieillesse qu'elle redoutait tant, et elle nous a quittés sans souffrir, sans même en avoir conscience. Voilà la vérité, mon oncle, et je serais bien fâché que tu n'ajoutasses pas foi aux paroles de Ma Majesté, de ton souverain.

Ayinel perçut une menace dans le ton que venait de prendre Didoufri en parlant ainsi. Il comprit que son neveu avait perdu toute notion de justice et de respect de sa parenté et de lui-même, qu'il eût été bien capable de lui faire voir la sombre couleur, à lui, son oncle, s'il avait insisté. Aussi s'inclina-t-il et reprit sur un ton neutre :

— Je crois en la parole de Ta Majesté et je suis persuadé que tu n'as pas touché à ta mère, car nous savons que c'est le pire des crimes, puni non plus par les hommes mais par le dieu... Vois, je viens devant toi pour te remettre les bois et les biens que j'ai rapportés de Byblos. Je vais faire décharger les bateaux et transporter toutes ces marchandises dans les magasins royaux. Je prendrai ensuite le deuil de ma sœur, de sorte que je prierai Ta Majesté de m'accorder de me retirer pendant quelque temps dans le temple de Rê à Héliopolis.

— Ma Majesté te l'accorde, mon oncle. Fais ce que tu viens de dire, que le bois soit confié à Néférou, qui travaille activement à ma pyramide, et que les autres biens soient entreposés dans les magasins royaux. Que les scribes en fassent l'inventaire, Ma Majesté viendra ensuite les examiner.

Ayinel se garda bien de faire savoir au roi qu'il avait retrouvé la trace de son demi-frère, pas plus qu'il ne se hasarda à insister sur ce qui se passait dans son nouveau palais, et, plus particulièrement, sur la manière dont il avait séquestré les deux reines. Il s'inclina devant le roi, les mains sur les genoux, et se retira. Il se sentit plus tranquille en se retrouvant hors du palais, libre.

A peine son oncle s'était-il retiré qu'Oupéti entrait dans la pièce où le roi était resté seul.

— Vois, Oupéti, lui dit-il, même mon oncle est contre moi. Il ose me soupçonner d'avoir assassiné ma mère, moi, son propre fils.

— Seigneur, tu as été parfait dans ton rôle d'innocent.

— Cependant, bien que je lui aie prêté serment avec Maât sur la langue, il est visiblement resté sceptique.

— Et pourtant, Ta Majesté n'a pas été parjure puisque c'est ton serviteur qui s'est rendu coupable du meurtre.

Didoufri secoua la tête, prit un air égaré, puis remarqua :

— Il est bien vrai que c'est toi, mais tu as bien agi. Sa rage était telle que si tu ne l'avais pas frappée de ton poignard, elle aurait été bien capable de m'arracher les yeux et de soulever les gardes contre moi, le roi, son propre fils ! Ma pauvre mère ! N'est-il pas vrai qu'elle devenait insupportable à toujours me surveiller, toujours me contrarier ? Non contente de m'humilier, ne s'était-elle pas emparée du pouvoir ? Ne m'utilisait-elle pas pour gouverner ce pays en mon nom ? Pourtant, ce n'était pas elle que Khéops avait déclarée son héritier, mais bien moi, son fils bien-aimé.

— C'est pourquoi Ta Majesté n'a pu qu'être approuvée par les dieux lorsque tu as laissé entendre à ton serviteur qu'il fallait envoyer la reine auprès de son époux bien-aimé. Je n'ai jamais été que la main des dieux.

— Ce n'est que trop vrai ! Mon bon Oupéti, il ne se passe pas un jour sans que je ne me félicite d'avoir un serviteur tel que toi.

— Et moi-même d'avoir un maître tel que Ta Majesté. Et ton serviteur serait comblé si tu lui permettais de partager la couche de ta sœur, cette Khentetenka qui plaît tant à mon cœur.

— Quoi, Oupéti, te sens-tu capable de dompter cette lionne, cette vraie fille de Sekhmet ? Tu as pu voir qu'aucun des grands qui m'ont payé pour jouir d'elle, n'y sont parvenus. Ils sont tous ressortis de sa chambre les cheveux arrachés, quand encore ils en avaient, le visage en sang, tout le corps griffé. Si, en compensation, puisque je conserve les biens qu'ils m'ont remis pour avoir l'honneur de partager cette royale couche, je leur permets de se vanter d'avoir joui de la reine, c'est parce que tous ceux qui ne sont pas encore entrés dans sa chambre sont ensuite disposés à me donner des trésors pour y avoir accès. Mais jamais je ne les ai assurés du résultat. Et comme il leur est interdit de faire violence à la personne sacrée de ma royale sœur, il se trouve que nul ne l'a encore eue. Crois-tu réussir mieux que les autres ?

— Il suffit que Ta Majesté permette à son serviteur de tenter l'aventure.

— Va, Ma Majesté te le permet. Mais ne viens pas te plaindre si tu perds dans l'aventure un œil ou une oreille. Et je t'interdis de frapper ma chère sœur, cette Khentetenka, si belle, si bonne, si douce... Elle est le portrait vivant de ma mère, aussi vindicative, rétive, altière... Une véritable reine. C'est bien regrettable qu'elle me haïsse. Et tout cela à cause de ce Khéphren avec qui elle ne s'est pas privée de faire de belles journées et des maisons de bière. Décidément, je n'ai pas de bonheur avec mes sœurs. Et la seule qui m'aimait s'est enfermée dans le palais de notre père d'où je n'ose la faire sortir de force. Tout cela parce qu'elle a vu du sang sur la robe de notre mère morte et qu'elle imagine que je l'ai frappée de ma propre main !

— Il est vrai, seigneur, lui fit remarquer Oupéti, que vu l'endroit où se trouvait la tache de sang, il était difficile de croire qu'elle provenait d'un vomissement.

— C'est exact. Je n'aurais pas dû permettre à Hétep-hérès de venir voir sa mère sur son lit de mort. Il m'était néanmoins difficile de lui refuser l'accès de la chambre où notre mère venait de trépasser sans éveiller ses soupçons. Tu aurais dû la frapper à la gorge et non au flanc.

— J'ai frappé où j'ai pu : elle s'agitait si furieusement !

S'il fit, comme il l'avait annoncé, décharger les bateaux et avertir Néférou de venir prendre livraison du bois, Ayinel ne fit déposer dans les entrepôts royaux qu'une partie des biens rapportés, la partie la moins précieuse. Mais les objets de prix, et l'étain grâce auquel on pouvait fondre des armes en bronze, il parvint, avec la complicité de marins qui lui étaient dévoués, à les faire transporter de nuit dans la résidence royale de Memphis où il remit le tout entre les mains d'Hénoutsen, sous la garde de sa troupe qu'elle avait eu soin de renforcer, face à la menace que faisait de plus en plus peser Didoufri sur les autres membres de la famille royale. Mais ce qu'il continua d'ignorer, c'est que c'est avec une partie des trésors subtilisés dans la pyramide avec patience et méthode, et la complicité de Nekhébou, que la reine entretenait sa troupe, tandis que le reste était parti pour Eléphantine, dans les cales de bateaux chargés ostensiblement de poteries ou de briques, sans que les scribes royaux, qui surveillaient le trafic du fleuve, eussent pu le moins du monde soupçonner la nature d'une partie de la marchandise transportée sur ces bateaux censés se rendre dans des villes voisines.

CHAPITRE XXII

Le train de bateaux descendait lentement le fleuve en se laissant entraîner par le courant paresseux. Djedefhor se trouvait dans la nef de tête, une solide embarcation en bois, à la poupe et à la proue relevées, dirigée par les deux rames de gouverne à l'arrière ; le cas échéant, elle pouvait être mue rapidement par douze rames sur chaque bord. Sur les bancs étaient assis vingt-quatre hommes qui, selon les circonstances, pouvaient empoigner les avirons ou encore saisir leurs arcs et leurs javelots. Avec une autre douzaine d'hommes, ils formaient la protection armée de la caravane fluviale. Derrière suivaient une dizaine de barges, les unes circulaires et profondes, faites de peaux tendues sur une armature de bois, les autres rectangulaires constituées aussi par une superstructure en bois flottant sur des peaux cousues habilement et gonflées d'air. Dans le pays, le premier type de bateau était appelé *quppu*, et le second *kalakku*. Ils étaient aussi dirigés par deux rames de gouverne et montés par quelques hommes munis de longues perches destinées à manœuvrer ces fragiles embarcations si, d'aventure, elles étaient menacées de s'immobiliser dans la boue des rives du fleuve ou dans des bancs de sable, et à en modérer l'allure dans certains rapides. Ces barges étaient chargées de marchandises précieuses, notamment les résines parfumées venues des montagnes situées au sud de la Terre du dieu.

Djedefhor se voyait, non sans en ressentir un certain soulagement, parvenu au bout de ses pérégrinations, en ce jour où il aperçut, à un détour du fleuve, les remparts de briques brunes de la cité royale d'Ur. Et, derrière ces murailles crénelées, jaillissaient les palmes verdoyantes des dattiers et des arbres aux essences variées où dominaient les peupliers, qui ombrageaient les jardins des grandes demeures de la ville, et surplombaient les toits plats des temples et des hautes maisons aux murs blancs, scintillant sous le soleil, et, dominant le tout, les étages audacieux de ces tours divines appelées ziggourats par les gens du pays. De loin, vaste lui parut la ville dans ses murs qui lui donnaient une forme oblongue, tandis que nombreuses étaient les demeures éparpillées dans les champs alentour, quadrillés de canaux. Une vision qui rappela agréablement la vallée du Nil à Djedefhor.

Il y avait maintenant près de deux mois qu'il avait quitté Sodome, sur l'initiative de Khizirou. Car son père adoptif, pas plus que lui-même, n'étaient totalement satisfaits de leur associé sumérien, Igibar. Non pas qu'ils eussent le sentiment qu'il les bernait car les comptes étaient irréprochables, mais il n'avait pas réussi à honorer ses engagements prometteurs. Khizirou trouvait que les affaires stagnaient, que le rapport financier des tractations avec le pays des Deux Fleuves restait médiocre. « Cet Igibar n'est pas aussi actif et entreprenant que son bagout ne nous l'a laissé croire », avait souvent répété Khizirou à son fils adoptif. Et, finalement, il avait proposé à Igibar que son fils Abimilkou vînt s'établir auprès de lui à Ur pour le suppléer dans la gestion de leurs affaires communes et participer directement à l'extension de ses relations commerciales avec les cités et les pays voisins. « Tu séjourneras là-bas un an ou deux pour pouvoir te faire une opinion et relancer nos affaires. Après quoi, nous verrons bien ce qu'il y aura lieu de faire. Entre temps, tu pourras accompagner une ou deux fois les caravanes qui font la liaison entre nos deux établissements de Sodome et d'Ur, car ta présence m'est trop chère pour que je puisse demeurer tant de temps sans te voir. »

C'est ainsi que Djedefhor avait quitté Sodome à la tête d'une petite caravane d'ânes, d'âniers et d'hommes armés préposés à la sécurité du convoi. Ils avaient suivi la voie royale qui remontait vers le nord, au pied des montagnes du pays de Moab, jusqu'à la vallée où coulait ce petit fleuve qui se jetait dans la mer de Sel, dont lui avait jadis parlé Zimri et que les gens du pays appelaient Jourdain, jusqu'à un grand lac d'où ils s'étaient élevés dans une région de collines avant de redescendre dans une plaine verdoyante où ils parvinrent à une première grande étape, dans la ville déjà antique de Damashqou. Là, Djedefhor avait vendu une partie de sa cargaison de sel, d'encens, de casse et de myrrhe, puis il avait repris sa route toujours vers le nord, passant par Hama, Ebla, Khaleppou d'où ils avaient bifurqué pour rejoindre les rives de l'Euphrate, appelé Purartu dans la langue des gens du pays des Deux Fleuves. Là, on avait déchargé les ânes qui avaient été échangés contre les barges et le bateau où tout avait été embarqué. Avait alors commencé la lente descente du fleuve, avec de nombreux arrêts dans les ports des cités riveraines dont la plus importante s'appelait Mari. Et dans chaque cité, aussi bien celles de Canaan et du Kharou que celles qui bordaient le fleuve, il avait fallu s'acquitter de taxes. Maintenant qu'il était parvenu en vue d'Ur, Djedefhor, qui pendant tout ce temps de voyage avait eu tout loisir de réfléchir aux intérêts de sa firme, et qui, par ailleurs, s'était astreint à observer le ciel nocturne et diurne, ce qui lui avait fait conclure qu'il avait parcouru un grand chemin vers le nord pour ensuite redescendre en direction du sud-est, en était arrivé à la conclusion qu'il fallait couper directement par les routes du désert, joindre Sodome à Ur en passant par les pistes du Levant. Le chemin était certainement plus pénible et il fallait prévoir de l'eau en abondance, en conséquence emmener beaucoup plus d'ânes, mais il était certain d'y gagner du temps et, surtout, de ne plus avoir à payer toutes ces taxes qui augmentaient considérablement le prix de revient des marchandises.

C'est la première remarque qu'il fit à Igibar, dont les entrepôts se trouvaient sur le port fluvial d'Ur, à l'est de la cité, au pied des remparts.

— C'est possible, lui répondit Igibar, mais jamais encore, à ma connaissance, personne n'a osé se hasarder dans ces déserts parcourus par des bédouins peu hospitaliers.

— S'il y a des bédouins, il y a donc des points d'eau. S'ils sont peu hospitaliers, on peut se les concilier avec des présents ou alors se défendre en emmenant des hommes armés. Mais tout cela coûtera certainement moins cher que toutes les taxes versées à chaque ville, sans compter le temps perdu à discuter avec les scribes des douanes. Mais je suis satisfait de ce voyage qui m'a permis de comprendre pourquoi tu fais si peu de bénéfices dans un négoce qui devrait plus grassement nous rapporter.

— Mon cœur est heureux de t'entendre parler de la sorte. Tu as pu voir par toi-même que le seul coût du voyage augmente trop considérablement le prix de revient de la marchandise. Je ne peux l'écouler que sur le seul royaume d'Ur, car si je devais encore la diffuser vers les autres cités du pays, même les plus proches comme Eridu, Bad-Tibira, Larsa, Uruk la Grande ou Lagash, je devrais ajouter le prix du transport et les commissions d'agents dans ces villes, ce qui rendrait mes prix prohibitifs. Par ailleurs, je n'ai pas les moyens de disposer d'entrepôts dans ces villes. C'est pourquoi j'ai tenu à prendre un associé puissant, mais je vois que, jusqu'à présent, ni toi ni moi n'y avons trouvé un grand avantage.

— Je viens ici pour changer les choses, assura Djedefhor. Nous allons étudier en détail la comptabilité, nous allons aviser de la meilleure manière de diffuser notre marchandise, voir quels sont les prix pratiqués par nos concurrents et proposer toujours à un meilleur marché, même si notre marge bénéficiaire est faible : il vaut mieux gagner peu sur de très nombreux clients que gagner beaucoup sur quelques-uns. Ensuite, je testerai personnellement la route du désert et nous évaluerons les bénéfices potentiels que nous pourrons y trouver.

— Abimilkou, s'exclama Igibar, en t'écoutant, je comprends de plus en plus pourquoi Khizirou t'a adopté et t'a totalement associé à ses affaires !

Après que la marchandise eut été débarquée et stockée dans les magasins d'Igibar, ce dernier emmena son hôte dans sa demeure. Ils s'engagèrent d'abord dans le quartier du port nord et longèrent une longue muraille de briques qui bordait une rue très animée :

— C'est l'enceinte du palais royal, expliqua Igibar à son hôte. Un magnifique palais au milieu de beaux jardins. La reine l'a fait agrandir et entièrement réaménager à peine avait-elle succédé au roi, son père.

— Veux-tu dire que vous êtes gouvernés par une reine et qu'il n'y a pas de roi ? s'étonna Djedefhor.

— Notre roi défunt, le fondateur de la dynastie, n'avait qu'une fille légitime, née de son épouse. Il est vrai qu'il a aussi eu un fils d'une concubine, mais il était encore trop jeune quand le roi est mort. C'est pourquoi sa fille lui a légitimement succédé. Jadis, la cité était gouvernée par un conseil d'anciens qui se réunissait devant la porte principale, dans l'ombre des palmiers, du côté opposé au fleuve. Mais les tensions étaient telles, et aussi les divisions et les querelles entre les chefs des clans, que tout le peuple a accueilli comme un sauveur l'un des chefs de clan qui s'est attribué le pouvoir et s'est institué roi du pays. Il a alors pris le nom de Meskalamdug, « Héros bon pour le pays ». Il a fait de la grande demeure familiale son palais, qu'il a agrandi en y ajoutant des salles destinées à abriter son administration. Mais il n'avait pas alors songé à enfermer ces bâtiments dans une enceinte. Une fois montée sur le trône, la nouvelle reine a commencé par prendre le nom de Puabi, un nom qui appartient à une langue différente de celle des Sumériens qui est surtout parlée par les gens de Kish, cité d'origine de sa mère, et aussi par divers groupes de nomades qui sillonnent les déserts environnants[1]. Cette expression signifie, en sumérien « la parole divine est mon père », ce par quoi elle veut laisser entendre qu'elle est fille d'un dieu, qu'elle est née de son verbe. Elle a commencé, comme je te l'ai dit, par faire encore agrandir son palais en achetant les terrains alentour afin d'y aménager aussi des jardins, et elle a fait enfermer l'ensemble dans cette vaste muraille. C'est pourquoi les gens d'Ur lui ont donné le nom sumérien de Shubad, « celle du mur ».

— Et dans cette affaire, que fait son frère ?

— Son nom est Akalamdug, qui lui a été donné par son père pour sa propre gloire, puisqu'il signifie « le père est bon pour le pays ». Tu vois que les membres de notre famille royale s'attribuent bien des mérites par leurs seules appellations.

---

1. Cette langue en question est une langue du groupe sémitique de l'Est, proche de l'akkadien qui ne se manifestera par des écrits que plusieurs siècles plus tard, vers 2300. Ces populations sémitiques étaient différentes morphologiquement des Sumériens petits, râblés, au visage généralement arrondi avec de grands yeux qui leur mangeaient le visage. Les Sémites étaient plus fins, plus élancés. La population de Kish, ville au nord d'Ur, était mêlée de Sumériens et de Sémites. Il semblerait d'ailleurs que les populations primitives de la Mésopotamie aient été des Sémites. Les Sumériens se seraient installés dans le sud de la Mésopotamie dans le courant du IVe millénaire. Ils y ont inventé l'écriture, grâce à laquelle les plus anciens textes dont nous disposons sont rédigés dans cette langue, sans que ce soit, pour autant, la plus anciennement parlée dans la région.

— Uniquement de cette manière ?

— Certainement pas. Depuis qu'Ur est indépendante sous une bonne administration royale, il n'y a plus de querelles ; les anciens, au lieu de rivaliser pour régenter la vie publique et diriger la politique songent maintenant à s'enrichir par le commerce et à faire largement fructifier les terres appartenant à leur clan, de sorte que l'abondance règne et que jamais notre cité n'a été aussi puissante et opulente.

— Tu ne m'as pas dit ce que faisait le prince Akalamdug.

— Rien. Il vit dans le palais, auprès de sa sœur qui lui a donné une jeune épouse, Ashusikildinghira, et le fait vivre dans l'indolence et les plaisirs, afin de le tenir loin de toute tentation de s'emparer de son trône. Puabi est une femme énergique qui gouverne bien le pays. Ici, tout le monde la vénère et la respecte, et chacun se félicite d'avoir une reine comme elle. Et comme elle n'a pas encore trente ans, nous espérons tous qu'elle vivra encore autant que cet âge, et même deux fois plus, car avec elle nous savons ce que nous avons, mais nous ignorons ce que pourrait faire un autre souverain, à commencer par son frère.

Tout en devisant de la sorte, ils s'étaient éloignés du palais et poursuivaient leur chemin le long de l'avenue qui le bordait. Djedefhor eut alors un nouveau sujet d'étonnement : il vit venir vers eux quatre animaux allant de front, qui ressemblaient à des ânes, mais n'en étaient pas, car leurs oreilles étaient plus courtes, leurs pattes plus hautes et leur corps plus élancé ; ils étaient unis par un long joug et liés par un long timon central à un véhicule constitué d'une caisse ouverte sur l'arrière, montée sur deux roues faites de bois plein. Les Egyptiens ignoraient aussi bien la roue et le char que les équidés attelés à celui-ci, issus du croisement d'ânes et d'animaux sauvages de la steppe mésopotamienne appelés hémiones. Un homme, debout sur la caisse du char, tenait entre ses mains de longues courroies de cuir attachées à des mors que serraient les animaux dans leurs mâchoires.

Igibar et son hôte s'étaient arrêtés pour laisser passer le véhicule.

— L'homme que tu vois sur ce char est Emisum, le chef de notre armée, apprit Igibar à Djedefhor. Il est l'amant de la reine, mais pas son époux, car elle a eu l'habileté de refuser de prendre un mari dans la crainte que ce dernier ne s'empare peu à peu de son pouvoir pour ne plus lui laisser qu'une apparence de royauté.

Igibar expliqua ensuite ce qu'était un char et quels étaient les étranges équidés qui le tiraient. Lorsque Djedefhor eut reconnu que ce genre de véhicule était inconnu en Egypte, tout autant, d'ailleurs, qu'en Canaan, il ajouta, comme une justification à cette infériorité de son pays au regard des Sumériens :

— Il est vrai que le Nil qui traverse toute la Terre Noire est une voie de communication bien suffisante et que, chez nous, vos chars seraient inutiles. Nous allons à pied sur les chemins de terre, ou encore nous nous faisons transporter dans une chaise portée par deux ânes ou un palanquin soutenu par plusieurs hommes.

Ils s'engagèrent ensuite dans un quartier plus populaire où les rues, toujours aussi encombrées de passants et d'animaux de toutes sortes, ânes, chèvres, chiens, devenaient plus étroites tandis que les maisons de briques crues élevées sur des bases de briques cuites n'étaient plus revêtues de plâtre blanc et se côtoyaient en formant de longs murs aveugles, à peine percés de portes étroites donnant accès au logis. La vie familiale demeurait ainsi secrète et se déroulait dans les pièces disposées sur deux niveaux autour d'une cour centrale. C'est ce qu'expliqua Igibar tandis qu'ils parvenaient dans le quartier résidentiel, où les avenues étaient plus larges et les demeures dissimulées derrière des murs d'enceinte en briques crues, au fond de jardins luxuriants. C'est dans l'une de ces demeures qu'Igibar invita son hôte à entrer. Ils avaient dû contourner le vaste ensemble cultuel, enfermé dans un grand péribole pourvu de plusieurs portes monumentales, dont Igibar apprit à Djedefhor qu'il s'appelait l'E-gishshir-gal. Là étaient érigés les temples de plusieurs divinités, notamment, celui de Nannar, le dieu lune, divinité tutélaire de la ville, au pied de la grande ziggourat qui lui était aussi consacrée.

— Mes ancêtres, expliqua alors Djedefhor à Igibar, ont construit des monuments de forme pyramidale plus hauts encore que cette tour dédiée à votre dieu, mais c'est à leur propre gloire que sont consacrés ces monuments. Devenus dieux après leur mort, ils ont sous ces pyramides leur demeure d'éternité.

— Tu m'avais déjà dit, rappela Igibar à son hôte, que vos rois en Egypte sont considérés comme des dieux, qu'on les croit divins ; chez nous, il n'en va pas de même et nous savons bien, tout autant qu'eux-mêmes, qu'ils sont des humains comme nous. Ils ne sont que les représentants des dieux sur la terre. Seuls les dieux ont ainsi droit à de telles tours monumentales qui représentent la montagne primitive, l'axe du monde où se fit la création. C'est pourquoi au sommet de ces ziggourats est bâti un petit sanctuaire où le dieu descend du ciel pour s'unir à une déesse, sa compagne, incarnée par une reine ou une prêtresse consacrée au dieu.

Ils pénétrèrent dans un jardin ombreux où les parfums des fleurs étaient exaltés par la chaleur de cette fin de journée, encore étouffante, bien que légèrement dissipée par une brise venue de la mer Inférieure dont les rivages restaient en communication avec le port ouest d'Ur grâce à un réseau de canaux et une suite de lagunes profondes, par lesquels les bateaux de haute mer pouvaient parvenir jusqu'aux quais de la cité.

— C'est ma demeure familiale, dit Igibar, mais tandis que jadis elle était bien vivante avec mes parents et mes grands-parents, mon épouse, mon fils aîné et ma fille, alors encore tout enfant, elle est devenue maintenant bien solitaire car de toute ma parenté il ne me reste plus que ma fille : la vieillesse m'a enlevé les uns, l'accouchement a causé la mort de mon épouse, une maladie a emporté mon fils.

— Je vois, soupira Djedefhor, que je ne suis pas le seul à avoir été frappé par le dieu. Mais si j'ai perdu trois de mes frères et mon père, il me reste encore plusieurs frères et sœurs, et aussi ma mère et une belle-mère qui m'était plus qu'une mère, de sorte que je dois me considérer comme plus heureux que toi. Mais tout ce monde qui m'était si cher et si proche me semble bien loin après tant d'années passées dans l'exil, et ma famille est maintenant mon père adoptif, ce Khizirou qui s'est montré si affectueux à mon égard.

Deux serviteurs, vêtus du long pagne en forme de jupe, fait de fines peaux de chèvre aux poils ondulés, appelé *kaunakès*, qui laissait le torse nu, vinrent au-devant d'Igibar, saluèrent Djedefhor et les escortèrent jusqu'à la demeure en prenant les ordres du maître pour le repas du soir et l'installation de son hôte.

— La maîtresse est-elle rentrée du palais ? demanda Igibar à l'un des serviteurs.

— Non, seigneur. Je te rappelle que la reine donne ce soir un banquet en l'honneur du seigneur Meshkhé, le fils d'Ennundaranna, le roi d'Uruk, et aussi son ambassadeur auprès de la dame royale Puabi. Je ne pense pas que notre maîtresse rentre avant que la lune ne soit haute dans le ciel.

— Comment ai-je pu l'oublier ! s'exclama Igibar. Une visite qui pour moi tombe mal, alors que nous recevons le fils de mon associé... qui est aussi le fils du roi d'Egypte.

Les serviteurs ne parurent pas surpris de cette double filiation. L'un d'eux invita Djedefhor à le suivre dans la chambre qui avait été préparée à son intention.

— Mon nom est Kilula, lui dit-il. Le maître m'a placé au service de mon seigneur. Donne tes ordres, ton serviteur les exécutera pour ta plus grande satisfaction.

Djedefhor lui répondit qu'il serait satisfait de pouvoir se rafraîchir et revêtir une robe propre. Aussi fut-il conduit dans une cour intérieure, sur laquelle s'ouvrait sa chambre, où était aménagé un bassin dans lequel Kilula puisa de l'eau à l'aide d'une grande cruche pour l'arroser et le frotter avec des herbes. Il le sécha ensuite avec un linge et il le drapa dans une robe de lin teint en jaune, ornée d'une lisière plus large brodée et pourvue d'une frange, un long pan étroit remontant sur l'épaule et tombant sur le côté droit jusqu'à la hauteur de la hanche. Déjà, depuis son entrée dans le monde des Sumériens, Djedefhor avait été frappé par la variété des vêtements des gens de ce pays : robes taillées dans les tissus les plus variés aux couleurs tout aussi diversifiées, épousant des formes multiples, présentant des franges et des ornements toujours différents, tuniques courtes ou longues formées de pans superposés, jupes pouvant tomber jusqu'aux pieds, *kaunakès*... alors que les Egyptiens ne connaissaient que le pagne de lin blanc pour les hommes et la robe fourreau à bretelles ou à manches pour les femmes. Il en allait de même pour les chapeaux que portaient aussi bien les hommes que les femmes dont les formes, souvent excentriques, défiaient toute description, alors que les gens de la Terre Noire ne connaissaient que la perruque.

Djedefhor vint rejoindre son hôte sur une terrasse du bâtiment d'habitation principal, pour prendre le dîner dans la douceur du soir, le soleil une fois couché, la brise marine allégeant l'atmosphère surchauffée pendant le jour. Ils s'installèrent sur des fauteuils, chacun devant une table, comme on le faisait en

Egypte. On leur servit du poisson bouilli, du poisson grillé, pêché dans le fleuve, des lentilles cuites avec des oignons, des concombres avec des laitues, le tout accompagné de pain. Entre eux avait été posé un grand vase en terre cuite pourvu d'un étroit goulot, où étaient plongés deux longs roseaux courbes ; chacun avait ainsi son roseau avec lequel il aspirait la bière préparée avec des dattes et des pains d'orge. Une fois le repas terminé, Igibar rota, il tapota son ventre d'un air satisfait, demanda à son hôte s'il désirait encore autre chose, puis on servit des dattes, pour grignoter jusqu'à la fin de la soirée.

— Demain, dit alors Igibar, tu rencontreras ma fille, mon enfant chérie, ma Menlila. Elle te plaira. C'est elle qui me reste seule de ma famille, et je ne veux pas me séparer d'elle, je veux la garder auprès de moi, toujours.

— Dans ce cas, remarqua Djedefhor, tu ne pourras la marier, car, si vos mœurs sont semblables aux nôtres, chez nous l'épousée va vivre sous le toit de son époux.

— C'est bien ce qui me chagrine. C'est pourquoi je ne l'ai pas encore mariée, bien qu'elle soit nubile depuis déjà plusieurs années. Mais elle est encore jeune, elle a tout le temps de se trouver un époux qui lui conviendra, un homme qui n'aura pas de demeure personnelle et acceptera alors de venir s'établir dans la mienne, car c'est également la demeure de Menlila ; elle en héritera entièrement quand je quitterai ce monde pour le Pays d'où l'on ne revient pas, et son époux y sera aussi chez lui, il sera le maître de mes biens, et il me donnera des petits-enfants, et à nouveau ma famille fleurira, elle s'épanouira comme une fleur oubliée. Ecoute, ô mon hôte, mon associé, ma fille est belle, tu verras, elle est en outre pleine de ressources. Elle sait manier la harpe, elle rythme le tambourin, ses pieds foulent le sol pour les danses qui plaisent aux dieux et pour celles qui réjouissent le cœur des mortels.

Djedefhor n'écoutait plus son hôte qui continuait de vanter les mérites de son enfant. Cette évocation des talents de la jeune fille avait éveillé en lui des souvenirs enfouis, un passé oublié, et il songea à Persenti. Il se demanda ce qu'elle était devenue après tant d'années écoulées, et plus encore ce qu'il était advenu de l'Egypte. Sans doute, celle qu'il avait aimée, l'avait oublié, elle avait trouvé un mari qui lui convenait, lui avait donné des enfants. Il s'en réjouissait pour elle, tout en souhaitant que cet époux ne fût pas son frère et rival Didoufri. Puis il se reprocha cette pensée en se convainquant que, pour s'acharner ainsi, pour désirer sa mort à lui, Djedefhor — car il avait la certitude que si Didoufri avait voulu le supprimer, c'était par jalousie, pour avoir pour lui celle qu'ils se disputaient, puisqu'il possédait déjà un trône qu'il ne lui contestait pas — c'est parce qu'il l'aimait, et, en conséquence, s'il avait fait de Persenti son épouse, il avait su l'aimer comme elle le méritait.

Cette nuit-là, le souvenir de Persenti l'assaillit à plusieurs reprises, il le tint longtemps éveillé, il rêva d'elle. Elle était près de lui, elle lui reprochait de s'être si longtemps absenté, de l'avoir ainsi délaissée, puis elle lui déclara qu'elle ne l'aimait plus, qu'elle avait épousé un homme qui l'aimait, un homme qui était près d'elle et dont il ne pouvait pourtant distinguer le visage, comme s'il était un inconnu. Lorsqu'il s'éveilla enfin avec le jour, il avait chassé loin de lui l'image de la jeune fille dont il était persuadé qu'elle ne l'avait pas attendu puisque tout le monde devait le croire mort, là-bas, dans les vergers d'Osiris.

CHAPITRE XXIII

Ce n'est que quatre jours après son arrivée à Ur que Djedefhor rencontra la fille de son hôte. L'apologie que ce dernier lui avait faite de Menlila avait excité sa curiosité, mais il lui apparaissait trop clairement qu'Igibar voyait sa fille à travers un regard de père. Il se doutait en suite de ces confessions, car il l'avait encore à plusieurs reprises entretenu de sa fille, de son désir de la garder auprès de lui tout en lui donnant un époux digne d'elle, qu'Igibar avait des vues sur lui car il représentait certainement l'époux souhaité : il était libre, entreprenant, n'avait pas d'attaches familiales à Ur, était son associé et, par son père adoptif, il était l'héritier d'une opulente fortune. Igibar savait en outre, et il ne mettait pas sa parole en doute, que Djedefhor appartenait à la famille royale de Memphis. Certes, Djedefhor ne lui avait pas caché, comme il l'avait d'ailleurs confessé à son père adoptif, qu'en vérité il avait été jeté à la mer par son royal frère qui espérait ainsi se débarrasser de lui, de sorte qu'il était dangereux pour lui de rentrer en Egypte. Situation qui était en sa faveur car le danger que lui faisait courir son frère rendait impossible tout retour en Egypte pour le prince. Il était tout aussi vrai que la position royale de Didoufri était précaire, considéré le nombre de ses ennemis et la puissance de son autre frère maître de plusieurs provinces, de sorte que, si d'aventure Khéphren montait sur le trône, Djedefhor retrouverait toutes ses prérogatives dans son pays, sans compter qu'il était même, de par son droit d'aînesse, l'héritier légitime de la couronne d'Egypte. Ces considérations n'avaient pas fait reculer Igibar dans ses intentions manifestes, car il songeait que si Djedefhor s'éprenait de Menlila et l'épousait, si, d'aventure, il trouvait l'occasion d'y retourner, il ne manquerait pas d'emmener son beau-père dans ses bagages, du moins il l'espérait. Car il envisageait sans déplaisir la possibilité de terminer paisiblement ses jours dans un palais dc Mcmphis, cité dont la renommée avait largement dépassé les frontières de l'Egypte.

Djedefhor avait passé ces derniers jours dans les magasins du port où avaient été remisées les marchandises qu'il avait apportées de Sodome. Igibar avait aussi là ses bureaux avec ses scribes et ses manutentionnaires. C'est encore dans ces locaux qu'avaient été logés les mariniers et les gardes qui avaient accompagné Djedefhor. Ce dernier avait commencé par examiner les comptes, s'était fait expliquer la manière dont on procédait pour la diffusion et la vente de la marchandise, puis il avait déclaré à Igibar :

— Pour le moment, écoulons donc cette marchandise selon ta méthode. Avec les bénéfices nous organiserons une nouvelle caravane avec laquelle je ferai le voyage non plus par le fleuve mais par les pistes du désert.

— Quoi, s'était insurgé Igibar, tu vas risquer ta vie et nos profits dans cette aventure !

— N'aie aucune crainte pour ce qui concerne ton profit. Je te donnerai une garantie que tu pourras faire valoir auprès de mon père. Au demeurant, c'est d'abord ma part que j'investirai. Je ne te demanderai qu'un complément qui sera loin de représenter l'ensemble du profit que tu vas tirer de cette dernière vente.

— Eh ! c'est que ta vie m'importe plus que cette question de profit ! avoua-t-il. Je suis suffisamment joueur pour accepter de perdre du bien dans une aventure qui peut se révéler très profitable. Mais si tu y perds la vie, qui te remplacera ?

Cette considération fut agréable à Djedefhor, qui rassura son hôte :

— Vois, j'ai déjà connu suffisamment de tribulations pour ne pas avoir de crainte de ce côté-là. Les hommes de mon escorte sont de bons guerriers et je ne crains pas l'attaque des bédouins si nous leur payons un droit de passage en les faisant les protecteurs de nos futures caravanes. Ils auront plus d'intérêt à nous protéger pour profiter longtemps de ce trafic, que de nous massacrer pour s'emparer d'un butin qu'ils auront d'ailleurs du mal à écouler, ne disposant pas de marchés. Nous n'avons à craindre que des pillards, mais, ceux-là, nous avons de quoi les recevoir.

— Ce que tu oublies, et ce que je redoute, ce ne sont pas tellement les bédouins et les pillards. C'est que vous vous perdiez dans ce désert et que tu y meures par manque d'eau.

— Je ne crains pas tellement de me perdre car je sais me diriger la nuit en observant la position des étoiles. C'est une science qu'on apprend dans le temple de Rê à Héliopolis, car nous passons une partie de nos nuits à observer le ciel et la position des étoiles fixes et des errantes. Et pour ne pas risquer de manquer d'eau, nous chargerons un nombre suffisant d'outres sur les ânes. Ce sont ainsi les ânes qui représenteront le plus gros du coût de ce voyage, car nous n'emporterons que peu de marchandises, juste ce qu'il faut pour désintéresser les bédouins, de sorte que nous ne serons pas une proie bien tentante.

Le soir du troisième jour, alors qu'ils dînaient comme à l'accoutumée sur la terrasse de la demeure d'Igibar, ce dernier fit savoir à Djedefhor que Menlila avait été retenue au palais pendant tout le séjour à Ur du fils du roi d'Uruk.

— Elle nous reviendra sans doute demain, conclut-il. Car je suppose que tu as hâte de faire sa connaissance...

— Igibar, tu m'as trop vanté les mérites de ta fille pour que je ne brûle pas du désir de rencontrer cette merveille, assura Djedefhor non sans une pointe d'ironie dans le ton, ce que ne perçut pas Igibar.

C'est le matin suivant, lorsqu'il descendit dans le jardin en attendant Igibar pour se rendre avec lui au port nord où se trouvaient les entrepôts, qu'il rencontra la fille de son hôte. Elle était drapée dans une longue robe ornée, tout au long de la bordure, de perles cousues de lapis-lazuli. Sa sombre chevelure, soigneusement coiffée, était retenue par un bandeau étroit au-dessus du front sur lequel il laissait descendre des boucles formant quatre festons. Elle n'avait emprunté à son père que de grands yeux noirs, enfoncés dans les orbites, ce qui leur conférait on ne savait quel mystère qui ne contribuait pas peu au charme qui émanait de son visage allongé en un élégant ovale, de ses lèvres sensuelles et parfaitement dessinées, de son nez fin et droit. Elle s'avança vers lui, svelte dans sa robe de lin délicat sous laquelle se dessinaient les formes de son corps. Djedefhor, qui, en réalité, en jugeant d'après le père, imaginait une femme déjà en chair au visage rond et poupin, demeura un instant sans voix, comme ébloui par une apparition divine. Mais il eut tôt fait de se faire un masque et de manifester une sorte d'indifférence.

Elle s'était arrêtée devant lui, avec un air grave, ce qui la rendit plus charmante encore aux yeux du jeune homme, et parla la première :

— Tu es Abimilkou.

— Et toi, répondit-il avec un engageant sourire, tu es Menlila.

— Mon père m'a dit le plus grand bien de toi, lui fit-elle savoir.

— Il m'a aussi dit encore plus de bien de toi.

Elle consentit alors à sourire et soupira :

— Je le sais. Mon père ne tarit pas de louanges à mon sujet au point que ceux qui l'ont entendu et ensuite me voient doivent forcément éprouver une bien grande déception.

— Serait-ce possible ? Pour moi, je puis te dire sans flagornerie que, pour ce qui est de ton apparence, il me paraît être resté au-dessous de la vérité.

Le compliment la fit sensiblement rougir sans que,

cependant, elle baissât la tête en prenant un air modeste. Elle en rit, au contraire, en répliquant :

— Je ne pensais pas que les hommes d'Egypte savaient si aimablement parler aux femmes.

— Pourquoi ? N'en est-il pas ainsi dans la cité d'Ur ?

— C'est possible, mais je ne l'ai jamais encore entendu pour ce qui me concerne.

— C'est, sans doute, parce que tu n'as pas encore rencontré de jeunes hommes susceptibles de te faire des compliments, ou alors ils sont intimidés par l'éclat de ta beauté. Chez nous, nous écrivons des poèmes à la gloire de celles que nous aimons.

— Il me plairait alors de vivre dans un tel pays, soupira-t-elle.

Ce premier échange fut interrompu par l'apparition d'Igibar, qui s'exclama :

— Bien, je vois que vous vous êtes rencontrés, mes enfants, et que vous vous êtes parlé. C'est bien, c'est bien. Menlila, voici donc Abimilkou, le fils de mon associé. Il est d'ailleurs lui-même mon associé et il a pris en main nos affaires. Car, bien que prince en son pays, il ne s'en est pas moins révélé un remarquable gestionnaire... Abimilkou, ce jour nous n'irons pas aux entrepôts. La reine à qui j'ai parlé hier, tandis que tu faisais tes comptes, désire te recevoir tout à l'heure dans son palais. Je ne te cache pas que je lui ai révélé qui tu étais en réalité. C'est sans doute la principale raison qui l'a conduite à désirer te voir.

— Igibar, mon origine reste sans portée puisque, pour l'instant, je ne suis jamais qu'un exilé.

— Abimilkou, un prince exilé, surtout quand il est l'héritier légitime du royaume le plus puissant du monde, est plus précieux qu'un prince qui vit dans la cour de son père ou de son frère. La protection que lui accorde alors un souverain étranger devient pour ce dernier un gage de gratitude lorsque le prince retrouve sa patrie et son trône.

— Je t'ai aussi dit que mon frère Khéphren, bien

que plus jeune que moi, est mieux placé pour monter sur le trône d'Horus car il dispose de provinces, d'une armée et du soutien de la majorité des grands du royaume. Alors que moi-même j'ai renoncé au trône, désireux de me consacrer à la quête de la sagesse.

— Ah oui, je sais ! A ce propos, rappelle-moi de te raconter les mésaventures de ce roi d'Uruk, l'ancêtre du roi actuel, qui est aussi parti en quête de la vie éternelle, ce qui est le but de toute quête de sagesse. Tu verras que ce n'est jamais que poursuite du vent.

— On m'a dit quelques mots de ce personnage, un vieil ami venu de Byblos qui a été en partie mon maître. Ne s'agit-il pas de ce Gilgamesh qui aurait tué le géant Humbaba qui gardait la montagne des Cèdres ? Il paraît que ce n'est qu'une plaisante histoire inventée par les gens d'Uruk.

— C'est bien celui dont il est question. Mais ce géant, nous l'appelons ici Huwawa. Cependant, ce n'est pas de cette aventure que je veux t'entretenir. Pour l'instant, si tu es prêt, il est temps que nous nous rendions au palais. Menlila, tu y viens avec nous, me semble-t-il.

— Bien entendu, père, puisque c'est moi qui suis chargée de vous conduire devant la reine. Comme tu le vois, moi aussi je suis prête.

— Ta robe est belle... Qu'en penses-tu, Abimilkou ?

— Euh... Ce vêtement ne met, en effet, que plus en valeur la beauté et l'élégance de ta fille, reconnut volontiers Djedefhor.

Devant la porte monumentale de l'enceinte du palais se tenaient plusieurs gardes. Ils étaient tous identiquement vêtus d'un long kaunakès, leur torse n'étant pas nu mais protégé par un large devantier en peau attaché sur l'épaule gauche et laissant découverte la droite. Ils tenaient dans une main une lance terminée par une pointe oblongue en bronze et de l'autre une hache pourvue d'un long manche. Leur tête était protégée par un casque pointu en cuir épais qui coiffait entièrement leur chevelure et tombait sur la nuque en un pan arrondi. Igibar et surtout Menlila étaient suffisamment bien connus d'eux pour qu'ils les laissassent passer sans leur poser de question. Ils traversèrent la vaste cour plantée d'arbres au fond de laquelle le palais élevait sa masse imposante de briques, percée d'une porte de petite taille, ce qui lui conférait un aspect de forteresse. Cette porte, elle aussi flanquée de gardes, donnait accès à un hall tout en largeur d'où, par un labyrinthe de salles, de galeries et de cours, les visiteurs parvinrent à une sorte de grand patio sur lequel s'ouvrait une petite salle où Menlila, qui était leur guide dans ce dédale, introduisit son père et Djedefhor.

— Attendez ici, leur demanda-t-elle, je vais avertir la reine de notre arrivée.

— Je constate, dit Djedefhor à Igibar lorsque Menlila se fut éloignée, que ta fille connaît tous les détours de ce palais où il semble si facile de s'égarer. Et il faut aussi qu'elle soit une familière de la reine pour avoir accès de la sorte à ses appartements privés.

— Menlila est l'une des quatre filles de compagnie de la reine. Ces filles sont soigneusement choisies parmi les grandes familles de la ville, et, comme tu peux le concevoir, c'est un honneur pour ces familles d'avoir une fille au service de la reine. Elles peuvent ainsi pénétrer dans ses appartements à tout moment du jour et de la nuit, et elles se relaient pour tenir compagnie à la reine lorsque celle-ci le demande. Il faut, pour accéder à une si haute fonction, que la jeune fille sache danser, faire de la musique, lire, écrire, et parler agréablement. Il y a de nombreuses candidates et, comme c'est visible, bien peu d'élues. Tu peux dès lors comprendre ma fierté d'avoir une fille qui soit l'une des quatre amies de la reine. Mais ce privilège n'est pas sans servitude, car les obligations des élues sont nombreuses, à commencer par celle de se trouver à tout moment disponible pour se mettre au service de la reine. C'est ainsi que, pendant ces derniers jours, Menlila n'est pas rentrée à la maison. Elle a dû demeurer nuit et jour au palais pour aider la reine à distraire l'envoyé du roi d'Uruk.

— Nuit et jour, dis-tu ? Mais la nuit, en quoi peut donc consister la distraction d'un homme ? s'inquiéta Djedefhor.

— Non, ne va pas croire que les filles de la reine aillent jusqu'à s'obliger à entrer dans la couche de l'invité. Il y a pour cela des courtisanes attachées au palais. Mais il arrive que l'hôte du palais veille tard et qu'il faille chanter et danser pour son plaisir, ou même le distraire par des histoires ou par des jeux. Comme la reine est obligée de demeurer auprès de lui, elle ne se couche que très tard dans la nuit, et ses filles doivent l'accompagner jusque dans sa chambre où les servantes s'occupent de son coucher. Ce sont là des contraintes qui, évidemment, ne peuvent que nuire à une vie familiale bien réglée. Mais quand Menlila prendra un époux, elle sera libérée de ses devoirs car la reine ne veut auprès d'elle que des filles non mariées.

— Dans ce cas, si c'est un tel honneur et, sans doute un avantage pour toi, que de compter sa fille parmi les amies de la reine, tu ne dois pas être pressé de la marier, remarqua Djedefhor.

— Oui et non. Non parce que, en effet, nous y trouvons, aussi bien elle que moi, de nombreux avantages, à commencer par des franchises qui me sont accordées, un prestige auprès de mes clients et elle parce qu'elle est largement payée de ses services. Oui parce que, en réalité, je peux maintenant me passer des avantages que m'apporte cette situation et que je préférerais avoir plus souvent ma fille auprès de moi.

— Cependant, ne m'as-tu pas dit que son époux l'emmènerait dans sa propre demeure ? De sorte que tu la verras moins souvent encore.

— Tu oublies que je t'ai également confié que c'est pour éviter cela que je veux la marier à un étranger qui ne l'emmènera pas dans sa famille, un homme qui résidera dans ma demeure ou, s'il part au loin, acceptera que je ne sois pas séparé d'elle... Au fait, je ne t'ai pas dit que lorsque va entrer la reine, tu la salueras en manière d'adoration. Pour cela tu dois conserver les bras contre le corps et relever les avant-bras en tournant vers la personne saluée les paumes de tes mains.

— Voilà qui est plus simple que chez nous où, devant la majesté du roi, on doit se jeter sur le ventre et embrasser la poussière devant ses pieds.

— C'est pour nous une étrange façon de saluer un roi, et quelque peu ostentatoire.

— C'est un acte de soumission totale.

— Mon ami, nous, nous n'en sommes pas encore là.

Menlila entra, annonçant la reine qui vint juste derrière elle. Djedefhor ne put qu'admirer la majesté de son port ; elle était encore jeune, avec un visage fin, comme celui de Menlila, bien différent de celui des femmes sumériennes que Djedefhor avait eu si souvent l'occasion de croiser dans les rues d'Ur. Elle portait une ample robe brochée de fils d'or, qui cachait ses pieds et traînait sur le sol dallé de briques roses, ce qui ajoutait à la pompe de son aspect ; ce vêtement était rehaussé par un lourd collier fait de boules guillochées en or alternant avec des perles de lapis-lazuli. Son opulente chevelure sombre était à demi dérobée sous une coiffe faite de fins anneaux d'or formant une sorte de large filet sur lequel étaient attachées des feuilles de peuplier en or parsemées de fleurs en lapis-lazuli, turquoise et nacre. Au sommet de la coiffe se dressaient des fleurs d'or aux tiges recourbées supportant des têtes pareilles à des marguerites, au centre desquelles une grosse perle de lapis-lazuli faisait chanter son bleu nocturne avec l'éclat solaire de l'or. De lourds anneaux d'oreille, en forme de larges demi-lunes, surgissaient des boucles de sa chevelure qui tombaient librement autour de sa tête.

Djedefhor songea que les reines d'Egypte, dans leur simple robe moulante blanche, parfois leur perruque rehaussée par un simple bandeau de tissu, faisaient piètre figure à côté de la souveraine superbe de ce petit Etat. Il salua d'autant plus volontiers cette femme altière de la manière simple qui lui avait été recommandée. Elle-même rendit le salut, alla prendre place sur un fauteuil recouvert d'une peau de panthère et dont les pieds avaient la forme de pattes de lion, le tout en bois doré, puis elle invita les deux hommes à s'asseoir sur des tabourets, face à elle, tandis que Menlila prenait place sur un autre tabouret auprès d'elle.

— Seigneur Abimilkou, dit alors Puabi, dois-je m'adresser au fils adoptif d'un riche marchand de Sodome ou au fils du roi d'Egypte ?

— Reine, répondit Djedefhor, je ne suis ici qu'en tant que fils de Khizirou et associé du seigneur Igibar. Pour le reste, tu dois avoir appris de la bouche d'Igibar que j'ai dû fuir la vindicte d'un frère puîné dont les intrigues ont réussi à persuader notre père de faire de lui l'héritier du trône d'Egypte.

— Quoi qu'il en soit, tu es le bienvenu en notre cité. Et moi-même je serais honorée si tu acceptais de venir rendre des visites en son palais à la maîtresse de cette ville.

— C'est sur le serviteur de ta seigneurie que retombe un tel honneur, répondit Djedefhor.

— Il me plairait que tu m'entretiennes de ton pays. Nous avons eu des relations, nos cités et l'Egypte, dans un passé maintenant lointain. Peut-être serait-il heureux pour nous tous de les renouer. Il est vrai que nos royaumes sont bien éloignés et pour nous l'Egypte est quelque chose comme un mirage, un monde si éloigné qu'il est presque devenu inaccessible. Et pourtant, je suis persuadée qu'il n'est pas plus loin que ce pays de Meloukhkha où nos vaisseaux vont chercher de l'or, des bois précieux, des animaux étranges, des épices, de l'ivoire, que sais-je encore. Igigbar pourra certainement te donner le détail des richesses de cette lointaine contrée.

— Il est vrai, ma reine, intervint Igigbar, que l'Egypte ne doit pas être plus éloignée de nous que Meloukhkha ou, par les chemins de terre, le pays d'Aratta où l'on va chercher le lapis-lazuli si cher à ton cœur et qui sied si bien à la beauté de ta majesté. Personnellement, du temps que je commerçais avec les marchands venus de Dilmoun et de Magan[1] qui ferme la mer Inférieure et commande son ouverture vers l'océan sans bornes qui baigne les rives de Meloukhkha, je me suis laissé dire qu'en suivant les côtes du Magan, toujours vers le couchant, on doit parvenir dans la mer qui baigne les rives orientales de l'Egypte. Nous savons que c'est quelque part là-bas que se trouve ce pays riche en or et en résines précieuses connu par les Egyptiens sous le nom de Pount.

— C'est bien cela, confirma Djedefhor, et il est évident que l'immense contrée désertique située en face de l'Egypte, que les gens de Canaan appellent Havilah et nous le To Noutir, est la continuation vers l'ouest de ce pays que vous appelez Magan. Il était d'ailleurs dans mes intentions, avec l'aide de mon père adoptif, de faire construire des vaisseaux au bord de la mer au débouché de la vallée de Sidîm, et que nous appelons mer de Coptos, pour naviguer vers le sud et ainsi parvenir au pays de Pount et aussi

1. Ces régions, bien connues par les textes sumériens du IIIᵉ millénaire, ont été identifiées. Meloukhkha n'est autre que la vallée de l'Indus, Dilmoun, l'île de Bahrein et les rivages voisins de l'Arabie, Magan l'actuel Oman. La mer Inférieure est l'appellation sumérienne du golfe Persique (ou Arabique) et de la mer sur laquelle il s'ouvre, par le détroit d'Ormuz, sur l'océan Indien. Quant à Aratta, c'était un marché du lapis-lazuli, cette belle pierre bleue que l'on ne trouve que dans l'actuel Badakehan, à l'extrémité nord-est de l'actuel Afghanistan. Le site n'a pas été sûrement identifié.

dans une île mystérieuse, l'île du Ka où est enfermé le plus précieux des trésors, le grand livre de Thot.

Qu'est donc ce livre de Thot ? s'étonna la reine.

— C'est un livre divin où sont consignés tous les secrets de l'Univers. Il est écrit en lettres de feu sur des plaques de turquoise et d'émeraude. Celui qui prend connaissance de ses formules comprend tous les langages, tant ceux des hommes que ceux des oiseaux et des animaux, des poissons dans l'eau, de tous les êtres vivant sur la terre. Il voit le soleil dans le ciel avec le cycle des dieux, la lune à son lever et à son coucher, les étoiles dans le firmament. Ainsi a parlé un sage : ce qui veut dire qu'il parvient à la connaissance parfaite du monde, qu'il est maître de l'Univers et qu'il est devenu immortel.

— Si je comprends bien, la possession d'un tel livre ferait qu'on deviendrait pareil aux dieux, remarqua la reine.

— C'est un dieu, oui, un dieu celui qui possède la connaissance de tous les secrets de l'Univers, confirma Djedefhor.

— Sais-tu où se trouve ce livre ? Quelqu'un l'a-t-il déjà eu en sa possession ?

— Personne à ma connaissance. Comme je viens de te le dire, il est caché en un lieu secret, dans une île, dit-on, au fond d'une mer mystérieuse que le sage qui m'en a parlé a appelée mer de Coptos, du nom d'une ville sacrée de la vallée du Nil. Mais, en réalité, c'est la mer qui s'étend à l'orient de l'Egypte. Il doit se trouver dans cette île un temple consacré à Thot, dieu de la sagesse éternelle. C'est dans ce temple qu'est déposé le livre. Il serait enfermé dans un coffret en or, lui-même placé dans un coffret d'argent, contenu dans un coffre d'ivoire et d'ébène, lequel est enfermé dans un coffre de bois de cannelier, et celui-ci est protégé dans un solide coffre de bronze. Voilà tout ce que je sais de ce livre.

— Et songes-tu à aller le chercher ?

— C'était l'un de mes buts. J'y pensais lorsque je

me suis retrouvé sur la route qui menait vers la vallée de Sidîm. J'y songeais toujours quand j'étais devenu l'homme de confiance d'un marchand de Gomorrhe. J'en ai encore parlé avec mon père adoptif à Sodome. Maintenant, je ne sais plus ce que je dois faire. Mon ambition est, avant tout, de faire prospérer nos firmes, celle d'Igibar, mon hôte, et celle de mon père, car nous sommes étroitement associés. Plus tard, je me remettrai peut-être en quête de ce livre, à la recherche aussi de la porte d'Hebsbagaï qui est celle de la contrée souterraine que nous appelons en égyptien la Douat, où vivent cachés les sages qui gouvernent le monde et détiennent les clés de la connaissance.

— Abimilkou, soupira la reine, tu nous fais rêver, mais ne crains-tu pas que ce ne soient qu'illusions, tous ces secrets de la vie et du savoir ? Igibar, il faudra que tu prennes le loisir de raconter à notre hôte l'histoire de Gilgamesh qui fut roi d'Uruk et qui partit en quête de la plante d'immortalité. C'est l'arbre de vie qui est entre les mains des dieux, que nous autres dans le pays de Sumer nous vénérons, car il est divin, il est la source de toute vie, mais il demeure hors de portée des mortels.

— Ma reine, j'ai déjà parlé de ce roi à Abimilkou. Je me réserve de lui raconter son histoire, un jour.

— Oui, prince, reprit la reine à l'adresse de Djedefhor, cette histoire te portera à la réflexion et peut-être te fera voir différemment les choses. Car je ne pense pas que la sagesse en quête de laquelle tu es parti puisse se trouver dans un livre, serait-il rédigé en signes d'or sur de la turquoise ou de l'émeraude. Pour aussi puissantes que soient les formules magiques, jamais jusqu'à ce jour on a vu qu'elles puissent conférer la sagesse et la connaissance des dieux à ceux qui les utilisent.

CHAPITRE XXIV

Khéphren avait fait aménager, à proximité de l'embarcadère du château d'Eléphantine, une plage et dresser tout près un pavillon en bois couvert de palmes. Sur le plancher étaient jetés des coussins sur des nattes et, en retrait, Khamernebti avait fait installer des fauteuils confortables et des petites tables. C'est là qu'elle aimait à se tenir, en particulier lors des grosses chaleurs de l'été car, malgré la lumière que diffusait la chaleur du soleil, un vent léger agitait l'air, ce qui doublait la fraîcheur relative provoquée par les éventails qu'agitaient de jeunes serviteurs nubiens. Persenti, établie dans une aile de la résidence avec sa famille, venait l'y rejoindre, accompagnée généralement de sa jeune sœur Nikaânkh, qui était devenue une jeune fille de seize ans, et de leur mère Iou. Cette dernière s'était instituée gardienne des enfants, soit Mykérinos âgé de douze ans, sa sœur Khamernebti II, qu'on appelait Khamy, de vingt mois sa cadette, le dernier fils du couple princier, Khounérê, âgé de six ans, et le fils de Persenti, Nékaourê, l'aîné de quelques mois de ce dernier. Les enfants portaient tous la mèche de l'enfance qui tombait sur le côté droit de la tête, et tous restaient nus, comme tous les enfants de la vallée, qu'ils fussent fils de grands ou de paysans. Ce qui facilitait leurs jeux car ils étaient plus souvent dans l'eau du fleuve qui baignait la plage, que sur la terre ferme. Cette aire de jeux et de repos, cet asile de paix et de sérénité n'était délaissé que lors de l'inondation, où le fleuve débordant montait si haut que tout l'ensemble était submergé, raison pour laquelle le pavillon était fait en bois, ce qui permettait de le démonter avant la hausse des eaux.

La saison de l'inondation se terminant, la plage avait été abandonnée par le flot et on s'était empressé de remonter le pavillon, car la chaleur était encore torride et les jeunes femmes avaient hâte de retrouver la fraîcheur, relative il est vrai, de l'eau. Tandis que les enfants étaient revenus jouer et nager dans le fleuve apaisé — car il leur était interdit de s'en approcher lors de la crue, la violence du courant le rendant dangereux — sous la surveillance d'Iou et de Mérithotep, celle qui avait été choisie pour assumer la fonction de berceuse de Nékaourê, Khamernebti, Persenti et Nikaânkh s'étaient installées dans l'ombre du pavillon. Elles s'étaient dépouillées de leurs robes dont le tissu, pour aussi fin qu'il fût, activait la sudation et le faisait désagréablement coller à la peau, et elles s'étaient amusées à parer leurs chevelures, leurs cous et leurs bras d'ornements faits de feuilles et de fleurs. Ainsi jouaient-elles au jeu du serpent ou aux dames, ce que les Egyptiens appelaient le senet, tout en devisant et, parfois, riant. Et lorsqu'une partie se terminait et que la chaleur leur devenait trop insupportable, elles allaient se tremper dans l'eau du fleuve maintenant redevenue claire après que le limon eut entièrement été entraîné par le flot de la crue et de la décrue. Elles prenaient alors avec elles chacun des plus jeunes enfants et les faisaient jouer et nager dans le fleuve.

C'est ainsi que les surprit Khéphren. En voyant paraître son frère et époux, Khamernebti l'incita à venir les rejoindre, mais lui, tout au contraire, leur demanda de monter vers lui car il avait à leur parler sérieusement. Les jeunes femmes se décidèrent alors à sortir de l'eau et vinrent s'asseoir sur les coussins, au pied de Khéphren qui, en les attendant, s'était installé dans un fauteuil et grignotait des dattes.

— Je vais devoir vous abandonner pendant quelque temps, commença-t-il par annoncer.

— Nous abandonner ? s'étonna Khamernebti. Qu'entends-tu par ces mots ?

— Vois, Djedi est arrivé ce matin. Il vient directement de Memphis.

— Qui est-ce Djedi ? demanda Khamernebti.

— L'as-tu oublié ? C'est une sorte de sage magicien qui vivait à Hermopolis, et qu'a rencontré notre frère Hori quand il était dans le temple de Thot. A la demande de notre père il l'avait fait venir à Memphis, mais Khéops, le dieu justifié, n'a pas eu de nombreuses occasions de s'entretenir avec lui car il a passé bientôt le seuil de la Douat. Ce Djedi est resté établi dans le Grand Palais, sur l'invitation de Noubet. Il paraît qu'il était devenu le maître de sagesse de la reine et qu'il lui dispensait des conseils de modération lorsqu'elle a peu à peu pris en main les affaires du royaume. Il s'était cependant fait oublier de Didoufri qui, d'ailleurs, a toujours manifesté un certain mépris pour les prêtres, les scribes savants et les sages. Et voici qu'il a pris la route de notre province pour venir me faire part des nouvelles de Memphis, nouvelles inquiétantes qui m'obligent à agir.

— Voilà qui est heureux et c'est une initiative que j'approuve vivement, depuis que je t'incite à prendre les armes contre Didoufri, se réjouit Khamernebti. Mais pourquoi est-ce lui qui est venu vers toi ? Pourquoi Minkaf ne t'a-t-il pas envoyé de message par pigeon voyageur ?

— Si j'en crois ce que m'a rapporté Djedi, Didoufri, qui connaissait l'existence de ces pigeons qu'Hénoutsen ou encore Minkaf nous envoyaient de leur pigeonnier situé dans la demeure où notre mère a installé Inkaf, Didoufri, dis-je, a investi cette demeure ; elle est désormais occupée par des hommes d'armes. Cela, certainement dans le dessein d'interdire toute communication avec moi. Car, maintenant que Didoufri a pris en main la direction des affaires du royaume, depuis qu'il a été débarrassé des ingérences de sa mère, il s'abandonne avec audace à ses ambitions. Ainsi a-t-il visiblement décidé de passer à l'action. Il a commencé par encercler le palais de Memphis où il tient assiégés la reine Mérititès, notre mère, notre tante Néferkaou et même son époux Ibdâdi. Comme Hénoutsen est entourée d'une garde forte et fidèle, Didoufri ne tente pas de faire donner l'assaut. Il se contente d'interdire toute possibilité de sortie et de communication avec l'extérieur. Je crois d'ailleurs qu'il n'oserait pas lancer ses hommes à l'attaque, ne serait-ce que par peur qu'ils ne soient vaincus par la troupe que commande Nekhébou. Nous savons qu'il a rallié à sa cause les princes de la Basse-Egypte à qui il a laissé une autonomie qui flatte leurs ambitions. Plusieurs princes du Sud, les plus voisins de Memphis, ceux des provinces des Deux Sceptres, du Sycomore supérieur et du Sycomore inférieur, de l'Oryx et du Lièvre, tous ces princes se sont ralliés à lui. Chaque jour qui passe le rend plus fort, accentue le risque de voir un nouveau prince du Sud se rallier à l'usurpateur. Voilà ce que j'ai appris de la bouche de Djedi. C'est mon frère Minkaf, inquiet pour notre mère, qui l'a envoyé vers moi, en lui recommandant de me dire que le temps du sommeil était terminé, que je devais rassembler toutes mes forces et marcher sur Memphis avant qu'il ne soit trop tard. Il ne disposait plus des pigeons pour me faire parvenir son message, et il sait ne pouvoir faire confiance à personne de son entourage. Si Didoufri savait qu'il le trahissait à mon profit, il n'hésiterait pas à le faire exécuter. En dernier recours, il a songé à Djedi, oublié au fond du palais de Khéops, ce palais qui est celui où Minkaf fait son office de vizir.

— Cela signifie-t-il que tu vas nous quitter ? demanda Persenti d'un air inquiet.

— Il fallait bien que ce jour arrivât. Je n'ai que trop attendu en caressant l'espoir futile que Didoufri serait suffisamment maladroit pour dresser tous les grands contre lui au point qu'ils se rebelleraient et me proclameraient souverain des Deux Terres à sa place, ou encore qu'il périrait d'une manière ou d'une autre. C'est le contraire qui s'est passé, et il est maintenant en voie de pouvoir me dicter ses volontés. Didoufri est plus habile que je ne le pensais et c'est moi qui ai été trop pusillanime. Il ne me reste plus qu'à aller l'affronter, les armes à la main avant que, devenu trop puissant, il ne soit à même de me forcer à abandonner ma province en m'envoyant l'ordre de venir devant lui à Memphis.

— Qu'Isis, maîtresse du trône, nous garde d'une telle calamité ! s'exclama Khamernebti.

— La déesse ne pourra nous aider que si je me décide à agir. J'ai donné l'ordre à mes officiers de réunir notre troupe et de réquisitionner tous les bateaux disponibles. Je veux que nous partions dès demain, car il faut prendre de vitesse ce Didoufri. Je dois m'assurer du soutien de tous les princes du Sud, ceux qui se sont déjà ralliés à moi, et ceux qui ne se sont pas encore ouvertement déclarés pour l'usurpateur. Khamernebti, pendant mon absence je te confie le gouvernement de cette province. Veille sur les scribes qui sont chargés de l'administration des carrières, des champs et du trésor du palais. Quand il n'y a pas un maître derrière eux qui supervise leur travail et reste susceptible de sanctionner les malversations, rares sont ceux qui ne deviennent pas prévaricateurs, qui ne s'enrichissent pas honteusement sur les revenus de l'État.

— Khafrê, mon frère, c'est une bien lourde tâche que tu veux me confier là, s'insurgea-t-elle.

— En qui pourrais-je avoir plus de confiance ?

— Pourquoi ne pas en charger Chédi ? C'est un homme réfléchi, qui t'est tout dévoué.

— Chédi est un excellent ébéniste, mais il ignore tout ce qui concerne l'administration d'une province. En sais-je vraiment beaucoup plus ?

— Certainement, car je te tiens au courant de tout et tu m'as déjà secondé avec compétence, tandis que Chédi ne sort guère de son atelier où il a maintenant enfermé son fils Rahertepi alors qu'il est à peine sorti de l'enfance.

— Je ne peux qu'approuver Khafrê, opina Persenti. Nul ne peut nier que mon père ne soit devenu l'un des plus habiles artisans de ce pays et il a rempli ce château de meubles magnifiques, mais il n'en est pas pour autant aussi habile dans l'administration d'une province. Khamernebti, tu es trop modeste quand tu te dis incompétente pour suppléer Khafrê dans ses tâches. Si tu veux, je t'aiderai, ce qui nous sera une bonne distraction.

— Voilà qui est bien parlé ! s'exclama Khéphren. Je vous fais toutes les deux régentes de cette province. Je suis certain qu'elle sera mieux administrée que par moi.

Khéphren se leva et s'éloigna pour, assura-t-il, continuer de donner ses ordres et tout mettre au point avant son départ imminent à la tête de son armée.

Persenti soupira alors et, se tournant vers sa compagne :

— Nebti, je suis pleine de crainte pour ton frère. Ce Didoufri est un homme rusé, habile, sans scrupules. Il semble être maintenant le maître d'une armée puissante, il a derrière lui une majorité de grands et de gouverneurs. Par son action, Khafrê fait acte de rébellion contre son frère qui n'en est pas moins son souverain, le roi des Deux Terres. Khafrê peut être vaincu, il peut être tué dans un combat, ou encore capturé et je ne serais alors pas étonnée que Didoufri le mette à mort.

— C'est certain, reconnut Khamernebti, mais Khafrê ne peut agir autrement. Le seul reproche qu'on doive lui faire, c'est d'avoir tant attendu, alors que s'il était intervenu il y a encore deux ou trois ans, il était sûr de vaincre. Notre mère l'a détourné d'agir le premier, elle a eu tort.

— Elle ne pouvait prévoir la mort de la reine Noubet. Tant qu'elle était en vie et que le roi se comportait décemment, il était difficile de se lever contre lui, au risque de se voir désapprouvé par les grands du royaume. Il faut reconnaître que la position de Khafrê était peu confortable ; si tu en tiens compte, tu devrais admettre qu'Hénoutsen avait raison de l'inciter à la patience et lui d'agir comme il l'a fait.

— Vraiment, Persenti, ton admiration pour mon frère est telle que même accumulerait-il les pires erreurs, tu soutiendrais que c'est une heureuse tactique qui prouverait son adresse et sa perspicacité.

Ce soir-là, après que chacun se fut retiré dans son appartement, Khéphren vint frapper à l'huis de la chambre de Persenti.

— Khafrê, s'étonna-t-elle, pourquoi viens-tu honorer ta servante de ta visite ?

Il vint s'asseoir sur le bord du lit sur lequel elle était couchée sur le dos, la nuque appuyée sur les coussins qui dissimulaient le chevet[1] en ivoire.

— Persenti, lui dit-il alors, tu le sais, je te l'ai déjà si souvent répété ! Je t'aime et je voudrais faire de toi ma seconde épouse. Jusqu'à ce jour, tu t'es refusée à moi en évoquant l'ombre de mon frère. Or, s'il n'est pas revenu depuis tant d'années qui se sont écoulées, c'est qu'il n'est plus du monde des vivants ou, alors, il a trouvé au loin de nouvelles amours et il y a fondé une famille.

Cette constatation fit baisser la tête à la jeune femme qui poussa un grand soupir, tandis que Khéphren poursuivait :

— Vois : le temps s'écoule, et aussi ta jeunesse, et bientôt se fanera ta beauté. Maintenant, tu ne danses plus, toi qui aspirais à devenir la meilleure danseuse

---

1. On donne le nom de chevet aux supports-tête que les Égyptiens utilisaient comme oreillers. Ils consistaient en une colonnette très basse sur laquelle était fixé un support en forme de demi-lune et large de quelques centimètres, sur lequel on posait la nuque, afin de ne pas défaire la coiffure. Il arrivait qu'on y posât un coussin pour le rendre plus confortable. Cet objet était généralement en bois, mais il pouvait aussi être taillé dans de l'ivoire. Certaines populations actuelles de l'Afrique Noire utilisent traditionnellement ce genre de meuble de lit dont on ne sait s'il leur vient des anciens Égyptiens ou s'il s'agit d'une invention indépendante.

de la Terre Noire, tu mènes une vie triste, mariée à une ombre.

— J'ai encore mon fils.

— Ce petit Nékaourê que j'ai adopté, je voudrais en faire mon vrai fils si tu acceptais de devenir mon épouse...

— Je crains tant qu'un jour Hori n'apparaisse devant moi, qu'il me reproche de ne pas l'avoir attendu...

— Tes scrupules deviennent ridicules. Quel amour serait celui d'Hori si, revenant devant toi après tant d'années, il osait te reprocher d'avoir vécu pendant tout ce temps, de ne pas avoir consumé ta jeunesse dans des regrets, dans une attente toujours vaine ? En vérité, il faudrait qu'il t'aimât bien peu pour oser te faire grief d'avoir finalement cherché à vivre, après tant d'années de solitude sur ta couche.

Persenti s'était redressée et restait appuyée sur un coude, le visage tourné vers Khéphren. Et il songea qu'avec le temps, elle n'avait fait qu'embellir, que son visage s'était paré d'une maturité qui ne faisait qu'accentuer le charme de ses yeux et de sa bouche. Il posa sa main sur son épaule, en caressa la peau soyeuse et dorée.

— Vraiment, Persenti, tu es là comme la Dorée lorsque, étendue sur sa couche, elle attend la venue d'Horus.

— Et Horus, c'est toi, fils de roi ? lui demanda-t-elle, avec un sourire amusé.

— Lorsque je reviendrai de cette campagne, ou plutôt lorsque je vous ferai revenir à Memphis, toi et Khamernebti, je serai l'Horus d'or, sur le trône des Deux Terres.

Elle poussa encore un grand soupir avant de remarquer :

— Si encore tu triomphes. Car je crains pour ta vie, Khafrê.

— Est-ce vrai ? Parles-tu avec Maât sur la langue ?

— Certainement ! s'exclama-t-elle d'un ton scandalisé, comme s'il mettait en doute sa parole. Oui, Khafrê, tu m'es plus cher que mon père et ma mère, plus que tout au monde, excepté Hori et le fils qu'il m'a donné.

— Dans ce cas, accepte enfin de m'épouser. Vois, si je meurs au cours de cette guerre, tu m'auras enfin accordé ce qu'en vain je désire depuis tant d'années. Si je vaincs, tu seras ma seconde épouse, tu seras une reine.

— Khafrê, si je consens à me donner à toi, je ne voudrais surtout pas que tu penses que ce pourrait être pour ce que tu représentes, parce que tu es fils de roi et bientôt, je le souhaite ardemment, roi toi-même.

— Comment pourrais-je le penser alors que tu aimais Hori et que tu t'es donnée à lui quand tu croyais qu'il n'était qu'un simple scribe danseur et que tu l'as fui lorsque tu as appris qu'il était prince ? Et encore, n'as-tu pas cherché par tous les moyens à te soustraire aux avances de Didoufri alors qu'il était déjà roi et voulait te placer auprès de lui sur son trône ?

— Certainement, Khafrê, car ce qui compte avant tout, c'est d'être aimé pour soi, c'est d'aimer quelqu'un pour ce qu'il est et d'être pareillement aimé. Vois, si tu n'avais pas été gouverneur de province et fils de roi, si tu avais simplement été ce que je croyais que tu étais vraiment, le frère d'Hori le danseur, ayant perdu celui que j'aimais, certainement je ne me serais pas refusée à toi comme je l'ai fait depuis que nous sommes installés dans cette demeure. Et je te suis reconnaissante de ne pas avoir cherché à abuser de la situation, à user du pouvoir que te confère le fait d'être le maître de ce château et de cette province pour me contraindre à te donner ce que je te refusais.

— Par la vie ! Ainsi, si j'avais été un simple fils de jardinier, comme tu l'as cru un moment, tu te serais plus facilement abandonnée à mon étreinte que tu ne l'as fait parce que je suis prince ?

— Mais, Khafrê, mon seigneur, je ne me suis toujours pas abandonnée à ton étreinte.

— C'est vrai, reconnut-il, mais si vraiment tu m'aimes pour moi et non pour ce que je représente, comme tu viens de le déclarer, vas-tu enfin te décider à me rendre heureux ? Vas-tu me donner un gage de ton amour avant que je ne te quitte, avant que je ne parte pour, peut-être, ne jamais plus te revoir.

— Non, ne dis pas ça ! Si toi aussi tu disparaissais, je crois que j'en mourrais. D'ailleurs, certainement je m'ôterais la vie, car, je te l'ai dit, tu es l'homme que j'aime le plus au monde, mais encore, jamais je ne voudrai appartenir à ton vainqueur.

Lorsque, entendant cette confession, Khéphren s'étendit auprès de la jeune femme et s'enlaça à elle, elle cessa de le repousser, elle huma le parfum de ses lèvres, elle s'ouvrit à son amour.

CHAPITRE XXV

Oupéti était trop fin pour agir comme les courtisans qui avaient versé à Didoufri de véritables trésors pour que leur fût ouverte la porte de la chambre de Khentetenka. Sûrs d'eux-mêmes, ils y étaient entrés en mâles conquérants, déjà en vainqueurs, et ils en étaient peu après ressortis en vaincus, bienheureux si la fille de Sekhmet, la déesse féline, qui occupait la pièce, ne les avait pas à demi déchirés. Ayant reçu de son royal maître l'autorisation d'accéder quand il lui plairait, et autant qu'il lui conviendrait, à la chambre de la seconde reine, il ne voulait pas gâcher une pareille aubaine par un comportement intempestif. Il se présenta humblement devant Khentetenka, qui se tenait assise sur un large fauteuil, un miroir de cuivre poli à la main tandis qu'une servante procédait au maquillage de ses yeux.

— Oupéti, que viens-tu faire devant moi ? Qui t'a autorisé à pénétrer dans mes appartements ? lui demanda-t-elle d'un ton sévère, car elle n'ignorait pas la nature des relations qui liaient ce serviteur à son royal frère.

— Pardonne-moi, ma reine, mais c'est Sa Majesté en personne, sans quoi, jamais ton serviteur ne se serait permis de pénétrer dans ta chambre.

— Ah ! toi aussi ? Combien as-tu versé à mon frère pour qu'il te permette d'accéder à ma couche ?

— Détrompe-toi, ma reine. Je n'ai rien versé à Sa Majesté.

— Compte-t-il alors payer tes services avec mon corps ?

— Que vas-tu imaginer ! Non, le roi, mon seigneur, m'a demandé de veiller sur toi. Sans doute ces fous de courtisans le comblent de précieux présents pour être autorisés à tenter l'aventure auprès de toi, mais, au fond de lui-même, le roi craint que tu ne trouves un homme plus fort que toi qui te blesse avant de jouir de beautés qu'il te contraindrait à lui abandonner.

— Que mon frère sache donc qu'il se fait à tort du souci pour moi. J'ai mes ongles, mes poings, mes dents, et si tout cela ne suffit pas pour chasser ces enfants de Seth, j'ai aussi un couteau à lame aiguë de bronze que m'a un jour donné ma mère, lorsque nous allions ensemble chasser dans le désert.

— J'admire ton impavidité, ma reine. Mais il ne faut jamais préjuger de rien et se montrer trop sûr de soi.

— Ne serait-ce pas plutôt pour me surveiller dans la crainte que je ne m'enfuie auprès d'Hénoutsen ou de Khéphren que mon frère t'a placé auprès de moi ?

— Non plus. Il sait que tu ne pourrais fuir ce palais, car il a disposé des gardes partout. Si tu veux bien ordonner à ta servante de se retirer, de nous laisser seuls, ne serait-ce qu'un court moment, je voudrais te parler seul à seule.

— Quoi ? Espères-tu pouvoir avancer ton pion en profitant de l'absence de ma servante ?

— Point comme tu pourrais le supposer.

Afin de montrer qu'elle ne le redoutait pas plus que les courtisans qui osaient avoir des vues sur elle, elle chassa la servante. Lorsque celle-ci se fut retirée, elle dit, tout en se regardant dans le miroir et ignorant ostensiblement Oupéti :

— Parle, je t'écoute.

— Reine Khentetenka, je ne veux pas que des oreilles malveillantes m'écoutent pour te dire ce qui est dans mon cœur. Vois : je désapprouve totalement le roi dans son attitude. Sans doute je suis son fidèle serviteur, mais il est des actions qui me paraissent indignes, contre lesquelles je voudrais avoir le pouvoir de m'élever. Et, parmi celles-ci, la pire de toutes est la manière dont le roi ose vous traiter, toi et Méresankh, ses épouses et ses sœurs, les reines d'Egypte. Je ne peux me permettre de le blâmer, bien que j'aie déjà tenté de lui faire prendre conscience de la monstruosité d'un tel comportement, l'indignité dans laquelle il te jette, comme si tu n'étais qu'une vile courtisane.

— Que valent tes paroles ? lui demanda-t-elle, surprise par son discours.

— La valeur que tu voudras bien leur accorder, assura-t-il, la main sur le cœur.

— J'admets que tu penses ce que tu dis. Que peux-tu faire pour moi ?

— Je ne le sais encore, mais je voudrais, de toutes mes forces, mettre un terme à une aussi scandaleuse situation.

— Et d'où te viennent si soudainement de tels sentiments ?

— Ils ne me sont pas venus soudainement, même

si ce n'est qu'à cette occasion que je puis les exprimer devant toi.

Tout en parlant ainsi il s'était agenouillé devant la jeune femme, les mains sur les genoux. Elle tourna vers lui son regard et elle fut troublée. Car, en vérité, Oupéti n'était pas un homme banal. Jeune encore, il était grand, bien fait, et son visage ne manquait pas d'un certain charme, malgré une dureté de traits qu'on pouvait prendre pour de la fermeté. Son plus gros défaut était son manque de scrupules qui le conduisait à considérer le meurtre un moyen comme un autre pour parvenir à ses fins. Et ses fins, c'était une domination des êtres, aussi bien des femmes que des hommes les plus haut placés, en l'occurrence le roi par l'intermédiaire de qui il espérait un jour régenter l'Egypte. Mais il tenait soigneusement cachée une si folle ambition. Et il se réjouissait en découvrant que le roi lui facilitait toujours les choses, lui ouvrait largement les chemins du pouvoir. Car la porte de la chambre de la reine lui apparaissait comme l'une des plus importantes dans sa marche, qu'il pensait inexorable, vers le pouvoir. Khentetenka comprit-elle tout cela dans le seul regard qu'il lui adressa ou, plus simplement, songeat-elle que c'était un bel homme et que, après tout, elle n'était pas opposée à donner ses faveurs à ceux qui avaient l'heur de lui plaire ?

— Oupéti, lui dit-elle, est-ce uniquement un sentiment de pitié ou de simple honnêteté qui te porte à prendre ainsi mon parti et à te scandaliser du comportement de mon frère qui règne dans ce palais comme un cabaretier dans une maison de plaisir ?

— Certainement pas de pitié, ma reine, car si je devais manifester une quelconque pitié, ce devrait plutôt être à l'égard de ces jobards de courtisans qui payent ton frère pour être admis dans ta chambre et en ressortent tout meurtris. Il est vrai que je suis indigné par un tel marché, mais c'est encore un tout autre sentiment que ton serviteur ressent à ton égard.

— Oupéti, un tel aveu ne peut que me toucher, mais quelle est ta sincérité ?

— Ma reine, je ne sais comment te la prouver. Il tient à toi de m'en donner une occasion.

— Je retiens tes paroles, Oupéti. Maintenant laisse-moi et va dire à ma servante qu'elle peut rentrer.

Oupéti se releva, déçu, mais sa déconvenue fut de courte durée car Khentetenka lui adressa un aimable sourire en précisant :

— Naturellement, Oupéti, il me plairait, puisque mon royal époux t'a placé auprès de moi pour me protéger, que tu reviennes me rendre visite chaque jour. Une occasion ne pourra manquer de se présenter pour te mettre à l'épreuve.

— Ton serviteur souhaite qu'il en soit ainsi le plus tôt possible.

Lorsque la servante pénétra dans la chambre, elle fut surprise de ne plus trouver à sa maîtresse un air sévère ou désenchanté ; elle souriait et fredonnait une vieille chanson du temps de son ancêtre Djeser.

De son côté, pensant qu'il s'était rendu chez la reine, Didoufri fut surpris de voir que son fidèle conseiller ne portait sur le visage aucune trace de griffes ni de coups. Il s'en étonna :

— Quoi, Oupéti, je t'ai autorisé à te rendre aussi souvent qu'il te plaira chez ma sœur et tu ne t'es toujours pas décidé à profiter de cet avantage que bien des grands pourraient t'envier.

— Seigneur, lui répondit-il, je me suis bien rendu chez l'épouse de Ta Majesté, mais je n'ai pas cherché à la violenter. Je me suis contenté de deviser avec elle.

— Quel avantage peux-tu y trouver ?

— Il me suffit de laisser croire que je suis devenu l'amant de la reine, car, en vérité, seigneur, tu pardonneras ton serviteur si je t'avoue que je n'ai aucun penchant pour la sœur de Ta Majesté. Au demeurant, je porte une trop grande estime à Ta Majesté pour oser songer à entrer dans la couche que tu as partagée avec la reine.

— C'est bien Oupéti et ce respect t'honore. Il est vrai que, malgré ce que j'en ai dit et ce que j'ai fait, il me déplairait qu'un homme puisse s'unir à ma sœur alors que moi-même n'y suis pas parvenu. Oui, lorsque j'ai voulu ouvrir mon palais à la concupiscence des courtisans, et plus particulièrement les appartements de mes épouses, j'étais conduit par du dépit à leur égard et je pensais les humilier de cette manière. Aucun de ces porcs n'a osé pénétrer dans la chambre de Méresankh. Peut-être parce qu'elle est la fille de Mérititès et que dans ses veines coule le sang du dieu, le sang d'Horus et d'Osiris, ou alors c'est parce qu'ils la trouvent trop vieille ou trop moche...

Cette dernière constatation le fit rire, puis il poursuivit :

— Tandis que Khentetenka est une très belle femme et n'est jamais que la fille d'une étrangère, comme moi, d'ailleurs. Mais lorsque j'ai vu qu'elle éconduisait avec tant de hargne tous ceux qui avaient osé s'aventurer dans sa chambre, je n'ai plus eu de scrupules et je me suis plu à lui envoyer de nouveaux prétendants.

— Seigneur, ton serviteur peut-il te demander ce que tu aurais fait si l'un de ces courtisans avait réussi à s'unir à la reine, malgré elle ou, pis encore, avec son accord ?

Didoufri parut réfléchir, il se gratta la tête, puis déclara sans ambages :

— J'aurais manifesté la plus grande joie, puis je t'aurais envoyé pour que tu lui fendes le crâne et le jettes dans le Nil.

— C'est là, seigneur, une digne réaction. Cependant, ces hommes se vantent tous d'avoir eu accès à la chambre de la reine, ce qui fait que, aux yeux du monde, c'est comme s'ils avaient forniqué avec elle, en payant Ta Majesté.

— Il importe peu à Ma Majesté que le monde croie qu'il en est ainsi, au contraire, car les candidats se pressent aux portes du palais et m'enrichissent considérablement. Ce qui compte, à mes yeux, c'est que la couche royale ne soit pas réellement souillée et que l'un d'entre eux ne réussisse à me donner un petit bâtard.

— Et si d'aventure la reine se voyait domptée par l'un de ces hommes, s'il parvenait à lui imposer son joug...

— C'est pour qu'une telle mésaventure ne puisse lui arriver que je tiens désormais, lorsqu'on introduira un homme dans sa chambre, à ce que tu te trouves dans la pièce voisine pour pouvoir intervenir. Si tu vois que le visiteur ne se laisse pas faire, qu'il maîtrise ma chère sœur et s'apprête à la prendre de force, n'hésite pas à te jeter sur lui et frappe-le.

— Ta Majesté veut me signifier que ton serviteur doit le tuer ?

— Tu m'as compris. On exécute des hommes pour moins que cela.

— Mais si l'aventure s'ébruite, plus personne n'osera pénétrer dans le palais pour y faire une maison de plaisir.

— Il te reviendra de faire disparaître le corps afin que nul ne puisse se douter de ce qui s'est passé. Ce n'est certainement pas Khentetenka qui nous trahira, trop heureuse d'être débarrassée d'un importun qu'elle n'aurait pu chasser elle-même.

Quand, le lendemain, Oupéti se présenta devant Khentetenka, elle invita aussitôt à se retirer les servantes qui se trouvaient auprès d'elle.

— Tu peux voir, Oupéti, lui dit-elle, que ta présence m'est suffisamment agréable pour que je désire demeurer seule en ta compagnie.

— Ma reine, ton serviteur est flatté de l'attention que tu daignes lui prêter.

— Oupéti, je voudrais faire de toi mon œil hors de ces appartements.

— Parle, j'obéirai.

— Il me suffira que tu me donnes des nouvelles de l'extérieur. Vois : le roi me tient si étroitement close dans ces appartements que je ne reçois que de faibles rumeurs de la ville, par l'intermédiaire de mes servantes. Alors que toi, tu peux me parler du roi, m'apprendre ce qu'il fait, ce qu'il a décidé, enfin me tenir au courant de ce que je devrais normalement savoir en tant qu'épouse de Sa Majesté.

— Je serai volontiers ton œil. Et déjà je dois te dire que le roi m'a demandé de me dissimuler dans la salle contiguë à ta chambre lorsque y pénétrera un courtisan. Il m'a ordonné, dans le cas où l'un d'entre eux parviendrait à te maîtriser et voudrait obtenir ce pourquoi il est venu, d'intervenir et de le poignarder.

— Voyez-moi ça ! Mon frère serait-il jaloux ?

— Il le semblerait, ma reine.

— Il n'a pourtant pas eu avec moi plus de chance que les courtisans auxquels il a ouvert la porte de ma chambre.

— Il en ressent d'autant plus de rancœur. Combien de fois ne s'est-il pas plaint auprès de ton serviteur d'avoir été traité par toi de petit chien perfide.

Khentetenka éclata de rire et s'écria :

— Quoi, depuis tant de temps il ne l'a pas oublié ? Comme je suis satisfaite de l'avoir si vivement touché !

— Ce lui est une autre raison de haïr le prince Khéphren, car il prétend que tu as fait avec lui de nombreuses maisons de plaisir.

— C'est bien vrai, mais il y a de cela si longtemps !

Elle s'était levée de son fauteuil et elle s'étira en de lents gestes langoureux, cherchant ostensiblement à allumer les désirs de son visiteur. Mais lui s'était détourné en poussant des soupirs.

— Oupéti, s'étonna-t-elle, que t'arrive-t-il soudainement ? Est-ce que je te déplais ?

— Me déplaire, ma reine ? Que dis-tu là ! Tout au contraire. Tu le sais bien. Si je me détourne, c'est pour ne pas succomber à la tentation, pour ne pas trahir la confiance du roi et me rendre dans le même temps coupable envers lui d'un crime de lèse-majesté et envers toi de celui d'indélicatesse, de crainte aussi d'être ignominieusement chassé par ma maîtresse, moi qui ne suis que son humble serviteur.

La défense amusa la jeune femme qui se dirigea d'un pas lent et voluptueux vers le lit sur lequel elle s'étendit. Oupéti se leva et s'inclina, les mains sur les genoux, comme s'il s'apprêtait à sortir, interprétant le comportement de la reine comme une invitation à se retirer.

— Oupéti, où t'en vas-tu donc ? lui demanda-t-elle.

— Je suppose que tu désires te reposer et que tu me signifies mon congé, hasarda-t-il, mais il avait bien saisi les invites que représentaient les gestes et les paroles de la reine.

— Non, Oupéti, je ne t'ai pas prié de te retirer... Viens près de moi.

Elle tapotait la place laissée vide, près d'elle, sur le lit, en un geste de provocation. Quand il fut tout près d'elle, elle s'assit, tournée vers lui, et, avec autant de naturel que d'effronterie, elle dénoua le pagne d'Oupéti. Il la laissait agir, heureux d'avoir si promptement réussi dans son entreprise pourtant hasardeuse.

— Oupéti, dit-elle alors, je découvre la preuve que tu m'as promis hier de me donner, de tes sentiments réels à mon égard. Je t'autorise à m'ôter ma robe et à venir te coucher auprès de moi.

CHAPITRE XXVI

— Igibar, demanda Djedefhor, raconte-moi l'histoire de ce roi d'Uruk, de ce Gilgamesh dont la reine t'a conseillé de me parler.

— C'est l'histoire d'une folle quête de l'immortalité, et aussi d'un échec, une histoire qui nous ramène à notre condition de mortels, qui nous laisse entendre que nous devons assumer cette condition sans chercher à en sortir : l'immortalité n'appartient qu'aux dieux.

— C'est donc pour me détourner de mon désir de découvrir le livre de Thot, source de toute sagesse et de toute puissance que la reine a voulu que tu me rapportes cette aventure ?

Ils étaient assis dans le jardin de la demeure d'Igibar, tandis que descendait le soir, afin de goûter la douceur du crépuscule, après une journée de labeur. Menlila, rentrée du palais, venait de les rejoindre et s'occupait de faire servir par une esclave du vin de palme et de la bière que les gens d'Ur ne buvaient qu'à l'aide de chalumeaux, ce qui faisait qu'on puisait dans un vase commun placé sur un trépied bas. Ce qui plaisait à Djedefhor, car il profitait que Menlila se penchât vers le récipient pour faire de même, rapprocher son visage du sien, tout en ayant l'impression que leurs souffles se mêlaient dans le liquide tandis qu'ils aspiraient ensemble l'enivrante boisson. Et, en se redressant, elle lui adressait un sourire complice, ce qui ravissait son cœur.

— Abimilkou, répondit Igibar, si tu es réellement possédé par ce désir de trouver la sagesse suprême, je ne crois pas que l'histoire que je vais te raconter puisse t'en détourner. Elle contient pourtant une profonde sagesse, elle nous rappelle que nous sommes mortels, que notre vie sous le soleil est bien courte, pour aussi avancé que soit l'âge auquel on parvient, et qu'en définitive la véritable sagesse est de jouir de chaque jour qu'il nous est donné de vivre, sans excès, sans doute, mais sans se mortifier, car tout cela est vain. Si les dieux nous ont donné des moyens de jouir et de connaître des actes ou des états qui nous procurent du plaisir, c'est pour que nous en fassions un bon usage et non pour les mépriser, car ce serait là faire injure aux dieux, une manifestation d'impiété.

— Igibar, je t'entends bien et sache que ma quête de la sagesse n'est aucunement un refus des biens de ce monde, car il n'y a pas d'incompatibilité entre les plaisirs de la vie qui nous sont octroyés par les dieux et la béatitude dans la lumière éternelle. Tout au contraire car je suis persuadé que si les dieux nous ont donné de connaître le plaisir et un sommeil rempli de rêves, c'est pour nous préparer à la vie dans l'au-delà. Le sommeil est un avant-goût de la mort, une préparation à la mort.

— Je te suis sur ce terrain, Djedefhor, mais un sommeil sans rêves, n'est-ce pas déjà le néant, même s'il est transitoire ? Car lorsque tu fermes les yeux, emporté par le sommeil, tu n'as plus conscience de rien jusqu'au réveil et tu te rends alors compte que toute une nuit s'est écoulée, que pour les veilleurs ce temps leur est apparu relativement long, tandis que pour toi, ce même temps n'a eu aucune durée. Et les rêves qui assaillent le dormeur se manifestent souvent par des cauchemars, des visions de monstres ; on se retrouve dans un monde fantomatique qui évoque l'enfer obscur où règne la dure Ereshkigal, l'inflexible maîtresse du pays d'Irkalla aux sept portes.

— Cela signifie qu'en réalité il y a plusieurs voies aussi bien dans le monde des vivants que dans celui des morts. Ne doit-on pas interpréter la coexistence de rêves exquis et des cauchemars comme un avertissement du dieu qui, par ce moyen, nous apprend qu'il existe un monde souterrain qui est celui où tombent ceux qui se sont rendus coupables de crimes, et un monde céleste où vont les justes, ceux que nous appelons en Egypte les justifiés devant Osiris et devant Maât ?

— On peut l'espérer sans avoir, pour autant, des certitudes sur ce point, remarqua Igibar, mais on peut tout aussi bien douter que des actes sans grandes conséquences, pourtant condamnés par nos lois ou nos mœurs, tels le vol ou l'adultère et même un simple meurtre puissent être punis par les dieux par des souffrances éternelles dans le royaume d'Ereshkigal, la maîtresse des Enfers.

— C'est parce que l'ignorance du commun des mortels sur ce qui regarde les mystères de l'au-delà est si profonde que j'ai voulu savoir ce qu'il en était vraiment, que je me suis imposé la quête du livre de Thot.

— Ce fut aussi la quête de l'immortalité par Gilgamesh, conclut Igibar, qui reprit aussitôt après :

— Ce Gilgamesh était un roi d'Uruk la grande, la cité des courtisanes, des hiérodules et des prostituées. C'est d'ailleurs une prostituée que lui envoya le chasseur qui voulait amadouer Enkidu, l'homme sauvage, pour lui faire connaître la civilisation et le plaisir.

— Qui était cet Enkidu dont tu me parles soudain ? s'enquit Djedefhor.

— Un homme sauvage créé par la Grande déesse pour s'opposer à Gilgamesh, qui faisait régner la terreur sur la ville d'Uruk dont il était le roi. Il vivait avec les animaux de steppe, il mangeait comme eux, il broutait les plantes, il était indomptable. La courtisane vint à lui, elle ôta sa robe, il tomba sous son joug. Et pendant sept jours il s'unit à elle. Ainsi connut-il le plaisir et la civilisation. Il vint alors provoquer Gilgamesh dans la cité d'Uruk. Ils se mesurèrent à la lutte. La mère de Gilgamesh, la compatissante Ninsun intervint, elle adopta Enkidu, elle posa son sceau sur son cou, elle fit que les deux adversaires devinrent amis, ils scellèrent un pacte d'amitié. Ils furent d'inséparables compagnons, ensemble ils allèrent combattre le démon Huwawa qui dominait la montagne des Cèdres, à l'occident du monde. Ils le vainquirent, Gilgamesh lui coupa la tête. De ce qu'il advint ensuite à Gilgamesh avant qu'il ne s'engage dans sa quête, je t'en parlerai une autre fois, si tu le désires, aussi bien de l'amour que lui porta la déesse Inanna que de son combat contre le taureau céleste. Enkidu fut ensuite saisi au ventre par un démon, la maladie le mina et il fut emporté dans le pays des morts, il y entra par la porte de Ganzir. Et Gilgamesh qui le veillait, gémit comme une colombe, il déchira ses vêtements, il arracha ses cheveux, il pleura longtemps son ami. Il parcourut le désert en se disant : « Moi aussi, dois-je mourir ? Vais-je devoir quitter ce monde comme Enkidu ? » L'angoisse de la mort saisit ses entrailles, la crainte de la mort le fit courir comme un égaré dans la steppe.

Igibar fit une pause, emboucha son chalumeau pour se désaltérer tandis que Djedefhor et sa fille se regardaient en silence, puis il reprit :

— Gilgamesh se mit alors en route pour le pays où résidait Ziusudra, l'homme qui avait été épargné par le déluge envoyé par les dieux pour détruire l'humanité, l'homme qui était devenu « Celui dont les jours ont été prolongés », le seul humain à qui les dieux avaient accordé l'immortalité, afin de connaître son secret. Il traversa des plaines et des déserts, des fleuves et des montagnes, jusqu'aux monts Jumeaux à l'extrémité de la terre, ces monts entre lesquels se lève le soleil, entre lesquels il se couche. Des démons au corps d'homme, pourvus de queues de scorpion au dard mortel, gardaient l'accès des monts. Interrogé par ces hommes scorpions, Gilgamesh sut comment leur répondre, il trouva les paroles susceptibles de les apaiser, et ils le laissèrent passer, l'encourageant dans sa quête. Il reprit sa route, il pénétra dans le jardin des dieux, dans ce jardin merveilleux où les arbres portent des fruits qui sont des pierres précieuses, de belles grappes en cornaline, en agate, en turquoise, en chrysolites. Il y pousse des cèdres et des cyprès, des palmiers dont les fruits sont meilleurs que les dattes de Dilmoun, des acacias, des caroubiers, des peupliers. Mille canaux irriguent le jardin luxuriant. Il traversa le jardin des dieux. C'était pourtant un véritable paradis et il aurait pu s'y installer pour y connaître des jours heureux, jusqu'à la fin de sa vie terrestre. Mais il ne s'y arrêta pas, car il ne savait pas qu'il traversait un lieu de délices, et il poursuivit sa quête, il longea la mer de corail, jusqu'au bout du monde. Il parvint au domaine de Sidouri, la cabaretière divine. Elle était assise sur un trône en or et près d'elle étaient une cuve et un pressoir en or où se prépare la boisson des dieux. Elle interrogea le héros, et il lui apprit tout ce qui le concernait, ce qu'il désirait. Mais elle, elle prononça ces sages paroles : « Cette vie éternelle que tu cherches, tu ne la trouveras pas. En créant les hommes, les dieux leur ont réservé la mort, ils ont gardé pour eux la vie. Pour ce qui est de toi et des humains, il vous reste à faire de la vie une belle fête. Prends soin de ton corps et de tes vêtements, garde la tête bien lavée et baigne ton corps fréquemment. Pour le reste, songe à te réjouir, le jour et la nuit, danse et fais de la musique. Que ta bien-aimée dorme sur ton sein, réjouis-toi en regardant l'enfant qu'elle t'a donné, l'enfant que tu tiens par la main. Voilà ce qui revient à l'homme, ce qui est le mieux pour lui, tout le reste n'est que vent. »

— Igibar, sans doute cette Sidouri était de bon conseil car je t'accorde qu'il n'est pas bon de mépriser la vie et ses plaisirs, mais je ne puis croire que les dieux n'aient créé les humains que dans ce but, que pour jouir d'une vie éphémère avant de retourner au néant. Et je comprends que Gilgamesh ait poursuivi sa quête, car je suppose que ces conseils de la cabaretière ne l'ont pas dissuadé de persévérer dans sa recherche du pays où demeure cet homme devenu immortel.

— En effet, il a demandé à Sidouri quel était le chemin qui conduisait vers la résidence de Ziusudra. En vain chercha-t-elle à le décourager. Elle lui parla de la mer immense qui l'en séparait, une mer que personne n'avait jamais traversée, excepté Utu, le dieu soleil. Un difficile voyage, d'autant plus que son parcours est barré par les eaux de la mort. Cependant, elle lui confia qu'Ur-shanabi, le nocher de Ziusudra le Lointain, l'inaccessible, était le seul à pouvoir l'aider dans cette aventure. Mais avant d'arriver jusqu'à lui, que d'épreuves ne devait-il pas subir ! Mais le héros impavide s'élança dans la forêt qui retentit de ses clameurs, il s'attaqua aux rocs immuables, avec sa hache, avec son poignard. Et il parvint devant Ur-shanabi, il lui dit qui il était, d'où il venait, les exploits qu'il avait accomplis. Le nocher a alors invité Gilgamesh à se construire un bateau et à couper trois cents perches avec sa hache, de les écorcer, de les entasser dans le bateau. Ainsi fit-il, et tous deux s'embarquèrent, ils partirent sur la mer immense. Ils ont navigué pendant un mois et demi avant d'arriver aux eaux de la mort. Alors le nocher dit à Gilgamesh : « Prépare tes perches, que jamais tes mains ne touchent les eaux de la mort. » Et avec les perches, Gilgamesh fit avancer le bateau. Mais chaque fois qu'il avait plongé une perche dans ces eaux noires, et qu'il avait touché le fond pour faire mouvoir l'embarcation, la perche, rongée, était perdue, il ne restait dans les mains du héros que la partie demeurée hors de ces eaux dévorantes. Bientôt furent dissoutes toutes les perches. Il avait ainsi épuisé toutes les perches, Gilgamesh. Il dénoua alors sa ceinture, se dépouilla de sa tunique et il la fixa sur le mât, et un vent léger poussa le bateau hors des eaux de la mort. Il parvint devant Ziusudra, le Lointain, l'immortel. Il arriva dans son île, sur la montagne où se tenait Ziusudra. Gilgamesh parla à celui que la mort a oublié, il lui dit pourquoi il était venu jusqu'à lui. Et le Lointain lui répondit : « Les dieux ont réservé la mort à l'homme, telle est sa destinée, et ils se sont attribué la vie éternelle. L'homme est destiné à être fauché comme un roseau dans une cannaie, le jeune homme et la jeune fille, en s'unissant dans l'amour, affrontent ensemble la mort, ils la défient, mais elle triomphe toujours. Car personne ne peut vaincre la mort, personne ne peut voir la mort, nul ne peut apercevoir le visage de la mort, personne ne peut entendre la voix de la mort. Elle nous surprend alors que nous sommes en pleine vie, et avant qu'on ne l'ait vue s'approcher, elle nous a emportés. »

— Cependant, l'interrompit Djedefhor ; ce Ziusudra, il avait bien vaincu la mort, il vivait, immortel, au bout du monde.

— On rapporte, répondit Igibar, qu'il y a très longtemps, les dieux étant fatigués du bruit que les hommes faisaient sur la terre où ils s'étaient prodigieusement multipliés, las de leurs querelles et de leurs plaintes, ils décidèrent de supprimer cette engeance. Pour y réussir, ils se concertèrent pour envoyer sur le monde des pluies et des inondations destinées à submerger les terres, et à noyer tous les êtres terrestres. Tous les dieux prêtèrent serment de n'en rien divulguer aux hommes, tous y compris Ea, dieu des eaux, mais aussi de la sagesse et protecteur des artisans. Il ne désirait pourtant pas que disparaisse la race humaine. Aussi employa-t-il une ruse afin de ne pas trahir son serment : il répéta à une haie de roseaux ce dont étaient convenus les dieux : « Haie de roseaux, palissade, écoute mes paroles : toi, le fils d'Ubara-tutu, sauve ta vie, abandonne ta maison et tes richesses, construis un bateau, remplis-le de provisions, d'huile, de vin, de bière, charge-le de ta famille, fais-y entrer des animaux vivant dans les airs et sur la terre. » Ziusudra, le fils d'Ubara-tutu, qui habitait la ville de Shurrupak, l'entendit, il comprit le message, il obéit, et il entra dans son bateau avec les siens et des animaux vivant sur la terre et dans les airs. Et alors des pluies torrentielles s'abattirent sur la terre, le vent souffla en tempête, pendant six nuits et sept jours. Les fleuves débordèrent, la mer déborda, toute la terre fut submergée. Lorsque la tempête s'apaisa, lorsque la pluie arrêta de tomber, Ziusudra ouvrit le hublot du bateau et il vit l'immense étendue des eaux qui couvraient la terre. Mais le soleil brillait à nouveau dans le ciel serein. Ziusudra lâcha une colombe : elle vola et s'en retourna vers le bateau car elle n'avait pas trouvé de lieu où se poser. Il lâcha ensuite une hirondelle, mais encore elle revint dans le bateau, aucune terre n'ayant encore émergé. Six nuits passèrent de nouveau et sept jours. Il lâcha alors un corbeau, un corbeau qui s'envola et ne reparut pas, car les eaux avaient commencé à se retirer et à laisser les terres lentement émerger dans le soleil. Enlil, le grand dieu, le seigneur des airs, le maître de la cité de Nippur, vint auprès de Ziusudra ; il convoqua sa femme pour qu'elle s'agenouille auprès de son mari, et il déclara que désormais Ziusudra et son épouse, de mortels qu'ils étaient, seraient immortels, et il les transporta dans une île, dans le paradis de Dilmoun, au loin, à l'embouchure d'un fleuve, afin qu'ils y vivent éternellement.

— Pourquoi ce dieu a-t-il décidé de leur conférer l'immortalité ? Qu'avaient-ils fait de plus qu'un autre mortel, sinon d'avoir eu la chance d'entendre les paroles d'Ea ?

— Il n'appartient pas aux humains de juger de l'attitude du dieu. Pas plus qu'un roi puissant n'a de justification à donner de ses actes, de ses décisions.

— Un roi qui agit ainsi n'est plus le berger de son peuple mais un tyran, ce n'est pas un bon roi, et il en est de même pour un dieu, rétorqua Djedefhor, intransigeant.

Igibar sourit.

— Je te l'accorde d'autant plus volontiers que, encore dans ma jeunesse, notre ville était gouvernée par le conseil des Anciens qui, même s'ils se disputaient, ils justifiaient les décisions qu'ils proposaient pour le bien de la ville et de ses habitants. Alors que, une fois maître de la cité, il est arrivé bien souvent au père de Puabi de prendre des décisions au mépris des objections du conseil, qui a été dépouillé de toute autorité.

— Cependant, remarqua Djedefhor, si j'en crois le discours que tint Ziusudra à Gilgamesh lors de son arrivée, il était impuissant à lui conférer cette immortalité qu'il était allé chercher auprès de lui au prix de tant d'épreuves et de dangers ?

— Il est vrai qu'elle lui avait été accordée par un dieu et que, bien que devenu immortel, Ziusudra n'était pas un dieu, il n'en avait pas les pouvoirs. Néanmoins, Ziusudra apprit à son hôte l'existence de la plante de vie, de l'herbe d'immortalité. Il s'agirait d'une plante hérissée d'épines qui se trouve au fond de la mer. Lorsqu'il eut entendu son hôte, Gilgamesh, sans hésitation, attacha de lourdes pierres à ses chevilles, comme le font dans la mer du sud les hommes qui vont au fond des eaux salées chercher le corail, et il se laissa entraîner dans l'abîme. Il y trouva la plante et la rapporta à la surface. C'était la plante de jouvence. Mais il était prudent, Gilgamesh. Il déclara qu'il rapporterait la plante avec lui, à Uruk, et qu'il en ferait prendre à un vieillard afin qu'il rajeunisse, qu'il reverdisse, puis il en goûterait lui-même pour retrouver sa jeunesse. Gilgamesh quitta ses hôtes et s'en retourna en compagnie du nocher. Ils retrouvèrent la terre ferme et une fraîche fontaine. Gilgamesh voulut s'y baigner. Il se dépouilla de son vêtement, il le laissa à côté de la plante magique. Mais tandis qu'il se rafraîchissait dans les eaux limpides, un serpent vint à passer, il vit la plante de vie, il la dévora et aussitôt après, il perdit sa vieille peau et il en revêtit une nouvelle, retrouvant sa jeunesse. C'est depuis ce temps que les serpents muent ainsi, qu'ils perdent leur ancienne peau, chaque année, pour retrouver une jeunesse, éternellement. Quant à Gilgamesh, il se désola, il pleura, mais il comprit que les dieux avaient voulu qu'il en soit ainsi, qu'il était allé bien loin chercher ce que nul homme ne peut conquérir, l'immortalité. Et il est rentré dans sa cité où il a vécu de longs jours encore, en appliquant à son existence les conseils qu'il avait reçus de Sidouri, de vivre selon son plaisir, de profiter autant qu'il lui était possible des courts moments que les dieux ont accordés aux hommes, de faire de chacun des jours qui lui étaient donnés à vivre, une belle fête.

Djedefhor resta silencieux, chacun se tut alors, afin de méditer l'histoire qui venait d'être narrée. Enfin, Igibar conclut :

— Voilà quelle est la vraie sagesse, et comprends qu'il n'est pas besoin d'aller chercher bien loin ce qui est près de nous. Si Gilgamesh avait accepté de l'admettre, il aurait évité de bien pénibles efforts, de grandes souffrances, il n'aurait pas couru en vain tant de dangers. Il serait resté dans sa belle ville d'Uruk à jouir de chaque heure qui passait, à rendre grâce aux dieux de la lumière du jour qu'il retrouvait chaque matin, tant que durait sa vie, pendant tout le temps qui lui avait été accordé par Mamitu, celle qui fixe le destin de chaque mortel.

— Mais moi, répliqua Djedefhor, je me suis installé auprès de toi dans cette ville d'Ur, je ne songe pas à rechercher l'immortalité.

— C'est vrai, mais pour combien de temps ? Car tu n'as pas oublié l'existence de cette île de la mer de Coptos, dont tu nous as parlé, cette île qui renferme le livre secret de Thot.

— Je ne l'ai pas oubliée, reconnut Djedefhor, mais pour les prochains jours à venir, j'ai d'autres projets, je veux faire le bonheur de mon père adoptif, et je veux aussi que tu sois satisfait de moi.

— Déjà je suis content de toi, Djedefhor ; je suis heureux d'avoir dans ma demeure un homme qui m'aide si efficacement à gérer mes biens, un homme qui est auprès de moi comme mon fils.

— Igibar, je te suis reconnaissant de ta confiance, je m'efforcerai de ne pas te décevoir. Mais vois, maintenant que toute la marchandise est écoulée, il est temps que je me prépare à explorer la route du désert, que je revienne auprès de mon père qui doit attendre de mes nouvelles avec impatience. Il ne sait pas ce qu'est devenue notre caravane depuis le jour où nous avons quitté Sodome, son cœur doit être dans l'inquiétude.

— Qu'il en soit fait comme tu le désires, Djedefhor, et que les dieux étendent leurs mains sur ta tête.

Ils prirent leur repas du soir et, au moment de se séparer pour rejoindre leurs chambres, Menlila soupira, elle porta son doux regard sur Djedefhor, elle ouvrit la bouche et dit :

— Ainsi, Abimilkou, tu vas bientôt nous quitter, tu vas affronter les bédouins et tous les dangers du désert ?

— Il le faut, je dois ouvrir une nouvelle route pour nos caravanes, et ce sera pour le bien de ton père et pour le mien.

— Tu vas rester bien longtemps loin de nous ! soupira-t-elle.

— Tous les jours nécessaires pour faire le chemin d'aller et de retour, et pour recevoir là-bas les richesses qui nous viennent du pays d'Havilah.

— Tu auras tout le temps de nous oublier, mon père et moi.

— Menlila, comment pourrais-je t'oublier ? Sache que tu resteras près de mon cœur pendant tout ce voyage, que je penserai souvent à toi.

— Pour moi, assura-t-elle d'une voix faible, c'est tout le jour et toute la nuit que tu seras près de moi, que ton souvenir vivra dans mon cœur.

Sur cet aveu, elle se détourna et s'éloigna à la hâte.

Djedefhor suivit du regard sa silhouette auréolée de la lumière de la lampe à huile qu'elle tenait à la main, jusqu'à ce que ce ne fût plus qu'un point lumineux qui s'éleva dans l'escalier conduisant à l'étage où il disparut.

CHAPITRE XXVII

— Alors, Oupéti, quelles nouvelles m'apportes-tu ?

Oupéti venait de retrouver Khentetenka dans la cour adjacente à sa chambre. Chacune des épouses de Didoufri disposait de son propre appartement, ce que les Egyptiens appelaient *opet*, le harem, où elle logeait avec ses servantes, et disposait d'une cour privée où, outre des arbres qui donnaient un agréable ombrage, était aménagé un grand bassin où les femmes pouvaient se baigner soit pour leur toilette, soit pour se rafraîchir, lors des brûlantes journées de la saison de l'inondation. La jeune femme n'avait revêtu qu'un étroit pagne et, son arc à la main, elle s'exerçait à lancer des flèches contre une cible fixée à l'un des murs de clôture, à une bonne distance. Oupéti eut le temps d'apprécier l'adresse de la reine dans cet exercice, car la flèche qu'elle décocha, juste avant de l'interpeller, vint se ficher au centre de la cible.

— J'admire, lui dit-il, ton habileté. Mais tu ne peux guère plus utiliser ce talent dans les chasses que tu faisais jadis, lorsque Sa Majesté n'avait pas encore transformé ce palais en forteresse et en prison.

— Certes, Oupéti, mais il est bon que je m'exerce. Vois, imagine que mon royal frère se soit trouvé à la place de la cible...

— Le trait l'aurait saisi en plein cœur.

— Ou dans la gorge, selon ma volonté de le faire mourir vite ou lentement.

Il évita d'apporter un quelconque commentaire à une constatation qui manifestait la haine dont la jeune femme était remplie contre son époux, ce qui, au fond de lui, le réjouissait. Elle posa son arme, se dépouilla de son pagne et, après s'être essuyé le front du revers de la main, elle alla se tremper dans le bassin. Oupéti vint s'agenouiller sur le bord, sans quitter des yeux sa maîtresse qui nageait devant lui, visiblement désireuse de lui faire admirer la beauté de son corps.

— Oupéti, reprit-elle enfin, n'as-tu donc pas de nouvelles à m'apporter, aujourd'hui ? Que sait-on de la troupe que le roi a envoyée au-devant de Khéphren ?

— Des nouvelles importantes, Khentetenka, mais je ne sais si elles te réjouiront. Il paraîtrait que l'armée de Sa Majesté a mis en déroute la troupe du rebelle. C'est ce qu'un messager a annoncé ce matin au roi.

Khentetenka cessa de nager. Elle se redressa, l'eau lui montant jusqu'à la taille, et elle s'avança vers lui :

— Répète-moi ce que tu viens de m'annoncer ?

— Je te confirme que l'armée de Khéphren a été vaincue. Il est vrai qu'elle avait souffert de son voyage car elle avait eu à affronter une première armée rapidement levée par les gouverneurs de Haute-Egypte fidèles au roi. Le prince était resté maître du terrain, mais au prix de grosses pertes en hommes.

— Sait-on ce qu'est devenu Khéphren ?

— Il aurait pris la fuite, talonné par les vainqueurs. Il sera certainement rapidement capturé.

— Ainsi, Didoufri triomphe.

— Bruyamment, ma reine, bruyamment. Il a même dansé lorsqu'il a appris la victoire de son armée.

Khentetenka sortit du bassin et frotta sa peau,

pour en chasser les gouttes d'eau qui ruisselaient tout le long de son corps. Elle jeta un regard tout alentour, puis elle prit la main d'Oupéti et l'entraîna sur un banc, dans l'ombre d'un sycomore.

— Oupéti, lui dit-elle alors, le moment est venu de réaliser ce dont je t'ai déjà parlé. Vois, Khéphren est vaincu, en fuite, Minkaf n'est qu'un homme versatile, sans grande ambition. A toi d'agir.

— Veux-tu me signifier que...

Il n'osa terminer une phrase que la reine se chargea de compléter.

— Que tu dois nous débarrasser de Didoufri. Lui mort, tu prends la tête de la garde royale et tu te fais proclamer souverain des Deux Terres.

— Et tu es vraiment prête à déclarer que tu veux m'épouser afin de légitimer mon usurpation ?

— Non seulement moi, mais aussi ma sœur Méresankh est d'accord pour t'épouser, tant elle hait notre frère Didoufri. Par elle, plus encore que par moi, tu seras légitimé dans ta prise du pouvoir. Moi, je serai ta reine bien-aimée.

— Vraiment, la reine Méresankh accepterait de m'épouser, moi, Oupéti ?

— Oui, toi Oupéti, devenu roi des Deux Terres. Je lui en ai parlé, en secret, elle est d'accord. Et je peux t'assurer que sa mère, la reine Mérititès te soutiendra aussi.

— Mais comment frapper le roi au milieu de sa cour et de ses gardes ? D'autant qu'il devient de plus en plus soupçonneux. Vois : moi-même je n'ai pas le droit de paraître devant lui avec une arme ; alors que jadis je dormais dans une chambre voisine de la sienne, il m'a relégué dans un logis éloigné, comme je te l'ai appris. Si je prends mon javelot pour m'approcher de lui, il pourra s'en étonner et se tenir sur ses gardes.

— Pourquoi le tuer en public ? Tu vas aller le trouver, tu lui diras que je veux lui parler. Que, selon ce que tu as pu comprendre lorsque tu m'as annoncé la défaite de Khéphren, j'ai fait un retournement sur moi-même, que je suis visiblement disposée à lui déclarer mon admiration. Naturellement, pour qu'il n'en soit pas trop surpris, tu lui diras que depuis tous ces mois que tu viens me retrouver dans mes appartements, il ne s'est pas passé un jour sans que tu ne m'aies parlé de mon royal frère et époux dans les termes les plus élogieux, que tu ne m'aies fait ressortir combien Sa Majesté est un homme admirable, plein de toutes ces qualités qui font un vrai grand roi. Tu préciseras que je commençais à changer d'opinion à son égard et que, finalement, cette belle victoire m'a complètement rendue à lui.

— Admettons que je le persuade, ce qui n'est pas impossible car, malgré sa méfiance, le roi n'en est pas moins naïf.

— Eh bien ? Tu viens avec lui ici, dans mes appartements, puisque je désire lui parler. Moi-même je saurai répondre à son attente. Vois, je l'emmènerai sur ce banc et toi, tu nous suivras, de loin. Là, au pied de ce perséa, sous le coussin que tu y vois, tu trouveras un poignard, mon arme à lame de bronze que tu connais. Je l'y laisse en permanence. Il te reviendra alors de profiter qu'il te tourne le dos pour le frapper. Nous serons seuls : tu auras tout loisir de l'achever dans le cas où ta main tremblerait lors du premier coup porté contre sa misérable majesté.

— Khentetenka, est-il vrai que tu verrais ton frère assassiné devant toi sans intervenir, que tu le verrais mourir sans regret ?

— Sans aucun regret. Car je le soupçonne d'être le meurtrier de notre mère, et je sais qu'il a aussi fait assassiner mon premier époux Khoufoukaf et son frère.

— Comment le sais-tu ? s'inquiéta Oupéti.

— Il s'en est vanté. Il a prétendu les avoir tués de sa propre main. Je ne sais d'ailleurs trop comment, il n'a pas voulu me le dire, il a déclaré que c'était son secret. Mais peu m'importe la façon dont il a procédé. Il n'en reste pas moins le bras qui a frappé ses frères. Maintenant, Oupéti, va le chercher, car on ne sait jamais. Il serait bien capable de partir rejoindre sa troupe victorieuse pour courir après Khéphren. Dès lors, tout serait perdu car jamais une occasion pareille ne se présentera.

— J'y vais, j'y cours...

Dès qu'Oupéti se fut éloigné, Khentetenka revêtit une robe puis elle saisit une poignée de flèches qu'elle plaça près de son arc sur son lit et elle recouvrit le tout d'un drap. Elle s'assit sur son fauteuil et attendit, apaisant sa nervosité en coiffant sa chevelure tout en chantonnant.

Visiblement Oupéti avait su se montrer convaincant car à peine une heure s'était-elle écoulée que Didoufri entra dans la chambre, suivi d'Oupéti.

— Khentetenka, dit le roi à sa sœur, est-il vrai que tu désires parler à Ma Majesté, que tu as décidé de faire la paix avec ton époux ?

— Didoufri, lui répondit-elle en se levant et venant vers lui, pourquoi aurais-je demandé à ton fidèle serviteur de conduire Ta Majesté vers son épouse, si ce n'était pour cela ? Oui, Didoufri, mon cher frère, je reconnais t'avoir méjugé, m'être montrée odieuse à ton égard. J'en demande pardon à Ta Majesté.

— Khentetenka ! Parles-tu sérieusement ? s'étonna Didoufri en levant les bras en signe d'allégresse.

— Mon frère, m'as-tu déjà entendue te parler ainsi ? Certainement jamais. Aussi, tu peux voir que mes sentiments à ton égard ont bien changé ; ce que tu dois à ton fidèle serviteur qui a su me montrer que je te jugeais mal. Et à présent que te voilà devant moi, auréolé de ta victoire, je te découvre dans toute ta grandeur.

— Khentetenka, tes paroles m'enchantent. En vérité les dieux me comblent : ils me donnent une victoire qui, tout en me débarrassant d'un frère traître à son roi, me rend une épouse aimée.

— Mon frère, viens, allons dans le jardin sceller notre nouvelle union.

Elle prit le roi par la main et il se laissa entraîner par elle dans la cour, vers le banc, dans l'ombre du petit sycomore.

— Vraiment, Khentetenka, Ma Majesté t'avait mal jugée. Mais aussi, tu t'es montrée envers ton royal frère, si sévère, si intransigeante !

— Maintenant, je vais me montrer telle que je suis vraiment à Ta Majesté, car, jusqu'à ce jour, tu m'avais méconnue, et moi-même je n'étais pas suffisamment mûre pour te juger à ta hauteur.

Elle l'engluait dans le miel de ses paroles ambiguës tout en l'entraînant vers le banc. Et là, elle se dépouilla de sa robe, elle l'attira vers lui, elle s'enlaça à lui, elle tint sa tête entre ses mains fines pour respirer le souffle de ses lèvres.

Elle reculait parfois légèrement son visage pour jeter un regard derrière l'épaule du roi qui d'une main la tenait enlacée, caressait ses reins, et de l'autre dénouait son pagne en des gestes fiévreux et maladroits. Elle vit qu'Oupéti s'était baissé près du perséa, qu'il avait soulevé le coussin, qu'il avait empoigné l'arme et s'approchait doucement, sa main armée derrière le dos. Dans l'impatience du désir, Didoufri avait oublié sa présence et même aurait-il pensé à son serviteur, il aurait eu la certitude qu'il s'était discrètement retiré pour laisser son roi à ses plaisirs, comme il l'avait déjà si souvent fait. Aussi, quand le coup l'atteignit dans les reins, quand la lame s'enfonça dans sa chair, il ouvrit de grands yeux, écarquillés par la surprise tandis que, dans le même temps, Khentetenka se dégageait, le repoussait en bondissant en arrière.

— Frappe, frappe encore, lança-t-elle à Oupéti.

Mais le fidèle serviteur n'avait plus besoin d'encouragements. Tout en lacérant le torse du roi qui s'était tourné vers lui, le regard affolé, les mains en avant, il songeait d'une part à se débarrasser d'un homme qu'il méprisait tout en le servant, et d'autre part au trône qui l'attendait. En vain Didoufri tenta-t-il de saisir Oupéti à la gorge : ses doigts glissèrent sur sa peau moite. Il chercha à lui saisir la main avec laquelle il le frappait, une main qui ruisselait de son propre sang, mais il ne réussit qu'à se faire entailler cruellement la peau en fermant ses doigts sur la lame tranchante. Enfin il tomba à terre, couvert de son sang qui jaillissait de tant de plaies mortelles.

Oupéti repoussa le roi d'un pied dédaigneux et il se retourna, cherchant sa maîtresse du regard. Il la vit alors droite sur le seuil de sa chambre. Elle tenait son arc bandé. La flèche partit aussitôt après et le frappa en pleine poitrine. Il tituba, ouvrit à son tour de grands yeux étonnés.

— Que... que fais-tu..., parvint-il à lui crier.

Mais elle, tout en replaçant posément une nouvelle flèche sur l'arme qu'elle banda lentement :

— Je venge Khoufoukaf, je venge Kawab, je venge ma mère, et tous ceux que je ne connais pas et que tu as supprimés pour complaire à ton maître.

— Khentetenka..., arrête, ce n'est pas moi... tu l'as dit toi-même...

— Je ne t'avais pas tout dit. C'est le roi lui-même qui t'a désigné comme le vrai coupable, la main qui a frappé...

— Tu le savais et pourtant tu t'es unie à moi, tu as reçu ma semence dans ton ventre, tu m'as même juré avoir pris du plaisir entre mes bras...

— Oui, Oupéti, un plaisir abject, une jouissance réelle et redoublée par l'idée que de cette manière je te mettais, moi, sous mon joug alors que tu croyais être mon maître, et que je savais qu'un jour, je mettrais dans ta main l'arme qui ferait voir à mon frère la sombre couleur et que j'aurais ensuite le plaisir de t'exécuter à coups de flèches, comme ceci...

Elle lâcha le second trait qui, cette fois, traversa la gorge d'Oupéti. Il fit quelques pas en ouvrant la bouche d'où jaillit un flot de sang, puis il s'écroula à son tour, sans vie.

Alors, avec une parfaite maîtrise d'elle-même, Khentetenka alla examiner les deux corps pour s'assurer qu'ils étaient bien morts, elle remit ensuite sa robe et quitta la chambre, laissant ouverte la porte. Elle parvenait au bout de l'appartement lorsqu'elle entendit les cris d'une de ses servantes qui, visiblement, venait de découvrir les deux cadavres. Elle se dirigea vers la salle du trône mais, en chemin, elle se trouva devant un officier qui n'était autre qu'Hétepni, l'homme qui avait commandé l'expédition de Byblos et avait sauvé la vie de Djedefhor. Depuis ce temps il avait su capter la confiance du roi et s'élever au rang de directeur du palais. En voyant paraître la reine qui, jusqu'à ce jour, n'avait jamais quitté ses appartements, il vint s'incliner devant elle.

— Maîtresse, lui dit-il, il ne serait pas bon que Sa Majesté te voie ici, près de la salle d'audience. Tu peux être certaine que vers toi vont mon respect et ma bienveillance, mais si le roi découvre que je t'ai laissée aller...

— Hétepni, lui dit-elle, tu n'as plus à craindre mon époux. Il vient d'être assassiné par son fidèle Oupéti.

— Que me dis-tu là, ma reine ?

— La simple vérité. Il n'y a plus de roi sur le trône d'Horus et, en tant que reine, il m'appartient de régenter ce palais.

— Mais... Oupéti ?

— Je l'ai abattu. C'était un criminel. On ne peut laisser vivre un criminel. Sais-tu où est mon frère Minkaf ?

— Dans le palais de ton père, le dieu justifié.

— Envoie auprès de lui un messager pour lui demander de venir ici, devant nous. Et, ensuite, convoque les courtisans, tous les gens de ce palais dans la salle d'audience.

Tandis qu'Hétepni s'inclinait en signe de consentement, Khentetenka se dirigea vers la salle d'audience, où étaient réunis les courtisans que Didoufri avait laissés en plan lorsqu'Oupéti était venu lui faire savoir que la reine était venue à résipiscence et désirait lui parler. Lorsqu'elle apparut, un lourd silence s'établit mais personne n'osa intervenir ou se manifester lorsqu'elle marcha vers le trône et, sans plus de façon, s'y assit. Elle y resta silencieuse et immobile, jusqu'à ce qu'entrât Hétepni entraînant derrière lui les officiers du palais et tous les grands qu'il avait rencontrés dans le palais. Alors Khentetenka se leva et déclara :

— Mon frère Didoufri, usurpateur de ce trône, vient d'être tué par son serviteur Oupéti. Moi-même j'ai abattu cette hyène à coups de flèches. Ainsi ce trône est-il débarrassé d'un roi criminel devant qui vous trembliez comme des agneaux lorsqu'apparaît un loup. Ma digne mère, la reine Noubet étant morte, assassinée par son propre fils...

De sourds murmures s'élevèrent à l'ouïe de cette révélation, mais Khentetenka reprit d'une voix plus forte :

— Et ne jouez pas à l'âne qui brait pour avoir du foin. Vous vous doutiez tous qu'elle avait été tuée par son fils, cette reine qui était entrée dans ce palais pleine de vie. Ceux d'entre vous qui ont pu l'approcher peu après sa mort ont pu voir, comme moi-même, comme mes sœurs, la tache de sang qui maculait le côté de sa robe : c'était la trace du coup de poignard que lui avait porté Oupéti. Un souverain digne de notre père le dieu Khéops, digne de la grandeur du royaume des Deux Terres nous sera donné. Ce sera mon frère Khéphren, l'héritier légitime du trône d'Horus, par droit d'aînesse, celui que vous auriez dû acclamer lorsque mon père nous a quittés. Maintenant, je vous autorise à aller dans mes appartements, jusqu'à mon jardin privé où vous pourrez voir le corps sanglant du roi tout près de celui de son assassin.

— Ma reine, osa demander l'un des grands, comment est-il possible qu'Oupéti, le plus fidèle des serviteurs de Sa Majesté, ait pu oser frapper son roi ?

— Il n'y a pas de fidèle serviteur. Un serviteur ne reste fidèle à son maître que dans la mesure où cette fidélité épouse ses propres intérêts. Mais si ces mêmes intérêts se trouvent soudain ailleurs, il n'hésite pas à le trahir. Or, en apprenant que l'armée de Didoufri avait vaincu celle de Khéphren, il a cru qu'était venu le moment de tuer le roi et de s'emparer du trône. Il a fait un mauvais calcul.

— Poussé par toi dans ce calcul, je suppose, ajouta l'impertinent.

— Certainement, répliqua-t-elle sans sourciller. Mais toi, je te reconnais : tu es l'un de ces fous sacrilèges qui sont venus devant moi dans ma chambre et ont osé prétendre entrer dans ma couche. N'en es-tu pas ressorti avec plein de bleus et une belle bosse sur le crâne, faite par le meuble que j'ai brisé sur ta tête ?

L'homme se renfrogna et ses voisins sourirent.

— Et je suis persuadée que tu as ensuite eu le front de te vanter d'avoir couché avec la reine ! contredis-moi si je mens.

Le courtisan baissa la tête puis, tombant à genoux, il déclara :

— Pardonne-moi, ma reine. J'avais trop honte de ce qui m'était arrivé, et le roi lui-même m'a ensuite ordonné de laisser croire que j'avais fait une belle fête avec toi.

— Comment pourrais-je faire autrement que de te pardonner, lui répondit-elle, ironique, car sache que tous les courtisans qui se sont vantés d'avoir partagé ma royale couche ont eu le même sort que toi. Pas un ne m'a touchée, car s'il en avait réellement été ainsi, il n'aurait jamais revu la lumière du jour. Le roi avait ordonné à son serviteur, à cet Oupéti qui l'a tué, de mettre à mort celui qui aurait réussi à me dompter. Mais chacun d'entre vous sait trop bien que je suis comme Sekhmet, une lionne que nul mâle n'est capable d'apprivoiser ou de soumettre à sa loi, si c'est contre sa volonté.

CHAPITRE XXVIII

Depuis le jour où Khéphren avait quitté Eléphantine à la tête de son armée, Persenti vivait dans la crainte de l'avenir. Ni les exhortations de Khamernebti, qui restait persuadée que son frère reviendrait victorieux ou, plutôt, les ferait appeler à Memphis à la suite de sa marche conquérante sur le palais de Didoufri, ni les encouragements de sa mère et de son père, qui lui faisaient ressortir que Memphis était loin et qu'elle ne courait aucun risque dans le château, dans cette province où toute la population avait manifesté sa fidélité à Khéphren, ne parvenaient à apaiser son inquiétude. Seule la présence de son fils, et aussi celle des enfants de Khéphren, faisaient renaître un sourire sur ses lèvres. Mais ceux qui lui adressaient leurs encouragements ne soupçonnaient pas que sa tristesse lui venait avant tout de l'éloignement de Khéphren et de la crainte qu'elle avait de le perdre. Car si elle avait si longtemps résisté à la tentation de s'abandonner à lui, c'était plus parce qu'elle redoutait l'amour qui couvait en elle pour Khéphren que le souvenir, maintenant si estompé, de Djedefhor. Et depuis qu'elle avait finalement accepté de concrétiser cet amour, elle avait pu en découvrir la profondeur, elle s'était rendu compte combien il lui était précieux, combien sa propre vie était désormais liée à celle du prince. Sa tristesse lui venait plus d'une absence, du manque de sa présence auprès d'elle que de la crainte d'une défaite.

Persenti se trouvait toujours dans cet état d'esprit, lorsqu'un homme se présenta à la résidence du gouverneur. Il fut reçu dans la salle d'audience par Khamernebti, qui assumait avec conscience sa fonction de régente de la province. Or Persenti se trouvait auprès d'elle lorsque l'homme, un officier de la troupe emmenée par Khéphren, tomba à genoux devant la princesse et s'écria en frappant le sol de son front :

— Misère de nous ! L'armée du prince a été vaincue, elle a été mise en déroute par les suivants de Seth. Pourtant, nous avions remporté plusieurs victoires sur les gouverneurs rebelles, nous étions parvenus à mi-chemin de la cité de la Balance, de la grande Memphis, lorsque l'armée de l'usurpateur s'est dressée devant nous. Nous avons tous combattu avec opiniâtreté, le prince était à la tête des siens, il s'est battu comme Horus face à Seth, dans le désert de Kerhâa, mais nous avons succombé sous le nombre. Nous avons dû prendre la fuite, nous disperser dans la vallée, nous cacher dans le désert comme des souris. J'étais avec le prince, nous nous sommes repliés vers le Sud. Mais ces hyènes nous talonnaient et, après plusieurs jours de marche, car nous n'avions plus d'embarcations, une troupe envoyée par un gouverneur félon nous a surpris. Le prince a été capturé. Pour moi, son serviteur, il m'a ordonné de fuir, de m'en retourner à Eléphantine, d'aviser son épouse de sa défaite, d'organiser la résistance dans le cas où les partisans de Seth oseraient envahir la province.

En entendant ces paroles, Persenti poussa un grand cri et s'enfuit au fond de ses appartements.

Khamernebti, qui conservait la tête froide, dit à l'officier :

— Puisque mon frère t'a ordonné de revenir ici pour organiser la résistance, exécute ses ordres. En tant que régente de la province, je te confie le commandement des soldats qui restent ici. Recrute de nouveaux combattants, dans toutes les provinces qui nous restent fidèles, je vais, de mon côté, faire appel aux princes nubiens avec lesquels nous avons passé un pacte d'alliance. Mais tout d'abord, dis-moi si tu sais ce qu'il est advenu du prince, mon époux ? Crois-tu qu'il a été tué par ses ennemis ?

— Je ne pourrais te donner aucune certitude, princesse, mais je croirais plutôt qu'ils l'ont capturé pour le ramener devant le roi. Ce que Didoufri fera ensuite de lui, ton serviteur l'ignore. Néanmoins il est à craindre qu'il ne le fasse mettre à mort comme traître à Sa Majesté, comme rebelle. Cependant, rien n'est encore perdu car tu ne dois pas oublier que ton auguste mère, la reine Hénoutsen, est maîtresse de bons et fidèles guerriers. Nous pouvons être assurés qu'elle ne laissera pas égorger facilement son fils bien-aimé.

— De cela, j'en suis certaine, mais maintenant que Didoufri est auréolé de sa victoire, qu'il dispose d'une armée fidèle, que pourra faire contre lui ma mère, à la tête de cette poignée de guerriers, face à tant d'adversaires ?

— Il revient au dieu de décider de l'avenir, remarqua judicieusement l'officier.

— Sans doute, approuva Khamernebti. Pour l'instant, agissons comme je l'ai dit, lève une nouvelle armée, et nous marcherons sur Memphis. Nous aurons pour nous l'effet de surprise car Didoufri doit être sûr de lui, certain de ne plus avoir d'adversaires dans les provinces du Sud.

Dès que l'officier se fut éloigné pour exécuter les ordres, Khamernebti se hâta vers le harem de Persenti. Elle la trouva dans la pénombre de sa chambre, prostrée, son enfant dans ses bras qu'elle arrosait de ses larmes.

— Persenti, lui dit-elle d'une voix autoritaire, cesse de te lamenter. Rien n'est perdu. Sans doute mon frère est captif, mais ma mère dispose encore de bons guerriers, et ici même nous recrutons une nouvelle troupe. Je marcherai moi-même sur Memphis à sa tête. Et n'oublie pas que dans le palais du roi, il y a encore Minkaf, son vizir, qui reste secrètement notre allié. Il ne pourra laisser égorger son propre frère Khéphren dans le cas où Didoufri nourrirait de si noirs desseins.

— Nebty, soupira Persenti, tu me parles ainsi pour me rendre mon courage, mais je sais trop bien que Didoufri sera sans pitié, si encore Khafrê n'est pas mis à mort avant même de parvenir à Memphis.

— Persenti, ce qui peut arriver à mon frère est une chose, mais il ne faut pas que tu oublies que tu as un fils à protéger et à élever, que tu te dois à lui.

— Pourquoi me dis-tu cela, comme si je ne le savais pas ?

— Parce que je commence à parfaitement te connaître, Persenti, depuis tant d'années que nous vivons dans l'intimité, comme deux sœurs. Je sais bien que tu aimes Khafrê plus que de raison. C'est pourquoi je crains que tu ne t'abandonnes trop à ta douleur.

— Il est vrai, reconnut-elle, que tes craintes ne sont pas infondées. Oui, même si je lui ai si obstinément résisté, j'aime Khafrê, et je te demande de me pardonner, mais il a, malgré moi, effacé dans mon cœur l'image d'Hori. Je sais que je ne pourrais lui survivre, malgré l'amour que je porte à mon enfant. Mais je sais aussi que mon petit Nékaourê ne resterait pas seul, car tu es déjà pour lui une seconde mère, et je suis aussi persuadée que la reine Hénoutsen le choiera comme son propre petit-fils.

— Persenti, pour aussi juste que soit ta remarque, ce n'est pas une raison pour l'abandonner car tu n'en restes pas moins sa mère, celle qui l'a élevé jusqu'à ce jour. Aussi, je t'en supplie, ne t'abandonne pas à ton chagrin jusqu'à commettre un acte irréparable.

Khamernebti demanda à Iou, la mère de Persenti,

de venir s'établir auprès de sa fille afin qu'elle ne reste pas seule, car elle avait jugé de son désespoir. Pendant les premiers jours, la jeune femme resta muette, refermée sur elle-même, si bien que Nikaânkh, sa sœur, s'était chargée, avec leur mère, de s'occuper du petit Nékaourê. Puis, une nuit, Persenti fit un rêve dans lequel elle vit venir au-devant d'elle Khéphren et son frère Djedefhor, tels qu'ils lui étaient apparus dans ces jours heureux où elle les croyait les fils d'un simple jardinier et où elle fréquentait la maison où logeait Inkaf. Le décor, bien qu'imprécis, lui paraissait être cette maison, mais eux lui disaient : « Vois, nous habitons l'Amenti, le Bel Occident. Nous y avons un beau palais et des jardins remplis de parfums, de beaux arbres dans l'ombre desquels nous goûtons tous les plaisirs. Viens nous y rejoindre, tu seras heureuse et nous aussi, car tu nous manques. »

Au réveil, ce rêve resta imprimé dans sa mémoire, alors que, dans la plupart des cas, elle oubliait, dès que réveillée, ceux qu'elle se rappelait avoir faits. Elle en déduisit que c'était un rêve de grande importance, qu'elle avait bien reçu pendant son sommeil la visite des âmes des deux frères, qu'ils vivaient agréablement dans les champs d'Ialou et qu'ils étaient en personne venus l'inviter à les y rejoindre. Pendant tout le reste de la journée, ce rêve l'obséda et s'installa si fortement dans son esprit que, le soir venu, elle avait acquis la certitude qu'ils l'appelaient auprès d'eux par ce moyen. La nuit suivante, elle fit le même rêve ; cette fois, les deux frères ne se trouvaient pas avec elle dans la vieille maison, mais dans un grand jardin ombragé où elle dansa pour eux, comme autrefois, sans qu'elle sût si elle se donnait ainsi en spectacle de son propre chef ou sur leur demande. Toujours est-il qu'elle y trouva un grand plaisir et, finalement, Khéphren la prit dans ses bras dans l'intention de s'unir à elle. Elle se réveilla, moite de sueur, haletante. Elle resta immobile sur sa couche, dans l'obscurité, cherchant à se replonger dans son rêve pour en vivre la fin. Quand revint le jour, sa décision était prise : les deux frères se trouvaient bien dans les champs d'Ialou, ils avaient quitté le monde des vivants, et ils la sollicitaient pour qu'elle vienne les retrouver dans le Bel Occident.

Comme elle avait déjà échoué dans sa tentative de se donner la mort en s'abandonnant au courant du fleuve, elle décida d'utiliser un moyen plus sûr. Elle alla dans la chambre de Khéphren où elle savait qu'il avait laissé une partie de ses armes, celles qu'il utilisait pour la chasse. Il y avait là un long couteau à lame de bronze qu'elle rapporta dans sa propre chambre. Elle s'agenouilla sur une natte de roseaux, se dépouilla de sa robe et, après avoir longuement examiné la lame lisse qu'elle caressa du bout des doigts, elle saisit le manche à deux mains et, tournant la lame vers elle, elle posa la pointe aiguë contre son ventre. Elle poussa doucement jusqu'à entailler légèrement la chair. La douleur ne lui parut pas insupportable. Il suffisait maintenant de pousser très fort, de ses deux mains, d'un seul coup. La lame effilée ne pourrait que s'enfoncer profondément dans sa chair, au plus profond de ses entrailles. Allait-elle avoir le courage de le faire ? Sans doute avait-elle peur de souffrir sur le moment, mais après, ne se retrouverait-elle pas bientôt en compagnie de ceux qu'elle aimait, ne pourrait-elle pas s'unir à Khéphren pour l'éternité ? Elle prit une grande respiration et éloigna la lame pour prendre un élan et se frapper de toute la force de ses deux mains unies.

La voix de Khamernebti s'éleva alors, au loin, sans doute vers l'entrée des appartements de Persenti. Elle prononçait son nom, elle la cherchait. La jeune femme hésita : allait-elle se frapper sans plus tarder car elle craignait que l'intervention de Khamernebti ne remît en question sa décision ? Mais elle pensa aussi que ce serait de sa part un acte aussi indigne que cruel de se tuer presque sous les yeux d'une femme qui était pour elle plus qu'une amie, qui l'avait accueillie comme une sœur et lui avait porté une telle amitié qu'elle n'avait conçu à son égard ni rancœur ni animosité à la suite de sa découverte de l'amour qu'elle portait à son frère et époux. Elle jeta l'arme sous le lit afin de la dérober à tout regard puis elle se hâta de se draper dans sa robe.

— Persenti ! Ah, te voilà enfin ! Pourquoi ne m'as-tu pas répondu ?

Khamernebti entra dans la chambre, le visage joyeux.

— Je me sens si mal ! soupira Persenti. Je n'ai envie que de pleurer et de mourir, avoua-t-elle.

— Alors, maintenant, cesse de te lamenter. Que la joie revienne sur ton visage. Vois : un pigeon est arrivé avec un message de ma royale mère. Sais-tu ce qu'elle m'apprend ?

— Dis toujours, car il semblerait que ce soit une heureuse nouvelle.

— O combien ! Ecoute : Didoufri est mort, il a été assassiné par son fidèle serviteur, Oupéti, et ce dernier a été tué à coups de flèches par Khentetenka. Il paraît que c'est elle qui a organisé cette révolution de palais. Elle a ensuite rallié les courtisans et les gardes du palais en proclamant Khéphren roi légitime des Deux Terres. Minkaf, aussitôt averti, est allé donner l'ordre aux hommes qui assiégeaient le palais de Memphis de rentrer dans leurs cantonnements.

— Est-ce possible ?

— Imagines-tu que ma mère m'a envoyé un faux message ? Et je peux t'assurer que c'est bien de sa propre main qu'elle l'a rédigé.

— A-t-on des nouvelles de Khéphren ?

— Pas encore, mais, suivant les prescriptions de ma mère, mon frère Minkaf a envoyé des messagers dans toutes les provinces pour annoncer la mort du roi et la désignation de Khafrê pour le trône d'Horus. Une flottille de bateaux a été envoyée vers le sud, au-devant de la troupe victorieuse. Elle est commandée par Ayinel en personne, pour porter l'ordre de se rallier à Khéphren et le reconnaître comme le souverain de l'Egypte. Il nous faut nous hâter de nous préparer car dès demain je propose que nous rentrions à Memphis. Je vais laisser le gouvernement de la province à cet officier à qui j'ai donné le commandement de ce qui nous reste de troupes.

La jeune femme manifestait une joyeuse agitation, parlait rapidement, tandis que Persenti se demandait si son rêve l'avait trompée. Car elle n'avait aucune certitude que Khéphren fût encore vivant et la joie qu'elle ressentait en entendant parler sa compagne restait sous la menace d'une douloureuse déconvenue. Le prince pouvait tout aussi bien avoir été assassiné par ceux qui l'avaient capturé. Elle ne put s'empêcher de faire part de ses craintes à Khamernebti, qui cessa de parler et la regarda la bouche bée.

— Vraiment, dit-elle enfin, tu refuses de savourer pleinement toute joie ! Faudra-t-il toujours que tu gâtes ton plaisir par d'obscures craintes ? Crois-tu que de vils soldats auraient osé mettre à mort un prince comme mon frère, le fils du roi Khéops ? Il n'y a rien à redouter de ce côté-là et je peux te garantir que mon frère est bien vivant. Peut-être même, au moment où je te parle, est-il déjà assis sur le trône d'Horus.

Khamernebti ne se doutait pas d'être si proche de la vérité, en assurant que son frère était peut-être établi sur le trône d'Horus. Car les soldats qui le ramenaient captif avaient rencontré les bateaux commandés par Ayinel, qui était venu s'incliner devant Khéphren en lui annonçant la mort de Didoufri et en le déclarant souverain des Deux Terres. Au lieu d'être introduit dans Memphis comme un prisonnier vaincu, il y avait fait une entrée triomphale, au milieu d'un peuple en joie. Car, avertie de sa prochaine arrivée, Hénoutsen avait fait annoncer par toute la ville l'apparition du prince destiné à ceindre la double couronne. Accueilli par sa mère, Mérititès,

Néferkaou et son époux, à la tête d'un cortège de grands et de prêtres d'Héliopolis, Khéphren avait été conduit au palais de Khéops où l'attendaient Minkaf, Méresankh, Hétep-hérès et, surtout, Khentetenka, Hénoutsen ayant tenu à ce que la princesse soit particulièrement honorée. Minkaf, posté à l'entrée du palais pour y rendre hommage à son frère aîné, l'avait ensuite invité à entrer dans le palais de leur père. Le prince avait pénétré dans la vaste salle du trône de Khéops et s'était dirigé vers l'estrade dressée au fond, sur laquelle était installé un fauteuil couvert de feuilles d'or. Sur le podium se tenaient les princesses, sœurs et épouses de Didoufri. Lorsqu'il fut parvenu au bas des marches, Khentetenka les avait descendues pour venir vers lui et, levant les mains en s'inclinant, elle lui avait dit :

— Mon frère bien-aimé, voici pour toi le trône de notre père Khéops, ce trône qui te revenait de droit et que ta sœur et servante a su te rendre.

Alors, sous les regards surpris de toute la cour, Khéphren s'était agenouillé devant la jeune reine, il lui avait pris les mains qu'il avait portées à son front et lui avait dit :

— Khentetenka, ma sœur, je veux ici rendre hommage à ton courage et à la grandeur de celle qui a abattu un frère dévoyé, indigne du trône de nos pères, de celle grâce à qui j'entre dans ce palais en roi et non en captif.

Tout en l'attirant vers elle pour le relever, Khentetenka lui avait répondu :

— Mon frère et souverain, je n'ai fait que rendre justice à qui de droit et te remettre sur un trône qui est tien, sur ce trône d'Horus que nous te croyons, tous ici, seul susceptible d'honorer comme l'ont fait nos pères.

Du même auteur :

OUVRAGES RELATIFS À L'ÉGYPTE :

Dictionnaire de la civilisation égyptienne, Larousse, 1968. Nouvelle édition revue, mise à jour et largement augmentée, 1992, (trad. italienne, anglaise et portugaise).

Les Vergers d'Osiris, Olivier Orban, 1981, Prix R.T.L. Grand Public. Paru à France-Loisirs et en poche « J'ai Lu ». Réédition, éditions du Rocher, 1993.

Vers le bel Occident (roman), Olivier Orban, 1981. Paru à France-Loisirs. Réédition, éditions du Rocher, 1993, sous le titre *Le Prêtre d'Amon.* Edition de poche « Le Livre de Poche ».

Néfertiti, reine du Nil (biographie romancée), Robert Laffont, 1984. Edition de poche « J'ai Lu ». Réédition, éditions du Rocher, 1995.

L'Egypte, coll. « Merveilles du Monde », Nathan, 1986 (trad. italienne).

L'Egypte mystique et légendaire, Sand, 1987. Réédition, éditions du Rocher, 1996.

Egypte, Sun, 1989. Réédition, Hermé, 1996.

Voyage en Egypte de David Roberts (choix d'aquarelles et commentaires par G. Rachet), Bibliothèque de l'image, 1992.

Voyages en Egypte, Images, histoires et impressions, Sélection du Reader's Digest, 1992.

Cléopâtre, le crépuscule d'une reine, Critérion, 1994.

Le Livre des morts des anciens Egyptiens (le papyrus d'Ani). Traduction, introduction, commentaires et notes par Guy Rachet, éditions du Rocher, 1996.

Khéops et la pyramide du Soleil (Le Roman des pyramides *), éditions du Rocher, 1997.

Le Rêve de pierre de Khéops (Le Roman des pyramides **), éditions du Rocher, 1997.

OUVRAGES RELATIFS À L'ANTIQUITÉ CLASSIQUE

Dictionnaire de la civilisation grecque, Larousse, 1969. Nouvelle édition revue, mise à jour et largement augmentée, 1992 (trad. italienne, anglaise et portugaise).

Archéologie de la Grèce préhistorique, Marabout Université, 1969 (trad. brésilienne).

La Tragédie grecque, Payot, 1973 (trad. roumaine).

La Gaule romaine, tome II de l' « Histoire de la France », CAL, 1973.

Vie et activités des hommes dans l'Antiquité, Hachette, 1981.

Delfi, il santuario della Grecia, Mondadori, 1981. Edition française : *Delphes*, Robert Laffont, 1984.

Théodora (biographie romancée), Olivier Orban, 1984.

La Grèce et Rome, nouvelle encyclopédie Nathan, 1986.

Messaline (en collaboration avec Violaine Vanoyeke), Robert Laffont, 1988 (trad. portugaise, espagnole, grecque, coréenne, bulgare, polonaise).

Les Douze Travaux d'Hercule, éditions du Rocher, 1989. Edition de poche Gallimard/Folio.

Civilisations et archéologie de la Grèce préhellénique, éditions du Rocher, 1993.

Le Pèlerinage de Grèce, éditions du Rocher, 1996 (trad. grecque).

Massuda, les guerriers de Dieu (roman), Jean-Claude Lattès, 1979. Nouvelle édition partiellement réécrite et augmentée, parue sous le titre *Pleure, Jérusalem*, Le Pré aux Clercs, 1991. Edition du Grand Livre du mois.

Le Roi David (biographie romancée), Denoël, 1985. Edition de poche Gallimard/Folio (trad. brésilienne).

Le Soleil de la Perse (vie romancée de Cyrus le Grand), La Table Ronde, 1988. Edition de poche Gallimard/Folio (trad. espagnole).

Tunisie, Sun, 1989.

Le Manuscrit secret du Nil, éditions du Rocher, 1993. Paru à France Loisirs sous le titre *Caravanes d'Arabie*. Edition de poche Le Livre de Poche.

La Route du Roi. Le Voyage de Jordanie, en collaboration avec C. Vincent, éditions du Rocher, 1996.

Sémiramis, reine de Babylone, Critérion, 1997.

ARCHÉOLOGIE ET PRÉHISTOIRE

L'Univers de l'archéologie, 2 vol., Marabout Université, 1970 (trad. roumaine).

Préhistoire et Gaule celtique, tome I de l' « Histoire de la France », CAL, 1973.

Des mondes disparus, Hachette, 1976 (trad. espagnole, portugaise, allemande, hollandaise).

Guide-Explo de l'archéologie, Hachette, 1978.

Preistoria e culture primitive, volume de la *Storia della scultura del mondo*, Mondadori, 1981. Edition française : *Préhistoire et cultures primitives*, Celiv, 1983.

L'Archéologie et ses secrets, Nathan, 1983 (trad. américaine).

Dictionnaire de l'archéologie, coll. « Bouquins », Robert Laffont, 1983-1994.

Guillaume le Conquérant (biographie romancée), Olivier Orban, 1982, prix littéraire de Normandie (téléfilm, scénario de Serge Laroche).

Le Signe du Taureau, vie de César Borgia, Mercure de France, 1987. Edition de poche Gallimard/Folio.

Catherine Sforza, la dame de Forli (biographie), Denoël, 1987.

Duchesse de la nuit (série romanesque), Robert Laffont :
Tome 1 : *Le Sceau de Satan,* 1986. Edition de poche « J'ai Lu ».
Tome 2 : *Le Lion du Nord,* 1988. Edition de poche « J'ai Lu ».
Tome 3 : *Les Chemins de l'aurore,* 1988. Edition de poche « J'ai Lu ».

Le Jardin de la Rose. Les amours de Pétrarque et de Laure, Editions RMC, 1989.

Conception, direction, choix de textes et présentation de :
La Grande Aventure de l'archéologie, 15 vol., Robert Laffont, 1979-1982.

Conception, direction, choix des textes, présentation, lexique et notes de la « Bibliothèque de la Sagesse » (France Loisirs, 1994-1995) :
Traités de Sénèque ;
Livre des morts des anciens Egyptiens ;
Confessions (saint Augustin) ;
Marche à la lumière et Entretiens du Bouddha (Sûttânta) ;
Sagesse du confucianisme (*Ta Hio, Tchoung-young, Lun-Yu, Meng-tseu*) ;
Sagesse biblique (*Proverbes, Ecclésiaste, Job, Sagesse de Salomon*) ;
Lois de Manou ;

Livre des morts (Bardo Thödol) tibétain et Milarépa ;
Dialogues de Plutarque ;
Sagesse taoïste (*Tao-tê-king, Lie-tzeu, Tchouang-tzeu*).

Direction, présentation, lexique et notes de la collection « Spiritualité-Sagesse », éditions Sand, 1995-1996 :
Plutarque, *Traité d'Isis et d'Osiris* ;
Pythagore, *Les Vers d'or, avec les commentaires d'Hiéroclès* ;
Philostrate, *Vie d'Apollonius de Tyane* ;
Les Upanishads ;
Hermès Trismégiste ;
L'Avesta, tome I ;
Lalitâvistara. Vie et doctrine du Bouddha (version tibétaine sous le titre de *Rgya tch'er Rol pa*).

Direction et rédaction partielle d'ouvrages collectifs :
Petite encyclopédie Larousse, 1976.
Chefs-d'œuvre du génie humain, Sélection du Reader's Digest, 1986.

Participation à des ouvrages collectifs :
Encyclopédie Groslier.
Le Monde autour de... l'an 33, Larousse, 1972.
La Grande Encyclopédie Larousse, 1971 sq.
Larousse des citations françaises et étrangères, 1976.
XXᵉ siècle. Encyclopédie du monde contemporain, Larousse.
Les Grandes Civilisations disparues, Sélection du Reader's Digest, 1980.
La Mer, Larousse, 1982.
L'Egypte, collection « Monde et Voyages », Larousse, 1987.
Dictionnaire des citations de l'histoire de France (ouvrage dirigé et conçu par Michèle Ressi), éditions du Rocher, 1990.
Encyclopédie Atlas (rédacteur et conseiller scientifique), 1997.

Traductions et adaptations :

L'Aventure de l'archéologie, Hachette, 1977 (trad. de l'italien).

Pompéi, résurrection d'une cité, Hachette, 1979 (trad. de l'anglais).

Lire et comprendre les hiéroglyphes, de Hilary Wilson, Sand, 1996 (trad. de l'anglais).

Guy Rachet a aussi publié de nombreux articles dans des revues spécialisées françaises et étrangères et dans divers magazines (*Archéologia, Science & Vie, Géo, Historia, Historama, Le Figaro Magazine,* etc.), ainsi qu'un grand nombre de critiques littéraires dans les *Nouvelles littéraires,* soit un total de plus de deux cents articles et conférences.

Composition réalisée par JOUVE

IMPRIMÉ EN FRANCE PAR BRODARD ET TAUPIN
La Flèche (Sarthe)
LIBRAIRIE GÉNÉRALE FRANÇAISE - 43, quai de Grenelle - 75015 Paris.
ISBN : 2 - 253 - 14713 - 3